U0058910

創意閱讀認證
閱讀評量之閱讀認證

周靖麗——著

序

　　閱讀評量向來都是語文教育重要的課題，隨著各國對閱讀理解的重視，更成為語文課堂關係著教師教學效能、學生學習成效等極重要的一環。但在有限的教學時數裡，教師不僅難以顧及學生閱讀理解能力的提升，更遑論其思辨能力的運用與發揮，這些課題都是許多教師心裡沈重的壓力與負擔。

　　在諸多研究報告中，一般閱讀檢證呈現僵化且過於侷限，無法提升讀者的閱讀力，使得讀者對文字的疏離感愈形嚴重；再者無法深刻體會文本意涵，造成狹隘的閱讀視界。因此，有必要重新針對一般閱讀檢證的既有論說架構進行研究上的突破，採取跨領域理解、說話相呼應表出以及書寫轉利用等方式來進行創意閱讀認證論理的演繹、論據的歸納，以新穎的理論建構來啟發閱讀者超越文字解析及詞彙理解的層次，並能涉及各種目的去理解運用及省思文本訊息，開拓一條新閱讀理解的路徑。每一個讀者的角色都應該是積極主動詮釋與評價閱讀內容，並與作者互動，探索作者、文本、閱讀群體間的新關係，而不是被動的資訊接受者，對所閱讀的訊息不加思索照單全收。

　　本書整體理論以透過主題／概念的跨領域、學科的跨領域、科際整合的跨領域和多媒體運用的跨領域等理解途徑來達到無中生有、製造差異的閱讀創意顯出。此外，更以將說話帶入跨領域與創新表出相呼應和透過寫作完成跨領域與創新書寫轉利用的多元認

證方式，再次突破既有閱讀檢證狹隘的地方。期望透過這項理論架構的建立，達到協助讀者促進閱讀理解的昇華以及成為各場域教學者從事相關閱讀教學時的參考資源，並作為語文教育政策擬訂的借鏡等三方面的價值。冀以本理論架構進行有意義的閱讀檢證，提升讀者深度的文本詮釋視野，帶給閱讀認證領域另一番新的氣象。

　　文本的詮釋多少含有主觀的想法，一百個人讀《哈姆雷特》就有一百種理解，一部《論語》讀了兩千多年還找不到正解。在我們閱讀一部作品時，我們首先一定是帶進我們對作品的前理解，所以必須承認我們與作品和作者之間的歷史距離，許多時候是超越現實的想像，我們同樣也必須承認我們不可能擺脫自己的文化和語言傳統，所以在看待一個文本時，詮釋在某種特定的意義上其實就是再創造，閱讀理解多少得容許部分的「過度詮釋」，無法在大家絕對認同的基準點上成為一種無中生有的創意表現。在本書中所舉例子，所示範的理解圖、表以及質性敘述的部分，多少來自於文本與解讀者之間的關係，本書僅止於示範，目的是希望能透過思維的拓展而增進閱讀理解的能力。

　　本研究屬於理論架構的研究，以普世性大眾作為研究對象，所舉的例子各階層可適用，而認證的對象亦適用於社會各階層。至於檢核過程不免侷限於受試者與檢核者之間因理解的不同，造成檢核困難或判斷上的質疑，甚或文本理解基礎點設定的不一等，這些都可能成為檢核上的問題。基於對文本有「各自表述」的主觀權利，筆者認為宜採取肯定、同意的作法來作為認證的標準。

　　此外，檢核類型圖依多元檢證模式不同與運用途徑不同出現達十一次之多，乃是為避免讀者翻尋的困擾，所以不避重複。文中或有文字、章節連繫不暢之處，則請讀者多惠予指教。

　　撰寫期間，要感謝周慶華老師，給予明確的理論架構方向、清晰條理的章節與相關知識的傳授和教導。另外，丁敏老師和楊秀宮老師在文學、哲學領域的經驗分享與求證過程、理論推導上的提醒，提供了極寶貴的意見和建議。謝謝您們讓這本書更加充實完整，也提供了日後研究可以再增進的方向。

目次

圖次

表次

第一章　緒論

第一節　談論創意閱讀認證的緣起

　　2006 年在 PIRLS 國際閱讀評比的結果裡，臺灣的閱讀教育被重重的敲了一記警鐘：四十六個參加評量的國家裡，臺灣排名二十二；而過去一度被視為「文化沙漠」與臺灣同樣使用繁體字的香港，卻從先前的第十四名，五年後躍升到第二名。令人震撼且辛酸的數字，使得「教閱讀，應該有策略和方法」的觀念頓時受到重視。然而，數據的背後告訴我們什麼？

　　第一，PIRLS 的題目不是考實質（語言面）的內容，而是考思考力（非語言面）。

　　第二，在閱讀過程中，能力、知識與理解監控，這三者是彼此交互影響的。

　　第三，教師在課堂上仍多維持尋找文章中以明確陳述的特定資訊或是做直接推論的教學活動，較少進行詮釋、整合文中的意念及資訊的思考訓練。

　　第四，教師在作業單上缺乏針對文章的意涵、目的、鋪陳方法提出評論這種題目的設計。

　　從 2006 年 PIRLS 的落敗中，讓我們開始思考閱讀教學哪裡出了問題？過去認為孩子只要認得字應該就會閱讀，但是真實的閱讀

經驗告訴我們：有時看完整頁明明都懂的字的文章後，其實還是搞不清楚作者說了什麼；而一些閱讀經驗少的孩子，更對於翻開書有極大的恐懼和不願意，讀者和文字的距離變得很遠。

在教學現場努力經營幾年後，開始帶領學校夥伴教師在語文領域共築社群組織：研討中，我們從孩子身上、教師的教學設計以及自己在閱讀的過程，開始察覺說話和寫作與閱讀的關係密不可分。閱讀後，如何用說話或寫作的表達方式來和大家分享或討論，如何細緻且準確的說出或寫出異於他者並具有深度理解的內容，實在和本身在獲取文本訊息的過程中達到哪一層次的理解歷程有極深的關係。

在一般的課內教材教學裡，摘取大意是高年級孩子需要具備的能力，從一段文章裡先找到重要訊息，然後歸納整理，最後能簡要且清楚的表達出來，無論是透過口頭發表或是書寫的方式。但是我們卻要求孩子把標準答案填入格子裡，中間省略了討論的教學活動，我們剝奪了孩子說話的權力，也代替作者告訴孩子說作者的意思是什麼。這其實離閱讀很遠。讀一本書，其實是一種對話，讀者才是最後一個說話的人，因為作者要說的話都已經說完。好像《紅樓夢》如今已成為「紅學」、金庸小說激起了一批「金學」社群，有一群人開始在共同閱讀的書本裡，透過對話再創造另一新的作品，而這樣的情形也可以搬演到我們的閱讀課堂。

為什麼學生的閱讀興趣會被剝奪？因為本來應該讓學生「投入」、「對話」的閱讀課，許多重要的步驟被忽略了。我們很少讓學生去感受「主角的感受」，沒讓學生有機會對話，也沒有省思自己對這本書是否滿足過自己的期待，更不知道別人對這本書的想法，甚至問自己：假如我是作者，我可以如何續寫發展，提取自己的背景經驗，可以關連到什麼議題或建構新的知識。老師扮演一個帶領

學生將閱讀後的想法說出來的角色，所以需要建立一個討論的機制，讓學生在閱讀的過程能深刻體會文本豐富的意涵，不是只有教學生現象面的事實，而是可以建立一個幫助學生從不同面向深入探討文本；最後提供有意義詮釋的平臺，並透過學生的說話或寫作來檢核孩子的理解力，建立學生閱讀時摘取重要訊息，歸納推論、詮釋整合的能力。因此，在一次次的專業對話與經驗分享中，我們試著改變原來的教學目標與模式，並跳脫傳統課堂經驗，以學生的角度出發來代替教師的主導權。加上研習中不斷跟上教育新政策：成立班級圖書角、圖書館教育的閱讀課程、閱讀磐石、閱讀理解策略的運用……冀以立意良善且系統化、目標化的閱讀架構，帶領學生領略文字的美麗與力量。

　　大部分教學現場的老師都認為閱讀有助於激發學生創意、想像力，以及提升學生自我學習的能力和邏輯思考力。而在九年一貫的指標中，也將教科書內容擴展到生活中的各樣素材，更重視課外閱讀的擴充、應用；紛紛把提升學生的閱讀能力納入教學重點。然而，在推動的過程中，很多的困境並不是只能從老師是愛書人、老師重視閱讀、老師知道閱讀的重要等，就能表示這社會已有一群人肩負了文化傳承的使命。其實部分老師在推動閱讀時，方法並不多元，也不活潑得要，多是陳舊的教學模式以及「熱鬧有餘、理解不足」的課堂；加上除了指定閱讀的書本外，要求學生習寫閱讀單、書面報告、課堂口頭報告或是撰寫心得、彩繪圖畫等檢核學生理解能力的方法外，忽略了學生失去閱讀的熱情該如何拯救。老師們即使在行政單位高分貝喊話後，願意審視其中陳痾已久的問題，但又因政策不明在實施後仍欲振乏力；並且跟著教育政策執行閱讀計畫卻又怨聲載道，這諸多閱讀課堂上的難題正是我們需要改變的起點。

　　另外，部分教師過分重視閱讀的「產出」，大量使用學習單及報告，造成學生對閱讀反胃。我們是不是可以深思：閱讀已經被簡化成填寫學習單的時候，閱讀就已經失去意義了。也許紙筆作業應適可而止，因為過多的學習單和報告已經耗盡學生閱讀的熱情，學生討厭的不是閱讀這件事本身，而是討厭閱讀後的作業；甚至不難發現有些學生直接從學習單上回找故事中的提問然後據以逐字填答，就算「完成閱讀」，這樣本末倒置的學習方式不禁令人擔憂。因此，我開始思考：在教學現場，除了紙筆作業，我如何得知孩子讀懂了一本書？多元的閱讀檢證方式：口頭發表、小組討論、角色扮演、戲劇演出等。此外，還有什麼嗎？

　　從現有的教學政策、教師現場的教學研究、以及課綱上清楚的能力指標，雖然我們不斷從專書理論、夥伴對話、報告結果來修正教學與評量模式，拼圖式的建構我們自己的閱讀課藍圖，但是回頭看 PIRLS 的結果，是不是我們漏掉其中一個極關鍵的環節和作法──老師自身對文字的導讀及欣賞能力在哪裡？我們希望學生能從閱讀中獲取不同的知識經驗、享受閱讀的成就，但是從理解到建構意義的過程；從理解文義到高階思考歷程，我們做了什麼？

　　借鏡「國際閱讀素養調查結果」，我們可以有哪些具體的思維和作法？首先，應該回歸到教學現場，在教學時數無法增加的情形下，要有效的提升學生的「閱讀理解歷程」與培養多元的「閱讀目的」，唯有靠老師有效的進行閱讀教學與實質的閱讀認證相輔下，讓閱讀教學不流於形式，擺脫作業多、學得多的迷思；其次，安靜、獨立的閱讀空間和時間代替嘉年華式的熱鬧活動課堂；再次，摒除閱讀教學停留在教學生語文知識（死背修辭、句型、文法的專有名詞，卻一個也用不出來），轉而重視閱讀學習方法的指導；最後，提升語文運用的能力，尤其是讀寫的結合，與創意認證新理論的建

立進而帶領現場教師強化詮釋文本教學的能力，這是解決目前閱讀評量困境的當務之急。創意閱讀認證是一套因時制宜，讓教師在新思維中，改變制式教學的方法；讓學生在新刺激中，發展閱讀理解力，並突破以往傳統教學限制和檢證侷限。因此，本研究希望建立一套系統化的創意閱讀認證的理論架構，給予現今在閱讀課堂教學有疑問與困擾的教師們參考；同時對於讀者的閱讀理解和語文教育政策的擬訂也可以提供有用的參照系。

第二節　建立創意閱讀認證理論可以設定的目的與方法

一、研究目的

　　從事本研究的目的，可以分成主要的目的和次要的目的兩項。

（一）主要目的──研究本身的目的

　　從事本研究的主要目的就是要探討閱讀理解的內涵，建構一套具有新穎性的創意閱讀認證理論，包含跨領域與創新理解的閱讀認證、將說話帶入跨領域與創新表出相呼應的閱讀認證，和透過寫作完成跨領域與創新書寫轉利用的閱讀認證等三大層面。而形塑這一套創意閱讀認證的新理論，可以更有意義的檢測受測者對所閱讀資料的理解力。而與其他閱讀認證不同的地方，在於本閱讀認證將涉及三大層面，且帶有基進式的意涵。所謂「基進」（radical），乃指突破既有規範，在一個基礎上前進（詳後）。而「基進式閱讀認證」，則是指一種突破規範且著重再創造成分的發掘的認證模式。本研究

特別強調一個重要的觀念：創意。接著逐步分層探討如何帶進不同方式來顯彰創意的存在，而有別於傳統規範的作法。而期待完整架構充實後的論說，成為更有鑑別度的閱讀認證方式；不僅解決在教學上籠統理解文章不夠深入的教學模式，更冀以此提供教育政策上的新思維，解決一般閱讀認證效果不深入的問題。

（二）次要目的——研究者的目的

我做為研究者的目的，主要是因為自己是第一線的教學者，綜合自己的教學經驗和研習中專家學者傾囊相授的專業知能，發現閱讀教學普遍因成果導向的政策，致使教師在閱讀策略、閱讀方法上雖然奮起直追，但卻無真實效益；而各樣嘉年華式的閱讀成果展實不足以窺見學生從閱讀中得到的能力。因此，希望建構一套完整且能引領教師思考：回到閱讀課堂上需要用哪一種閱讀認證模式才能培養學生真正的閱讀力，致使教師教學更有成就，學生學習更有效益。無論將來是否有機會分享，倘若能研究出一套完整的創意閱讀認證理論，相信不但能提升自己的教學能力，也希望有助於同好仿效開發使用，並進一步提供教育擬訂語文閱讀教學的決策者參考。

因此，最終目的就是希望透過這套具有吸引力的創意閱讀認證，可以促成閱讀理解的昇華、提供各場域閱讀教學的參考資源，並作為語文教育政策擬訂的借鏡。

二、研究方法

至於研究方法，指的是處理問題的程序或方式；必須先把問題解決，目的才能達成。本研究以主題來統攝，從發現問題，解決問題，進而產生新知、昇華理解與強化不同方式的創意表出為最重要

的目的。而本研究為理論建構，非實證研究；也就是經由理論架構的鋪陳，依據主要內容來形成論述。

　　所謂理論建構，是指透過對現象的觀察所形成的概念，對兩個或兩個以上的理論建構之間的因果關係、先後關係或其他關係等做出歸納。（曾天山，2005）理論的層面包括從前人的理論（目前已建立的領域、被公認的理論）；本研究者的理論（我對本研究現象的定設、觀點等）；資料中呈現的理論（從被研究者那直接獲得的，或者對原始資料進行分析後獲得的意義解釋），在往後論述中冀以統整且靈活的方式建構本研究理論。

　　因為每個人的經驗總是片段的、有限的、零碎的、不完整的，甚至像拼圖一樣逐步拼湊、建構知識，所以要更清楚的認識世界，就需要透過科學程序，把這種零碎、不完整的經驗組織起來，成為系統的理論。因此，透過理論建構幫助我們發問、組織經驗與獲取知識，並且應用與實作上發揮指導功能或有助益。理論既是理解的工具，那麼就得因時制宜，對不同的研究旨趣與對象採用不同的理論工具。換句話說，理論建構的目的正是要把對象的各個成分描述出來，將其間的關係與互動狀態建立起來，使其發生意義。這是詮釋的功夫，也是本研究努力的方向。

　　在本研究第二章文獻探討中，我將運用「現象主義方法」的「現象觀」來處理，檢討相關的成果；利用五官、心靈去感受現實社會中的事物，將他人的著作、研究，就我所能經驗的部分加以整理、分析和批判。現象主義方法，是指探討本身所能經驗的語文現象的方法。（周慶華，2004a：94-95）它的現象觀是指經驗對象，與非經驗對象相對立。（趙雅博，1979：311）因此，我們可得知一切顯示於意識中，或為意識所及的對象都稱為「現象」。這是緣於既有的相關研究成果分散各地而相關於此論點的著作很多，我無法全部

讀到，只能依自己的經驗、能力範圍，儘可能將資料蒐集完整後進行整理、分析和批判，以導出我所要開發的理論；或有遺漏，或有超出我意識範圍的部分，則為本研究有所限制處。第三章創意閱讀認證的新需求，將採用詮釋學方法。詮釋學方法，是指探討語文現象或以語文形式存在的事物所內蘊的意義的方法。在本研究中是要用它來開展跨領域與創新理解的閱讀認證、將說話帶入跨領域與創新表出相呼應的閱讀認證和透過寫作完成跨領域與創新書寫轉利用的閱讀認證等意義發微。第四章跨領域與創新理解的閱讀認證、第五章將說話帶入跨領域與創新表出相呼應的閱讀認證和第六章透過寫作完成跨領域與創新書寫轉利用的閱讀認證，則一併採取基進閱讀理論。基進是一種空間和時間中的特殊相對關係，主要是為突破一切既有的規範（傅大為，1994）；而以它作為一切改善閱讀理解的策略所形成的理論，就是基進閱讀理論。（周慶華，2003）以下面的例子來說明：

> 傑克指著艾文，對湯姆擠眉弄眼。湯姆是傑克的好友，而艾文則是他們眼中最笨的同學。傑克自認在班上最聰明，他常常捉弄艾文。「湯姆！想知道笨蛋是什麼嗎？看這邊！」「喂，艾文！我這有兩塊銅板，你要哪塊？」艾文看了銅板一會兒，拿起較大的五分銅板，留下較小的十分銅板。「艾文，拿走吧！」傑克大笑。艾文拿著銅板走了。遠處有個成人看到這一幕，走近艾文，和氣的解釋幣值的差別，並說他平白的損失了五分錢。「啊！我知道啦！」艾文回答說：「但是如果這次挑了十分錢，傑克下次就不會再來找我了；如果故意弄錯，傑克就會一直找我。我已經賺到一塊多了，下次我還要繼續裝笨。」（李弘善譯，2001：13）

　　這個文本蘊含「聰明和愚笨的相對性」的主題,雖然結局大逆轉,但卻給人出乎意料的快感;而它所內蘊的「僅從日常表現層面判斷小孩子的聰明與否,常會遺漏『短路』或『急智』的存在而有失偏頗。『大智若愚』的可能性始終不被重視或不被刻意發掘」等一系列的世界觀和「作者似乎有意要標榜自己是一個善於思考的人,相對的其他那些能表現出短暫性聰明的人就跟草包無異,但現實社會中卻看不到或不大理會像他這種人的存在。做為一個善於思考的人,常要裝笨才能在表現機智時贏得別人的注意,不免備感辛苦」等存在處境以及「揭示聰明和愚笨的相對性,可以激發大家自我省察的潛力和敏感度。可以鼓舞在某一方面表現不佳的人試著從另一方面去尋求彌補而不致怠惰喪志」等集體潛意識,都小有可觀。(周慶華,2007a:124-125)如果我們能這樣抽絲剝繭的去理解文本,就具有一般泛泛閱讀理解所不及的基進性;而這正是本研究在跨領域與創新理解的閱讀認證上所要示範且提供相關認證策略的。

　　他27歲時,想應徵一家國際排名50強的4A公司的廣告創意員。可是他沒有任何行業經驗,當朋友們聽了他的打算後,無不認為他在痴人說夢。

　　但他沒有退縮,而是經過一番思索,寄出了自己的求職信。這不是一封普通的求職信,而是一件包裹……

　　可想而知,一件包裹在成堆的千篇一律的信封中,無疑鶴立雞群,一下捉住了所有的好奇視線。當包裹打開時,裡面的東西更讓大家跌破眼鏡──只有一張薄薄的紙尿褲,正面寫著:「在這個行業裡,我只是個嬰兒。」背面留了他的聯繫方式。

這封特殊的「求職信」為他敲開了工作的大門，幾乎所有收到這張紙尿片的廣告公司老闆，都在第一時間打了邀請面試的電話給他。無一例外，他們問他的第一個問題就是：「為什麼你要選擇一張紙尿片？」他的回答像他寄出的「包裹求職信」一樣富有創意，他說，「我知道我不符合要求，因為我沒有任何經驗，但我像這紙尿片一樣，願意學習，吸收性能特別強；而且，沒有經驗並不代表我是白紙一張，我希望你們能透過這個細節看到我在創意上的能力。」

他成功了，他不但成為創意人員，最後還成為了創意副總監。(夏潔編著，2009：28～29)

這個文本中的求職信內容，可以當作一個說話的案例，它能以跟別人說話不一樣的「製造差異」的方式，贏得了一份難得的工作。當事人也一定有過善於閱讀的經驗，才能在這個關鍵時刻表現出它的基進說話能力。因此，從說話的創意表出的相呼應，也可以作為閱讀認證的一環；而這一向被忽視的，在本研究中會把它納進來。

有位先生，先後從兩位朋友口中聽到了同一件事。事情的經過是這樣：一隻螞蟻正在牆壁上艱難地攀爬。由於牆壁過於光滑，螞蟻爬到一半時就滾落下來。但這隻螞蟻沒有放棄，而是再次挺身向上繼續努力……

第一位朋友聽他講完故事的經過後，對他說：「我望著小螞蟻，不禁感慨萬千，你想，一隻小小的螞蟻，竟有如此頑強的精神，真是百折不撓。我想到自己剛剛遭遇的失敗，忍不住對自己說：『我不能就此退縮，我要學習那隻螞蟻，振奮起來，勇敢地面對困難和各種失敗。』」

　　第二位朋友講述完螞蟻的故事後，感慨地對他說：「當
我看到螞蟻七次跌落七次重新攀爬時，真的為牠感到難過。
你知道嗎？這隻小螞蟻太可憐、太可悲了，因為牠如果看看
周圍的環境，改變一下方位，從另一個角度往上爬就容易多
了……」

　　聽了兩位朋友的言論，這位先生十分困惑，他不明白同
時觀察一隻螞蟻，兩位朋友為什麼會得出完全不同的見解和
判斷，他們到底誰對誰錯？為了解答心中的疑惑，他前去請
教一位智者。

　　沒想到，智者聽完他的話後，當即平靜地回答：「兩人
都對。」

　　「怎麼會都對？」這位先生更奇怪了，很明顯，兩位朋
友對螞蟻的評價一褒一貶，是對立的，不會同時成立，難道
是智者不願意做出判斷，分辨是非？

　　智者看出他的疑慮，微笑起來，指著空中說：「太陽和
月亮，一個在白天放射光芒，一個在夜晚傾灑光輝，二者相
對相反，可是你說他們誰對誰錯？」（夏潔編著，2009：80
～81）

　　這個文本作為一篇寫作成果，它以製造懸疑的方式開展，最後
結局則出人意表，頗有基進創新的作用。顯然這裡面蘊含有「觀看
事物角度不同，結果就會殊異」的前理解，才能構設出這樣的文章；
而這從閱讀經驗的累積，自然就會以「創新書寫轉利用」的姿態體
現在寫作中。而同樣的，一般的閱讀認證都忽略了這種透過基進寫
作來認證的作法，本研究也是要一併處理，而讓閱讀認證的範圍更
為擴大。

　　第七章相關研究成果的運用途徑，則依便運用社會學方法，將所建立的理論認證模式，作為相關閱讀理解、各場域實際教學及語文教育政策擬訂的驗證取徑。所謂社會學方法，是指研究社會現象的方法。（周慶華，2004a：87-94）在此則取它的多面向「互動」而可由本方法來發言致效，而暫不涉及實驗部分。

　　本研究依循上述研究方法進行研究，每一章節的範圍極廣，儘可能以各樣學說理論來發揮研究的功能，但仍不免會有侷限處甚至局部重疊現象，無法完全顧及研究對象的各種層面。因此，只能儘量以各種方法混合搭配的方式，使本研究更趨完善。

第三節　創意閱讀認證理論與涵蓋的範圍

　　本研究旨在建構罕見的創意閱讀認證的理論，以便作為閱讀者和各場域教學者進行閱讀認證的範式，並能帶領學習者與文本有更深入的理解歷程。因此，以下就分研究範圍和研究限制來做研究進程上的說明。

一、研究範圍

　　研究所以劃分範圍，是希望透過界線的建立，能夠讓研究的主題更加明顯。因此，本研究分成兩主題的研究範圍來探討：一是「創意」；二是「閱讀認證」。創意是指從無中生有／製造差異的角度來認定；而閱讀認證則是經由跨領域的創新理解、將說話帶入跨領域與創新表出相呼應、透過寫作完成跨領域與創新書寫轉利用的閱讀

認證等深入而體系化的方式來論說，以符應創意性而展現一種新式的閱讀認證策略。

本研究的性質，基本上屬於理論建構的範疇；而有關理論建構的體例，有學者提出了看法：

> 理論建構，講究創新。大致上從概念的設定開始，經由命題的建立到命題的演繹及相關條件的配置等程序而完成一套具體系且有創意的論說。（周慶華，2004a：329）

依此論點，可以先將本研究所涉及的概念整理出來。從論題開始，第一級次的概念有：創意、閱讀認證。接著內文，第二級次的概念，主要有：跨領域理解、說話相呼應、書寫轉利用、運用途徑。概念一與概念二設定清楚後，接著要建立命題和進行命題演繹以確定所要論述的方向。在建立命題方面，包括：創意閱讀認證有實際需求（命題一）；創意閱讀認證可以透過跨領域的創新理解來進行（命題二）；創意閱讀認證也可以從跨領域的創新表出相呼應的說話來進行（命題三）；創意閱讀認證還可以經由跨領域的創新書寫轉利用的寫作來進行（命題四）；創意閱讀認證理論有多方的用途（命題五）。在命題演繹方面，包括：本研究的價值，能夠促成閱讀理解的昇華（演繹一）；本研究的價值，足以提供各場域閱讀教學的參考資源（演繹二）；本研究的價值，可以作為語文教育政策擬訂的借鏡（演繹三）。

茲將本研究「概念設定」、「命題建立」、「命題演繹」的發展進程圖示如下：

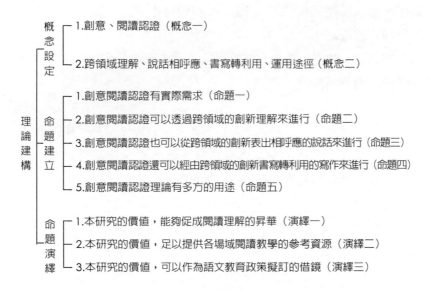

圖 1-3-1　本研究的理論建構示意圖

　　本研究的成果，可以提供讀者自我檢證閱讀的成效以及提供閱讀教學者自我檢證閱讀教學的成效和提供學習者自我檢證閱讀學習的成效。

　　此外，在閱讀認證這一部分，本研究的範圍主要朝向藉由「創意」的方式來進行，分別以跨領域理解、說話相呼應、書寫轉利用等途徑來確立認證的模式。而依據上節所提及的研究方法，則是採用基進閱讀理論來總綰發揮。大體上，本研究以「無中生有」或「製造差異」作為是否具創意的判別依據，當然其中不免會加上個人主觀意識的解讀；尤其是在無中生有的部分，僅能就個人所搜集到的資料及個人經驗中無前例可循的，姑且研判為「無中生有」的認證法。

　　換個角度看，閱讀教學者所需要具備的廣博的語文經驗及創新文化的洞見和實踐願力等條件，得部分表現在閱讀教學的教材選擇上。（周慶華，2007a：53）因此，除了認證的方法要有所創新外，教材的選擇也要有所創新。而本研究採結合跨領域的方式，使閱讀理解能力更驅新穎且深入意義的探索為饒富創意的表現。所謂跨領域，是指一種經驗的連結與統合，而經驗則有知識性的、規範性的和審美性的。因此，跨領域也就成了知識經驗、規範經驗和審美經驗的連結與整合：

圖 1-3-2　跨領域知識系統（資料來源：周慶華，2007a：53）

　　另外，擬以統整性／科際整合／多媒體運用等方式來協助並強化對於文本的詮釋與多方面的理解：

圖 1-3-3　詮釋方式（資料來源：周慶華，2007a：53）

二、研究限制

　　所畫分的研究範圍，已經把本研究所要處理課題的分布區域做了限定，它們都是本研究所得致力完構的。至於不在本研究範圍而可能相通的其他課題，則以非急切或尚無時間心力涉及的理由，暫且予以擱置，而俟諸異日有餘暇再行探討。因此，這一部分就成了本研究的限制所在。簡略陳述如下：首先，本研究的重點在理論的建構而不在實務的檢證，致使實務檢證的特殊狀況無法解決，也就是在實證研究上可能會有特殊情況發生而無法預先料想，造成理論建構的普遍有效性還有待考驗。其次，可以舉證的例子散布範圍極廣，但只能隨機舉例，無法窮盡。再次，創意理解未必只能顯現在說話和寫作的方式上，也會跟人的修養、做事、企畫、管理等能力有關，這是本研究中無法一一顧及的。

第四節　相關用詞的界定

一、創意

　　「創意」和「創造」二詞總是密不可分。最早對「創造」有較詳細的解釋是英文版的《韋氏字典（*Wwbster dictionary*）》。「創造」當形容詞的解釋是「創造」或是「有能力去創造」。而創造似乎與想像及發明兩個詞的意義相近。所謂想像力是：有形成腦的想像力的能力去創造一些現實不存在的事項。Sanderlin 在 1971 曾給創造下了定義，他說「創造是無中生有」。恩田彰也曾對創造下過定義：「創造就是把已知的材料重新組合，產出新的事物或思想。」（陸

祖昆譯，1998：91）國內學者彭震球的看法與恩田彰大致相同，認
為「創造就是創造者依其個人的才能將既有的素材，加以重新組合
之意。」（彭震球，1991：60）強調創造並非無中生有，憑空而來
的，雖與早期的 Sanderlin 看法相左。但是無論如何，「創造」是「無
中生有」或是「將既有的素材重新組合」都反映了人的求知慾旺盛。
周慶華（2004b：2）指出「創造」一詞原為有神論者所使用，指上
帝由空無中造成事物；後來轉用為一般使某些事物中產生一種原來
沒有的新東西的行動。

　　然而，「創意」是什麼？簡單來說，凡是為了達成目標或解決
問題所得的想法就是創意。（葉玉珠，2006：12）也有人說，「創意」
就是點子（idea）。點子不點不亮，愈點愈亮，你會發現「創意」
是可以訓練的。（陳龍安，1994）產生創意可以說是生產創作力的
必經過程；先有創意，再配合各種因素及執行的動力，才有創造力
的表現。（林璧玉，2009：64）

　　創意為創造力的另一具體名詞。創造力就是創造新意，是解決
問題的心理歷程與能力，將其視為心智能力的一種，是個體整合輸
入的訊息，透過敏覺力、流暢力、變通力、獨創力、精進力等特質，
形成新觀念或新產品。（余香青，2007）陳龍安、朱湘吉認為創造
是一種「無中生有」的創新，也是「有中生新」的「推陳出新」。（引
自林璧玉，2009：50）透過許多研究以及生活經驗，我們發現創造
力透過文字將會形成創意，有了包裝，更顯新意。

　　從另一層面思考，創意本是無形體，但卻是無所不在。在學習
過程中，「創意」是個終極境界，將原是「無」形體的創想化作能
與他人共體現的具體物，在此稱為「無中生有」；或在原來的創意
上加上另外元素，則稱為「製造差異」。所以創意也是一種自我的
體現，自我的完成。

綜合來說，創造力指的是個體在支持的環境下結合敏覺、流暢、變通、獨創、精進等五大特性，透過思考的歷程，對於事物產生明顯不同的觀點，並賦予事物另一個獨特新穎的意義，其結果不但使自己也使別人有所收穫。余香青在研究中將這五大特性簡述如下：

（一）敏覺力（sensitivity）：具備敏銳的洞察力和觀察入微的能力，能找出問題的重點，發現問題的缺漏和關鍵的能力。

（二）流暢力（fluency）：在短促的時間內，構想出大量意念的能力，點子多多。

（三）變通力（flexibility）：一種改變思考方式，能突破成規，變更思考或處世模式、擴闊思考空間，從不同角度思索同一個問題，是一種舉一反三的能力。

（四）獨創力（originality）：在思考和行為上表現與眾不同、不因循舊規的特質，能構想出別出心裁的念頭或解決問題的方法，是一種能產生新奇、獨到反應的能力。

（五）精進力（elaboration）：在原有構想上加入新的元素，以豐富內容或增添趣味性，是一種講求心思細密及考慮周詳的能力，以求達至精益求精、盡善盡美。（余香青，2007）

我們可以從一個例子來檢視：

一個猶太出版商有一批滯銷書，當他苦於不能出手時，一個主意冒了出來：送總統一本，並三番兩次去徵求意見。忙於政務的總統哪有時間和他糾纏，就隨口說：「這本書不錯。」

於是出版商就大作廣告：「現在有本總統喜愛的書要出售。」
因此這些書很快就銷售一空。過沒多久，這個出版商又有賣
不出去的書，他就又送了一本給總統。總統鑑於上次經驗，
想奚落他，就說：「這本書糟透了。」出版商聽聞，靈機一
動，又作廣告：「現在有本總統討厭的書要出售。」結果沒
想到又有不少人出於好奇爭相搶購，書又銷售一空。第三
次，出版商把書送給總統，總統有了前兩次教訓，就不予回
答將書棄置一旁，出版商卻還能大作廣告：「有本總統難以
下結論的書，預購從速。」居然又被搶購一空，總統哭笑不
得，商人大發其財。（彌賽亞編譯，2006：65）

　　從這個例子可看出商人不但要能洞察商機，還得在商機上發揮
創意；創意無所不在，商機才會滾滾而來。在總統「無關緊要」的
行為上，做「有益」買賣的評論，這就是「無中生有」的創意。而
從中獲得的啟發性在於不論是對總統反應有怎樣的解讀，讓民眾購
買的動力其實是總統看過，無關乎書的優劣。
　　「製造差異」從字面上看來，製造是一個「思考過程」，倘若
結果呈現出與原意有所「差異」，那麼就是「創意」。而本研究的差
異指的是「更上一層樓」的「有中生新」，而非比原始更劣拙的。
這樣的定義也呼應了陳龍安（1988）創造思考能力五大特性中的「變
通力」與「精進力」，而透過「流暢力」的修飾，就是「製造差異」。
　　我們可以另從一個例子來檢視：

　　兩個女人都爭執說自己才是母親，所羅門王命令他們把嬰孩
　　切成兩段，各自分一半。所羅門王的目的，是要鑑定究竟哪
　　一個婦女會站在人道上救那個嬰兒。可是，他所下的命令卻

是恰恰相反的。最後知道那個不忍嬰兒被殺，寧願把嬰兒讓
給對方婦女的才是真正的母親。（余阿勳譯，1987：81）

　　初聽到這個故事，第一個反應是所羅門王很殘忍，但是這個方
法卻有效解決這個難題。所羅門王靈機一動的「創意」找到了誰是
真正的母親。因為「親生母親」與「一般婦人」的差異就在於對待
親生骨肉的心情。所羅門王將嬰兒的命運製造出兩種命運的「差
異」，用這種差異來斷定誰能「不忍心」嬰兒生命的消失，這才是
這嬰兒真正的母親。其中的啟發性就是「為人父母者都不忍嬰孩被
切」及「非親生父母的無關緊要」，凸顯出「親情血濃於水」的可
貴，而其運用手法更是簡潔，切中要點，如此睿智才是「創意」開
發的價值。

　　「差異」的存在往往需要主事者去斷定，這樣的差異是可以有
效的決定事件的發展會有很大的不同才足以存在；如果作用不大，
那麼「差異」就沒有存在的必要性。在閱讀評量或閱讀認證上，我
們可以運用許多方式，而創意只是其中的一種，或者可以說是其中
一種的更高層次。如在教學現場我們所熟悉的閱讀學習單，經過「創
意」的轉譯，教學評量的概念不變，但透過跨領域、科際整合、多
媒體運用後，評量的廣度與深度卻是比原來的學習單更深入文本的
詮釋與整合，在此就將它視為「製造差異」。

　　從以上論述可歸納出：創意不外乎是「無中生有」與「製造差
異」，透過創意讓檢證學生閱讀理解力的方式脫離舊式表淺語言面
理解的形式，賦予另一番新風貌，創造出另一種新理論的驗證模
式。如下圖所示：

新閱讀認證

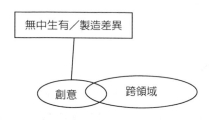

圖 1-4-1　新閱讀認證的模式

　　本研究的創意閱讀認證與一般的閱讀認證在比較上的不同，就是要看出新閱讀認證具有這種創意性，以及創意表現在跨領域的創新理解、將說話帶入跨領域與創新表出相呼應的創新理解，以及透過寫作完成跨領域與創新書寫轉利用的創新理解等，經過方法論反思的「後出轉精」的效果。這種結合說話呼應、書寫轉利用的創意方式，在閱讀教學上以此製造差異「以顯創意」，是以增補過去相關檢證事倍功半及成效不彰的弊病。此外，更在跨領域與科際整合以及多媒體運用（寫作受「書寫」本身的侷限，暫時不涉及這一部分）等前提下，整體高標準化的成為一套新的閱讀認證。

　　我們可以輕易地知道：透過多方的詮釋角度來分析閱讀客體時，才能產生更多不一樣的新知。本研究的閱讀檢證勢必是要帶創意性的，才能夠躋進「必要從事」的行列以及可以有所區別於一般閱讀認證，因為它是經過嚴格方法論的反思所架構出來的。

二、閱讀認證

　　現行可見的閱讀認證，有國際閱讀素養評比（PIRLS）、臺灣學生學習成就評量資料庫（TASA）和線上閱讀認證。茲先分述如下：

（一）國際閱讀素養評比（PIRLS）

　　國際閱讀素養評比（Progress of International Reading Literacy Study，簡稱 PIRLS）是由國際教育學習成就調查委員會（International Association for the Evaluation of Educational Achievement，簡稱 IEA）主辦的國際測驗，IEA 自 2001 年開始辦理 PIRLS 計畫，該計畫每隔 5 年辦理 1 次，主要目的在研究世界各國及地區四年級兒童的閱讀能力。我國於 2006 年首次參加評比。

　　國際閱讀素養研究〈PIRLS〉評量工具能力指標如下：
1. 直接提取能力——培養學習者可從文中訊息直接找出目標訊息、特定觀點、字詞或句子定義、場景、主題或主旨。
2. 直接推論能力——培養學習者能連結文中兩項以上訊息推論，如推論出某事件導致另一事件、一串論點後歸納出重點、找出代名詞與主語的關係、歸納文章主旨、描述人物間的關係。
3. 詮釋、整合觀點及訊息能力——培養學習者從已知的知識，連結文中未明顯表達的訊息，如比較及對照文章訊息、推測故事中的情緒或氣氛、詮釋文中訊息在真實世界中的實用性。
4. 檢驗、評估與批判文中內容訊息能力——評估文章描述事件真實性、描述作者導出結局的想法、評斷文章訊息的完整性，推論作者的觀點。（國際閱讀素養評比〔PIRLS〕資料庫，2006a；2006b；2006c）

　　有關 PIRLS 的閱讀理解層次，表列如下：

表 1-4-1　PIRLS 2006 報告，臺灣四年級學生閱讀素養的報告
（整理自國科會、教育部、中央大學，2008）

歷程	內容	說明	策略
直接理解	直接提取	讀者找出文章裡清楚寫出的訊息。	1. 找出與閱讀目標有關的訊息。 2. 找出特定觀點。 3. 搜尋字詞或句子的定義。 4. 指出故事的場景（例如時間、地點）。 5. 文章明顯陳述出來時，找到主題句或主旨。
	直接推論	連結文章裡兩項以上的訊息。	1. 推論出某事件所導致的另一事件。 2. 在一串的論點後，歸納出重點。 3. 找出代名詞與主詞的關係。 3. 歸納文章的主旨。 5. 描述人物間的關係。
解釋理解	詮釋與統整	讀者提取先備知識，連結文章裡未清楚明顯表達的訊息。	1. 清楚分辨出文章整體訊息或主題。 2. 考慮文中人物可選擇的其他行動。 3. 比較及對照文章訊息。 4. 推測故事中的情緒或氣氛。 5. 詮釋文中訊息在真實世界的適用性。
	檢驗與評估	批判與思考文章中的訊息。	1. 評估文章所描述的事件實際發生的可能性。 2. 描述作者如何想出讓人出乎意料的結局。 3. 評斷文章中訊息的完整性。 4. 找出作者的觀點。

　　中央大學教授柯華葳表示，PIRLS 的題目特色包括故事體及說明文，內容有故事、科學、社會科學、文件等，有圖有表。臺灣學童除了不習慣閱讀較長的文章外，在閱讀的深度上也大多停留在字面或文章表面的層次，這些都需要教師引導思考。柯華葳說：希望

透過閱讀，讓學童從不同角度、不同感受進行不一樣的論述，不要停留在標準答案的思考層面。（柯華葳，2007）

（二）臺灣學生學習成就評量資料庫（TASA）

臺灣學生學習成就評量資料庫（Taiwan Assessment of Student Achievement，簡稱 TASA），是由教育部委託國家教育研究院策畫督導所進行的長期性研究計畫，由一群測驗與學科專家共同研發「標準化成就測驗」，主要針對學生語文表達能力，閱讀理解能力來進行施測。

資料庫建置施測對象、科目及內容重點（僅摘取國語文部分）如下：

1. 國語文：

  (1)　國小四年級及六年級：

　①語文表達能力：測驗內容包括——字形（含字音）、詞語、句子、段落及標點符號等的運用和辨別，以完整且生活化的語境，測驗學生對常用字、詞的理解與應用。

　②閱讀理解能力：藉由閱讀一段文字或一篇文章，檢測學生理解內容、掌握文意的能力，因此命題著重於探討篇章的主旨、觀點、細節和組織架構等，以單題或題組的方式循序評量學生的閱讀理解與能力。

　③透過寫作測驗和問答題型方式檢驗學生綜合運用語文於書面的表達能力。一方面也藉由簡而繁的題型，了解國小中高年級學生寫作能力的發展現況與常見問題。

  (2)　國中二年級：

　①語文表達能力：測驗內容包括——字形（含字音）、詞語、句子、段落及標點符號等的辨別及使用，期能測驗學生

對語體文和較淺顯的文言文字、詞、句型、標點符號的
理解和應用，並配合各種語言情境，理解語句間文意的
轉化。

②閱讀理解能力：以單題或題組的閱讀測驗方式，檢驗學
生理解文章內容、掌握文意的能力，並能進一步思考和
探索文章的寫作觀點和寓意。

③透過寫作測驗和問答題型，以檢驗學生是否能完成一篇
結構完整的限制式作文或命題式作文，及了解學生思辨
能力，並形成邏輯能力訓練。

(3)　高中及高職二年級：

①語文表達能力：測驗學生對於語體文及文言文的字、詞
能力的掌握及運用情形，包含對字形（字音）、詞語、句
子、段落及標點符號等的辨析，並能藉此熟習各種文學
作品中的語詞意義。

②閱讀理解能力：以單題或題組的方式，藉由閱讀篇幅較
長的文章檢測學生對於內容細節、篇章意旨、觀點、文
章架構及言外之意等，總體評量學生的閱讀理解能力。

③透過短文及長文的寫作，以了解學生語文表達能力，包
括書寫通順的文句、適當運用修辭技巧、書寫意義完整、
條理清晰的段落或篇章；並觀察學生結合聯想與生活體
驗，抒發情意與感受的表達方式及能力。另以問答題型，
作為檢驗學生思辨能力及邏輯能力的訓練。

（臺灣學生學習成就評量資料庫〔TASA〕，2009）

（三）線上閱讀認證

　　線上閱讀認證，指的是將測驗系統建構在網路上，只要以電腦網路為傳輸媒介，連結評量及資料庫主機，利用網路電腦瀏覽器平臺上的施測，稱為線上測驗系統。（黃朝恭，2000）

　　就以臺中市國小校園閱讀線上認證系統來說明：學生的線上測驗是指在登入系統後，搜尋所閱讀的書目，便可進行書籍的認證。系統會自動從該書的題庫中亂數抓取十個題目進行認證，只要學生能通過八題就算過關。但為避免學生猜題，倘若學生答錯超過三題以上，同一本書在二十四小時內就不能再重複認證，以減少學生投機的心態，並維持認證的客觀性。線上閱讀系統的命題者，大多根據書籍中故事情境引導的形式去設計題目，讓學生在閱讀書籍後能初步理解故事內容，找出明確描述的訊息，並做到「直接歷程」的理解；而少部分題目設計傾向於尋找文章中的證據，並組織成正確的推論，期望學生能做到「解釋歷程」的理解。（呂輝程，2011）

　　雖然如此，上述各種閱讀認證所能檢證的，都只侷限於文本表面意義的理解，對於更為豐富的非文本表面意義都未曾涉及，更何況還有密切關連閱讀理解能力的說話和寫作等都尚未開展呢！因此，本研究所謂的閱讀認證就不可能等同於這些。它是指以跨領域理解、運用說話相呼應及書寫轉利用等途徑來顯出無中生有、製造差異的創意認證，藉此可用來提供讀者自我檢證閱讀的成效、提供閱讀教學者自我檢證閱讀教學的成效，以及提供學習者自我檢證閱讀學習的成效，乃是極富新穎且有價值的理論。閱讀的認證倘若能運用本研究各種觀念的整合，便能超眾製造差異而顯全面的創意，以額外規模的方式行諸於各閱讀主體及各場域閱讀教學者，自我有效或高標的教學和學習，帶入高層次的閱讀思維。

第二章 既有探討類似課題成果的檢討

第一節 關於閱讀的論說

為了凸顯本研究所要建構這套創意閱讀認證理論的特殊性，有必要先來檢討既有的相關研究成果，它們或談閱讀或論閱讀認證，都頗有未盡意或深度不足的地方。換句話說，有關閱讀及其認證的課題已經大有人談論，為凸顯本研究可以比其他相關研究更可觀或更有價值，擬以先對他人的研究成果有所整理、分析和批判，進而引出我個人研究的「與眾不同」，希望可以開啟閱讀認證的新視野。現在就從關係「閱讀」課題的論述談起。而據歸納整理，可得幾項：

一、閱讀是理解的歷程

閱讀是建構性的，不僅僅只是意義的建構。讀者在和作者的文章交易的同時，更是建構一篇和他平行的讀者自己的文章。（洪月女譯，1998：158）閱讀的歷程不只是單向的讀文章而已，而是作者的文章被轉變成讀者所理解的文章。下面論者的幾個概念，可以導引我們來討論這個建構性閱讀歷程的細微部分：
（一）閱讀是個動態的歷程，閱讀時讀者運用有效的策略來尋求意義。

（二）讀者的一舉一動都是他們要理解意義所做的嘗試。

（三）讀者變得很有效率，只用剛好足夠的訊息就能完成理解意義
　　　的目的。

（四）讀者帶到閱讀活動裡來的訊息，以及他們從文章取來運用的
　　　訊息，二者對成功的閱讀都很重要。（洪月女譯，1998：159）

　　Kennth Goodman 認為閱讀是個動態的歷程；是視覺、感知、
語法、語義不斷多重循環的歷程。閱讀時讀者運用有效的策略來尋
求意義，以意義的連貫與否，決定其搜尋文章訊息時的循環方向。
他認為閱讀不是發現意義，而是創造意義。閱讀是讀者和文本產生
互動、溝通的歷程。作者在創作時將自己所要表達的意義輸出成文
字，而讀者透過閱讀文章來建構出作品的意涵。其間讀者會根據自
己的價值觀、理解及生活經驗來建構自己從文本得到的自己的意
義，至於每個人所理解的意義都未必相同。（洪月女譯，1998：159）

　　語言的學習觀有一大基礎是建立在 Kennth Goodman 的閱讀
歷程理論和研究上。在 1960 年代晚期，Kennth Goodman 針對閱讀
歷程提出了革命性的觀點。當代主導語言教育的閱讀學者認為，閱
讀是透過視覺運作的解碼（decoding）過程，讀者針對文本的文字
作解碼再以字音的形式呈現。閱讀時，讀者針對文本所提供的資
訊，循環使用取樣（sampling）、推斷（inferring）、預測（predicting）、
確認（confirming）和更正（correcting）的策略，來達到意義的建
構，而每一個策略都涉及複雜的心智活動：

（一）取樣：選取閱讀時要運用的策略。

（二）推斷：使用已知的資訊（包括所選取的資訊和讀者自
　　　己既有的覺知、語言知識）來猜測未知的。

（三）預測：預測接下來的語言（包括字詞、片語、句子、句型等）會是什麼樣子，語意會如何發展，下文的句型結構是如何，可能會出現什麼字詞、片語……等。

（四）確認：判斷先前的預測和推斷是否有效、意義是否通達，以便決定要繼續往下閱讀或回頭去更正，是一種自我監督的策略。

（五）更正：當所預測和推斷的經否定後，再重新取樣、判斷、確認，重新建構文本的意義。（引自李連珠，1999：120-121）

　　認知學派對學習理論上的主張，在閱讀的歷程上有以下概念：純熟的閱讀（skilled reading），包括字彙接觸（lexical access）和理解歷程（comprehension processes）。理解又包括一連串複雜重疊的歷程，從對字詞的語義編碼（semantic encoding）到命題編碼（proposition encoding）、基模激發（activation monitoring）和推論（inference making），以及理解監控（comprehension monitoring）等。（鄭麗玉，2000：14-20）以下逐一說明：

（一）字彙接觸

　　字彙接觸在不同研究裡可能會有不同的操作性定義，根據Perfetti 和 Curtis 指的是一文字符號接觸及儲存在長期記憶中的一個字，而產生字彙辨識的歷程。它發生於當讀者認出一個字時，可能包括該字的語義和語音的訊息，但接觸本身不一定涉及字義或發音。

（二）理解歷程

　1.語義編碼：字彙接觸的結果是字義的激發，字義的激發就是語義的編碼。閱讀文章時，語義編碼必須符合上下文，因為一個

字在讀者的心理辭典中可能包含好幾個意義，所以讀者需要依上下文選擇合適的字義編碼。

2. 命題編碼：命題是連結概念最小的單位。一個句子可以包括一個或數個命題。讀者認出單字（字彙接觸），賦予符合上下文的字義（語義編碼），然後將兩個以上的字聚集成命題並根據句法分析予以整合就是命題編碼。

3. 基模激發：基模是讀者有關於概念、字的意義，每天的活動和事件……等有組織的知識。根據基模理論（schema theory），閱讀不僅是由視覺符號產生意義，更是由讀者本身知識詮釋進入的視覺訊息。在閱讀的歷程中，不管哪一層次，都是利用己身知識（基模）和訊息互動。當字彙接觸或命題編碼激發合於文章意義的基模，又形成一個大的意義組織，引導後續的語義編碼和命題編碼，讀者就是在這樣的歷程中，建構文章的意義。

4. 理解監控：閱讀時，當一個人意識到有明白的地方而再重讀一次就是在做理解監控。理解監控指的就是判斷自己理解的程度，包括建立計畫或目標、發展假設和驗證假設、評估結果，以及必要時採取恰當補救策略等歷程。理解監控是純熟閱讀中很重要的技能，倘若不能發展或應用良好，也會造成嚴重的閱讀問題。

此外，柯華葳（1999）認為在閱讀的歷程上，倘若要達到理解的目標，其中必須以「閱讀理解的成分」，包括閱讀理解所需要的能力和知識兩方面著手；

（一）能力：字形辨認、字義抽取、語句整合、文章理解和後設認知等。

（二）知識：組字知識、語法知識、一般知識、學科知識和文體知識等。

以上各閱讀理解的成分在閱讀歷程上的運作關係，如下圖：

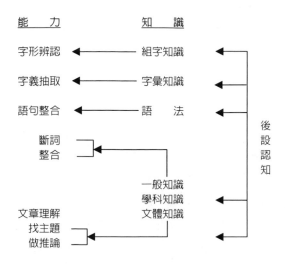

圖 2-1-1　閱讀歷程與成分模式（資料來源：柯華葳，1994：83）

柯華葳指出，如果由讀者已知去解釋文章內容，常會流於簡化文章，這只是「解釋」，而不是真正的理解。

如果只是將閱讀定義為「文字辨認」或「轉換文字為口語語言」的過程，而認為閱讀是從認字（word recognition）、解碼（decoding）的過程中獲得意義，也就是只有文字和符號上的閱讀才屬於閱讀的範圍。這樣的說法是將閱讀的定義限制在字形與字音的轉換過程，未免太狹隘，不是本研究所定義的範疇。但不可否認的是，這種過程是閱讀的基礎，也是閱讀時的必備技能。

無論何種閱讀理解模式，均涉及理解文本及閱讀者對文本所建構的意義。閱讀可算是一項作者與讀者之間的溝通行為，作者透過文字符號傳達自己的經驗和知識，與讀者做溝通。讀者並非只是被

動的吸收訊息，而是利用自身的先備知識及經驗，主動建構文章脈
絡，賦予文章新的意義。

　　了解閱讀歷程模式對於閱讀教學而言是重要的；教師在指導學
生閱讀時，選擇的文本儘量結合學生的先備經驗，從旁協助學生對
文字的辨析及了解，並教導運用後設認知策略以協助閱讀，更有助
於學童理解文意能力的建立。

二、閱讀是與群體互動的歷程

　　「閱讀可以站在智者的肩膀上，高瞻遠矚、開拓視野，建構寬
廣的生命格局：可以遨遊心靈的心園，抒解情緒，解除了生活的壓
力、精神的荒蕪，通情達理，內心如洗滌後的愉悅、超然後透明……
閱讀也賜予想像的翅膀，陪我們去旅行，或是陰雨天在家陪我們，
因作者的邀約而遨翔在浩瀚的心靈視野，思想起伏、觸類旁通，激
發創意思考的能量，得到心靈滿足的樂趣；閱讀更打開了一扇通往
古今中外的門，提供知識，任何時代精粹的智慧、雋永的小故事，
都可以透過一張張書頁，將過去、現在、未來聯繫起來，縱橫古今
天下，獲得對人物的洞察力和人生的感應力，明白問題而不輕易掉
入漩渦。如同 David Riesman 所言『閱讀可以在桌燈所射出的小光
圈裡，準備從事人生的大戰』，以古鑑今，建立解決問題的能力」。
（林美琴，2001：31-32）但是這種對於閱讀的「互動性」（包括人
和人的互動、人和整體環境的互動等）全未顧及，因為不論從哪
一個角度看，閱讀都不只為「個人受用」這麼單純。（周慶華，
2003：22-23）

　　閱讀曾經被視為是一個讀者和語言成品以及讀者和自己互動
的歷程：「閱讀就是人們透過視覺器官接受符號所標記的意義過

程；這一過程的目的就是交流思想、溝通情況」（洪材章等主編，1992：2）、「閱讀活動是一個人的心理要素整體能量的反應。在閱讀活動中，人的感覺、知覺、注意、想像、聯想、思維、記憶、言語等等因素，無不處於積極的活動狀態之中。另外，人的需要、興趣、動機、意志、情感、個性等還直接調節和控制著閱讀活動，加速和深化著各種心理因素在閱讀活動中的作用」（韓雪屏，2000：41）而這個歷程以「理解」為中介，充分展現出閱讀本身受制於心理條件的特質。從表面上看，這種說法似乎是順理成章的，但深層細思，就未必是如此了。（周慶華，2003：2）

　　所謂「閱讀行為並不僅僅是一種鑑賞行為，而是一個活生生的人以個人觀點和他的群體角度一併投入參與的一種經驗。讀者是一名消費者：就跟其他方面的消費者一樣，他受到興趣喜好的擺布尤甚於判斷力的發揮……閱讀行為乃是一個必須由整體考量的行為」（葉淑燕譯，1990：143-145），說的就是這個意思。雖然讀者的理解是一個心理的過程，但在這個過程中卻需要考慮許多非心理（純粹為理解）的因素。所謂「讀者在使用文章裡的線索時，會帶來他們對世界的知識和認識，以幫助文章的理解。他們『猜測』文章接下來寫什麼，做預測並下推論；他們選擇地使用文章線索，遇到相衝突的線索時會修正他們的『猜測』，因此有效的閱讀並非只精確地辨認單字，而是意義的了解；而高效的閱讀是指依據讀者現有的知識，使用剛好足夠的可用線索去讀懂文章」（洪月女譯，1998：12），就點出了讀者在理解作品時不得不顧及自己跟作者、其他讀者、甚至整個世界互動的情形。倘若這種互動產生困難，整個閱讀活動可能就會終止或不再持續，這顯示閱讀理解過程中並不只是心理因素干擾而已。再者，身為被理解的對象（也就是閱讀客體），也自有一些約定俗成的「外在的規範」，不是讀者所能任意趨入而

展開他的「理解之旅」的。當讀者沒有相應的知識或經驗，就無法理解一個現象。例如缺乏科學背景知識的讀者，對於科學術語或相關文獻就無法深入理解。根據以上的論述，約略可以得出這樣的結論：閱讀不只是個人的行為，它牽涉閱讀客體所在的情境以及整個閱讀活動讀者心理層面以及對應社會層面及其背景知識交互作用的歷程。（周慶華，2003：2-4）從這樣的角度來思考，當我們關注閱讀理解這個課題時，需要用什麼理論模式來檢證在閱讀過程中閱讀主體本身達到哪一層面的理解？

　　無論是就閱讀客體的社會性，或就身為社會群體中的閱讀主體來說，更可證明閱讀終究是一個社會現象。它必須在具體的社會情境中得著地位以及規模可能的意義和價值，而不再只是個人受用，也不再只是單純求知的表徵。如果有這樣的認知，那麼所有相關的閱讀行為和閱讀活動、甚至閱讀教學等，就能提升到「助益」或「促進」文化發展層次的機會，而從此擺脫「素樸」理解閱讀和「粗略」實踐閱讀的命運。（周慶華，2003：底封面書內容簡介）

三、閱讀是再創作的歷程

　　另外，也有論者提出：「讀者也是作者。讀者每次閱讀，總必從自己生活經驗出發，閱讀遂成為創作過程，是意義的生產過程。例如荷馬史詩已經流傳數千年，漫長歷程使它不斷被賦予新意義。反正根本沒有所謂未經閱讀的『真正』荷馬。閱讀固然是重新『創造』的過程，批評也不斷賦予作品嶄新意義：但優秀的讀者和評論家，卻可以超越原作者懵然不知的盲點和侷限，把作品帶引到更豐富的境界。真正尊重原作者的讀者和評論家，必須補足作者的遺忘空白。唯獨不斷重新閱讀，詮釋和批評作品，讓作品豐富底蘊楬櫫

呈現，才算是個出色的讀者。或許可以說，讀者和評論者其實都是原作者的延伸、補足甚至是叛逆。」（周華山，1993：115）

「閱讀的過程往往是一字一句開始的，讀者出於自身的閱歷、修養、趣味和世界觀，總是以一個『先在的意識結構』去接受逐漸開展的敘事過程的。作者早已經安排好的敘事結構和敘事過程，以一種陌生的、甚至是異己的存在，跟讀者的『先在意識結構』發生相互的質疑和撞擊；作品『修改』著讀者；讀者也在『修改』著作品。在相互『修改』中，讀者經歷著複雜的期待，滿足、失望，或豁然大悟，或迷惘惆悵，甚至迷失自我或提升自我的心理過程。因此，閱讀過程是作品境界的再完成或再創造：再創造著作品，也再創造著讀者自我」（楊義，1997：370-371）

從接受的角度看，閱讀客體本來就有被「批判」的接受的可能性。所謂「從接受學的觀點出發，讀者在具體的歷史環境中，把自己文化的（閱讀和寫作的水準和趣味等）和非文化的（生活經歷和各種價值觀念、傾向等）積澱帶入閱讀的全過程，跟文本（它本身就是原作者的文化和非文化積澱作用的產物）發生作用或碰撞。讀者不是被動，而是積極參與的：閱讀行為不是簡單的接受前人留下的文化遺產和現成的信息，而是一個再創造的過程。這就是有一千個讀者（因為他們在年齡、性別、社會地位、生活閱歷諸方面的差別），就有一千個林妹妹或哈姆雷特的原因所在。從這個意義上說，讀者也是作者。批判閱讀就是強調和強化讀者在閱讀過程中的積極、主動和創造的角色作用」（鄭壽華，2000：196），正道出這一信息。因此，繼起的閱讀客體的創新，正好可以滿足讀者的「批判」需求（可以讓他們盡情的分辨批判）。即使不然，有了嶄新的閱讀客體存在，也會不斷的引誘或激起讀者「品頭論足」的興趣，而激勵了另一波接受和創新的活動。（周慶華，2003：49）

四、閱讀是追求意義的歷程

　　根據實際的經驗，閱讀對人來說是「各有懷抱」的。所謂「以往很多關於閱讀的辯論都陷入了一對立的死角，不是認為文本主宰了閱讀，就是單方面認為讀者可以運用文化資源去違背文本的基本精神，以特定的方式作意義的協商。這二者都不足以說明文化和意識型態力量，這些力量組織和再組織了交互文本關係的網絡；而閱讀主體在組織下以某種方式把文本當成『被閱讀的文本』，置入交互文本關係的網絡中。文本和讀者之間永遠都深受論述和交互文本這兩個決定因素的中介」（張君玫譯，2002：101～102），就無意中道出了三種常見的閱讀態度：閱讀主體受制於閱讀客體、閱讀客體受制於閱讀主體、閱讀主體和閱讀客體受制於交互文本關係的網絡。所以整個閱讀過程對人來說更可以迭見（歧出）現象。（周慶華，2003：56-57）所謂「閱讀時，每個歷程的最終目的都是理解，因此我們是向著意義前進的。我們從視覺移向感知、語法結構和用字時，就建構了文章的意義。我們建構的意義只要是連貫的，而且到我們所讀的部分為止，這個意義和我們的知識以及預期都不牴觸，我們就會一直往下繼續讀。當我們不能理解，或發覺到有個差異影響了我們的理解，這時我們會有兩個選擇：一是重新考慮並決定新的意義、新的語法、新的用字、新的感知；二是倒回去出錯的地方再念一次。用額外的視覺和感知的信息去決定新的結構和意義。或者暫時終止意義的建構，然後往下繼續念，尋找更多的語言線索以澄清剛才的疑問。即使我們的閱讀很熟練，有時還是會注意到某些意義的細節仍然令我們困惑不懂。然而，只要我們有足夠的意義，使文章繼續讀下去都很通順，我們覺得這些不懂的細節也沒有關係」（洪月女譯，1998：190-191），正可以為證。

　　本研究所定義的閱讀，乃指閱讀是一種整體統合的過程。讀者在進行閱讀活動時，一方面把自身的意義帶進書籍裡；另一方面則從書籍中獲取意義；最後統整為閱讀理解的內容，其中更涵蓋了情意（affective）、知覺（receptual）、認知（cogntive）等三個領域。讀文章時，我們不是被動的將訊息輸入記憶，而是主動的嘗試理解文章內容，是一種「努力追求意義」（effort after meaning）的過程；閱讀是指讀者從書籍中積極、主動搜尋意義內涵的過程。在搜尋過程中，以讀者既有的知識為基礎，去建構出他從讀物中所取得的訊息。可知閱讀行為是讀者對文章建構意義的過程，它包含獲取書面材料中的字面意義、解碼、字音字形連結、獲取新的字義、統整語句、統整段落以求完整意義、最後獲得全篇文章的意涵，是讀者、文本與閱讀情境之間互動的動態歷程；也就是從最基礎的接收文字開始，進而轉化為知識訊息，再利用個人的先備知識和經驗去理解並建構意義，進而內化成屬於自身的知識體系。

　　綜上所述，相關的論述所涉及的閱讀理解「歷程」或「目的」，都還只是要點的提示，並未有具體的策略可供依循。換句話說，它們縱然在大方向上點出了閱讀理解的精義，但要論及該閱讀理解要如何檢證，卻又顯得「向度不明」，這也就是本研究要建構一套創意閱讀認證的用意所在，希望能解決長久以來閱讀理解缺乏檢證程序的問題。

　　隨著文明的發展和科技的進步，人們愈來愈有機會可以探究任何事物發生的緣起。閱讀本身是一種心智活動的展現，但是有許多研究透過各種觀察探討，得知閱讀是一種複雜的心路歷程。雖然大眾都知道閱讀的重要，但在現今資訊爆炸的時代裡，閱讀是否只是淪於被動吸收知識的工具，或是淺顯的理解語言上的意義？至於解碼過程中，非語言面深層的意義是否建構了，也是我們在關切閱讀

時不可不深思的。在閱讀認證的理論中，正是以此出發來架構一套檢證閱讀過程中是否達到高度有效的閱讀理解的模式。

　　何三本在說明什麼是閱讀教學時，也指出閱讀教學是學生在教師指導下，透過大量閱讀的實踐，以形成閱讀能力的活動。這些活動包含培養多種語文知識及閱讀、聽說、識字、作文等能力；透過閱讀教學可以開闊學生視野，發展學生智力；陶冶情操能力提升德育與美育。並提出七種閱讀能力──認讀、理解、鑑賞、記憶、吸收、速讀、語感。第七種的迅速感知語音文字能力，其內容表現為在語境中理解詞語，迅速整體把握文章中的內容，化為感情進入語言的深層涵義，領會語文的絃外之音，這是一種高層次的閱讀能力。（何三本，2002：132-136）

　　此外，將在教學上與閱讀相關的專書或論文研究整理如下，作為本研究裨補閱讀檢證的參考，祈使教學者在閱讀教學時有更完整的課程規畫：

表 2-1-1　與閱讀相關的語文專書內容整理表

	《小學語文教學的理論與實踐》／杜文傳（1994）
摘要	以馬克思主義哲學（辯證唯物主義）思想作為教學改革指導。針對文道統一、理解書面語、獨立閱讀三大閱讀教學特點進行教學。
內容	1. 以教學理論指導閱讀教學。藉理解語文認識客觀事物，體會思想感情；凸出書面語（詞句成語訓練）；培養獨立閱讀能力。 2. 教學方法因文而異，因人而異，因時而異。以思維為中心逐步展開理解、表達、觀察語文基本功。 3. 以系統講授的方式，設計最優的教學方案，確定教學程序，運用多種手段，科學的組織教學活動，培養學生良好的學習品質和習慣。 4. 教學生會「學」，學生要有讀、聽、看、思、議、做、練等「學」的方式。引導思維要依照閱讀教學的規律。 5. 以整體──部分──整體入手發掘隱含思想，適當鋪墊延伸，確保思維正確，美育薰陶。課內閱讀訓練，課外閱讀實踐。

其他	1.要達成小學語文任務強調必須建立三大觀點：生活、實踐，自覺能動性，聯繫、發展等觀點。 2.探究四大關係理論：學習語文和認識事物、語文教學和思想教育、傳授知識和培養能力、教與學等關係。
《國小語文科教學探索》／李漢偉（1996）	
摘要	提出「讀書為體、語文為用」。探索王明德教學法並結合混合教學，作聯絡、統整，以及比較兩岸語文教學內涵目標大概。
內容	以讀書為核心的語文教學法，包含講述、啟發、問答、自學、練習、欣賞、發表、討論等教學法。講究瀏覽之外第二度學習（立體層次）就是閱讀之後有心得、感想、深究、批評、賞析四範疇，思索把握一、二項申說即可。言說為「閱讀報告」、文字表達的為（讀後感）。感想教學培養想像力的創造思維，兒童情知交融，要有自己的看法。
《九年一貫語文教學理論與實務》／何三本（2002）	
摘要	強調無語文教育基礎理論，教師不知如何省思，也無研發能力。盤整歸納條列出十五年來授課教學法，分析優劣，讀者省思再出發。
內容	1.教師培養學生閱讀習慣從激發閱讀興趣開始，閱讀教學遵循雙向心理原則。閱讀教學與思想、作文、及課外閱讀結合。 2.配合九年一貫對課堂結構程序改革的原則。學生課前自學能力訓練，改變傳統字而詞，而句，而段，而章，而篇等一成不變的教學流程，依需要彈性改變。 3.課外語文活動是一個有組織、有計畫、有原則、目的的社團。須有計畫性、技術性指導。 4.培養多種語文知識及閱讀、聽說、識字、作文等能力；透過閱讀教學開闊學生視野，發展學生智力；陶冶情操提升德育和美育。 5.發展閱讀想像與閱讀聯想。閱讀教學與作文結合：從讀到寫，先讀後寫，以讀帶寫，以寫促讀。如何指導寫作融入語文教材編輯規畫。擴展課外閱讀教學。 6.閱讀教學方法，有朗讀、默讀、複述、朗讀、背誦等閱讀基本訓練，字詞句段篇教學各種文體教學法。包含常用文體（記敘、說明、議論、應用）教學。
《國小語文科教材教法》／羅秋昭（2003）	
摘要	包含語文教學觀念到語文教學任務、內涵，與說話、讀書、作文、寫字的教材教法，課外閱讀指導、教案的編寫、作業指導。
內容	1.正確的語文教學觀念，認識語文法則，加強思維訓練。掌握說寫

	技能。課外閱讀與課內閱讀結合。
	2. 教會識字用詞技能，教會課文內各項知識（綜合性知識）；教會對文章的邏輯性思考——選材、用詞的理由。
	3. 採用混合教學法以讀書為核心，密切聯絡說話和寫作的活動。分別以課內與課外教學法說明。 課內—— 內容深究： ◎加強提問能力。 ◎重視提問的技巧。 ◎歸納課文中心思想。 ◎指導兒童探討問題的方法。 ◎演繹、歸納、分析、分組討論、資料整理。 形式深究： ◎深究體裁（記敘文、說明文、議論文）、深究結構（分析法、歸納法）深究句子與文法修辭。 ◎深究詞義。 課外—— 讀物介紹、共同閱讀。 讀後講述、討論讀物內容、閱讀評介指導、簡報整理。
	4. 從課內課文各體裁作內容、形式深究，到各體裁（含詩歌、小說）的閱讀法。另提出具體課外閱讀方法。
	《國語文教材教法》／陳正治（2008）
摘要	包含認識閱讀教學目的與說明美國閱讀專家閱讀四層次（基礎閱讀、檢視閱讀、分析閱讀、主題閱讀）。詳述字形字音字義基本能力教學法，語句教學、朗讀教學、課文探究、閱讀教學活動、教學示例、課外閱讀教學法。
內容	1. 國語文教法原則：化抽象為具體；化靜態為動態；化膚淺為深入；化注入為啟發。 ◎內容深究就是要思考作者的思考，找出作者如何用題材來證明文章中心思想，深入理解以利寫作。 ◎探討題目掌握中心思想。 ◎認識不同文體特色。 ◎認識段落及如何分段，概括段意、大意。 ◎認識課文文句深層意涵、文學性。 ◎認識篇、章、句法修辭、字詞正確生動。 ◎學習課外閱讀方法，如重點提示及問思閱讀。

	2. 舉日本《國語科教育概說》具體閱讀能力：讀懂文字、表記、理解詞句、依據語法讀懂文章脈絡、構思和把握文章脈絡、把握大意、把握意圖、主題、要旨、歸納要點、鑑賞批判、選擇、利用讀物等能力，可作為教學參考。

根據上列專書所提及的語文教學知識或教材教法，可歸納出多以理論或教學法為主，提供現場教師如何讓語文課堂更精采、豐富的方法。學者提出許多不同語文向度的教學法，幫助老師帶領學生深度體驗語文的奧秘，透過知識的學習幫助學生在讀寫的連結上，展現學生寫作的能力；從學生的閱讀與創作中，鞏固學生的語文能力。理論與教法對現場教師而言是極其重要的教學知能，但關於評量的方式或課外閱讀後的理解檢證，卻甚少提出觀點與策略，使得課堂回饋機制成為「斷路」現象，教師也無從追蹤或審視教學成效，是比較可惜的地方。

表 2-1-2　與閱讀相關的學位論文整理表

《國小不同後設認知能力兒童的閱讀理解能力與閱讀理解策略之研究》／楊芷芳（1994）	
內容	1. 閱讀理解策略包括重複閱讀全文或某一段、分段閱讀、作預測、作推論、作聯想、利用插圖、同化到個人經驗、利用前後文、反覆閱讀新詞或難句、尋求外在資源的協助、調整閱讀速度、省略不讀等 12 種策略。 2. 建議教學除鼓勵大量閱讀外，可設計有關閱讀策略訓練課程，利用相互教學法，責任轉移並內化學習。 3. 教師利用個別問答方式了解並分析造成閱讀理解失敗的原因。 4. 研究者採閱讀理解測驗、晤談方式作閱讀理解能力與後設認知能力的相關與歸納閱讀時所採用的閱讀策略。 5. 學童對後設認知無法精確察覺，所以晤談法恐怕未見精確。可觀察錄影輔助。
《國小學童注意力、認知風格、閱讀策略覺識與其國語文閱讀成就關係之研究》／梁仲容（1995）	
內容	1. 教學內容考慮學生先備知識、經驗範圍與接受能力。

	2. 依研究結果建議：了解學生注意力特徵，改進教學法。教學進度及內容應考慮學生心理狀況加強師生雙向溝通。相互調適認知風格。閱讀策略配合各科教學，使學生精熟各種閱讀策略。並找出適合自己風格的閱讀策略。 3. 如研究者所述，影響閱讀成就因素很多，其他變項也應考慮。如親師的認知風格等交互影響以及閱讀不同文章是否都會有不同閱讀成就表現。
	《國小高年級學童閱讀課外讀物之研究》／李宜真（2002）
內容	1. 對一般通俗讀物的閱讀建議：應有分齡的把關。 2. 指導閱讀教學直接教給特定閱讀策略。同時學生進行小組討論對作品的詮釋，透過對話批判思考。 3. 文本閱讀由老師讀、一起讀或學生讀。 4. 教師扮演主要指導者、教導策略；教師是參與者，示範者和回應文本的方式。 5. 研究者對閱讀教學的建議：改善發問技巧，鼓勵作同質性問題之間的比較分析。
	《國小學童閱讀討論教學及其主題詮釋探討》／曾照成（2002）
內容	1. 主題為探討國小生主題詮釋的特質及其特質是否隨讀物類型不同有所差異與討論教學。透過主題詮釋紀錄表及半結構式的訪談探究學生詮釋能力。 2. 藉閱讀討論教學前後比較小三及小五學生對主題詮釋的能力。結論建議：閱讀課採討論教學以培養閱讀興趣與動機。強調主題修正負面詮釋，尊重學生正向不同的詮釋，教師詮釋僅供參考。 3. 強調閱讀的個性化特徵，不將教師感受強加給學生，符應國外、大陸「讀者意識」教學理論。
	《國小六年級學童中文閱讀理解測驗編製研究》／董宜利（2003）
	1. 運用閱讀理解測驗評量小六生文意理解、文本理解、推論理解、摘要、布題等閱讀理解能力。信效度考驗，建立常模。 2. 建議教學：針對能力差異補強，如字義理解能力的加強，可從單字、語詞意義的釐清做起；文本、推論、摘要能力的強化，教導學生各種文體類型、文章結構分析、文章概念及文章主體的掌握。 3. 推論、摘要能力的強化運用「故事地圖」和「概念構圖」練習；布題能力涉及後設認知能力及書面表達能力，需給予不同文體的各類文章，做 6w 級問題分類布題練習。 4. 可利用課文教材，分次教導學生四個語文學習策略（預測、釐清、

	摘要、布題），再以「相互教學法」熟練閱讀理解策略。
	5. 批判：因主題受限僅藉評量測驗檢視閱讀理解能力，並未說明如何進行閱讀理解。

《從九年一貫課程綱要國語文能力指標探討國小國語文閱讀教學》
／高敏麗（2004）

內容	1. 國語文教學的實施必須有整體的掌握與規畫，教師必須深入的了解學生是如何閱讀的，是如何學習的，要立足於學生的生理、心理基礎上，激發學習的主動性、積極性。
	2. 閱讀能力的建構是複雜的循環歷程，經由適切的累積和循環往復，養成有效的閱讀能力。
	3. 閱讀教學需要精準掌握學習關鍵點，多注入新思維與多用新方法，兼顧「人與書本」、「人與人」、「人與環境」的互動。
	4. 閱讀教學的理論基礎探究：閱讀的發展階段、閱讀理解的歷程、中文書寫系統對閱讀歷程的影響、閱讀理解策略與閱讀方法、全語言教育哲學關對閱讀的看法。

《教室中的閱讀樂章——以六年級閱讀策略教學為例》／陳佳慧（2008）

	1. 探討透過閱讀策略教學的閱讀活動，對國小六年級學生閱讀理解能力的發展、閱讀態度轉變的影響以及學生對閱讀教學的看法。
	2. 閱讀理解策略包括重複閱讀或某一段、分段閱讀、作預測、作推論、作聯想、利用插圖、同化到個人經驗、利用前後文、反覆閱讀新詞或難句、尋求外在資源之協助、調整閱讀速度、省略不讀等 12 種策略。
	3. 建議教學除鼓勵大量閱讀外，可設計有關閱讀策略訓練課程，利用相互教學法，責任轉移並內化學習。教師利用個別問答方式了解並分析造成閱讀理解失敗的原因。
	4. 研究者採閱讀理解測驗、晤談方式作閱讀理解能力與後設認知能力的相關與歸納閱讀時所採用的閱讀策略。

《國小高年級友誼主題兒童小說閱讀教學之研究》／楊楨婷（2008）

	1. 藉主題相關小說提供學生間接經驗，調整錯誤價值觀，增進友誼概念，提高與人相處能力。
	2. 學會閱讀策略技巧，澄清小說中友誼相關概念。
	3. 採用相互教學法，閱讀教學過程中，以預測、提問、摘要、澄清四種閱讀策略進行分享討論小說中的幫助、信任、陪伴、親密、衝突概念閱讀活動。
	4. 是統整綜合領域的語文閱讀活動，因遷就情意目標的達成把本文拆

	解，是否會影響故事全文意旨的傳達？情意教學提升藉閱讀活動深切鞏固觀念，在教學活動可靈活運用角色扮演體驗活動、戲劇演出，更容易深植於心，落實目標。
	《以心智圖建構經典童話的讀寫〈灰姑娘〉、〈拇指姑娘〉、〈小美人魚〉為例》／張逸君（2009）
	1. 為讀書會與教學者協同教學，以三則童話設計十六週設計心智圖讀寫課程，歷程為引起動機——引導思考——提出問題——解決策略——實施過程——回顧評價。 2. 特定童話文本的閱讀理解。 3. 學生清楚精熟心智圖繪畫步驟。 4. 以 5W1H 心智圖讀寫童話文本架構，認識童話讀寫的關鍵字／詞／句與摘要策略，並以童話裡的人物情節主題等進行仿寫創作。讀寫策略含劃線、關鍵字詞句、提問、摘要、繪圖、意義段架構圖。

　　根據上列國內閱讀教學相關的研究論文，可歸納出國內在閱讀教學的研究上以實證研究及行動研究居多，大多在探討閱讀教學如何有效實施，幫助學生語文的學習。有一部分是運用閱讀策略來提升學生閱讀理解力的研究；另一部分是探討不同的教學法在學校或班級實施後對學生的閱讀理解及閱讀興趣的影響。研究者大都認為有效的閱讀策略可以增進學生的閱讀力，對文本有更深入的理解及評價；可惜的是鮮少論及在閱讀後如何施以閱讀檢測方式，以審視閱讀課堂的規畫是否合適的研究報告。測驗與評量是教師教學中不可或缺的一環，它們可以反映學生了解學習內容的程度，以供教師掌握學生學習的狀況。閱讀的評量雖然主觀且不容易施測，但忽略了這重要的一環，實在是閱讀課堂上極大的缺失。因為學習和評量本是學習活動的一體兩面，倘若沒有學習活動，評量將無從依據；倘若沒有評量機制，學習將變成膚淺的學習——學習成效與學習影響將無所知，且學習策略與學習活動也無從改善。因此，針對閱讀教學或研究，佐以評量系統是有其必要的。所以本研究的創意閱讀

認證提出一套檢證閱讀理解的模式是眾多研究中缺少的，並以「創意」概念的詮釋方式來區別一般傳統檢證的方法。

綜觀國內的研究成果，學者極肯定各種教學策略、教學方法、教學取向的運用。其中閱讀歷程理論的觀點及閱讀策略的指導普遍為現場教師所接受並運用在課堂上，而在使用的教材上也重視多元化的媒材，如繪本、童話、戲劇、網路文章、電子書等，靈活運用各種媒材，輔以多元生動的教學活動。由該研究成果可看出閱讀教學需要有方法，才能使讀者從閱讀的資料中蒐集重要的訊息與概念，透過思考與理解的歷程，針對存留在腦中的資訊加以檢視、審析和探究。然而，部分研究者採取認知心理學的觀點來切入閱讀教學，這種注意學生學習歷程的教學，的確能夠幫助學生建立比較深固的知識概念，並有助於提升學生學習閱讀的興趣，但多以重視知識以及閱讀技巧的學習，文學上的審美經驗卻容易被忽略，這是甚為可惜的。引導學生進入文章世界，不斷體驗當中每一事件經過所產生的各種情緒，在跌宕反覆中感受文字意境之美以及作者的內心世界是至為重要的。跟文中的各樣角色共承生命的悲喜；深切的與作者的意象有雙向的溝通和互動，讀者便能以自己的情感和生活經驗，從文本中進行個人的詮釋與體驗，形成新的閱讀經驗或再創造新的文本。本研究的閱讀認證將帶領讀者從語文經驗的三方面：知識經驗、規範經驗和審美經驗，一一探討閱讀客體廣度、深度的意涵。

綜合以上各家學者對於語文與閱讀教學的論述，可以得知無論是在教學的模式、教材的選擇編撰、教學過程與方法的運用、教學媒體的融入、閱讀理解力的培養等都有可以繼續探討的空間，只是較缺乏閱讀認證的研究，本研究正以此出發來建立一套有理論基礎的創意閱讀認證，在往後章節有更清楚的策略和方法的論述。

第二節　關於閱讀認證的論說

接著要檢討有關閱讀認證的研究成果。這一部分,到目前為止,所見的多為線上閱讀認證的研究論文,所以就僅依它們呈現出來的討論狀況予以分辨研判:

一、線上閱讀認證的特性

在電腦化、數位化時代全面來臨的今天,對學習者而言在面對一個全新的學習環境時,透過網際網路,在任何時間、場合都能進行學習,這也是符合教育學者所提倡的以學習者為中心的學習模式。(鄒景平,2003)

當資訊科技已經成熟的今日,電腦化線上測驗有許多優點。茲整理如下(黃朝恭,2000;黃淑津,2004;王榕榆,2006):

(一)題目多樣且真實:配合多媒體的發展結合圖片、聲音、影像、動畫等呈現出多樣化的內容,跳脫了傳統文字的單一方式,使受測者真實貼近題目所欲表達的涵義。

(二)節省施測成本:不管是教師的監考、批閱的人力成本,或是試卷印製的紙張成本,甚至是人力付出的時間成本,都可大量節省,讓教師能有多一點時間在教學研究上。

(三)測驗誤差的降低:因為電腦化測驗提供了標準化的測驗情境,可有效消除人為影響與干擾,精確地控制實施與計分的程序,降低測驗誤差。

(四)立即性回饋:電腦可以針對受試者的答題,瞬間給予反應或計算得分,受試者可以得到立即性的評量結果與解釋,甚至

進一步分析作答情形，進行解釋測驗過程，在時效上有助於教學法的改善與補救教學的實施。

（五）額外訊息的獲得：電腦化測驗的過程中所提供的作答時間、作答習慣與模式，能提供受試者相關的訊息，而所搜集到的測驗訊息也可以作為改進測驗內容的依據。

（六）時間、空間彈性化：針對網路線上測驗的特性，只要受試者經過身分檢驗，就可以及時的登入系統進行測驗，不受時間、空間的侷限。

　　線上測驗系統的目的，主要是要讓閱讀者知道自己對所閱讀的書了解多少。測驗後，各個網站採用不同方式來呈現學生的閱讀成果，並運用各種激勵方式，鼓勵學生閱讀。現行具有線上閱讀認證功能的網站，大多屬於各教師研究者自行架設以為班級模組實驗用，或各級學校獨立架設的型態，只有少數網站聯合其他學校，成為較具規模的跨校際型態。例如國文深耕網、教育生活家、臺中市國民小學推動校園閱讀線上認證系統。

　　閱讀認證網站設立的目標，大致歸納如下：

（一）運用資訊融入國語文的教學與學習，藉由線上學習平臺，培養學生自主學習的習慣，提升閱讀風氣。

（二）讓學生因為喜歡電腦，而愛上閱讀，激發學生閱讀動機。

（三）指定線上作業延伸課堂學習，以累積知識能量，厚實學生的語文表達能力。

（四）鼓勵親子共同認證，培養親子共讀的樂趣。

（五）展現教師專業，減輕教師推動閱讀認證的負擔。

（六）藉由學習平臺展現各縣學習成果，建置題庫資源分享，減輕命題與教學負擔。

二、線上閱讀認證的實證研究

　　有關線上閱讀認證的實證研究的資料如下表：

表 2-1-3　國內探討線上閱讀認證的相關研究一覽表（增補自呂輝程，2011）

研究者	研究對象	研究名稱	研究目的	研究結論
黃朝恭（2000）	小三學生	《國民小學國語科多媒體線上測驗系統建置之相關研究》	建置一個校園多媒體線上測驗系統，以研究國語科線上測驗的可行性。	1.線上測驗能達到與傳統測驗相近的成績。 2.批閱及統計時間短，可迅速測驗出學生學習理解的程度及診斷學習困難所在。
王順興（2001）	網站使用者	《網路上目標設定環境的建置──以閱讀網站為例》	以閱讀書籍為目標，發展一個網路上的目標設定學習環境，提供使用者在設定目標及達成目標過程中所需的資源。	系統對於幫助使用者設定閱讀目標及達成閱讀目標所提供的資源是有效的。
古禮權（2003）	小四學生	《基於目標設定理論之班級兒童閱讀學習環境建置與評量》	以閱讀書籍為目標，建置一個優質的網路閱讀學習環境，提供教師在推廣班級兒童閱讀時一個強力的網路輔具。	1.經由實驗證實本系統對於教師在推廣閱讀方面是有正面幫助的。 2.本系統在協助學生完成閱讀書籍是非常有幫助的。 3.本系統能正向引導學生的閱讀動機。

黃淑津 （2004）	小五學生	《電腦化動態評量對國小五年級學生閱讀理解效能之研究》	探討閱讀理解測驗電腦化動態評量的可行性。	1. 動態評量模式能提升國小五年級學生閱讀理解能力，並提供測驗時間、協助量等測驗訊息。 2. 國小五年級閱讀理解測驗電腦化動態評量的可行性高。
林孟春 （2005）	小六學生	《社會階層化與數位學習──以「網路閱讀認證」為例》	社會階層化、學校制度化、學生個人成就動機對數位學習的影響。	1. 學生參加網路閱讀認證活動確實有助於閱讀本數的提升。 2. 學校制度性因素的激勵和個人成就動機的加強才是真正影響網路閱讀認證成效的主因。
王榕榆 （2006）	國小中年級	《以答題信心度為基礎支線上評量系統》	融入時間觀念，建立一個以答題信心度為基礎的線上評量機制。	具時間觀念之信心度評量機制較現有的評量機制能提供更精確的診斷結果，對補救教學有更好的幫助。
賴苑玲、呂佳勳、唐洪正 （2009）	國小高年級	《以 SQ3R 為基礎之閱讀教學策略的開發與實驗──以臺灣中部地區國小中高年級為對象》	以 Moodle 數位學習平臺實施主題式數位閱讀的教學模式，並對國小高年級學生進行實驗教學，以了解學生閱讀理解能力。	1. 吉峰國小實驗組閱讀理解能力在實驗教學後有顯著進步差異，復興國小則無。 2. 學生普遍喜好運用資訊科技融入閱讀學習。 3. 學生喜歡線上閱讀測驗，因能快速自我檢視理解成效。 4. 學生喜歡透過閱讀線上教學之後，閱讀動機的分數提高了。

王秀非、黃淑華、楊昆霖（2009）	小五學生	《利用Moodle進行閱讀教學之行動研究》	設計一套資訊融入教學的閱讀策略的教學活動，希望提升高年級學童的閱讀能力，也可以提供國小閱讀教學的參考。	1. 學生在經過閱讀線上教學之後，閱讀動機的分數提高了。 2. 學童在經過閱讀線上教學後，閱讀與摘要能力後測優於前測的分數。 3. 學生有效點閱Moodle線上課程次數愈多者，閱讀學習動機越積極。 4. 大多數學生覺得使用這種閱讀策略教學方式，有助於發展未來的專業能力。
呂輝程（2011）	小四學生	《國小四年級學童閱讀理解能力與臺中市國民小學推動校園閱讀線上認證系統之相關係研究》	探討新北市大山國小四年級學童閱讀理解能力與臺中市國民小學推動校園閱讀線上認證系統的相關性研究。	1. 四年級學童女生閱讀理解力較男生高。 2. 四年級男女學童在線上閱讀認證系統表現大致相同。 3. 四年級學童在PIRLS評量結果不同得分群組在線上表現上達顯著差異：高分組表現優於中分組，中分組表現優於低分組。 4. 在PIRLS閱讀理解歷程評量得分愈高，線上閱讀認證系統表現愈好。

　　根據上列國內線上閱讀認證相關的研究論文，可歸納出國內在線上閱讀認證的研究上普遍採量化研究及行動研究，且大多在探討線上教學或資訊融入閱讀課堂對學生在閱讀理解或閱讀動機的影響，少部分也關注在教學資源整合、分享的研究。研究者極肯定利用網路的教學方式來帶領學生更愉快的閱讀旅程，可惜的是在網路進行閱讀教學或線上認證，侷限的教材選擇及題目設計很難真實察覺學生對閱讀材料理解、詮釋或批判的能力。此外，閱讀檢證方式可以更多元，線上評量系統多半是選擇題型等封閉式答題，據單一答題的標準答案特色，雖然利於電腦分析、統計學生作答正確數，但以說話或寫作方式來理解所閱讀的資料更具體可以判斷閱讀者是否具備真正的閱讀力，這些卻都礙於電腦無法判斷開放性題型，所以無法設計活動式或寫作式的題目，成為線上閱讀評量很大的限制。至於線上評量時，一律由題庫中的題目隨機選取，而題庫中各題目難易度的認定，理解層次是否由簡而難，也都由出題者主觀的認定；然而出題者（通常為教師）的認定與學生實際的認定有時是有差異的，以致線上評量後的得分無法明確得知閱讀者確切的程度是不容置疑的。

　　綜合上面文獻，線上閱讀認證網站乃是試圖藉由科技的進步，網路的便利及互動性，帶來閱讀評量的革新，希望可以透過此資訊平臺，突破空間和時間的限制，加速、簡化閱讀評量的施測。隨著電腦科技的日新月異，豐富的媒體資訊，結合課文文本、圖畫書，資訊科技融入閱讀教學，有別於傳統的閱讀教學，確實容易吸引學生的目光，激發其好奇心。而研究者也反映網路確實能夠引起兒童閱讀的興趣，可看出各式媒材豐富呈現閱讀教學。此種非正式的閱讀認證方式，期盼能改變教師傳統以心得發表單檢測學生閱讀的策略，以達到更科學、更客觀的閱讀評量數據。此外，更期待閱讀後

的施測能強化學生理解力的監控，並透過題目重新回視（review）
重讀某部分不了解的書籍內容，老師從學生的答題中得知學生是否
已將內容完全吸收。但問題在於缺乏訊息互動與討論的測驗模式
中，測驗題目的信度與效度是值得懷疑的，分析者難以藉此判斷閱
讀者在閱讀理解程度上的分級。此外，學生答錯題目的原因是什
麼，也無從探討，更多是學生明白書本內容（語言面的知識），卻
未能探究字面下（非語言面）的情意或概念；電腦的普及與誘因間
接提升學生的閱讀興趣，連帶在閱讀的量上也有極大的進步，只是
這過程中我們強化的是學生的電腦能力而不是思考能力。閱讀的質
與量又孰重孰輕？所以這種不見創意的閱讀檢證方式，需要改由本
研究的跨領域的理解、說話相呼應表出、書寫轉利用等閱讀認證來
重新著力，始為有意義的評量檢證方式。

第三章　創意閱讀認證的新需求

第一節　既有的閱讀認證太狹隘

　　知識是一個國家生產力的主要因素和創造財富的重要資本，所以世界各國政府為了因應知識經濟，以及面對全球化潮流，紛紛重視教育改革的活動，而兒童閱讀被視為一個教育工作的重點。在美國，兒童閱讀能力評比仍然是全美國所有小學最重要的學習指標，在國家教育政策的支持下，學校除了將閱讀活動引入教學中，舉辦各種閱讀獎勵措施，鼓勵父母參與共讀，用盡所有辦法都是為了培養學生積極主動的學習態度，養成孩子閱讀的習慣。在臺灣，政府也推動了各項閱讀活動期使兒童閱讀能跟上世界教育的潮流。例如於 2001 年教育部推動為期三年的全國兒童閱讀運動，2005 年起再推動為期四年的「焦點三百──國民小學兒童閱讀計畫」，不僅充實各校圖書設備，也引進圖書資源，目的是營造更好的閱讀環境。2008 年接著又推動「悅讀 101」及「閱讀植根與空間改善」計畫，希望能持續先前的計畫，確實將閱讀種子向下深植，並期望於各個角落萌芽生長。此外，行政院文建會也將 2000 年訂為「兒童閱讀年」，並且舉辦臺灣兒童文學一百的評選活動，提供優良的兒童文學作品。教育部更從 2003 開始，每四年一期的兒童深耕閱讀計畫，鼓勵各校參加小小說書人比賽、閱冠王比賽、線上心得分享……而

每個學校更是如火如荼的舉辦:「閱讀達人」,看誰讀的冊數多,「閱讀心得成果展」,琳瑯滿目的教學成果展⋯⋯然而,在 2007 年公布的「國際閱讀素養調查」,臺灣四年級學生的閱讀成就在華語教學地區中仍敬陪末座,徹底說明了臺灣的閱讀教育在某個環節上出了問題,跟不上國際的水準。就研究顯示:臺灣學生的高層次思考未被重視,臺灣的教學活動在閱讀理解方面明顯不足,特別是在解釋歷程能力的培養,幾乎很少進行。(柯華葳,2007)於是政府在評比後,大力推動閱讀教學需輔以各種閱讀策略來指導學生閱讀,提升學生的閱讀理解力;而在教學後出現許多檢測學生閱讀力的認證方法,例如學習單認證法、心得習寫認證法、線上測驗答題認證法等。閱讀是一項很主觀的學習,如何評量及認證是老師教學上極困難的事。試想學生拿到書後,抄寫書上的基本資料,或「我覺得很好看、很有趣、我還想再看一次」等千篇一律的心得感想,甚至以量取勝的小學士、小碩士、小博士獎勵制度式的紙筆形式認證,這樣的方式是否能真實評量出學生的閱讀理解力,不無疑問。

　　全國首創的認證系統透過網際網路,教師將適合學生閱讀的書籍推薦上網,教師設計測驗題目,測試學生對書籍的理解能力,學生看完書後從電腦題庫中抓取 10 個題目,能夠答對 8 題就通過認證。此方法是指透過教師的題目設計和學生的答題來得知學生是否完成閱讀,或以上傳閱讀心得和同學線上交流等方式,來認證學生的閱讀能力。我們可以思考:老師設計的題目倘若只是從文本字面上直接提取答案的題目,學生不過完成簡單基本資料的答題或是不斷隨機猜題,這種認證方式能否真正檢核出學生的閱讀理解能力,仍有待商榷。

　　電腦化的線上測驗可以幫助老師節省批閱、分析的時間,甚至經由個別化測驗的實施能對學生能力有正確的敘述,藉此獲得額外

訊息；系統提供立即性的回饋，能幫助學生針對評量結果進行省思，我們看得見的是電腦化線上測驗結合傳統紙筆測驗的優點與電腦輔助的便利性，但看不見閱讀者真正對所閱讀的書了解多少的質性的分析。這看不見的隱憂，正是我們在閱讀教學及認證方面需要努力的地方。既有閱讀評量的侷限與狹隘是不容置疑的，我舉下面普遍在課堂上運用的例子來說明：

父子進城

　　從前有一對父子，帶著一隻馬進城。

　　走著走著，突然聽到路旁的人說：「真笨呀，有馬不會騎，竟牽著走。」這位父親聽了，覺得有道理，就叫兒子上馬，自己牽著馬走。

　　又走了一段距離，這時路旁有位老先生，搖搖頭對著身旁的小孫子說：「你看看這個騎在馬上的年輕人，年紀輕輕，竟讓年長者在路上走，自己卻坐在馬上，這成何體統？」

　　這位父親想想，那老先生說的也對，就叫兒子下馬，自己跳上馬背，繼續上路。不久來到了城門口，守城的士兵檢查了父子兩人的行李，瞧見滿身大汗的兒子，不禁嘀咕起來，說：「這個當父親的也真是的，自己在馬上舒服，卻讓兒子累得汗水淋漓，這未免也太不疼愛小孩了吧！」

　　這父親聽到這兒，覺得十分慚愧，一進城門，就叫兒子上馬，兩人一塊騎在馬上，走在城裡的街道上。

　　才沒走幾步路，路旁店鋪裡的小孩子，指著這對父子大喊：「他們怎麼這麼沒有慈悲心，竟然兩人一同騎著一匹馬，一點也不體恤這匹馬的辛勞。」

　　路上的人被這麼一喊，全都望向這父子倆。父子二人一聽到這話，只感到冷汗直流，恨不得有個地洞可以鑽進去，真是羞愧死了。

　　這對父子索性一塊兒下了馬，兩人一馬走在大街上。他們父子心想：「這下該沒事了吧？」

　　沒想到才轉個彎，竟又有人存心跟他們作對似的，在路旁指指點點，說：「現在怎麼有人開始遛起馬來了，遛遛狗啊貓的還差不多，馬不是用來騎的嗎？」

　　聽到這兒，父子二人面面相覷，不知如何是好。（閱讀測驗網，2011）

閱讀測驗：

1. （　）面面相覷這句成語，指的是：
　　①面對著面不知該怎麼辦②面對面哈哈大笑③互相嘲笑對方④互相指責對方。

2. （　）汗水淋漓是形容一個人：
　　①熱得流不出汗②流汗很多的樣子③掉進水裡的樣子④疲累的樣子 。

3. （　）遛狗遛馬的「遛」字是指：
　　①騎在動物身上②跟動物賽跑③帶著動物散步④趕走動物。

4. （　）你覺得這篇故事中的父子，是什麼樣的人？
　　①能接納雅言的人②沒有主見的人③會奉承別人的人④不會作生意的人。

5. （　）你覺得這篇故事給人的啓示是：

①作事要完全聽別人的意見②沒事不要到城裡遛馬③騎時要輪流上馬，不要累垮馬兒④作事要有定見，不要隨便受旁觀者的影響。（改自閱讀測驗網，2011）

刻舟求劍

從前有一個楚國人，要到另一個村莊去，在他搭船時，一不小心將劍掉落在河水裡。於是他就在劍落水的地方，畫一個記號在船上。撐槳的船夫看了，覺得很奇怪。

等到船靠岸時，這個楚國人指著船上那個記號，對船夫說：「我的劍就掉在這裡，請您的船先不要動，我下去找找。」

說完，噗通一聲，就跳下河裡去找他掉落的劍了。

找了許久，依然沒找到劍的蹤影，他喃喃自語的說：「我的劍明明就掉在這兒呀！怎麼找不著？」

船夫這時才恍然大悟的對這個楚國人說：「原來您在船上作記號，就為了這檔事兒呀！唉……」

楚國人看船夫嘆氣，也不解的問：「怎麼的，難道劍不是從這兒掉下去的嗎？」

船夫搖了搖頭說：「沒錯，劍是從這兒掉下去的。可是當時您卻不立刻下水去找，只是在船上掉劍的位置做記號；劍是在船的這兒掉的沒錯，然而船的位置卻不是固定的呀。船的位置既然已經遠離了掉劍的地方，您光在船上作記號有什麼用？」（閱讀測驗網，2011）

閱讀測驗：

1.（　）這位楚國人刻舟求劍的作為可以用哪一個詞語來表示？

①明智之舉②無濟於事③無可奈何④利人利己。

2.（　）為什麼這位楚國人最後會找不到他的劍？

①畫錯記號②沒有作記號③船夫不幫他④船已駛離掉劍的位置。

3.（　）從這個故事中，你可以得到什麼啟示？

①做人要即時行樂②掉了東西要不顧危險的找回來③遵循不合時宜的規定反而會造成錯誤④不要在船上作記號。（改自閱讀測驗網，2011）

珍重再見　洪志明

看到阿明、阿善、阿立、阿忠拿著風箏的背影，消失在常常放風箏的小山上，阿萬心裡有說不出的難過。

一個學期來，他寄住在阿姨家，和阿明他們一起讀書，一起玩，一起到小山上放風箏，幾乎沒有一天不聚在一起，相處得比親兄弟還要親密。

現在爸爸從國外回來了，他能回家和爸爸住在一起，雖然很高興，可是一想到要和好朋友分開，心裡還是有些捨不得。在這別離的時候，阿萬相信他們無論如何一定會來送行，沒想到等了很久，不但沒等到人，竟然還看見他們跑到小山上放風箏。阿萬只好強迫自己儘量不要往小山上看，失望的離開。

「阿萬——」他忽然聽到背後有呼叫的聲音，轉頭一看，只見好朋友們站在小山上跟他揮手，四隻風箏在他們身後高高的升起，風箏上面寫著斗大的字——珍重再見。接

著，他們向他奔跑過來，阿善氣喘吁吁的說：「我們把風箏繫在高高的樹上，要讓你走了很遠，還看得見。」

阿萬怎麼也沒想到，大家會用這種方式來道別。「好……好……保重！」他緊緊的握著好朋友的手，哽咽得說不出話來。

在離開的路上，他頻頻回頭，看那高高飛起的風箏，走了很遠，風箏還在天上飄著。阿萬忍不住流下眼淚，風箏上的字跡愈來愈模糊。淚眼中，風箏似乎變成四張微笑的臉，在空中飄著。（陳宛非等編，2009，58-61）

閱讀測驗：

1. (　) 為什麼第一段阿萬看到朋友放風箏，心裡有說不出的難過？
①阿萬沒跟著去放風箏②阿萬的風箏掛在樹上③阿萬就要和他們分離④阿萬怕高不敢去山上。

2. (　) 阿萬和朋友感情好，課文的哪一句，不是這個意思。
①一起讀書，一起玩，一起放風箏②幾乎沒有一天不聚在一起③相處得比親兄弟還要親密④阿萬強迫自己儘量不要往小山上看。

3. (　) 阿萬的朋友用什麼方式道別？
①放風箏並寫著珍重再見②在小山上大聲的說再見③把阿萬的風箏掛在樹上④每人送給阿萬一隻風箏。

4. (　) 阿萬和朋友們道別，哽咽得說不出話來，為什麼「緊緊的」握他們的手？①感到很緊張②朋友不放開③情緒很激動④心情很愉快。

5. (　) 最後一段，為什麼「風箏上的字跡愈來愈模糊」？

　　　　①阿萬已經愈走愈遙遠②阿萬的眼淚愈流愈多③山上
　　　　的風很大一直吹而漸漸變淡④阿萬近視看不清楚了。
　　　　（改自翰林，2009：70）

　　從以上範例及坊間題本和線上測驗題目來探討常見的閱讀測
驗題型與題目設計，可以看出一般傳統的閱讀評量與內容，大致可
以歸納如下：

（一）字詞義理解能力的測驗：從文本中挑出較難的語詞，提供四
　　　種解釋供受試者選擇；或是提供四種該詞語適用的情境，由
　　　受試者挑選出最佳答案。評量受試者是否充分理解該語詞意
　　　義，並能加以應用的能力。範圍多限於國小基本常用字音、
　　　字形、字義的基本辨識，以及近似語彙、常見訛誤的分辨。

（二）語法句式測驗：生活語彙的運用、常用句型與語態的辨識，
　　　常用文法與修辭的運用，以及標點符號、連接詞的使用等語
　　　文應用測驗。

（三）篇章理解測驗：探討篇章的主旨、論點、作法，與關鍵詞語
　　　的理解等。

　1. 文本理解能力測驗：提問文章中能直接找到答案的題目，題目
　　　類型又可分為兩類：第一類是在同一句子可直接找到答案，第
　　　二類是判斷四個選項句所描述的事實是否符合文章敘述，從中
　　　加以選擇。

　2. 推論理解能力測驗：受試者（讀者）根據語境、文章脈絡加上
　　　一般知識、過去經驗，而為文章加上缺失的訊息，建構完整的
　　　意義，進而理解整篇文章意義的能力。例如推論文章主角採取
　　　某種行動的動機、推論某種事件發生的可能原因、為維持文章

的連貫性和完整性所做的代名詞推論和根據文章的線索推論事件的發展或結局等。

3. 摘要能力測驗：由文章中抽取重點或主要概念的能力。受試者需要從文章結構去摘取重要訊息，並且用概括性的語詞歸納重點。例如選出本文或段落的大意、為文章訂題目、下列哪個句子最適合為文章的中心思想和請找出文章的主旨等題型等。

4. 布題能力的測驗：指閱讀理解特定文章後，根據文章訊息自我提問的能力。在自我發問的過程中，讀者不斷的去搜尋儲存在基模裡的訊息，激發他的基模來預測將發生的事，並且解決問題。

從施測題目的設計不難看出一般的閱讀評量目的多為語文能力的擴充或閱讀理解力的增強，但是詮釋文本的角度卻只侷限在文本表層語言面意義的探討，缺乏非語言面意義的延伸和跨領域的深層理解，這樣的方式無法達到更有價值的檢證。在〈父子進城〉的故事裡，其實父子騎驢本身本來就是一件單純的事；但是卻因為旁人的評論，造成心無定見的父子二人無所適從，淪落到四方都無法獲得認同，然而父與子的堅定信念才是整件事的重心。如果放在一個公司的領導者身上，領導人最怕「優柔寡斷」、「道聽途說」，就像父子倆不斷的聽路人說意見，自己卻沒有主見；不斷依附他人意見的結果，只有落得眾矢之的。這樣的管理者或領導者只會令部屬無所依循，甚至失去在上位者的尊嚴。「異質意見」的存在，是必需的，但不是必要的；當失去自己原來的想法而受人左右時，別人給的一堆意見，只會弄得當事者愈聽愈亂，反而失去解決問題的目標，所有的思辨、判斷能力都變成零。所以從故事中我們應該學到一個人要有主見，具備判斷是非的能力，才不會被別人的意見所左右；不要活在別人的輿論中，要靠自己的腳走路，自己的腦袋思考。

〈刻舟求劍〉的故事是用來比喻那些自以為是的人，因為這種人的主張和行動，只憑自己的主觀，完全不去考量客觀的情況，就像寶劍掉落在水裡，只刻記號在船上做為尋找的憑據，是一樣的可笑。因此，凡是遇到那些不肯隨機應變、自以為是，以至於不能完成工作任務、無法達到所求目的的人，我們就可以用這句成語來形容。〈珍重再見〉最後高飛的風箏變成四張微笑的臉，其實是以「象徵」的修辭技巧，將具體的風箏代替了抽象的友情，雖然風箏高飛上空卻充滿真摯友情的祝福。無聲勝有聲的祝福，一切盡在不言中。只有進入作者的感情世界才能體會出那種依依不捨的離別，難過得笑了的感情。這些都是在文本中需要深刻體會並詮釋、評價的，但題目中卻無法看到這樣的訊息，讀者詮釋文本的侷限處當然就不證而明。字詞義的學習是語文教學的基礎；語言面的意義理解是閱讀的首要條件，但要具有深度理解力就不能只講求字面上的文義，勢必要從非語言面甚至是跨領域的連結來思考文本的意涵。許多規範性經驗或審美經驗的感受更重於知識經驗的理解，這樣的狹隘會在下節以更多理論與例子來證明。

　　此外，2009 年 6 月公布的「臺北市國民小學 97 年度基本學歷檢測」結果，從封閉式的選擇題中我們看到：受測的學童在語文的認知學習上以記憶、應用等表現為佳；其次為了解、分析的表現則相對應需要多關注。（陳清義等，2009）而林玫伶（2008）針對臺北市深耕閱讀推動活動進行的一項大規模調查也發現：教師過度重視閱讀「產出」，大量使用學習單及報告，造成學童對閱讀反胃，試想當學生是被逼著去做這些閱讀後的後續動作時，學生失去的閱讀熱情，我們用什麼來補救？這項結果與馮永敏（2004）提出的觀察一致。他觀察到：以學習單為閱讀能力評量的工具，在班級運用中常出現如下的問題：

（一）形式不拘，變化多樣，但缺乏整體考量，容易造成語文知能
　　　學習的脫節。

（二）學習單設計的目的性不明，未能有的放矢。

（三）學習單的內容，與教學活動中呈現的是不同的內涵，學與練
　　　各行其是。

（四）學習單採開放性或半開放性設計，卻往往未能提示明確要
　　　求，以致學生流於表象的理解。

　　無論是學習單的習寫或線上認證的方式，不難發現有許多檢核
上的侷限，實在是需要改以本研究創意的閱讀認證來扭轉方向。

　　馮永敏（2004）也提出就閱讀評量現象，不管是學習單、讀書
心得報告或閱讀測驗的應用應該：

（一）閱讀測驗不是大量作題目就夠，把所有的題目做過一遍，並
　　　不表示學生都理解，千萬不可冀望題海戰術能提升學生的閱
　　　讀素養。此外，閱讀測驗的命題應回歸能力指標的向度，跳
　　　脫教材的單一內容，鼓勵學生進行分析思考。而閱讀測驗的
　　　選材也應跳脫偏向記敘文體的閱讀，加進如說明文、論說
　　　文、短篇小說……等。

（二）閱讀學習的紙筆作業要有所取捨。學習單及讀書心得報告應
　　　只是評量的方式之一而不是唯一，更不是全部。老師可以透
　　　過更多對話或討論的方式，進行有趣卻深入的多元評量。

　　至於本研究的創意閱讀認證，如何認證出創意的部分，我採
周慶華故事詮釋的基模（詳見圖3-1-1）來試作，以《伊索寓言》
中的數個故事為例。伊索藉由不同生物的生態和習性，用巧妙的
譬喻手法，簡約的機智言語，生動而活潑的刻畫人性。書中每一
則故事均富含深意：有啟發、有訓誡、有諷刺、有警示。伊索寫寓

言，是為了諷刺當時的政治和社會風氣，啟發人類記取教訓奉為圭臬的原意。

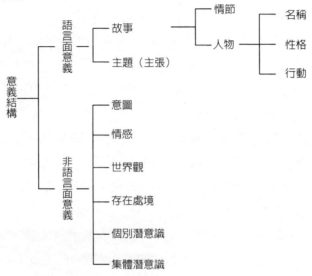

圖 3-1-1　故事詮釋基模（資料來源：周慶華，2002：210）

如《伊索寓言》的〈龜兔賽跑〉：

烏龜與白兔為他們倆誰跑得快而爭論不休。於是，他們定好了比賽的時間和地點。

比賽一開始，白兔覺得自己是天生的飛毛腿，跑得快，對比賽掉以輕心，躺在路旁睡著了。

烏龜深知自己走得慢，毫不氣餒，不停地朝前奔跑。結果，烏龜超過了睡熟了的白兔，奪得了勝利的獎品。（大紀元文化網，2000）

　　對寓言這種體裁來說，語言面的意義重在情節。但如對本寓言的非語言意義未能掌握，僅就自己的經驗來理解，就容易忽略了深層意義。一般所能理解的層次，大致僅於故事本身烏龜和白兔賽跑，烏龜跑贏了，白兔因為貪睡而輸給了烏龜。故事的角色是烏龜和白兔，主題則是一個不對等的比賽，最後意外的卻由弱者獲勝。可是它的非語言面意義，卻是非常豐富且有層次感。層層深入，唯有如此才能製造差異，顯見創意閱讀認證的完善。從烏龜的角度：被質疑雖弱勢但仍勇於挑戰、堅韌勇敢、謙受益。以白兔的角度：雖有天大本領，但妄自菲薄，難有成就。

　　於文本中，創作者在情感上應具有不滿強者自大自傲的心理，意圖讓強者瓦解；相對的也可理解為是同情弱者這一方，反映弱者心裡想贏過強者。但對作者來說似乎沒麼簡單，作者站在強者角度看到許多強者太過自大，試圖影響別人來認同強者可能被威脅的觀點，這有警惕作用。因為在現實中弱者贏過強者太難，而強者也可能自己疏忽了偶然敗給弱者，所以強者的自覺意識要隨時都在，不能因為他是強者而太過大意，要長期維持強者不見得那麼如意。在世界觀方面，沒有強者恆強，弱者恆弱的問題：現實世界中，就西方白人來說，異教徒就是有色人種，是上帝造人時的劣質品，故事中隱含白色人種輕視有色人種的影射，有意無意把人類犯罪後，在贖罪過程中，不夠努力的就歸於有色人種；但有色人種不是個個都是弱者，白色人種慢慢發現有色人種也有強者，相較於一般白種人並不遜色，頗有威脅感，這世界不是只有白種人才具有強者的優勢。在存在處境方面，強者弱者互相威脅，也就是說沒有任何一方是絕對優勢，這也有可能是作者在創作時的自身處境。以上都是屬於顯意識的，是作者在創作時可覺知得到的。反過來，在創作過程中無法覺知的個人潛意識是強者的危機感，弱者雖弱但人數眾多，

這世界有色人種比白種人多很多，強者固然強但在弱者環伺的情況下，危機感自然的油然而生。至於集體潛意識，則有種族焦慮。在伊索寓言裡，動物的取角是有其象徵性意義的，白兔是白色的象徵白色人種，烏龜是黑色的象徵有色人種，這可能是白色人種集體的潛意識使然，只有在非語言意義的深層理解才能真正達到創意的閱讀認證。如下圖所示：

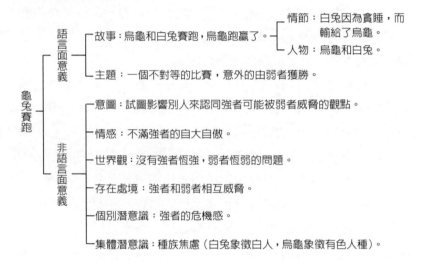

圖 3-1-2　〈龜兔賽跑〉語言面意義和非語言面意義分析圖（資料來源：周慶華，2011a：64）

又如《伊索寓言》的〈母獅〉：

　　　田野間的野獸在爭論著，比較那一種動物，一胎所生下的小獸最多，應該接受最大的光榮。

　　　他們喧鬧地奔到母獅面前，請她來排難解紛。其中母狐狸又問：「那麼你一胎生幾個？」母獅對他們笑著說：「啊！

我一胎只有一個，但是這一個，便是一隻優良的獅子。」（大紀元文化網，2000）

故事：母狐狸嘲笑母獅子，母獅子反嘲笑母狐狸。
情節：母獅告訴森林裡的野獸她能生下最優秀的獅子。
人物：母獅和森林野獸。
主題：不能以量取代質（隱含有對質的重視）。
情感：不屑母狐狸的「妄自尊大」！
意圖：希望讀者不要誤將量當質，並且得認同他的「重質」主張。
世界觀：「純化」世界人生的必要性。
存在處境：困惑於尊／卑或優／劣的二元對立情境的抉擇。
個人潛意識：含有優質化自我的需求。
集體潛意識：含有對「質」的價值絕對化的迷失。（改自周慶華，2002：287）

又如《伊索寓言》的〈號兵吹喇叭〉：

　　一個號兵被敵人捉住了，大叫道：「各位，請別殺我，我除了吹喇叭以外，什麼事也沒有做，更沒有殺人。」於是敵人說：「就因為這樣你才非死不可；你自己雖然不打仗，但你會叫大家來打仗。」（大紀元文化網，2000）

故事：號兵叫人去打仗，被敵人捉住。
情節：號兵吹喇叭是引起戰爭的始作俑者。
人物：號兵和敵人。

主題：唆使別人去做壞事的人是最可惡的（隱含擒賊先擒王的
　　　主張）。

情感：鄙視號兵不明事情的真實禍源。

意圖：盼望讀者一起來譴責撥弄是非或媒孽致禍的人。

世界觀：這個世界所以會紛亂全因少數有野心的人所引起。

存在處境：我們隨時暴露在隱藏著的敵人掌控下。

個人潛意識：自然會心懷恐懼。

集體潛意識：「看不見的權謀」是暴力美學中最炫感人的一
　　　　　　個環節。（改自周慶華，2002：287～288）

　　閱讀是一種將符號轉換成意義的過程，過程中結合新的訊息進
入既有的認知與情感中，好的閱讀不是辨認單字、詞語，而是理解
文章。（洪月女譯，1998）透過文字或符號再擷取意義的複雜歷程
中，多面向的關注文本的意義，探究非語言面的意義，顯出與其他
讀者不同且更勝一籌的詮釋內容，才能跳脫一般閱讀檢測的侷限，
更臻創意的顯出。

第二節　新閱讀認證可以關連多元的閱讀能力

一、跨領域的定義

　　跨領域可以使創意極大化，我們除了要從非語言面來探討文本
的「絃外之意」外，還需要以跨領域的方式作為符應創意認證探討
文本的基模。跨領域是一種經驗的連結或統合，而經驗則有知識性
的、規範性的和審美性的。因此，跨領域也就成了知識經驗、規範
經驗和審美經驗的連結和整合：

圖 3-2-1 跨領域知識系統（資料來源：周慶華，2007a：53）

　　但由於知識經驗、規範經驗、審美經驗本身各自還可以細分為許多次領域，以致相關的跨領域又有同一經驗範疇內跨的情形。圖示如下：

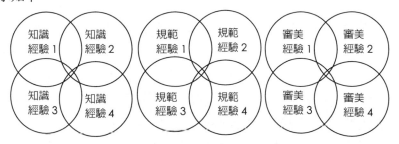

圖 3-2-2 各經驗範疇內跨的情形

前者的外跨和後者的內跨相合，形式就更多樣了。圖示如下：

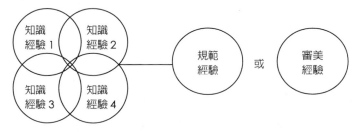

圖 3-2-3 跨領域知識系統經驗外跨內跨情形

　　所以對一文本進行跨領域的理解是指能從語文經驗中做到第一層各經驗範疇外部的跨領域理解或第二層三種經驗本身的內部跨領域理解，甚至是第三層三種領域外部和內部連結跨領域的理解。這種跨領域的理解，已經可以包含創意的理解在內（詳見後節），以致倘若能達到上面某一層次的理解就表示通過本研究的創意閱讀認證。換句話說，能達到本理論的閱讀認證的閱讀者，就是表示具備跨領域詮釋文本的能力，因為本研究的新閱讀認證已全然包含以上跨領域的方式。

二、跨領域的解釋與舉例

　　如果把語文經驗加以分類，那麼大致上可以分為「知識性」經驗、「規範性」經驗和「審美性」經驗等三大範疇，而這三大範疇就是本研究要據以為跨領域的概念架構。而在以「閱讀認證」為限定範圍下，它們分別可以稱為「知識取向的閱讀理解方法」、「規範取向的閱讀理解方法」和「審美取向的閱讀理解方法」。

　　知識取向的閱讀理解方法論類型，是指從相關的語文從純理性的基礎來進行論斷；研究者會認為語文是一種人類的理性的架構，所以必須合理化：「它的目的乃在求『真』。所謂真，照亞里斯多德的解釋，不是事實是否為真，而是它的理是否為真；詩所表現的事件和人物雖然不一定一如我們生活中的真，但它的發展和演變則必須按照必然或概然的因果關係，也就是建立在一定的邏輯發展的基礎上」。（姚一葦，1985：353）於是從這一純理性的科學觀點出發，找出語文的創造者或使用者所依據的是什麼；更經由這一事物的邏輯架構或者說它的動作而找出它的意義，就成了研究者的一項重要工作。（同上，354）因此，只要是基於這一求「真」的前提而論說

語文現象或以語文形式存在的事物的意見，都可以把它歸到認知取向的閱讀理解方法論類型這一綱目下來理解。（周慶華，2004a：132-136）如：

　　　2009 年 9 月麥肯錫公司（全球知名的管理顧問公司），提出研究報告「全球最佳二十五個教育系統是如何做到的」，報告結論指出：「要改善最後的教學成果，唯有先改善教導的方法！」芬蘭教育界做到了這點，因為他們先看到了改善一切有關「教師」這份工作所牽涉到的層面，教育的良善本質和教學應有的人性層面，才會水到渠成的被發揮出來。（陳之華，2010：74）

　　教師，才是一切的關鍵！芬蘭堅信，唯有建立良性循環的師資培育體系和自主專業的教師職業尊嚴，教學工作與成果才會被學生敬愛、被家長信賴、被社會推崇。（陳之華，2010：73）這篇文章透過研究報告指出芬蘭教育所以在世界一鳴驚人的原因：「就是找到對的人成為教師，教育現場的氣氛就會隨之改變，教學效果與教學成果就會自然的提升。」不僅說明報告內容也提出芬蘭教育裡實際的作法，足以讓讀者認同、接受的概念，這是屬於知識性的文本。
　　規範取向的閱讀理解方法論類型，是指相關的語文研究從倫理、道德和宗教的立場來進行論斷；研究者會認為語文也是約束社會成員思想、維繫社會存在的一種形而上的形式，所以必須合法化：「它的目的乃在求『善』。因為「人類是社會的動物：在構成一個社會的組織和維繫一個社會的存在上，必須建立起許許多多的共同約束，這些約束有有形的、有無形的。例如典章、制度、法律、政治為有形的約束；而倫理、道德、甚至宗教為無形的約束。前者

所約束的主要對象為一個社會成員的行為（或者說具體的活動），是形而下的形式；後者所約束的主要對象為一個社會的成員的思想（或者說心靈的活動），是形而上的形式」（姚一葦，1985：376）而規範取向的方法論類型就是相應於倫理、道德和宗教而說的，它屬於形而上的形式，也就是高一層次的形式架構。因此，只要是基於這求「善」的前提而論說語文現象或以語文形式存在的事物的意見，都可以把它歸到規範取向的閱讀理解方法論類型這一綱目下來理解。（周慶華，2007a：201～202）如：

按鈕的謀殺最可怕

　　科技愈進步，對國民道德的要求應該愈高，因為稍有差錯，後果就難以收拾。例如非洲某國看守水閘的警衛，因酒醉被長官責罵，心生不滿，竟按鈕洩洪，水淹下游，罔顧老百姓的性命。真不敢想像掌管氫彈、核彈的人，如果也挾怨報復，隨便按鈕，這個世界會變成什麼樣子。（洪蘭，2004：76）

　　這是一篇告訴讀者「品格」比「聰明」重要的文章。說明科技發展倘若無正義、理想、道德的搭配，聰明的人真的可能聰明反被聰明誤。這是屬於規範性的文本，強調個人倫理、社會道德的重要。如果社會中大家都不講是非黑白，只求追名逐利，把自己的怨恨憤怒發洩在公共安全上；最可怕的謀殺就是那個坐在控制室中操縱按鈕卻沒有罪惡感的人，美國九一一事件給我們很大警惕。如果沒有培養出良好的品行，教導出生活的智慧，孩子的聰明真的可能反誤了他的前程。所以透過這篇文章，希望社會大眾要有一個正確的價值判斷準則：培養學生正確的價值觀，正直的人格和高尚的情操，

遠比教給孩子課本上的知識還重要。當父母一直想盡辦法培育孩子為「資優生」時，試著想想如果沒有正確判斷的能力及執善固執的勇氣，儘管一個人資質聰明、分析能力強、甚至有優異的創造力，都可能成為日後社會的「隱形殺手」。

　　審美取向的閱讀理解方法論類型，是指相關的語文研究從某些特定的形式結構來進行論斷；研究者會認為語文可以成就一個美的形式，所以必須合情化：它的目的乃在求「美」。由於語文成品凡是藝術化後「都具備一定的形式；這一定的形式的構成，一般稱它為美的形式。由於不是一切的形式都是美的形式，而是符合某種條件的形式才是美的形式，所以對這一美的條件的探討就屬於美學的範圍。（姚一葦，1985：380）而審美取向的方法論類型，正是採用這樣的作法為本色。特別要注意的是語文成品中屬於這類對象的文學作品，它的美固然也限於形式部分，但指的是關連於「意義」（內容）。大家所指稱的文學作品的美是指表露於形式中某些風格或特殊技巧（表達方式），而這些風格或特殊技巧始終都是關涉文學作品的形式和意義的。因此，凡是基於求「美」的前提而論說語文現象或以語文形式存在的事物的意見，都可以把它歸到審美取向的閱讀理解方法論類型這一綱目下來理解。（周慶華，2007a：247～248）如：

　　　　美應該是一種生命的從容，美應該是生命中的一種悠閒，美
　　　　應該是生命的一種豁達；如果處在焦慮、不安全的狀態，美
　　　　大概很難存在。（蔣勳，2005：24）

　　　　食之美：
　　　　你會在腦海裡浮現一些好像始終忘不掉的食物和料理，它們
　　　　不只是口感上的回憶，不只是美食當前那種口腔裡的快樂，

甚至會變成很特別的視覺記憶、嗅覺記憶，甚至會讓你在心
靈上有一些特別的感動。（同上，33）

衣之美：
一件你喜愛的衣服，真的像一位好朋友，有時候也像一個愛
人。有幾件純棉的白襯衫跟純棉的卡其褲是我很喜歡的衣
服，讓我覺得有長久穿著怕會變形，所以總是用比較好的洗
衣精泡著，有空的時候用手去搓揉乾淨，我覺得那也是一種
快樂。（同上，97）

住之美：
房子並不等於家，房子是一個硬體，必須有人去關心、去經
營、去布置過、這才叫作家。有些人只有房子，並沒有家。
（同上，152）

行之美：
如果從誕生到死亡是一條高速公路，那麼我寧可另闢蹊徑。
人生只有一次，我為何要那麼快跑完全部的路程？我覺得可
以慢慢地走，每一段過程、每一分、每一秒，都可以停下來
做一點觀看、做一點欣賞。（同上，225）

　　《天地有大美》，這是蔣勳帶領讀者從生活中感受美的一本
書，無庸置疑很多篇幅都需要運用審美的經驗來閱讀。如果讀者心
中沒有「美感」，就很難用美的角度來審視、詮釋作者書寫的「美」。
莊子所謂的「天地有大美而不言」，很少以藝術舉例，反而是從大
自然、從一般生活中去發現美。如果我們不懂在生活中感覺無所不

在的美，參觀音樂廳、畫廊也只是鄙俗的附庸風雅。我們必須自己先感受到美，才能把美帶給眾人分享。《天地有大美》裡面談的是看來微不足道的「食、衣、住、行」，談到日常中再平凡不過的生活中的點點滴滴，美就在我們的生活中。中國自古說「品味」，就是說「美」還是要回到「怎麼吃」、「怎麼穿」、「怎麼住」、「怎麼行」的基本問題。

表 3-2-1　理解不同取向表（整理自周慶華，2003：30～34）

理解文本的取向	理解意義
知識取向	可從真假、是非、對錯來檢證。 以純理性的基礎來論斷文學，這個取向的目的在求真，不是求確有其事的事實的真，而是作品的發展和演變必須按照必然或概然的因果關係，發展需建立在一定的邏輯基礎上。根據這種求真的前提來論說作品的意見，都歸屬這類取向。
規範取向	可從善惡、聖俗來檢證。 從倫理、道德和宗教的立場來論斷文學。人文思想、維繫社會存在的一種形而上的形式，這個取向也是約束社會成員思想、維繫社會存在的一種形而上的形式，這個取向的目的在求善。相應於倫理、道德和宗教形而上的約束，約束社會成員的思想（心靈的活動），凡是基於求善的前提而論說文學的意見，都歸屬這類取向。
審美取向	可從美醜、優劣來檢證。 文學作品的美的形式不同於其他藝術品的美，須關連到意義（內容），文學作品的美可能是表露於形式中的某些風格或特殊技巧（表達形式），討論的就是文學作品的形式和意義。文學可以成就一個美的形式，所以必須合情化。這個取向的目的在求美，凡是基於求美的前提而論說文學的意見，都歸屬這類取向。

　　從以上三種語言經驗整理表，還可以發現這三種語文經驗取向的判別仍有相對性，並非絕對性：知識經驗的相對性會比較高；規範經驗、審美經驗的相對性比較低。前者的取向屬名與實需相符的論理真理；後者的取向屬實與名需相符的本體真理。就閱讀文本，要判斷是屬於哪一種語文經驗，就需要考慮語文現象或以語文形式存在的事物的界定歸屬而論，才能顯出文本意義內涵不同的詮釋角度，對文本提供不同視野的觀照角度和解讀的可能。倘若再透過跨學科或跨文化研究的融會交流，進一步更可衍生出一持續發展的有價值的創作活動。

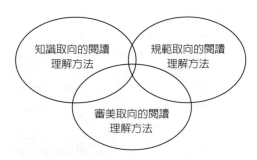

圖 3-2-4　三種語文經驗取向的內涵圖（改自周慶華，2007a：204）

　　上述這三種語文經驗取向在文本中通常是並存的，需要讀者抽絲剝繭一一理解。如：

考試是假性平等，重要的東西不能量化

　　中央大學教授洪蘭曾為文指出，根據美國賓洲大學一項研究，父母過於強調分數，讓孩子承受巨大壓力將增加成年後精神障礙（如憂慮症）的風險。他也指出：「很多人誤以

為分數是量化，最公平，但愛因斯坦就說過：『許多重要的東西是不能量化的（Everything that couns can not be counted）。』分數代表的是現在的知識，並不能預測未來的表現。

因此，如果我們今天質疑：為什麼會出現考試傑出的學生，一路順遂成為政治領袖，最後卻在道德和品格素養上淪喪，不如回過頭來看我們在教育的內涵中，是否缺乏教導做人等其他更重要的因素。

不只是分數凌駕一切的觀念，考試單一價值塑造出的「模範生」心態也值得進一步探討……有些精於考試的孩子，除了成績優異外，可能沒有機會學習除了讀書以外必備的做人條件，甚至有些家長往往因為孩子會讀書就嬌寵孩子，好比「你把書念好就好，家事不必做！」一些該負的責任、應盡的義務一概不重視，因此做事要圓融、謙沖、為人設想的能力反而成為模範生的障礙……在人際關係上產生極大的問題。

然而，未來領袖並不會覺得自己凡事必須高人一等，做事絕對完美無缺，反而要能設身處地、換位思考，體諒別人。（嚴長壽，2011：30～40）

……麥克阿瑟（Douglas MacArthur）說：「當你有信念時就年輕，當你有疑慮時就老了；當你有自信時就年輕，當你恐懼時就老了；當你有希望時就年輕，當你絕望時就老了。在每個人的心中，都有一個錄音房，只要它收到的是美麗、希望、喜悅和勇氣的訊息，那麼你就是年輕的。而當你的心中只有布滿悲觀與憤世嫉俗的冰雪時，那麼你就將老去。而這時，就如同歌謠一般，你正漸漸消逝。」（同上，114）

表 3-2-2　〈考試是假性平等，重要的東西不能量化〉理解不同取向表

理解文本的取向	理解意義
知識取向	1. 從研究顯示的資料做為論說的論據。 2. 引愛因斯坦的話：「許多重要的東西是不能量化的。」文本中所陳述的是研究後的結果，且是廣被社會大眾認同並接受的觀念。
規範取向	隱含考試是假性平等、重要的東西不能量化的概念；並提出許多道德教化、倫理規範的意識： 1. 考試只能容許「有強記能力」的考生出頭，卻考不出一個人的責任、使命感、品格、決策能力、藝術涵養……而這些是一個人成功極重要的條件。 2. 社會的價值觀被考試扭曲了，一個擁有高學歷的人，卻成為品格淪喪的大人。 3. 做人行事需要謙虛退讓，學習每人優點，萃取每人的智慧，才能成為溝通能力強的領袖。
審美取向	以詩句的形式構築美的文學表現，不具有說理、教條式的要求，而是賦予讀者能思考：「年輕人要有自己的主張、自己的判斷，激發自己無可救藥的熱忱。」

此外，讀者要從閱讀中獲取知識性、規範性、審美性的內容，可以透過各種描述、詮釋、評價的方法來進行，無論是閱讀教學本身所要傳授的語文經驗以及方法都要圍繞這個範疇，當然在閱讀能力的檢證上也應該運用相同的概念。

讀者解讀文本必須憑著自己的知識經驗累積，帶著自己的情感去感受這些符號結構，從僵化的文本中讀出鮮活的感受來。這種感受來自文本卻不等同於文本，因為它摻和了讀者的理解和想像，所以閱讀往往是一種「被引導的再創造」。既然閱讀是一種創造活動的歷程，我們就需要努力去增進閱讀中的創造性，實行創造性的閱

讀、高效能的閱讀。而在這種閱讀的創造中,「文本」也就變成了「作品」,就是由「以文字符號的形成構成的硬載體」變成了「由作者和讀者一起創造的意義軟載體」;讀者則一方面變成了文本的共寫者,另一方面又成為自己文本的創造者。閱讀對象的文本本身也是作者創造性勞動的結果,是一種創造性的產品。因此,從閱讀文本中,我們多少也可以回溯到作者的創造心路,從而對自己的創造提供借鑑。另外,要閱讀創造性的文本,讀者本身也要有「創造性」的視角,也就是達到創意的閱讀,對所閱讀的文本的詮釋、評價就會有新的視野。(湯建民,2007:6)所以新閱讀認證冀求讀者能有多元閱讀詮釋的能力和方式來表現其深度的閱讀力。

此外,在一些特殊的情況下,一篇文學作品即使同時具有認知、規範和審美等作用,也可能會以審美作用為最凸出或最可觀。如格林童話中的〈白雪公主〉一文(徐珞等譯,2001:34~49),它雖然內蘊有「自卑者都有危險傾向」這一心理的反映(知識作用)以及「善良勝過邪惡」這一道德主題(規範作用)(周慶華,2004c:125),但它吸引人的卻是「魔鏡」、「毒蘋果」、「七矮人」、「鐵鞋」等生動意象的塑造和王后毒害白雪公主、七矮人解救白雪公主、王子贏得美人歸、王后遭到報應等曲折情節的經營上(審美作用)。一個讀者對文本欣賞的角度或說是能從文學作品中所經驗到的,不單只是知道那裡面說的是什麼;還要能從中經驗到一種有異於現實感受的喜愛,可以說是以能從作品的意象或象徵中得到作者所寄託的純粹情感,而使閱讀中的理解程度達到更深一層的境界。

表 3-2-3   〈白雪公主〉理解不同取向表（整理自周慶華，2007a：57）

理解文本的取向	理解意義
知識取向	1. 故事裡角色的擬人及充滿想像力的寫法是西方創造觀型文化傳統裡媲美造物者全能的表現。 2. 故事中王后隱含「自卑者都有危險傾向」屬人文科學的心理認知（類似《香水》裡的葛奴乙為被遺棄的孤兒，搜集處女體香而殺人），歸於知識取向的範圍。
規範取向	以白雪公主寓含「善良勝過邪惡」屬道德教化，歸於規範取向的範圍。
審美取向	故事中如「魔鏡」、「毒蘋果」、「七矮人」、「鐵鞋」等生動意象的塑造，王后毒害白雪公主，七矮人解救公主，王子抱得美人歸，王后終遭報應等曲折情節的經營，所見的美感則介於悲壯和怪誕之間，屬於審美取向的範圍。

　　此外，描述是再現或建構知識對象；而詮釋和評價，則分別是在詮釋解釋知識對象和評估或評定知識對象。雖然如此劃分，表面上可以各自運作，但仍有無法全然劃分的部分，例如在做釋義和描述只能是程度上而非本質上的區別。描述應該是客觀事實的接近，沒有價值判斷，但實際上要做完全沒有價值觀的描述是不可能的。也就是描述隱含有詮釋和評價成分，而詮釋前就得先有對象的設定（或明或暗的涉及描述），而所據為詮釋的前提又不能不蘊含某些價值觀（評價）；至於評價本身更是在描述和詮釋的基礎上進行（也就是沒有不經對象的設定及其相關的解析就可以憑空進行價值的評估或價值的評定），描述、詮釋、評價三者是一種疊加蘊涵的關係。（周慶華，2007a：36）如圖所示：

圖 3-2-5　描述、詮釋和評價的關係

　　例子如：「陶南才坐下來，就聽見兩個女生在交談。當中一個說：『老四剛剛在餐廳吃飯，餐盤中有一個滷蛋，她用筷子一夾，滷蛋順勢彈了出去，掉在對面另一個人的湯裡，濺了人家一身。她趕忙起來向人家道歉，並為對方擦拭；沒想到又把餐盤弄翻了，這下對方連臉上都是飯菜。你看，這種笨手笨腳模樣，真是豬噢！』」在這段敘事性的文字中，很明顯有描述（從開頭到「你看」句之前）、詮釋（「這種笨手笨腳」）和評價（「真是豬噢」）等策略概念運用；但就算是這樣，我們也能進一步指出該段文字的描述部分已經隱含有「這種笨手笨腳模樣」的詮釋和「真是豬噢」的評價（雖然它們都是轉述語以及讀者還可以有不同的評價和詮釋）（周慶華，2007a：61）；而詮釋部分和評價部分也已經有相互蘊涵以及必須建立在描述部分的基礎上。

　　閱讀教學時教學者選定的教材可以描述、詮釋和評價為教材，我們可以更深層的認識和理解文本，進而習得知識、規範、審美的語文經驗，藉著可以機巧多變的閱讀教學方法獲得更完備的語文知識和閱讀能力。同樣的，在閱讀檢證中也是以這樣的模式來評估閱讀者的閱讀理解力。

三、以說話相呼應完成閱讀認證

聽見顧客的聲音

　　有一個顧客欠了迪特毛料公司 15 美元。一天，這位顧客憤怒地衝進迪特先生的辦公室，說他不但不付這筆錢而且一輩子再也不花一毛錢購買迪特公司的東西。

　　迪特先生耐心地讓他說個痛快，然後對他說：「我要謝謝你到芝加哥告訴我這件事，你幫了我一個大忙。因為如果我們的信託部打擾了你，他們就可能也打擾了別的好顧客，那就太不幸了。相信我，我比你更想聽到你所告訴我們的話。」

　　這個顧客作夢也沒有想到聽到這些話。迪特先生還要他放心：「我們的職員要處理好幾千個帳目，跟他們比起來，你不太可能出錯。既然你不能再向我們購買毛料，我就向你推薦一些其他的毛料公司。」

　　結果，這個顧客又簽下一筆比以往更大的訂單。他的兒子出世後，他為兒子起名為迪特。後來他一直是迪特公司的朋友和顧客，直到去世為止。（彌賽亞編譯，2006：160）

　　故事中迪特不因顧客憤怒的言語與無理的行動產生不悅，也沒有說出使整個場面造成對立的言語，他並不積極在言語上告知或訴求對方應給予合理的金錢索償，反而僅只是站在對方的立場，耐心的聆聽，使對方因他和緩的態度稍減憤怒後，對他產生好感，再說出令人心服口服不再有防衛心的話語，不僅留住顧客也簽訂更大的訂單。我們可以發現迪特的說話完全攻佔對方的心理外，重要的是他能以對方的角色來思考如何解決問題：他先肯定對方的立場所發

出的言語，然後推薦可以訂購毛料的公司，最後卻為自己的公司帶來大訂單。這個故事可以當作水平思考式製造差異的說話文本。

　　迪特高明的說話技巧幫助他簽下比以往更大的訂單，原因在於除了企業家必要的顧客至上的服務態度外，更重要的是他帶有同理心的說話方式，擄獲這個顧客的心。讓這個顧客作夢也沒想到，會聽到如此受重視的回答，和一般人處理此類事件的方式或說話技巧是完全不同的。而迪特所以會有這樣高明的說話技巧，當然也蘊含他與眾不同的閱讀力，他閱讀了顧客外在的表現，也閱讀了顧客的心，所以能表現出和別人不一樣的思維來解決這件事情。這也可算是一位具有閱讀力的讀者（他平常就可能是一個善於閱讀文本的人）。

四、以書寫轉利用完成閱讀認證

　　　　曾經，有一個美國的小學生在聽完老師說哥倫布發現新大陸的故事後，在作業裡寫了如下的感想：哥倫布的探險船隊在一個陌生的地方登陸，他看到一群土著，雙方都感到非常驚訝。哥倫布問：「這裡是美洲嗎？」土著的酋長回答說：「是的。」哥倫布又問：「我想你們就是印地安人，是嗎？」酋長回答：「是的。」然後反問：「我想你就是克里斯多夫・哥倫布，是嗎？」哥倫布驕傲地說：「沒錯，我就是。」於是，酋長轉身對他的印地安同胞說：「一切都完了！我們終於被發現了。」（王溢嘉，2005：76）

　　這個學生用非常有創意的寫作方式表達出他在課堂上聽到的故事。他的書寫令人感到新奇，因為他從一個特殊的角度重新觀察再詮釋一個歷史事件。哥倫布發現新大陸一直被視為人類偉大的成

就，但這是白人自我中心的思考，從被發現的印度安人的角度來看，那可是一件大不幸的開端，這個學生用不同凡「想」的思考方式，表現出既新鮮又充滿創意的感想。這是一個逆向思考式製造差異的例子，他把書寫的重心從「哥倫布」轉到「印地安人」，詮釋了二者因「發現者與被發現者」不同的角色而有的不同的情感意識。

現在是春天，而我是瞎子

在紐約街頭人來人往的角落，有一個人坐在地上，身前擺了個臉盆，臉盆前放了一張大紙板，上面寫著：「我是瞎子」。原來他是個瞎子，希望路人能同情他，投錢給他。但匆匆而過的行人看了那張紙板和他一眼，卻少有人願意濟助他。有一個知名的創意人剛好路過，他很同情這位瞎子，但自己身上剛好沒帶錢，於是對瞎子說：「這樣吧！我來幫你加幾個字。」他拿起大紙板，在上面加了幾個字，放回原處。過沒多久，瞎子的臉盆裡就裝滿了錢。那位創意人在紙板上加了什麼讓行人為之動容的字？原來紙板上的字已變成：「現在是春天，而我是瞎子」。（王溢嘉，2005：100～101）

「我是瞎子」是平淡無奇的敘述，很難挑起過路人的特別反應；「現在是春天」也是人人皆知，但在「我是瞎子」前加上「現在是春天」，二者形成一種強烈的對比，就多出了一層意義：凸顯眼前這個瞎子無法像正常的你我欣賞春天的美景的不幸和悲哀，而成功挑起路人的同情心的目的。這個創意人在原來的幾個字上，加上他無中生有式創意的想法，多出一些額外的、超越原先狀態的價值，顯出它創意的寫作。文字書寫的力量就在這裡展露無疑。

　　上面的三個例子都可以說明一個有深度閱讀力的閱讀者，不僅可以從閱讀本身提振其閱讀能力，更可以說話、寫作的方式來相映證其閱讀能力。也就是說，除了以「讀」的結果來表現他的閱讀理解外，更可以「說」和「寫」的方式來表達他所具有的閱讀力。一個閱讀者倘若能達到「高明說話」或是「精采寫作」的效果，勢必都是一個高閱讀力的閱讀者，這是本研究所要展現出不同一般閱讀檢證的地方，為的是它可以也必要關連閱讀者多元的閱讀能力。

第三節　特別強調以創意領航的閱讀認證

　　文學詮釋以「基進」理論為主要途徑來發揮更大的效用，這是本研究要藉來特別強調的。所謂基進，它的語源已經被限定為是一種空間和時間中的關係，是一種特殊的相對關係；而它在被運用時，有衝破一切藩籬的效力和不拘格套的自主性（詳見第一章第二節）。例如童話故事中所內涵的奇幻性或虛幻性，大家在詮釋時多半以「為符應兒童的知識未開或為滿足兒童好奇的本性」一類的觀念來理解（洪汎濤，1989；韋葦，1995；林文寶等，1998；廖卓成，2002），就還無法搆到這種奇幻或虛幻色彩的內在根源。姑且以童話中常見的巫婆角色為例，她的存在多半代表著「邪惡」；而「每個重要的童話故事其實都在處理一項獨特的個性缺陷或不良特質。在『很久很久以前』之後，我們將會看到童話故事處理的正是虛榮、貪吃、嫉妒、色欲、欺騙、貪婪和懶惰這『童年的七大罪』。雖然某一個童話故事可能不只處理一項『罪』，但其中總有一項佔主要地位」（李淑珺譯，2001：35），就由巫婆「擔綱」演出，將那些罪惡「攏總」的承擔起來。而巫婆最後「一定要死」（同上，42

～43），才能大快人心！但我們似乎很少提出疑問：為什麼這種角色是一個女性？一般都極少思考到這個問題，以致相關的詮釋等於沒有詮釋。關於這一點，可以重新理解為它跟西方人的負罪觀念有密切的關係，因為童話起源於西方，所以可以從西方去追溯根源。在《聖經‧創世紀》裡，明白的記載了人類的墮落是從夏娃受蛇引誘而偷吃禁果開始的。因此，「罪」是從夏娃一人開始的；她一人所無法「全部」承擔的，就有可能被轉移到其他女性身上（也就是其他女性會被連累而一併遭嫉受怨）。所謂的巫婆，就是在這種氛圍下被創造來受指責的。她在西方的文化傳統裡該得到這樣的待遇，除非西方人不再留戀他們的宗教信仰。（周慶華，2009b：86～87）

　　雖然在西方後出的童話已經有要扭轉傳統童話一些「不合時宜」的觀念，例如對巫婆的形象有所改變，賦予她有慈愛的一面等；另外也為平衡性別的歧視而刻意強調象徵男性的大野狼的邪惡面等（羅婷以，2002；楊淑智譯，2003；沈麗文譯，2006），但這當中所「妖魔化」女性的觀念並未完全去除（相對的譴責男性的僅是他包藏著類似大野狼的「野性」而已），不平等對待男女的態度依然存在。（周慶華，2009b：88）

　　歷史永遠不會吝於騰出位置來容納有益文化新生的基進性的表現。從事文學詮釋的讀者，必然要獨自思考回到閱讀客體究竟「何所依循」的問題，主題／概念、學科的跨領域理解、科際整合、多媒體運用等正可以提供多角度詮釋的鷹架，來達到無中生有或製造差異的創意體現。因此，本研究特別著重以「創意」來作為閱讀認證的基要準則。

　　創意是欲發狀態而屬於名詞，創造是展示歷程而屬於動詞，創新是說明結果而屬於形容詞，三者並不相同，但卻在同一個無形的

「消弭法」下都成了同義詞。而同義後的界說，又顯現了相當一致
的見解。如：

　　　創意意指製造出全新的事物，該事物同時開拓出新的範
　　疇、新的類型或新的型態。（郭彥銘譯，2008：34）

　　　創造就是首創前所未有的事物，就是人們在社會實踐中
　　發現新情、解決新問題、產生新成果，推動社會前進的活動。
　　如產生新理想、新觀點、新方法、新工藝、新產品以及新的
　　藝術形式和新的藝術形象等等。（周耀烈，2000：3）

　　　創新思維是指開發一個新的思想、觀點、知識，並產生以
　　前沒有的產品、技術、方法、制度、流程、形式等新的成果的
　　過程。它意味著動腦筋、用智慧解決問題。（徐斌，2010：6）

　　所謂「製造出全新的事物」、「首創前所未有的事物」和「開發
一個新的思想、觀點、知識」等，都指向全無所承的「無中生有」，
這在理論上可以成立，但實際上卻不容易找到案例。因此，有學者
就認為創意僅是「有創造或創新的意思」。這樣創意就是想要無中
生有而不可得，退而求其次為指「製造差異」。（周慶華，2011a：
59～60）而這製造差異，似乎就成了我們所能接近創造或創新的極
致。此外，創意的創意性，既然顯現在製造差異上，那麼它的製造
差異性還可再深究「怎麼製造差異」或「製造差異的具體情況」。
而差異怎麼製造產生，不外有水平式思考和逆向思考兩種型態和作
法。它們的差異是，垂直式的思考，譬如挖一個洞，在同一地點挖
洞，愈挖愈深，可是對於其他的見解卻無從了解。水平式的思考，

便不是在同一個地點挖洞，而在其他地點挖洞。藉著「水平式思考」才能擺脫朝固定方向前進，並且僵化的「垂直式思考」的限制，才能去尋找新的手段，構成產生新概念的思考方式。也就是說，水平式思考就像在挖井水，發現某處顯然已經挖不到水了，就得趕快換地方挖；否則執意挖下去，就會陷入垂直式思考不得脫身的窘境。好比有雜誌社業務員在自己身上灑臭鼬水就能很快收到貨款，就是水平式思考帶有創意的好例子。至於逆向思考的創意，則是以往反方向去做而顯現出創意的方式。好比有人開便當店，卻把店名叫「黑店」；經營餐館，而館內的招牌菜叫「隔夜菜」或「最糟菜」；賣梳子給出家人；做立體式的壁報和寫復仇故事結尾復仇者反被收服等，都是典型的逆向思考的例子。（周慶華，2011a：61）雖然如此，為了無中生有式的創意在理論上的可能性，還是需要給它保留一個位子，而在例子的研判上，則姑且以經驗中約略「前無所承」為依據。

　　創意閱讀認證的創意，有別於一般閱讀檢證的地方就是在「不同凡想」。換句話說，在閱讀的過程中，運用有效的方法發想出更具意義的文本意涵，而產生「無中生有」與「製造差異」的創意理解表現，就可以獲得創意閱讀認證。如圖所示：

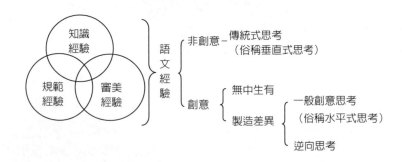

圖 3-3-1　語文經驗的創意思維表現圖

關於本研究對於「無中生有」與「製造差異」的認定，試以《思路決定財路》中的一篇文章來說明：

> 有一家木梳廠快倒閉了，於是雇了四個推銷員……老闆要他們把梳子賣到寺廟裡。第一個推銷員空手而回，他說：「開玩笑，和尚都是光頭，怎麼會要梳子？他們以為我嘲諷他們，打了我一頓，把我趕出來了。」
>
> 第二個推銷員比較厲害，他賣掉了幾十把梳子……原來他動了腦筋，和尚雖然沒有頭髮，但經常梳頭有利頭部的血液循環，有利延年益壽。他把道理講清楚，每個和尚都同意買一把。
>
> 第三個推銷員更厲害，賣掉幾百把梳子……他覺得和尚就那麼些人，必須不光打和尚的主意。他說服方丈，說香客來燒香，頭髮常沾滿香灰，倘若廟裡多備些梳子供香客梳頭，他們感受到廟裡的關心，香火就會更旺盛。
>
> 第四個推銷員最厲害……他的能耐是，說服方丈把木梳做成紀念品賣給遊客，把最受歡迎的寺廟對聯刻在梳子上，再刻「吉善梳」三個字，寺廟可以賺錢，又可以……（郭一凡，2007：70～71）

從上面的例子，我們可以發現後面三個推銷員都發揮了創意；創意愈多，就表示推銷員的想法愈「與眾不同」、「出乎意料之外」，所獲得的迴響就愈多，回饋也會愈多。不論是水平式思考或是逆向思考都能從中展現創意，將梳子賣到寺廟去，實在不失為一個充滿創意想法的文本。

　　第一個推銷員的想法和一般大眾一樣，既定的反應，覺得「和尚沒頭髮，怎麼會有買梳子的需要？」梳子是沒辦法賣給和尚的。而第二個推銷員的想法也是「和尚沒有頭髮，怎麼會有買梳子的需要？」但卻想到「和尚的頭皮需要梳子，可以使血液循環」，這是一種水平式思考的「製造差異」。第三個推銷員則想到兩點：「寺廟有和尚會買梳子」以及「寺廟除了和尚還有香客」，他想到了另一些客源，這是逆向思考的「製造差異」，為寺廟賺了錢。第四位推銷員更高明，想到了「寺廟的香客會去買梳子」以及「附有對聯的梳子可以賣得更好」，這是「無中生有」的創意，因為寺廟本來不需要賣梳子，變成賣梳子還可以賺錢。

　　創意的產生不光是單一個存在的再造（製造差異或無中生有），也可以是「製造差異後的無中生有」。如「依理」第四個推銷員，賣梳子給香客是「製造差異」，而寺廟本來是不需要賣梳子的，變成賣梳子還可以賺錢這是「無中生有」。或是「無中生有後的製造差異」。如「依理」第二個推銷員，把梳子賣給和尚是「無中生有」，梳子拿來梳頭皮使血液循環是「製造差異」。而從第四位推銷員的創意，我們所獲得的啟發更甚於第二和第三個推銷員，也應驗了一般常說的「一舉數得」和「一魚兩吃」的想法。

投機但不違法

　　　有個猶太商人來到一個市場裡做生意，當他得知幾天後這裡所有的商品將大拍賣時，就決定留下來等待。可是，他身上帶了不少金幣，當時又沒有銀行，放在旅店也不安全。

　　經過反覆思索，他獨自來到一個無人的地方，就在地上挖了一個洞，把錢埋藏起來，可是當他次日回到藏錢的地方時，他發現錢已經丟了……

　　正當他納悶時，無意中一抬頭，發現遠處有一間屋子，可能是這家屋子的主人正好從牆壁的洞看到他埋錢，然後將錢挖走。於是，他開始想，怎樣才能把錢要回來？

　　經過認真思考，他去找那屋子的主人，客氣的說道：「您住在城市，頭腦一定很聰明，現在我有一件事情想請教您，不知是否可以？」

　　那人熱情的回答說：「當然可以。」

　　猶太商人接著說道：「我是來這裡做生意的外地人，身上帶了兩個錢袋，一個裝了800金幣，一個裝了500金幣，我已把小錢袋悄悄埋在沒人的地方。但不知道這個大錢袋是交給能夠信任的人保管？還是繼續埋起來比較安全？」

　　屋子的主人答道：「因為你是初來乍到，什麼人都不該相信，還是將大錢袋埋在藏小錢袋的地方吧！」

　　等猶太商人一走，這個貪心的人馬上取出偷來的錢袋，立刻埋回原來的地方，這下躲藏在附近的猶太商人可樂壞了，等那人一走，馬上就將錢挖走，一溜煙跑了。（彌賽亞編譯，2006：167～168）

　　這是一個水平式思考的案例：這個猶太人能從已經落入別人口袋的東西又要回來，創意確實不可言喻。因為他知道，每個人都會有貪念，且貪念會無限膨脹，要讓小偷把錢交出來，只有激起其更大的貪念，這個猶太人的機智就在於他不僅洞悉人性，而且能摒棄垂直式思考法，採取換個洞來挖挖看的水平式思考法：成功製造一

個「陷阱」，奪回自己失去的錢財。其實這個故事要解決的問題是：商人已經知道屋主偷拿了他的錢，如何使屋主承認並把錢歸還才是重點。如果這個猶太商人，運用垂直式思考法，只是將焦點放在如何使屋主承認自己拿了錢上，可能無法解決問題，甚至弄巧成拙，最後連 800 金幣也會損失。但他採取水平式思考法，站在事件的另一角度去看問題——「人性是貪婪的」，如此就輕易的將問題解決了，幫助自己從原來不利的境遇中解脫出來。所以有創意的思考，就能帶來新觀點、新想法、帶著新的角度重新詮釋事件的發展。

提升閱讀力，必要加進「創意」的元素。而創意需要跳躍式的思考，和一定程度的思維和靈感；懂得思考才能尋找問題，從問題發想出不同一般的解決方法，找到答案。當中水平式思考可以找到不同凡響的點子或是逆向思考製造差異而達到反差卻正向的效果。創意的作用無遠弗屆，透過有而追求差異、無則求存在的原則，以這樣的概念置放在本研究閱讀認證上，可以解決一般閱讀檢證多停留在語言面解讀的侷限處；而跨領域的理解更是將「創意」極大化（跨領域的理解已經是帶有創意了；而集中於無中生有或製造差異，則是跨領域理解更精粹的表現，所以才說它是將「創意」極大化），因此本研究特別強調以「創意領航」來支撐本研究的理論架構。總括以創意來無中生有或製造差異，解決前兩節所提及一般閱讀檢證狹隘的問題，再次彰顯本研究所能關注而一般閱讀無法認證的部分。以無中生有或製造差異的詮釋方式解讀閱讀內容，此法不僅可以多面探求文本的意涵，甚至透過創意思維再創造新作品，表現出異於他者的深度閱讀力。至於高明說話、精采寫作一樣寓於創意中，體現用說話或寫作來表達讀者的閱讀力是重要且更難能可貴，甚至可以說是「後出轉精」的閱讀認證方式。

　　我們可以發現整體的理解，跨領域詮釋的結果是以更多元的方式來無中生有或製造差異顯出創意的部分，所以跨領域促使創意極大化。以說話相呼應、書寫轉利用來完成認證，更是異於一般閱讀認證的方式，且是極具創意的表現。綜合以上所提出非語言面和跨領域理解的文本解讀基模，試以下面的關係圖呈現，並藉此開展第四章跨領域與創新理解的閱讀認證、第五章將說話帶入跨領域與創新表出相呼應的閱讀認證，和第六章透過寫作完成跨領域與創新書寫轉利用的閱讀認證的內容；創閱讀認證是指以跨領域的創新理解或透過說話表出相呼應、書寫轉利用的方式來認證，加上以主題／概念的跨領域、學科的跨領域、科際整合的跨領域和多媒體的跨領域等其中一種的創新表現，就是達到本研究創意的理解。

新閱讀認證

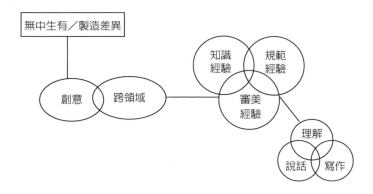

圖 3-3-2　多元與創意結合的關係認證圖

第四章　跨領域與創新理解的閱讀認證

　　從「知識取向的閱讀認證」、「規範取向的閱讀認證」到「審美取向的閱讀認證」，可以說我們所能思慮的語文經驗裡能探索的閱讀範圍都已經具備了。而這三者就是本研究所據以為論說的跨領域閱讀認證的範圍。基本上閱讀理解已經可以從跨領域來呈現創意，而跨領域指的是知識經驗、規範經驗和審美經驗的相互跨越；其中又有各經驗彼此外跨、內跨的情形。至於創新，則是指前無所承的無中生有和水平式思考、逆向式思考的製造差異，為終極的創意所在。因此，從跨領域到創新理解的認證，則為創意閱讀認證的核心，為本章所優先要探求及建構的部分。本研究所提到的跨領域勢必能製造差異顯出創意，但未必能無中生有，因為根據我所蒐集資料的過程及研判，發現未必能就經驗所觸及的或能蒐集到的來判斷是前無所承，所以當經驗所未能研判是前有所承的就歸於無中生有的創新理解。

　　至於跨領域的創新理解，則分別採以主題／概念、學科統整、科際整合、多媒體運用等方式來藉使，以顯示跨領域與創新理解實際可能的向度；也就是可以透過主題／概念、學科統整、科際整合、多媒體運用等方式來達到跨領域與創新理解的閱讀認證。讀者在閱讀的過程中如果能透過其中一種方式來進行閱讀理解或詮釋，就可

獲得具有創意的閱讀認證。換句話說，具備用創新的概念來理解閱讀的材料，就可完成創意閱讀認證，甚而可以開啟一個新局面。反過來，倘若讀者無法讀得有創意而可以與別人不同處，就達不到創意的閱讀認證。現在就依這一理念，以分層連說的方式，來展示主題／概念、學科、科際整合、多媒體運用的跨領域與無中生有／製造差異創新理解的認證模式的建構。

第一節　主題／概念的跨領域與無中生有／製造差異創新理解的認證

一、主題／概念的界定

本研究的主題，指的是美學上所稱的貫穿題材的一般觀念（劉昌元，1987：251），如自由、愛情、貧窮等。而跟一般主題學所說的「主題」不同；主題學的「主題」又稱「母題」（motif，情節單元），指的是故事的最小單位。簡單來說，「在把文學作品簡化成主題元素後，就可以獲得了不能再縮減的部分，就是主題素材中最小的質子，如『黃昏蒞臨』、『拉斯若尼可夫殺死那老婦人』、『那英雄（或主角）死了』、『信收到了』等等。作品再不能縮減的部分的主題，就叫做母題；每個句子實際上都有它的母題」（陳鵬翔主編，1983：25），正好解釋了母題（主題）的一般情況。只是母題究竟可以含有哪些成分或要含有哪些成分才算完全，卻又有了爭議（周慶華，2002：12）：有的說母題包含「故事的角色」、「情節的某種背景」（如魔術器物、不尋常的習俗、奇特的信仰等等）、「單一的事件」等三類（鄭凡等譯，1991：499）；有的說母題是由「兩個或

兩個以上不斷出現的意象所構成」（而且還應擴及「理念」部分）
（陳鵬翔主編，1983：24）；有的說母題可以是「一個角色、一個
事件或一種特殊背景」（劉守華，1995：83）；有的說母題可以是「敘
述中的一個場景、一個事件、一個意象或象徵或行動」（趙毅衡，
1998：177），莫衷一是。以致所謂的主題統整，勢必要略過這一尚
難定案的主題學而專取美學上所限定的意涵，來消彌其間的歧異。
也就是說，本研究在論說時所指的主題僅採美學上的意涵而不涉及
其他。

　　至於概念，指的是表義最基本的單位或思想最簡單的形式；它
是概括事物的共相而成的（項退結編譯，1989：124～126），如人、
狗、雨夜等。而主題與概念的關係有兩種：一是主題與概念分別獨
立存在但又有部分交集；一是概念包含在主題裡面。二者的關係，
可圖示如下：

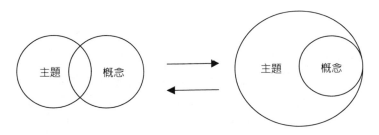

圖 4-1-1　主題／概念的關係圖

　　當主題可以包含概念時，左圖就轉成右圖；反過來，當主題無
法包含概念時，就僅以相交集呈現（這時主題有一部分也以概念形
式存在），右圖就得回復為左圖。如：

　　一個牧場的主人養了許多羊,他的鄰居養了一群兇猛的
獵狗。這些獵狗經常跳過柵欄,襲擊牧場裡的小羊羔。

　　牧場主人幾次請獵戶把狗關好,但獵戶不以為然,口頭
上答應,可是沒過幾天,他家的獵狗又跳進牧場橫衝直撞。
忍無可忍的牧場主人,找法官處理。

　　法官說:「我可以處罰那個獵戶,也可以發布法令讓他
把狗鎖起來。但這樣一來,你就失去了一個朋友,多了一個
敵人。你是喜歡和敵人做鄰居?還是和朋友做鄰居?」

　　「當然和朋友做鄰居。」牧場主人說。

　　「那好,我給你出個主意。」法官說。

　　一回到家,牧場主人就挑選了三隻最可愛的小羊羔,送
給鄰居的三個兒子。

　　……

　　因為怕獵狗傷害到兒子們的小羊,鄰居做了一個大鐵
籠,把狗結結實實的鎖了起來。從此,牧場主人的羊群再也
沒有受到騷擾。為了答謝牧場主人,鄰居開始送各種禮物給
他,牧場主人也不時拿肉和奶酪回贈鄰居。漸漸地,兩人成
為了好朋友。(郭奉元編著,2007:172)

　　這篇文章的主題可以從旁觀者的角度訂為:要說服一個人,最
好的辦法就是為他著想,讓他也能從中受益。其中包含了懂得說服
人的牧場主人、不講理的獵戶和有智慧的法官三個概念。而這三個
概念是不完全蘊含在主題裡,只是透過不同角色之間的關係,構築
出整個文章的主題(如圖 4-1-1 主題╱概念的關係圖中的左圖)。
又如:

　　古希臘有個大哲學家蘇格拉底。哲學家在當時是很崇高的職業，因此有很多年輕人來找蘇格拉底學習。一天，一個年輕人來了，想要學習哲學，蘇格拉底一言不發，帶著他走到一條河邊，突然用力把他推到了河裡。

　　年輕人起先以為蘇格拉底在跟他開玩笑，並不在意，結果蘇格拉底也跳到水裡，並且拚命把他往水底按。這下子，年輕人真的慌了，求生的本能令他用盡全力，將蘇格拉底推開，爬到岸上。

　　年輕人不解的問蘇格拉底，為什麼要這樣做，蘇格拉底回答道：「我只想告訴你，做什麼事業都必須有絕處求生那麼大的決心，才能獲得真正的收穫。」（郭奉元編著，2007：65～66）

　　在這個故事裡也可以從旁觀者的角度將主題定為：只有在實戰中才知道，什麼是生死存亡，什麼是背水一戰，什麼是變化，什麼是綜合實力的優勢。而文末蘇格拉底的回答：做什麼事都需要有絕處逢生的決心才能有真正的收穫，其實是一個「成功」的概念，而這個概念蘊含在主題裡，成功須要絕對的實力，而實力是從絕處逢生中被激發起來的（如圖 4-1-1 主題／概念的關係圖中的右圖）。

　　另外，主題／概念的跨領域模式，還可以有單跨、多跨和多跨互連等多種方式。分別圖示如下：

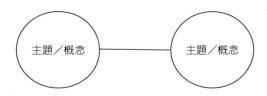

圖 4-1-2　主題／概念的跨領域單跨模式

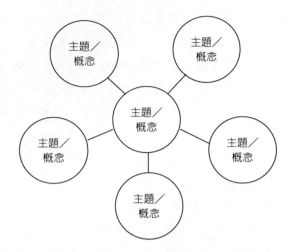

圖 4-1-3　主題／概念的跨領域多跨模式

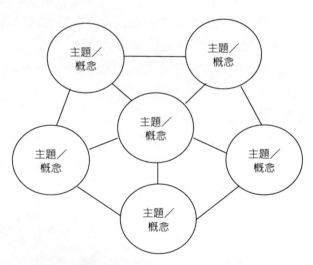

圖 4-1-4　主題／概念的跨領域多跨互連模式

二、主題／概念的跨領域與無中生有／製造差異創新理解

　　本節就以上述的主題／概念（按：「／」意指「或」的意思）為對象來說明創新理解的方式。首先，跨領域指的是知識經驗、規範經驗、審美經驗三大語文範疇，創新指的是可以達到無中生有或製造差異。在跨領域的理解中勢必能達到製造差異的理解，但是否能達到無中生有的創新理解則恐過於主觀，於是在本章再納入跨學派、跨文化系統來達成無中生有的部分，就可以超越第一章第四節所提到創新的部分，而加強了創新理解的更大可能性。

　　以下圖來說明本節跨領域與無中生有／製造差異的創新理解形式：

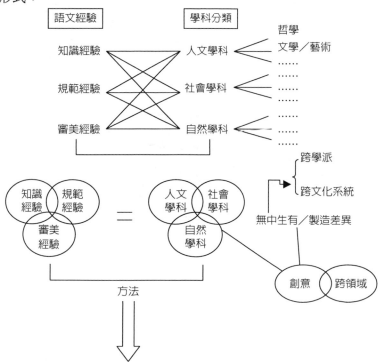

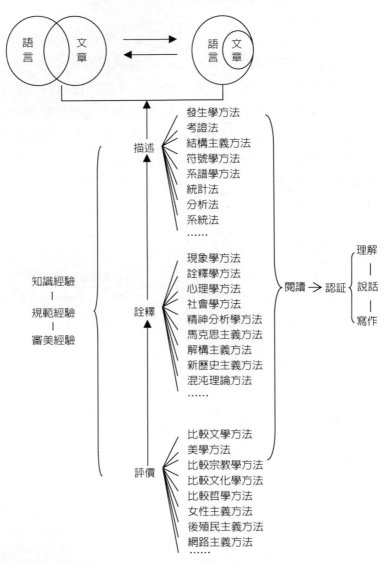

圖 4-1-5　跨領域與無中生有／製造差異創新理解圖（改自周慶華，2007a：9）

　　知識經驗是指從純理性的基礎來判斷限制的，它假定語文經驗是一種人類的理性的架構，所以必須合理化，它的目的乃在於求「真」。（姚一葦，1985：353～354）於是從這純理性的科學的觀點架構或者說它的動作而找出它的意義，也就成為閱讀者一項重要的工作。（周慶華，2007a：108）

　　規範經驗是指從倫理、道德和宗教的立場出發，找出語文成品有助於教化的成分或質素，而印證語文也是「約束社會成員思想、維繫社會存在的一種形而上的形式」的社會學觀念。其中還可以區分為「倫理式」、「道德式」、「宗教式」等三種規範模式。（周慶華，2007a：201～202）

　　審美經驗指的是從特定的形式結構的角度出發，找出語文成品所具有的可以感發的美的形式。其所著力的對象就是相應於美的形式而說的。由於語文成品凡是藝術化後都具備一定的形式；這一定的形式的構成，一般稱為美的形式。只是文學作品裡的形式關連於「意義」（內容）；而這些可能是表露於形式中的某種風格或特殊技巧（表達方式）。（周慶華，2007a：247～248）

　　上述這三大經驗，又可分派到各學科；也就是這些經驗都會在不同學科表現出來，如人文學科、社會學科、自然學科等次學科（第一級序），而各次學科下又可因所探求的質性差異再分為不同的次次學科（第二級序）。人文學科、社會學科、自然學科彼此間又存在內跨的情形，以致各次次學科間當然也存在內部相互跨連的關係。也因此，跨領域理解指的是對所閱讀的材料在理解的過程中，可以藉使兩個或兩個以上的學科知識來與閱讀材料產生關連的作用或關係，至於這些次學科和次次學科的分割及其質性的差異，則可以圖示並說明如下：

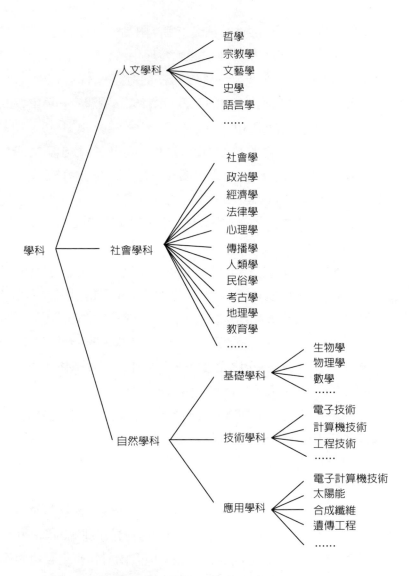

圖 4-1-6　學科分類圖（資料來源：周慶華，2007a：152）

　　從上圖，大略可以得知人文學科的設定，主要在於探討人的存在（性質）、存在意義和存在價值以及相關的後設反省上。而在既有的人文學科的次學科裡，哲學和宗教學就是直接在處理人的存在、存在意義和存在價值等課題；而文藝學則是間接在處理人的存在、存在意義和存在價值等課題；至於史學、語言學（符號學）和文化學，則分別處理人的存在、存在意義和存在價值在歷史長河裡演變的情況、所運用的語言符號媒介和相異系統所顯現的差別等課題。由於人的存在、存在意義和存在價值等現象或問題，還存有「異見」或可再作思考的空間，以致上述學科都可以再發展下去（也就是還可以繼續分類）。至於其他的次次學科或所衍生的後設學科（次次次學科），同樣可以比照辦理或別為開闢疆域。（周慶華，1999b：144）

　　社會學科的設定，則是指關連到「和諧的人際關係」的問題。而其各次學科在被界定中，各有它們的內涵，如社會學是在研究人類群體的生活；政治學是在研究人類的權力關係；經濟學是在研究人類的生產、消費、分配及其發展活動；法學是在研究社會生活的規範；心理學是在研究人的心智和行為；傳播學是在研究資訊的生產、傳播和接受；人類學是在研究人類的起源及體質的、社會的、文化的發展和行為；民俗學是在研究人類的行為規範和生活方式；考古學是在研究人類早期的文化；地理學是在研究地球外表、分布於此外表各種生命以及跟地球間的關係；教育學是在研究人的學習動機、學習能力以及社會化的現象和問題；統計學是在研究如何從大量的資料中獲得知識；人口學是在研究人口的結構、成長和轉型等問題；管理學是在研究如何幫助人完成意願、達成目的及對人、地、事、物、財、時等作有效的支配等問題。（榮泰生，1984；朱堅章等，1987；周陽山等，1995；江亮演等，1997；孟天恩等，1998）

　　比起人文學科和社會學科在「人文」和「社會」的單一性，自然學科的設定顯得複雜許多。它至少可以分出「生物」和「物質」兩部分，並且有其產生和運作的規律。生物的部分是以生物的產生及其運作規律；物質的部分是以物質的產生及其運作規律，同樣其各自所屬的次次學科或次次次學科也可以再細分。自然學科底下可以先分基礎學科、技術學科和應用學科。基礎學科是自然學科體系中基本理論部分，是整個自然學科的基石，如物理學、化學、生物學、天文學、地（質）學等，主要是在探索自然界的各種運動、變化、發展的規律，增加人類對自然界的理性認識。技術學科是自然學科體系中通用技術理論部分，它是基礎學科通向應用學科的橋樑，如電子技術學科、計算機技術學科、能源技術學科、空間技術學科、激光技術學科等。它主要是將基礎學科中高度抽象的規律、原理擬化為特定專業的具體規律、並將其變得易於同生產實際掛鉤。應用學科是自然學科體系中應用理論和應用方法部分，它是建立在技術學科之上的，主要是使技術理論具體轉化為直接可以利用的具體工程技術，因而它對經濟的發展有直接的影響。如原子反應堆工程學、電子計算機技術工程學、太陽能電站工程學、合成纖維工程學、遺傳工程學等。（歐陽鍾仁等，1980；孟爾熹等編，1989；潘永祥等編，1994；洪文東，1999）

　　跨領域的創新表現在知識、規範、審美經驗三大範疇，當三大語文範疇分門別類於各學科後，跨領域的創新理解就是跨學科的創新理解。在閱讀過程中，如能以跨學科的主題／概念來理解所閱讀的材料，就表示達到跨領域的創新理解。此外，跨領域需要透過方法才能達到創新目的；也就是創新必須運用相關的方法，如運用描述、詮釋、評價的方法來無中生有或製造差異主題／概念。而這些方法是從學科歸結出來，或因應不同學科的需要而展現的。

　　跨學科就是跨領域的創新理解，它可以運用圖 4-1-5 這些方法來理解文本。而這些方法的功能分別是：發生學方法可以探得知識對象的生發演變的規律；考證學方法可以探得知識對象的時代背景及其生產因緣；結構主義方法可以探得知識對象的結構模式；符號學方法可以探得知識對象的符號性和該符號性的發展變化規律以及該符號性跟人類各種活動之間的關係；系譜學方法可以探得知識對象的系譜脈絡及其權力／知識本質；統計法可以探得知識對象的統計規律性；分析法可以探得知識對象的組成成分相互聯繫或相互作用的情況；系統法可以探得知識對象的整體系統性及其運作規律；現象學方法可以探得知識對象所內蘊的意識作用；詮釋學方法可以探得知識對象所內蘊的意義；心理學方法可以探得知識對象所內蘊的心理因素；社會學方法可以探得知識對象所內蘊的社會背景；精神分析學方法可以探得知識對象所內蘊的潛意識；馬克思主義方法可以探得知識對象所內蘊的階級意識；解構主義方法可以探得知識對象的遊戲不穩定特徵；新歷史主義方法可以探得知識對象的政治或意識型態隱喻；混沌理論方法可以探得知識對象非線性系統性；比較文學方法可以探得知識對象所具有的影響／對比價值；美學方法可以探得知識對象所具有的審美價值；比較宗教學方法可以可以探得知識對象所具有的信仰價值；比較文化學方法可以探得知識對象所具有的文化價值；比較哲學方法可以探得知識對象所具有的的後設價值；女性主義方法可以探得知識對象所具有的兩性平權價值；後殖民主義方法可以探得知識對象所具有的抵殖民價值；網路主義方法可以探得知識對象所具有的超鏈結價值。（周慶華，2004a；2006）

三、主題╱概念的跨領域與無中生有╱製造差異創新理解例示

例子一：《白雪公主與七個小矮人》：

很久很久以前，皇后在冬季生下了一個女孩，因此她被命名為白雪公主。皇后在生下公主不久後就過世了，國王另娶了一個美麗驕傲的女人當皇后。新皇后有一面魔鏡，她常常問魔鏡：「魔鏡呀魔鏡，誰是世界上最美麗的女人？」魔鏡總是回答：「您是世界上最美麗的女人。」但隨著白雪公主的長大，有一天，魔鏡回答皇后說：「皇后陛下，您的確是個相當美麗的女人，但是白雪公主比妳更美麗。」

皇后嫉妒白雪公主的美貌，因此她命一名獵人帶白雪公主到森林中，並將她殺掉……

在森林中，白雪公主發現一個小小的農舍，這個農舍屬於七個小矮人，她在這個農舍中住了下來。此時，皇后又再度問魔鏡：「魔鏡呀魔鏡，誰是世界上最美麗的女人？」魔鏡回答：「白雪公主尚在人世，且和矮人們同住在森林中。」於是皇后偽裝成一個農婦，到森林中拜訪白雪公主，並給她一個毒蘋果，當白雪公主咬下蘋果，立即昏了過去。當七矮人發現她時，只能哀慟地將她放在一個玻璃棺中。

時光流逝，有一個國家的王子經過這座森林，發現躺在玻璃棺中的白雪公主。王子被白雪公主的美麗所吸引並且愛上了她。他向矮人們要求，讓他帶走玻璃棺。王子親她一下，白雪公主也因此甦醒。王子向白雪公主表明了愛意，決定結婚。

　　虛榮的皇后認為白雪公主已死，她再度問魔鏡誰是這個世界上最美麗的女人，魔鏡的回答卻使她震驚不已，魔鏡說：「皇后陛下，您的確很美，但是新的皇后比您還要美麗。」

　　皇后前往參加了這場婚禮，發現原來這個新皇后就是白雪公主。

　　王子發現她的惡劣的行徑，處罰他雙腳套上一雙熾熱的鐵鞋，然後她一直跳一直跳直到死去。（馬景賢譯，1992）

　　這個故事的閱讀，除了一般讀者傾向於從倫理學的觀點，來關照在最後結局白雪公主和壞皇后分別得到不同結果上，給了一個「善有善報，惡有惡報」的主題理解外，我們還可以從其他領域來思考不同角色的不同主題。如：

表 4-1-1　《白雪公主與七個小矮人》主題的跨領域與無中生有／製造差異創新理解

角度	主題	學科	備註
讀者（旁觀者的角度）	善有善報，惡有惡報。	倫理學	一般多半集中在「善有善報，惡有惡報」的理解（倫理學）。而此處所多出的理解，就具有前無所承性。
皇后	自卑者都有危險傾向。	心理學	
白雪公主	善良的人容易得到別人的關心和協助。	社會學	
七矮人	快樂來自關懷和幫助別人。	心理學、美學	
王子	幸福美滿的婚姻生活建立在容貌、身份相稱上。	社會學、美學	

製造差異　　　　跨領域　　無中生有

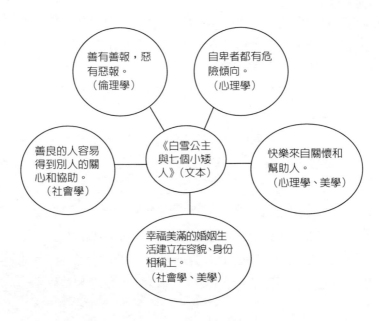

圖 4-1-7　《白雪公主與七個小矮人》主題的跨領域與無中生有／製造差異創
　　　　　 新理解

　　從不同領域來理解《白雪公主與七個小矮人》故事裡的主要角
色時，便能發掘出不同的主題來傳達該角色在文本裡被賦予的形
象，這是遠超乎只從單一角色情節發展的中心線或從單一領域來理
解的範圍。閱讀者如能進行類似的主題跨領域的理解，且異於其他
讀者單一主題理解而顯現出製造差異的樣態，就可以獲得跨領域創
新理解的閱讀認證。

　　此外，在創新的部分，讀者如能從兩個角色以上來讀出不同的
主題，就已經達到製造差異創新的部分，而採心理學、社會學、美
學來詮釋文本的主題以顯示是從跨領域的方式達到創新理解，別於
一般只以倫理學的角度來詮釋主題。而是否有無中生有的成分，以

我在整理資料的過程所發現其他關於白雪公主的研究為對照系來
作推測：

表 4-1-2　和《白雪公主》研究相關的資料

研究者	李惠絨（2007）	黃嬿瑜（2007）
論文名稱	《〈白雪公主〉、〈灰姑娘〉、〈人魚公主〉之顛覆研究——以 90 年代臺灣女童話作家改寫作品為例》	《從經典愛情童話中覺醒——以《格林童話》中〈灰姑娘〉、〈睡美人〉、〈白雪公主〉為例》
論文摘要	90 年代臺灣女童話作家在顛覆經典童話〈白雪公主〉的詮釋時，特別賦予其中的精神意義；透露著新時代對於愛情與婚姻的觀感，呈現出現今臺灣社會的價值觀對於西洋經典童話中「王子與公主從此過著幸福快樂的日子」的問題產生疑問，對於王子與公主的故事有了不同的解讀；童話中的「幸福」是否有了另一種詮釋？顛覆了王子與公主的角色、顛覆了「王子與公主從此過著幸福快樂的日子」的結局。透過原著與其顛覆童話之分析，臺灣童話作家對於西洋經典童話的顛覆，其價值觀主要在於：（一）打破美貌的迷思，讓女性重新面對自我。（二）適性的愛與婚姻，才是幸福的護身符。（三）做自己的主人，積極開創人生幸福。進而自分析當中歸納出開啟幸福的鑰匙——愛、勇氣、智慧，追求幸福的女人必需擺脫美貌的迷思，提升自我的價值，有自信，有勇氣做自己的主人，	在蘊含愛情元素的經典童話中，研究者以〈白雪公主〉為研究文本之一，依循「女性形象－鏡像投射－自我覺醒」的主軸，女性角色中找尋自我，探索女性內在聲音，從而在情愛關係中覺醒，保留獨立自主且完整的「我」，不因在愛情中迷失而淪為「他者」。經典，歷經時代考驗，具備人類智慧菁華，穿越國界與年齡，為人們共同的溝通工具，能幫助個人了解自我；童話，不啻是一面魔鏡，提供女性讀者在閱讀時觀看更深沉的自我，探索內心底層未竟之地。古典童話歷經世代，經由口語傳播以至文字書寫流傳，蘊含時代價值與文學智慧，能帶給讀者強而有力的內在精神與自我認同；愛情，須保留完整的自我與自尊——先愛自己才具備愛人的能量，也能使對方因愛成長而更為完整。 　　最後，對於愛情的覺醒歸納出四點：第一，男性凝視下，女性被

	同時也為自己的選擇負責。兩性之間也將因相處而了解，彼此坦承以對，選擇適合自己的人，為自己的幸福加分。	物化而居於客體位置；第二，從女性形象中尋求自我認同；第三，女性觀看愛情童話時藉由鏡像投射表演自我；第四，女性的內在自我從愛情童話中蛻變，並產生情愛自覺。
主題	以一個旁觀者的角度，跳出文本的框架，延伸文本的閱讀來探討「幸福」的定義，追求幸福的女人如何為自己的幸福加分。(倫理學)	研究如何藉由對經典童話的認知與再讀，對愛情的追尋與探索，最終回歸到女性在童話這面映照真實與幻象的魔鏡中如何獲得自覺，跨越原本的自我。(心理學)

　　在尋找相關資料的過程，未發現其他研究〈白雪公主〉是以主題式跨領域方式來詮釋文本，所以本研究對於《白雪公主與七個小矮人》的詮釋、整合方式，完成以主題／概念的跨領域可以達到無中生有的創新理解範例。

　　例子二：〈虬髯客傳〉：

　　　……末年益甚，無復知所負荷，有扶危持顛之心。
　　　一日，衛公李靖以布衣來謁，獻奇策，素亦踞見之。靖前揖曰：「天下方亂，英雄競起，公以帝室重臣，須以收羅豪傑為心，不宜踞見賓客。」素斂容而起，與語大悅，收其策而退。
　　　當靖之騁辯也，一妓有殊色，執紅拂立於前，獨目靖，靖既去，而執拂妓臨軒指吏問曰：「去者處士第幾？住何處？」吏具以對，妓頷而去。
　　　靖歸逆旅，其夜五更初，忽聞叩門而聲低者，靖起問焉。乃紫衣戴帽人，杖揭一囊。靖問：「誰？」曰：「妾，楊家

之紅拂妓也。」靖遽延入……觀其肌膚、儀狀、言詞、氣性，真天人也。靖不自意獲之，愈喜懼，瞬息，萬慮不安，而窺戶者足無停履。既數日，聞追訪之聲，意亦非峻，乃雄服乘馬，排闥而去。將歸太原。

……又曰：「觀李郎儀形器宇，真丈夫也。亦知太原有異人手？」曰：「嘗識一人，愚謂之真人也。其餘，將相而已。」曰：「何姓？」曰：「靖之同姓。」曰：「年幾？」曰：「近二十。」曰：「今何為？」曰：「州將之愛子也。」曰：「似矣，亦須見之，李郎能致吾一見否？」曰：「靖之友劉文靜者，與之狎，因文靜見之可也。然兄欲何為？」曰：「望氣者言，太原有奇氣，使吾訪之，李郎明發，何日到太原？」靖計之……

及期，入太原候之，相見大喜，偕詣劉氏所，詐謂文靜曰：「有善相者，思 見郎君，請迎之。」文靜素奇其人，一旦聞有客善相，遽致酒延焉。既而太宗至 ，不衫不屨，裼裘而來，神氣揚揚，貌與常異。虯髯默居坐末，見之心死，飲數巡，起招靖曰：「真天子也。」靖以告劉，劉益喜，自負。既出，而虯髯曰：「吾得十八九矣。然須道兄見之。李郎宜與一妹復入京，某日午時，訪我於馬行東 酒樓下……

如期至，道士與虯髯已先到矣。俱謁文靜。時方弈棋，起揖而語。少焉，文 靜飛書迎文皇看棋。道士對弈，虯髯與靖旁侍焉。俄而文皇來，精采驚人，長揖 就坐，神氣清朗，滿坐風生，顧盼暐如也。道士一見慘然，斂棋子曰：「此局全 輸矣！於此失卻局，奇哉！救無路矣！復奚言！」罷奕請去，既出，謂虯髯曰：「此世界非公世界也。他方可圖。勉之；勿以為念！」因共入京……

　　……虯髯謂曰：「此盡是實貨泉貝之數，吾之所有，悉
以充贈。何者？某本欲於此世界求事，或當龍戰三二十載，
建少功業。今既有主，住亦何為？太原李氏，真英主也。三
五年內，即當太平。李郎以英特之才，輔清平之主，竭心盡
善，必極人臣。一妹以天人之姿，蘊不世之藝，從夫而貴，
榮極軒裳。非一妹不能識李郎，非李郎不能榮一妹。聖賢起
陸之漸，際會如期。虎嘯風生，龍吟雲萃，固非偶然也。將
余之贈，以佐真主，贊功業……靖據其宅，乃為豪家，得以
助文皇締構之資，遂匡天下……（蔡守湘，2002：893～897）

　　關於〈虯髯客傳〉的理解，作者及一般的評論普遍都是站在唐
代朝廷的這個角度來看：天下已經太平，別再妄想爭天下。主題思
想多是圍繞文中的虯髯客在結識了紅拂女、李靖後，本欲反隋，但
當看見李世民更具治國之才，虯髯客便甘願退出競爭，不與他相
爭。小說中，虯髯客甘願退出的行徑，不僅盡顯他「識英雄重英雄」
的豪邁氣概，更能夠肯定李世民是真命天子，以顯示唐朝那不可動
搖的正統地位，極力維護皇權的威信。

　　〈虯髯客傳〉所要表達的意念是必須得有真命方能為天子，正
道盡英雄難與命運爭強的悲哀與無奈。虯髯客雖然具備爭霸天下的
條件（本身是身懷絕技的英雄，又擁有萬貫家財、僕役成群），但
因看出太原李氏為真英主，所以自甘退讓，並將所有財物贈與李靖
以助真命天子，自己且往他方發展。在過去的神權時代一切以天命
為依歸，而君權時代也無不借重此說，所以每當天下紛爭、群雄逐
鹿的時代即將結束，一個統一的形勢將要成立時，那有希望的英
雄，除了武力外，總要有些神話傳說助長威風，作為號召人心之用。
而這些渲染宣傳的工作，一向由左右維護他的人出來擔任；當然也

有深受傳統文化影響的文人，有心出頭以維護正統，所以〈虬髯客傳〉中所蘊含的思想自然在此。

文中寫風塵三俠的言行，敢作敢為，具見英雄本色，使人稱快！當中紅拂女：機智、果敢、顯露中國婦女的另一種典型，迥異於傳統婦女角色的畏怯保守；李靖：書生角色，也顯露不凡的膽識與沈著，真是個文武全才，並非百無一用；虬髯客：胸懷磊落、豪氣干雲，見李世民英姿而甘願認輸，悉贈所有予李靖助其起事，此等不黏不滯，提得起放得下的情懷，豈是常人所能為？他的成人之美、不求居功，留給讀者至為深刻的印象。而從他們表現出來的行徑來進行主題式閱讀理解，則可以這樣發揮：

表 4-1-3 〈虬髯客傳〉主題的跨領域與無中生有／製造差異創新理解

角度	主題	學科	備註
作者	勸天下英雄豪傑勿再爭奪天下。	倫理學	一般多集中在虬髯客／作者觀點的理解（倫理學／心理學）。而此處所多出的理解，就具有前無所承性。
紅拂女	傑出的人才可能慧眼識英雄。	詮釋學	
虬髯客	有自知之明的人，遇到強手，就會另外尋找發展的空間。	心理學	
李靖	俊傑、英雄合作可以開創更大的事業版圖。	社會學、美學（崇高）	
旁觀者	宿命已成，別妄想去更改。	宗教學	

製造差異　　　　跨領域　　無中生有

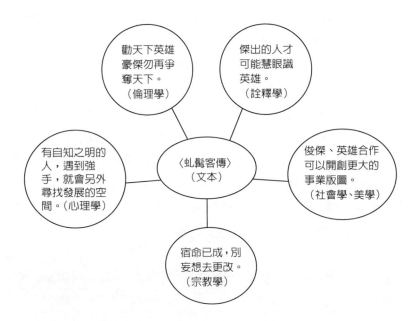

圖 4-1-8　《虬髯客傳》主題的跨領域與無中生有／製造差異創新理解

　　一般對此文本的理解會受原作者的影響，僅能做到勸天下豪傑勿再爭奪天下的主題，但由上表可以發現，倘若透過跨領域的方式來理解，就可以從不同領域發展出更多的主題，得出更多和別人不同的創新理解。而在創新理解上是否達到無中生有，茲以下表呈現〈虬髯客傳〉相關的研究作為對照系來作推測：

表 4-1-4　和〈虬髯客傳〉相關研究的資料

研究者	何維德（2010）	沈沂穎（2005）
論文名稱	《張鳳翼《紅拂記》研究》	《唐人小說中之妓女故事研究》
論文摘要	《紅拂記》中女性角色都被「賢妻化」，不論是紅拂女、虬髯客之妻都是如此。張鳳翼於十九歲即將新婚之際創作《紅拂記》，其中女性角色往往對自己的丈夫一往情深，支持丈夫離家放心地建功立業、追求仕途。這也是張鳳翼對於自己新婚妻子的期待，可以全力支持自己求官之路。更期待自己可以如同李靖、徐德言、虬髯客，在妻子漫長的等待之後，真的衣錦還鄉、凱旋歸來。 　　「懷才而遇」的主題思想除了由李靖這個腳色能凸顯之外，同時也表現在徐德言身上，楊素不因徐德言為亡國之臣而看輕其人，反而對其敬重有加。徐德言與樂昌公主兩人得以團聚，兩人之情至死不渝自然是關鍵，但楊素將樂昌公主還歸徐德言，又賜與兩人財物及通關文書，楊素必然相信樂昌公主在徐德言身邊是可以得到更好的照顧，相信徐德言的人格，表現楊素對於徐德言的「知遇」。 　　李靖從被人賞識，變成為賞識徐德言的角色，即便徐德言沒有實際立下汗馬功勞，李靖卻直接授與參軍官職。李靖也以范睢與韓信為喻，勉勵徐德言。表現出對於徐德言的賞識，	就古典小說而言，一直到了唐人傳奇，才有比較完整的情節，及個性鮮明的人物，作者也比較有創作小說的意識。其中最引人注目的，就是「妓女」。唐代小說中的重要篇章，唐妓在傳奇小說中的形象比較鮮明、美好，除了表現作者對這類女子的同情，其實也蘊含著作者的特殊意念。唐妓美麗、主動且自我退隱的形象，實際上就是男性心中理想的女性形象。「理想女性」除表現男性心中最為美好的女性形象之外，其實也寄託了男性對於理想人格的渴慕；作者也透過小說傳達他們在政治上的失意與不滿，妓女的被男性拋棄也可用來比附那些非高門進士被帝王疏離時的心情，而寫妓女的才藝其實就是借喻男性自身的才藝，反映出君主只以娛樂的角度來看待文人的才華，這些都可以說是唐妓形象所寄託的微言大意。 　　另外，唐妓故事對後代小說、戲曲的創作也產生很大影響，唐妓小說也在這樣的沿襲與改寫中形成一種傳承不輟的、偉大的敘事傳統；而在後人的重讀與重新詮釋

	期望徐德言可以創造出自己的事業。同樣表達「知遇」思想。《中國文學史話》說：「《紅拂記》寫於新婚期間，作者也以劇中兩對夫婦的美滿姻緣表達了自己的幸福之情，也以李靖、徐德言的功成名就寄寓了自己對未來的期望。」懷抱著經世濟民想法的少年張鳳翼，盼望著自己的滿腹才學能被伯樂賞識，一展長才。	下，唐妓的形象也因此更為豐富多元。
主題	（一）女性角色賢妻化。（倫理學） （二）懷才而遇。（倫理學）	唐妓形象的重新詮釋與隱喻，以紅拂女為例。（心理學）

　　此外，相較於其他研究，本研究需要特別強調紅拂女慧眼識英雄的部分。紅拂女獨具慧眼，在芸芸眾生中，辨識了兩位英雄人物：一位是她的夫君李靖；另一位是她的結拜兄長虬髯客。三人結為莫逆之交，一起在風塵亂世中施展才華，被人們敬傳為「風塵三俠」。李靖是文武兼通的才子，他通兵法謀略，心懷大志。他先投到楊素門下，楊素一開始非常怠慢，後與李靖談論一番，覺得此人很有前途。二人在談論時，紅拂女就立在旁邊，她見李靖氣宇非常，乃英雄俠義之士，心中暗暗傾慕，於是派門人跟蹤李靖，得知他的住處，自己深夜前往。二人一路跋涉，在臨時的一處客棧歇腳時遇見了一個滿臉虬髯的人，此人自稱虬髯客。紅拂女見他貌似粗鄙，卻有一種不凡的氣質，穿著和舉止又與眾不同，料想他一定是位俠士或世外高人，於是與他結拜為兄妹。後來又識得李世民，李靖與紅拂女助李世民建立大唐帝國。古時文人相輕，但因紅拂女的角色，使得虬髯客、李靖、李世民三者惺惺相惜。這樣的理解，約略就可以說是無中生有的創新理解。

　　例子三：關於 Petofi Sandor 所說的「生命誠可貴，愛情價更高；若為自由故，兩者皆可拋」中「自由」這個概念的理解。

　　1849 年 7 月 31 日，匈牙利愛國詩人 Petofi Sandor 在瑟克什堡大血戰中同沙俄軍隊作戰時犧牲，年僅二十六歲，他寫下：

　　生命誠可貴，愛情價更高；若為自由故，兩者皆可拋。（方鵬程，2007：19）

　　這首百多年來在全世界廣為傳誦的詩篇，是匈牙利詩人 Petofi Sandor 在爭取民族自由的鬥爭環境中成長並為愛情頌謳所作的詩歌。當時歐洲大地已湧起革命洪流，匈牙利人民起義也如湧動的岩漿。蜜月中的 Petofi Sandor 歡樂與憂鬱交織。他不願庸碌地沉溺於私家生活，而寫下了著名箴言詩，〈自由與愛情〉：生命誠可貴，愛情價更高……這首名作，此後百年間一直是激勵世界進步青年的動人詩句。

　　1848 年春，奧地利統治下的匈牙利民族矛盾與階級矛盾已經達到白熱化程度。Petofi Sandor 目睹人民遭受侵略和奴役，大聲地疾呼：難道我們要世代相傳做奴隸嗎？難道我們永遠沒有自由和平等嗎？詩人開始把理想與革命緊緊地連在了一起，決心依靠貧苦人民來戰鬥，並寫下一系列語言凝練的小詩，作為鼓舞人們走向民族、民主革命的號角。

　　3 月 14 日，他與其他起義的領導者在佩斯的一家咖啡館裡議定起義事項，並通過了旨在實行資產階級改革的政治綱領〈十二條〉。當晚，Petofi Sandor 便寫下起義檄文〈民族之歌〉：

　　起來！匈牙利人，
　　祖國正在召喚！
　　是時候了，現在幹，還不算太晚！
　　願意做自由人呢，還是做奴隸？
　　你們自己選擇吧，就是這個問題！（Enrico 部落格，2012）

　　關於「自由」這個概念的跨領域與創新理解，我們可以以下面的方式來操作：

（一）現象的指陳：第一層次製造差異的創新理解

　　從作者寫作的背景來理解「自由」這個概念時，僅能就上下文得知是一種為爭取民主的自由。但是透過本研究以跨領域的方式來理解這首流傳於 1956 年期間遭蘇聯派兵鎮壓反共革命的匈牙利的詩歌「生命誠可貴，愛情價更高；若為自由故，兩者皆可拋」當中關鍵性的「自由」這個概念時，可以很明顯的看出這是一個高度抽象的詞彙，意義不明。對於抽象概念的理解可以以樹狀圖方式（詳見圖 4-1-7），看出它「層次」的意涵性；凡是涉及自由概念的題材，都可以在這個分劃圖中得到定位。而這依文脈研判，在三大自由（劉遐齡譯，1986）中，意志自由和道德自由等理當不是匈牙利人所叼念的（因為沒有人會禁你道德自由；而意志自由也早已「操之在己」），剩下來的就是境遇自由了。而境遇自由中的「為所欲為的自由」也不會是反共革命所要訴求的；以致「特殊的自由」就成了最有可能的選項了。依此類推，匈牙利人優先要取得的無異是「政治的自由」；而「政治的自由」還可以再順勢列下去以為「應合」具體情境所需求的。（周慶華，2007a：131～133）

　　對於自由的詮釋，因人因事而異，自由是一個非常抽象的概念，一般對自由的解釋通常是指沒有自由比死還痛苦，爭取不受壓迫、不受束縛、不受牽制的自由。這樣一個樹狀圖不但清楚的區分了概念的抽象層次，而且還有效的顯示了脈絡概念的意涵位置。而讀者閱讀到有關「自由」的文本時，便可以此方式來理解其深層的意涵，以便能有效掌握它們的內涵意義。

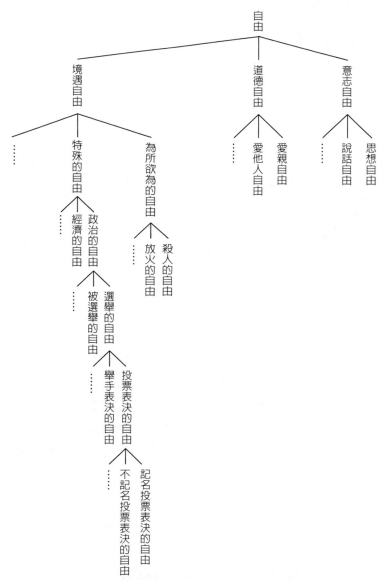

圖 4-1-9　自由概念的抽象程度分劃圖（資料來源：周慶華，2007a：132）

（二）為自由找源頭及其關係項：第二層次的製造差異創新理解

透過樹狀圖的層遞分列，還可以用跨領域的方式來詮釋自由這個概念。如：

表 4-1-5　「自由」概念的跨領域與無中生有／製造差異創新理解

第一級次	第二級次	學科	備註
意志自由	思想自由、說話自由……	心理學	一般對自由的理解，雖然因人而異、因事而異，但多屬片面。而此處所多出的全面性的理解，就具有前無所承性
道德自由	愛親自由、愛他人自由……	倫理學	
境遇自由	為所欲為的自由、特殊的自由	社會學、法律學、政治學、教育學、經濟學	

製造差異　　　　跨領域　　　　無中生有

一般以為自由是一個政治哲學中的概念，在此條件下人類可以自我支配，憑藉自由意志而行動，並為自身的行為負責。至於學術上，則存在對自由概念的不同見解；也就是在對個人與社會的關係認識上有所不同。因此，自由（freedom）就包含有多種含義：

1. 意指由憲法或根本法所保障的一種權利或自由權，能夠確保人民免於遭受某一專制政權的奴役、監禁或控制，或是確保人民能獲得解放。
2. 任性意義的自由，想說什麼就說什麼，想做什麼就做什麼，自由放任。
3. 按規律辦事意義下的自由，所謂對必然的認識和改造。
4. 自律意義下的自由，康德在此意義上使用自由一詞。

5.是人在自己所擁有的領域自主追求自己設定目標的權利。

6.真正的自由應當是「自由」成為一個不可理解的詞語，那個時候便是真正自由的時候。真正自由時，人與人之間的所有競爭都來自自己的能力；也就是一種自由導向的革命運動，沒有了人與人直接的穩定締盟關係。（維基百科網站，2012a）

　　因此，不管自由如何定義，都顯現相當程度的空泛難了，而本研究以樹狀圖的方式或是跨領域領解的方式，不啻能產生無中生有的創新理解。

（三）異系統比較：表現出無中生有的創新理解

　　如果還能從跨領域的多跨互連來解讀，則可以下圖作說明：

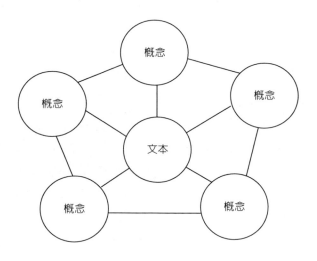

圖 4-1-10　以概念為跨領域多跨互連的模式

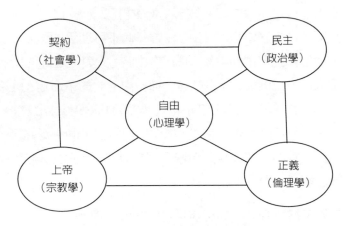

圖 4-1-11　多元自由跨領域詮釋圖

　　從多元自由跨領域詮釋圖來理解自由這個概念，所能關連到的可能有契約、民主、上帝、正義等相關概念之間的關係，就可以發展出概念跨領域多跨互連的理解模式。說明如下：

　　在民主浪潮不斷高呼的局勢中，人人都想爭取自由，但倘若有人以專制的方式或手段來壟斷時，自由就會受到威脅，就有人會起來抗議。至於政治權益被少數人壟斷時，自然會有人起來維持正義，追求社會的正義以維繫生活幸福。此外，上帝造人時，便賦予人自由選擇相信祂或離棄祂，於是又得和人類訂一契約來維持社會的安定。倘若從世界三大文化系統的角度來思考，閱讀應該建立在對不同文化系統的形成、實踐和狀態的認知基礎上，才能正確解讀各種文本深層的、非語言面的內涵。換句話說，也可以透過閱讀理解文本中的文化內涵，更深刻認識各文化系統的特色。西方歷來的世界觀就是肯定一個造物主（神／上帝）以及揣摩該造物主的旨意而預設世界所朝向的某一特殊目的：如古希臘人認為世界是由神所

創造的，所以它是絕對完美的，但它並非是不朽的，後來一神教興起，肯定上帝造物的萬能性，而這可以稱為「上帝創造宇宙萬物觀」。至於東方的情況，則有流行於中國傳統的「自然氣化宇宙萬物觀」，以為宇宙萬物為陰陽精氣所化生；宇宙萬物的起源演變就在「自然」中進行，人該體會「自然」的價值，不可做出違反自然之理的事。它所表現出來的多是為使自然和人性、個人和社會以及人和人之間達成和諧融通、相互依存境界的行為方式和道德工夫。（周慶華，　2007a，166～167）在西方創造觀型文化裡，社會是由個人組成的，如果不被人尊重或被剝奪自由，生命就沒有存在的意義；但在東方氣化觀型文化裡，社會行集體生活，大家都受家庭成員的制約，不敢爭自由、忍氣吞聲在家庭這個保護傘下，倘若為自由而抗爭，就得鬧家庭革命，卻常落得浪跡天涯的下場。由此可知，西方人重視的自由比生命重要，而東方人則是看待生命比自由來的重要，所以才有上述那一相關自由詩歌有無的差別。我們透過世界文化系統來理解「自由」這個概念時，就是以跨文化的方式更深理解閱讀的材料，形成與眾不同的創新理解，完成以概念跨領域與無中生有／製造差異創新理解的閱讀認證。

四、相關創新理解的檢核

　　既有閱讀認證的檢核，除了在形式上需摒除制式學習單的習寫或閱讀測驗題限制性題型的答題外，在內容上的理解不但要深入非語言面的意義發掘外，更要關注本章所提的跨領域理解。換句話說，相應於創意閱讀認證，需要跳脫原來的檢核模式，不能再用既有的閱讀認證方式來檢核。

　　至於如何檢核、判斷閱讀者對閱讀材料的理解是否達到跨領域理解或是完成創新理解部分，相關的檢核的方式與流程則可以依照下列的方式來操作：

（一）　檢核類型：讀者自我檢核、他者檢核。如圖 4-1-12 所示：

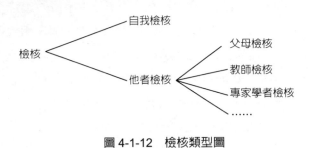

圖 4-1-12　檢核類型圖

（二）檢核者的條件：得具備各種經驗、學科方法、異系統文化和創新知識等。

（三）檢核程序：當閱讀者和檢核者見解不同，也就是理解文本的意思不同時，就會產生在認證時最大的困難，尤其表現在跨學派、跨文化系統兩種無中生有創新的部分。於此，檢核者必須如同本研究一樣，透過理解表（可以看出理解的差異點）及理解圖（看出主題與文本的關係）來檢核閱讀者是否達到創新理解以為認證。在此要特別說明，檢核者必須要肯定並同意同一學科可以有不同的理解，因為學科是龐雜的；而在不同學科的理解，只要能關照不一樣的理解，就能達到跨領域製造差異。

（四）如何排除非創意的理解：檢核者必須要有創新理解的檢核表及一般理解的檢核表（圖為輔助）；也就是在檢核表上同時標示出跨領域與無中生有／製造差異創新理解和一般理解

的備註欄位（如表 4-1-1 所示），可以從表中與既有閱讀理解的部分來比較。倘若能跨領域，就已有製造差異的成分；而比一般既有的閱讀能跨越更多主題／概念的跨領域，就是無中生有的創新理解。因為一般理解既有其侷限，所以反過來可以確認創意閱讀認證的高度合理性。

第二節　學科的跨領域與無中生有／製造差異創新理解的認證

從文本的主題／概念完成跨領域的理解，可以對閱讀材料做廣度、深度的詮釋和發掘，達到無中生有／製造差異的創新理解。而各學科間的整飭合作能營造更大的創意，因為單學科的理解僅能維持一個平面範圍的拓展，無法推陳出新，至於「統整」各學科的知識，多方整合、歸納整併使成為更具創意的理解層次方能展現新意。本節則是要處理學科的跨領域與無中生有／製造差異創新理解，從閱讀的材料上尋求可以統整的主題，將分散的學科內容整合，建立關連性意義，放下學科本位，打破學科框線，組織有意義、統整的學習內容與經驗。雖然各學科間有不同的知識，但透過學科的互動，卻可以創造新的詮釋內容。

一、學科的界定

學科是指知識類型的劃分，如哲學、科學、文學等。學科可以依其性質的不同再區分為人文學科、社會學科、自然學科。人文學科是在「探討人類存在的意義、價值及其創作表現的學問」（周慶

華，1999b：127）；社會學科是在「探討人類的社群組織的原理原
則和人際關係的運作方式的學問」（同上，179）；自然學科則是在
「探討生物和物質的產生及其運作規律的學問」。（同上，212）而
這三大分項都可以再依其不同性質分為次次學科等發展下去，如本
章第一節（圖 4-1-6 學科分類圖）所詳述的部分。

　　學科的跨領域模式，可以有單跨、多跨和多跨互連等。分別圖
示如下：

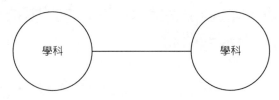

圖 4-2-1　學科跨領域單跨模式

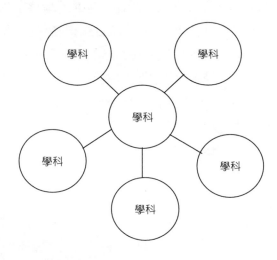

圖 4-2-2　學科跨領域多跨模式

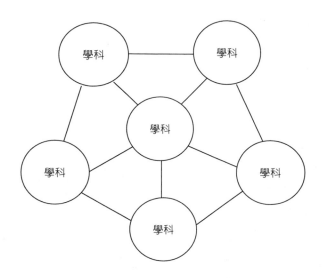

圖 4-2-3　學科跨領域多跨互連模式

二、學科的跨領域與無中生有／製造差異創新理解

　　所謂將學科統整化，指的是語文經驗在傳達上是透過統整的方式；是一種新舊經驗的統合整併，使期能達到最廣的詮釋向度。而在相關課程設計的理念上可以有這樣的取向：

　　　　在統整課程中，組織的主題是來自現有的生活和經驗。藉著應用這些主題，允許年輕人批判地探究實際的議題，並因而實踐他們認為需要的社會行動……課程統整也包含了應把知識應用到跟社會和個人相關的重要問題和關注事項之上。因而不同學科間的界線得以解除，而知識也能在這些問題和關注視像的脈絡中重新定位……（單文經等譯，2000：4～5）

　　依據上述貝氏對課程統整的論述，統整課程可歸納出四項特徵：

（一）統整課程是以問題和議題為中心的，這些問題和議題在真實
　　　世界中，對個人或社會而言是重要的。

（二）統整課程使用適合於主題脈絡情境的知識，而不考慮學科的
　　　界限。

（三）統整課程慣於研究當前的問題，而非某個測驗或某個年級的
　　　結果。

（四）統整課程強調是能真正應用知識和解決問題的專題和活動。

　　　倘若把課程統整的概念置放到學科統整之下來討論，就可以約
略看出本節要處理學科跨領域的部分。從知識整合的觀點來看，在
閱讀資料上，不僅需要關注各學科間跨領域所涉及的概念，更需要
留意各種學科間應該注重相互參照、印證、融通、詮釋的互動關係，
才能掌握超越學科界線的概念或通則，以開拓知識學習或研究問題
的視野，提高對學科知識的意義理解層次，創造更周全的知識實用
價值，而達到更深一層詮釋境界。

　　　CarteV.Good 主編的《教育辭典》所界定的「統整課程」
（integrated curriculum）：「一種課程組織，貫穿學科教材的界限，
關注廣泛的生活問題或寬廣的學習領域，將各種分割的課程組合成
有意義的連結」；或者指「課程成分的橫向聯繫或水平銜接，希望
讓特定的課程內容能夠和其他的課程內容建立融合一致的關係，讓
學生能夠把所學的各種課程貫串起來，了解不同課程彼此之間的關
連性，以增加學習的意義性、應用性和效率性」。（Carte V.Good
〔Ed〕，1973：159）因此，跨學科、科際整合便成為促進課程統整
的主要方式，也是本研究要達到創新理解需要藉使的方法。。

　　　「統整」就字義而言，係指在概念上或組織上將分立的相關事
物合在一起或關連起來，使其成為有意義的整體。黃譯瑩（1998：

4～11）認為：「統整的本質就是建立連結、聯繫、關連進而完整化、並且更新」。在實際的做法上，有些學者從學科間的組合情形著手，提出相關課程、融合課程、廣域課程、複科整合課程、多科整合課程、科際整合課程以及超學科整合課程等型態，也有學者提出從單一學科統整、跨學科統整、學習者自己的統整到學習者跨網絡的統整等課程統整模式。James A Beane 則主張課程統整是一種課程設計，乃是在不受制於學科界線的情況下，由教育者和年輕人合作認定重要的問題和議題，進而環繞著這些主題來形成課程組織，以增強人和社會統整的可能性；換句話說，學習主題及其開展的歷程，而非科目領域的界限，才是課程統整關注的焦點。（單文經等譯，2000）據此，統整課程旨在改善因學科的分化區隔，流於零碎而不能統合，以及與兒童生活經驗嚴重脫節等問題。課程統整也意指過去單打獨鬥的學科，必須重新思索與其他學科的關係，尋求建立統合的課程架構，並集中一切可資運用的資源，以符合統整學習的原則，並達成課程的既定目標。（陳伯璋，1995）簡括的說，統整課程可說是基於「學習」的本質與「學習者」的需求，而將分立的學科貫串起來，並與生活緊密結合，使其產生有意義的關連與融合，讓讀者獲得最好的理解和整體的詮釋。我們以「課程統整」這樣的概念運用在閱讀理解上：如果一個閱讀者能在閱讀過程中，以多學科跨領域的方式透過統整的方法，將閱讀的材料，先摘取重要訊息，再歸併利用各學科知識，找到一個關連閱讀材料並可統攝各學科的主題後，進行多學科的跨領域理解。如此以連結文本訊息來做跨學科知識的統整而以獨特的方式詮釋出新的作品，就可以說是高度達到無中生有／製造差異的閱讀了。相關的主題統整學科跨領域，如圖所示：

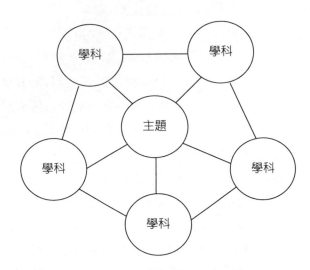

圖 4-2-4   主題統整學科跨領域

三、學科的跨領域與無中生有／製造差異創新理解例示

運用多學科的各項知識來詮釋閱讀材料，以這樣的方式放到課程或主題統整上，是代表設定一個單元時，可以將不同的學科放在一起，探索某一個特定的主題或議題。而被並置在一起的學科通常都是較相關的學科，因為相近的學科可以互相補充。然而，學科與學科是被並置在一起，各貢獻其學科內的知識，參與的學科也不會被改變或被改進。比方說在談「族群」這個主題時，歷史、地理、與文學間的關係就遠比歷史與物理間的關係來得接近。此時，課程統整經常是由相近學科的成員組成，特別是由某一個能夠涵蓋其他相關學科內容的學科出發，向外延伸，尋求關連，這是多學科統整的最大特徵。倘若是主題的涵蓋面很廣，則可能關連的學科也會超

越所謂相近的學科。比方說，以「車」為主題的單元，化學教師想到的是燃燒的氧化作用、CO2、各種不同的燃燒、燃料的成分；生物教師從車的主題聯想到溫室效應、臭氧層、空氣污染、雨林等；而物理教師則認為相關的概念有各種車輛使用的物理原理。這樣從各學科的內跨或外跨甚至多跨相連針對一個主題或議題來進行理解，就是達到學科跨領域的閱讀理解。茲舉數例來做引子：

例子一：關於「身體審美」的創新理解：

表 4-2-1　「身體審美」學科的跨領域與無中生有／製造差異創新理解

關連的向度	關連的意義	學科	備註
身體構造	身體	生物學	一般多從身體構造的角度來理解（生物學）。而此處所多出的理解，就具有前無所承性。
西方繪畫、雕塑、藝術常見裸露的人體圖繪	裸體顯美	哲學	
資本主義發達	藉裸拍謀利。	社會學	
想看別人的美	滿足人的窺伺慾。	心理學	
榮耀上帝	展現上帝造人的美意：榮耀上帝。	宗教學	
每個人都是獨立受造者	個人主義使然。	文化學	
完美的身體比例 0.618	美體	美學	

製造差異　　　跨領域　　　無中生有

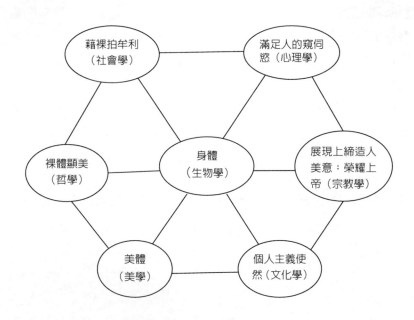

圖 4-2-5　「身體審美」學科的跨領域與無中生有╱製造差異創新理解

　　表現在文學作品或其他藝術品中有關人體的審美，在中西不同世界觀的制約下，其差異是很大的。在西方古臘時代以來就存在著人體被精心雕繪塑造成「健美」型態的痕跡，我們不難發現許多西方的藝術作品，幾乎都在強調男性身材勻稱結實和女性身材的豐滿性感。（周慶華，2007a：257）古希臘的畢達哥拉斯學派，首先從數的比例中求出美的形式：0.618 法，一切藝術作品都是依據這個比例而創造出來的。例如著名的維納斯女神以及太陽神阿波羅的雕像，從肚臍到腳底的高度和全身高度的比都是 0.618。文明古國埃及有許多金字塔，形似方椎，大小各異，但這些金字塔底面邊長和高的比都接近於 0.618。由此可見，黃金分割法確實已經成為一

切藝術造型的訣竅。(徐炎章等,1998:63~65)難以否認的,這早被認為是「神賜的比例」的黃金分割比例是西方人的最愛。因為受造觀念既然已經成形,人體就必然是要健壯和腴美的,這才能顯出上帝的本事;反過來纖細和病態等天生或自己形成的殘缺,一定會削弱或辜負上帝的能耐和美意。另外,有人把西方的女性裸體畫視為滿足男性的偷窺慾望,卻不盡合於事實。如果西方人不透過女性裸體(畫/雕像)的展現,又如何能得知腴美的身材指的是什麼?不然,同樣的有許多男性裸體(畫/雕像)的展現不也可以說是為滿足女性的偷窺慾望而設計的?但大家知道這顯然不是。(周慶華,2007a:258~259)此外,西方強調個人主義,身體是屬於個人隱私的部分,不容侵犯與佔有,每個人都極力爭取個人的人身自由權力。

反觀中國傳統的人體審美受氣化觀影響,僅著重在男性相貌俊秀和風度翩翩的部分,女性則是著重在容顏俏麗和嫵媚動人等靈氣所鍾的部分,指的是臉孔姣好和從儀態萬千上著眼,而無關體型的健壯豐腴。(周慶華,2007a:260~261)

從異文化系統的理解來看,西方的創造觀型文化強調身體美要勻稱,因為身體是上帝所創造,為了榮耀造物主,所以以一個完美的身體比例來彰顯祂的作為。倘若後天不完美,則會予以補救或改造,所以流行整型、塑身、運動等。而東方的氣化觀型文化強調人的菁華在臉部,與西方受造被雕塑的在於身體的審美是不同的。而這樣的理解可以擴大創意使它極大化,達到無中生有的創意理解。

無論是從跨學科的統整或異文化的理解,都可以將「身體審美」這個主題關連到更大範圍,使得閱讀者可以做深度的、廣泛且不同一般的閱讀理解。

例子二：關於「天災人禍報導」的創新理解：

表 4-2-2 「天災人禍」學科的跨領域與無中生有／製造差異創新理解

關連的向度	關連的意義	跨領域	備註
天災人禍報導	大自然的反撲、社會亂象。	傳播學	一般多從報導的角度來理解(傳播學)。而此處所多出的理解，就具有前無所承性。
動物遠離災難現場	非懲罰對象被驅趕。	靈異學	
暖化效應	原罪觀念所造成。	宗教學	
美國雙子星大樓炸毀出現魔鬼像	懲罰或報復警告。	靈異學、倫理學	
南北極冰山融化	將使許多陸地消失。	科學／物理學	

製造差異　　　跨領域　　　無中生有

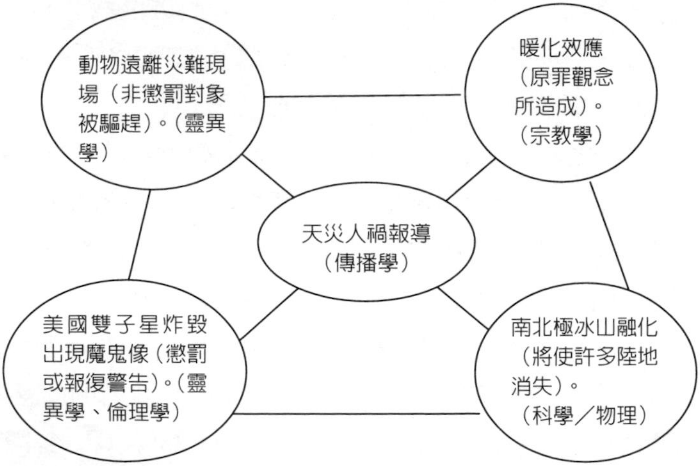

圖 4-2-6 「天災人禍」學科的跨領域與無中生有／製造差異創新理解

　　現今世界特別令人膽戰心驚！如近幾來年，世界各地地震、風災、乾旱、沙塵暴、大雪、瘟疫、政局動盪、恐怖分子動亂等天災人禍，層出不窮，而宇宙中萬象的變化也讓科學家瞠目結舌：2004年底發生的南亞海嘯，規模之大是六百年來僅見，那場最恐怖的海嘯，奪走了二十三萬條人命。中國大陸 2008 年，四川汶川八級大地震，據官方統計的死亡人數為九萬人。在該次嚴重地震前，民間一直出現各類異象，被視為地震徵兆的憑證，但它們與地震的關連性仍有待考證。例如 2008 年 5 月 10 日，四川綿竹市西南鎮檀木村（距離震央不到一百公里）出現了數十萬隻蟾蜍遷徙的現象，當地林業部門解釋其為蟾蜍的正常遷徙，因為蟾蜍的大規模遷徙現象在中國各地區也曾多次發生並被報導，但其後並未發生地震。中國工程院院士周福霖稱，震前的動物異常反應是科學的，敏感的動物會察覺到地震變化；然而動物除了對地震會有敏感反應外，也會對其他自然現象產生敏感反應。（維基百科網站，2012b）但這樣的現象，從靈異學的角度來看正可以解釋動物不是被懲治的對象，所以在地震前受到驅離而脫離災難。

　　以科學家的立場來說，海嘯與環保是息息相關的。不少專家指出，南亞大地震引起的海嘯所造成的巨大傷亡，與當地的環境保護策略分不開。舉例來說，這次受災打擊最嚴重的兩個地區泰國和斯里蘭卡，都有因為過度開發而破壞海岸生態的紀錄。泰國的布吉為了發展旅遊業，而把海岸的紅樹林砍伐，開發成渡假區，而多年前因為拍攝電影《迷幻沙灘》而造成 PP 島的生態失衡，破壞最為嚴重；而斯里蘭卡因為過度開發而導致水災，但由於修復工作未能在海嘯前完成，結果對當地造成雙重打擊。反而十年前不斷受颱風威脅的孟加拉，由於風災過後當地重新栽植防風林及回復海岸生態，使海岸得到珊瑚礁及紅樹林的保護，從而減輕當地所受到的損害。

此外，根據英國官方出版的研究報告顯示，全球氣溫上升如果超過目前的攝氏三度以上，溫室效應將導致南北極的冰山在本世紀開始融化，海平面升高。對地球的氣候將造成大規模和不可逆轉的破壞。而極地冰原融化的速度遠超出預期，可能讓海平面在 2100 年前上升至少六公尺，而海平面的上升將迫使陸地逐漸消失。（維基百科網站，2012c）全球暖化的效應極有可能是因為所有人類活動有意或無意的破壞了原本正常的地球環境，且尚未停止對地球環境有害的各式行為，及綜合各項原因導致出現這樣的情況。《聖經・創世紀》中提到，因為亞當和夏娃違背上帝的命令，吃了分別善惡樹的果子，犯下過錯，因而失去了上帝的恩寵，被逐出伊甸園。部分基督徒承認這一段紀錄解釋了「原罪」的由來，　所以從宗教的角度來詮釋，天災人禍的發生是從人類對自然的破壞、不斷耗能造成暖化現象及原罪的緣由；特別是由「上帝的選民」擴大到所有人類，因為這是亞當和夏娃所犯的罪，所以必須由世世代代每一個人類來承擔，使得世界各地接二連三出現嚴重的災害。

　　2001 年美國紐約世界貿易中心雙子星大樓及華府國防部五角大廈遇難，三架噴射客機，撞毀三棟壯麗的高樓；我們從倒塌的高樓裡彷彿看到恐怖分子在機艙裡叫囂，焚燒的火球熔鑠三棟撞毀的殘樓的同時，有美國民眾說，他們看到大火熊熊濃煙之中，好像魔鬼撒旦露臉，帶著鬢角和邪惡的表情。（中時電子報網，2001）恐怖分子的迫害，其實是人類之間彼此的殘殺，為著奪權，以武力、暴力的方式取代人類間的信任與和平，這是撒旦挑戰上帝的象徵。

　　對於天災人禍，一般只能從傳播學來理解：透過媒體傳播，將每一起天災人禍的事件傳播至全球各個角落；只要透過媒體就可以得知世界各地的新聞。然而，從以上關於「天災人禍」的圖表來看，可以發現連結各個學科的知識，可以關連到許多面向，達到跨領域

的理解：從不同學科的知識汲取相關的主題或概念，統整歸併再成一個新的主題或文本。如果閱讀者能做這樣的關連與理解，而不是只侷限在一般理解的部分，就可以達到本節所提的學科跨領域的理解，以及達到無中生有／製造差異的創新理解。做學科跨領域的理解有一個很重要的目的是在使閱讀者能改變過去記憶學科知識的學習習慣，將各種學科知識統整後應用到生活中或關連到各種舊經驗裡背景知識。如果表現在寫作上，也必是精采出眾。

　　例子三：關於「詩歌朗誦」的創新理解：

表 4-2-3　「詩歌朗誦」學科的跨領域與無中生有／製造差異創新理解

關連的向度	關連的意義	學科	備註
詩歌朗誦	朗誦，就是用清晰、響亮的聲音，結合各種語言手段來完善地表達作品思想感情的一種語言藝術。	藝術	一般多從詩歌朗誦的角度來理解（藝術）。而此處所多出的理解，就具有前無所承性。
〈將進酒〉	人生幾何，及時行樂，聖者寂寞，飲者留名的虛無消沉思想，願在長醉中了卻一切。	文學	
聲／韻／調	詩歌的精粹處在於聲韻文字上的美，倘若捨音以論詩，則無法領會詩歌的神髓。必須以原始的字音，來吟唱或朗讀以加深對韻文形式的感受。	語言學	
想打動人心	表達作品感情，引起讀者共鳴。	心理學	
藉網路廣為傳播	網路傳播具有多媒體、超文本、對話方式、共時性及互動性等五大特質；尤其網路結合文字、聲音、圖畫、動畫等影像，可能是所有媒體中對於感官多元化的掌握能力最強的。	傳播學	
為契情而發展出特有的旋律節奏	為「攝眾聽取」的考量，需要有不同聲調來搭配做使用。	文化學	

製造差異　　　　跨領域　　無中生有

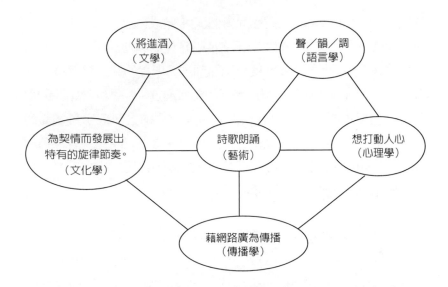

圖 4-2-7　「詩歌朗誦」學科的跨領域與無中生有／製造差異創新理解

　　本研究要特別對〈將近酒〉的意象與韻律做更多的詮釋，擬從不同的文化系統以創造跨領域來達到無中生有的創新理解。聲調指的是聲音震動頻率的高度，漢語的聲調整體上有「抑揚頓挫」的旋律感，相對於其他帶有聲調的語言就沒有這種現象，而沒有聲調的語言（如絕大多數的印歐語系的語言）則更缺少這一可以「撼動人心」或「情意深長」的韻味。聲調的挈情作用：聲調的設計或踐履成形，不可能只是單純的為表義方便而已，還有更多是為「攝眾聽取」的考量，否則就不需要有不同聲調來搭配做使用了。而這種挈情性就是漢語聲調所以「獨樹一幟」的根本原因。多變化的漢語聲調原就是為了挈情的：不論是為了「諧和人際關係」，還是為了「破壞人際關係」，或是為了「政治造勢」，它透過個別調值的屈折（特指上聲）以及相互搭配時的抑揚頓挫來達成使命。

漢語的聲調應當是在挈情中形成的，也就是挈情和說話的聲調是一體成形的。漢語說話所以緣於挈情而發生，乃因為漢人說話沒有私密性的關係。也就是說，漢人說話所在的情境大多還有第三者，導致說話者必須「聲大語重」的發音（尤其是上聲和去聲的發音），以便讓大家「同沾語益」；這樣日子久了就形成古來所見的聲調變化的範式。而再加入異文化系統的理解，我們可以發現東方漢民族源於氣化觀的聚集謀畫的生活型態，在先天上就沒有個別組成分子私自說話的餘地，一切都得顧及周遭家族人的感受，即使擴大到外面泛政治階層制的聯盟圈，也不例外。因此，聲調就從這裡形塑發皇而充分展現它綿密挈情的作用了。依此類推，中國傳統「抒情」味濃厚的詩詞曲賦式的文學創作，也就是同秉一源而更加強其特殊的表現了。所謂「詩言志，歌永言，聲依永，律和聲。八音克諧，無相奪倫，神人以和」（孔穎達，1982：46），詩詞裡的情意以及字詞聲調的調節創作，豈不是跟一般說話的挈情預設相通？（周慶華，2007a：74～82）相對的，如果沒有漢民族這種社會、文化背景的地區，就不可能發展出類似漢語的聲調來。上面的方式掀揭和所繫的社會、文化底蘊，還透過異社會、文化的對比來彰顯，可以說是已經達到無中生有的創新理解。

四、相關創新理解的檢核

關於本節學科跨領域認證，仍採以摒除制式學習單的習寫或閱讀測驗題限制性題型的答題方式，為要達到創意閱讀認證，可以本節所舉例子及圖表的方式來檢核。

　　至於如何檢核、判斷閱讀者對閱讀材料的理解是否達到跨領域
理解或是完成創新理解部分，相關檢核的方式與流程則可以比照前
節的模式來操作：

（一）　檢核類型：讀者自我檢核、他者檢核。如圖 4-2-8 所示：

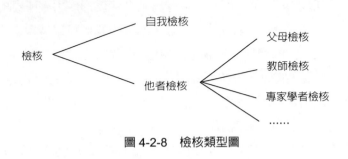

圖 4-2-8　檢核類型圖

（二）檢核者的條件：得具備各種經驗、學科方法、異系統文化和
　　　創新知識等。

（三）檢核程序：當閱讀者和檢核者見解不同，也就是理解文本的
　　　意思不同時，就會產生在認證時最大的困難，尤其表現在跨
　　　學派、跨文化系統兩種無中生有創新的部分。於此，檢核者
　　　必須如同本研究一樣，透過理解表（可以看出理解的差異點）
　　　及理解圖（看出各學科的關係）來檢核閱讀者是否達到創新
　　　理解以為認證。在此要特別說明，檢核者必須要肯定並同意
　　　同一學科可以有不同的理解，以及在一探討主題下所關連到
　　　各種不同的學科都應該予以接受。因為學科是龐雜的；知識
　　　是廣博的。對於不同學科的理解，只要能關照不一樣的理
　　　解，就能達到跨領域製造差異的部分。

（四）如何排除非創意的理解：檢核者必須要有創新理解的檢核表
　　　及一般理解的檢核表（圖為輔助）；也就是在檢核表上同時

標示出跨領域與無中生有／製造差異創新理解和一般理解
的備註欄位（如表 4-2-1 所示），可以從表中與既有閱讀理
解的部分來比較。倘若能跨領域，就已有製造差異的成分；
而比一般既有的閱讀能跨越更多學科的跨領域，甚至加上異
文化系統的詮釋，就是無中生有的創新理解。因為一般理解
的侷限正可以從跨領域的部分得以解決，而以這樣的理解方
式適足以確認創意閱讀認證的高度合理性。

從主題／概念的跨領域到學科的跨領域，跨領域的範圍與統攝
的學科更為豐富、延展，我們可以圖 4-2-9 來表示這二者的關係：

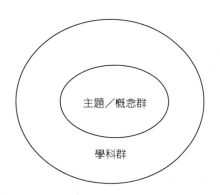

圖 4-2-9　主題／概念群和學科群關係圖

主題／概念群包含在學科群裡面，而這可以以本節的關於天災
人禍的理解為例來做說明：主要的主題或概念有：天災人禍、暖化
效應、冰山融化、雙子星炸毀等，而這些都含括在傳播學、宗教學、
科學、物理學、靈異學、倫理學等學科群內的知識範疇內。其餘的，
依此類推。

第三節　科際整合的跨領域與無中生有／製造差異創新理解的認證

　　資訊社會中，由於各種學科知識不斷演進的結果，使得學科間的分野日趨嚴明，學科內的知識和技術也越來越複雜和精密，學術分科日愈精細，科際整合研究成為必然趨勢。科際整合是結合相關學科，共同對問題進行研究，避免單一學科「瞎子摸象」式的學術鑽研，希望對研究對象的各個面向，有全方位的思考、探索；許多問題並非僅靠單一學科領域中局部的知識和技術便可以獲得解決，往往需要從各種角度利用各種學科的專業知識與研究方法才能迎刃而解。舉例來說，人造衛星的發射不僅在科學上需要物理學、化學、心理學、醫學，在工程上需要機械、電機、電腦科學等學科知識與技術的整合，同時也需社會科學，如法律、政治、經濟等等方面的專家，來共同研商對社會各個層面的影響等相關的議題。因此，科際整合已經成為今日學術研究上的一個重要方向。

　　從主題／概念跨領域理解到學科跨領域理解，閱讀者對閱讀材料的詮釋層面乃是從語言面的理解到非語言面的理解，單一文化系統的詮釋到多文化系統的詮釋，不僅已跳脫一般理解的框架，更是進入文本深層的意涵與廣度延展的豐富底蘊，達到無中生有／製造差異的創新理解認證。因為單一學科無法對一主題或議題進行全面性深度的理解，所以需要透過多學科跨領域的整併、合作後，提高知識的意義理解層次。然而，無論是學科跨領域多跨模式或多跨互連模式，還只是圍繞在原來所閱讀的材料上；而本節所談的「科際整合」，則是以一種學科的整飭合夥的方式，為閱讀材料形成新文本的新模式，也就是文本是在科際整合後才形成的，與第二節的學科跨領域有進一步的區分。

一、科際整合的界定

　　從狹義的定義上，科際整合研究是指學科間的合作與互動，不同學科的研究人員依據本身學科的專業知識，從各種角度與各個層次對某一特定問題進行深入的探討；從哲學的理念上，科際整合研究的最高境界則包含了學科間的整合性與統一性的觀念，以尋找學科間的「基礎經驗」（elementary experience）作為整合的起點，使不同的知識體系藉由一貫的邏輯推論和不同層面的關連，形成一個統一性的知識體系。（林正弘，1991：702-706）　文本的閱讀，知識的詮釋也一樣需要透過科際整合的方式來達到創新的理解，除了是透過多學科的藉使達到創意理解外，更需要科際整合的跨領域模式，運用整飭合夥的方式詮釋或創造出一個新的文本。而科際整合跨領域理解的模式，則可以有多元和多元互連等。分別圖示如下：

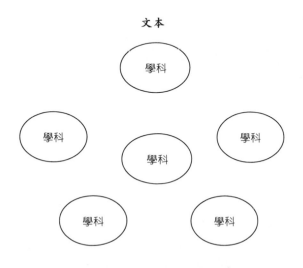

圖 4-3-1　科際整合跨領域多元理解模式

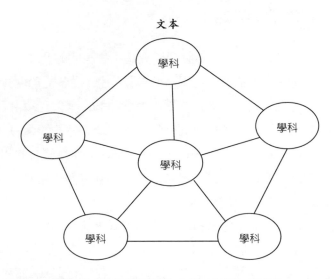

圖 4-3-2　科際整合跨領域多元互連理解模式（資料來源：周慶華，2007a：315）

　　二十世紀以來文學理論風起雲湧且多有跨科的現象，文學及外部學科的快速發展，文學研究、文學詮釋借鑒其他人文和社會學科的方法以及透過其他人文和社會學科跟文學的關係，研究文學的方法日漸明確的提出來：

　　　　美國學者巴利金里最先提出了「科際整合研究法」，強調不同學科之間的流通和運用，互補不足。這種以對象的某一特性和方面為主，從一特定的角度來實施研究的方法，表現出比較文學方法論的多樣化、分支化。如文學和藝術、電影、音樂、繪畫、戲劇；文學和社會學、人類學、心理學、語義學、思想史等等。這些不同的研究途徑立足於研究文學系統內不同的層次、特性，每一分支各有各的相對獨立範

疇。這種細緻的多樣研究方法，逐漸取代了過去在文學內部那種單向的、包羅萬象的傳統方法，多層次、多側面、多樣化的研究方法，有利於揭示文學的多種屬性和功能，同時也顯示出現代文學研究的豐富多彩和廣闊前景。（劉介民，1990：57）

　　事實上文學研究已經借鑒到自然學科的方法（劉介民，1990：523～541；黃海澄，1993：317～359），並不只跨向其他人文和社會學科的領域而已。所以科際整合的模式已經是勢必在行的研究方式了。

　　第二節的學科跨領域已知是一個學科和學科之間的相互整合，如它在文學詮釋上就是文學和其他學科的「互通有無」；或者把文學文本去通貫其他學科而得著一個整合後的「複數文本」或「豐富文本」。與統整觀念的體現是相通的，可以定義為類統整。而新科際整合既要藉整合來呈現「新面貌」展現出另一種新意，所以它的模式就得跟本章第二節所說的「各學科相互整合後形成一個新學科」的取徑一致，而權且以「相關學科整合成一個文學文本」為前提。當中或許有點無可奈何的要以文學文本為先設定條件而後再尋求各學科的整合成義（無法想像可以純然的整合各學科為一個文學文本），但這全因有「文學」的限制詞使然，無須以為整合的不夠徹底。（周慶華，2009b：240～248）

二、科際整合的跨領域與無中生有／製造差異創新理解

　　科際整合或跨領域合作（Interdisciplinary collaboration）並不是一個新的概念，事實上在一有人類開始就已經存在了。人在不同

的種族、不同的部落，就要想盡辦法合作，才能抵禦一些外來的侵犯，所以概念不是新的。但是從學術領域上來看，很多事情太複雜，不是一個單一的領域可以達成的。比如說你要了解職業傷害這個主題，從勞工的看法、從組織的看法、從社會的看法、或者從法律的看法，它會帶來不同的效應。

　　科際整合方法所要著力的對象自然是「科際整合」，但科際整合本身也只是「過程義」的，它的被使力還得轉為「如何科際整合」上。所謂「科際整合」，是指語文經驗在傳達上是透過各學科整飭合夥，而非單一學科力撐的方式。這種科際整合的方式，是一種深廣語文經驗的交相烙印，希冀能夠達到最好的教學效率。它在踐行上，已經有所謂「多元智能」（如語文智能／邏輯數學智能／空間智能／音樂智能／身體運動智能／人際智能／內省智能／自然觀察智能或科技智能／經濟智能／社會智能／政治智能／文化智能／學習致能等等）的發掘並用；但總嫌「精準度」不夠。換句話說，多元智能的運用，很容易跟統整性的教學法混在一起而出現所謂「多元智能統整法」一個途徑；但科際整合卻是特別為企求深廣語文經驗的另類作法，彼此還是有「著重點」的不同。而這得從一些「零散」的論述抽繹出幾許的論點，來顯示它的一樣不可或缺的新趨勢性。（周慶華，2007a：309-310）

　　大致上，科際整合是晚近為因應生活日益複雜化而盛行的思潮。各學科多少都努力在尋找跟別的學科交融而開啟本學科研究的新契機。所謂「歷史學跟其他科學，特別是跟社會學，政治經濟學、心理學、語言學等學科之間跨學科聯繫的迅速發展，是史學思維近一步發展的最重要條件。所有社會科學家都在呼籲打破各學科之間的傳統隔閡。在分化和尋求自力權的時代之後，各學科都感覺到需要統一」（王清河譯，1988：142），就是明顯的例子。而學科的分

分合合，可以在我國教育的課程脈絡中找尋到蹤跡。然而，不論是分還是和，在資訊發達的現代，科際整合已成為大家所必須重視的課題。

　　科際整合所以能夠成立，最重要的是相跨越的學科之間有一些彼此都具備的條件。如（一）共同的設定：相跨越的學科都有或至少必須有共同的設定；這些共同的設定是它們據以出發來收攝經驗內容的起點。（二）共同的構造：不論相跨越學科的內容或題材怎樣不同，既然都是認知的知識，一定得有些骨幹；而這些骨幹最後分析起來都是相同的。學科構造相同的模型的極致，可以是一個假設演繹式的系統。（三）共同的方法：相跨越的學科各自所要處理的題材雖然各不相同，但既然同為「研究」，在這些操作背後總有一些程序是他們不能不共同的；這些程序，一般叫做方法，相跨越的學科必須全部或至少部分的運用的。（四）共同的語言：雖然相跨越的學科都有各自專用的詞彙，但彼此還是要有一些共同的語言，交流知識或互相兌換各自所得概念內容才有可能。這些語言，如「一切」、「有些」、「因為」、「所以」、「如果」、「那麼」、「不」、「是」、「包含（括）」、「或」、「和」、「必然」、「可然」、「概然」等等，相跨越的學科都是全部或至少一部分採用它們。（殷海光，1989：325-327）縱是如此，它的整合新模式，就不是大家所設想的那樣以一個學科為基礎而整合向其他學科，而是各學科相互整合後而形成一個新學科。如果說後者是一個新模式，那麼相對的前者就是一種舊模式。圖示如下：

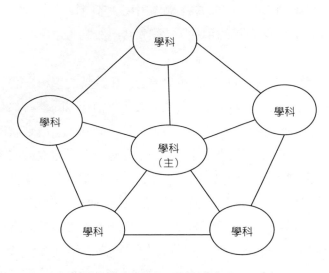

圖 4-3-3　舊科際整合模式

新學科（新文本）

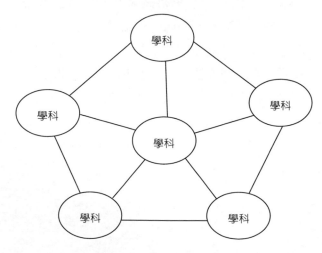

圖 4-3-4　新科際整合模式

從上圖中，可以看出舊科際整合模式跟前節所說的學科跨領域中的多跨互連形式幾乎沒有兩樣（詳見圖 4-2-3 和圖 4-3-3）。只有新科際整合模式才算掙出窠臼而與眾不同（周慶華，2009b：235～239），可以讓讀者在閱讀理解中達到無中生有／製造差異的閱讀認證。這就是本節要處理的部分。

三、科際整合的跨領域與無中生有／製造差異創新理解例示

例子一：一位到訪美國舊金山的旅人所訴說的情景：

你應該在下午 5 點時分去看看中國城的那條大街。真是令人驚奇！我可以輕易地想像自己就走在中國的城市中。這地區人口非常密集，幾乎到處都是人。汽車行駛在狹窄的街道上必須要相互協商誰先誰後，車子要猛按著喇叭，才能迫使人們讓出路來……有許多不同類型的商店，販賣著罕見的商品。每一件事看起來和聞起來都如此的不同，讓我禁不住想要去觸摸和品嚐。有些商店賣的是各式各樣的魚類和軟肢動物。有些商店櫥窗就倒掛著看起來像是醃漬或燒烤的鴨子。也有許多商店陳列著我從來沒看過的蔬菜……中國城的人們也很令人好奇，就像個混合體。有年輕人和老人，中國人和非中國人，已被西方同化的和仍穿著傳統中國服飾的人（大部分是老年人）。有些女人用一條看起來像是毛毯的東西斜裹著背部背著孩子，而其他女人卻推著現代化的嬰兒車。其他的男人和女人雙手中提著滿滿剛買的貨物，匆匆忙忙橫過街道，很可能是趕著回去做晚餐。看著男男女女在商

店中廝殺著魚類或蔬菜的價錢，是一件很有趣的事；即使我並不了解他們真正在說些什麼。我買了一件珠寶飾品，但還是沒辦法熟練討價還價的藝術，所以我付了我開口要的價錢，我想這是一件蠢事。討價還價並不是我文化中的一部分。我想即使我在中國城待上許多天，大概也不能了解的透徹。這真是有趣的經驗！（吳芝儀等譯，2001：24-27）

表 4-3-1　「訪舊金山」科際整合的跨領域與無中生有／製造差異創新理解

新文本	關連意義	學科	備註
一位到訪美國舊金山的旅人所「實際」說出的情景。	中西二元對立結構。	語言學	一般多從中國人的特有生活模式來理解（社會學）。而此處所多出的理解整飭成一個新的文本，就具有前無所承性。
	潛意識裡有不喜歡中國人的情節。	心理學	
	髒亂／流動或和合乃氣化觀使然：反觀整潔／井然有序則為創造觀使然。	符號學／系譜學／文化學	
	中國人髒亂無序且難被同化。	現象學	
	鄙視中國人的價值觀。	倫理學	
	以「非我族類」定位中國人。	詮釋學	

```
    ↑              ↑           ↑
┌────────┐   ┌────────┐   ┌────────┐
│ 製造差異 │   │ 跨領域 │   │ 無中生有 │
└────────┘   └────────┘   └────────┘
```

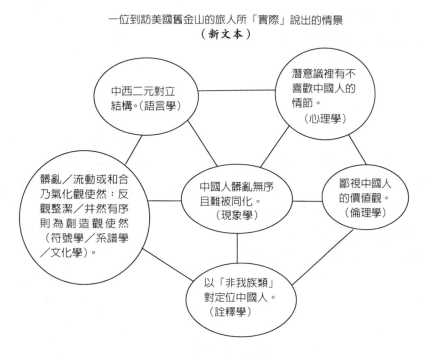

圖 4-3-5　「訪舊金山」科際整合的跨領域與無中生有／製造差異創新理解

　　文中所轉述的那段敘述在論說者的解讀中僅看重它的敘述特性（吳芝儀等譯，2001：25-27），顯然這是不能滿足「想多一點認知」的人的需求（也就是那段敘述所呈現的一些事件為什麼都像敘述者所說的那樣不可理解呢），以致得有另一種解讀策略來填補這個匱缺。也就是說，這可以採取科際整合的方式來做理解：從符號學的角度看，敘述者極力編綴舊金山中國城內地狹人稠、街上車多吵雜、商店販賣西方罕見的物品、顧客喜歡討價還價等符號來象徵中國人的「髒亂無序」以及身在異國卻難被同化的「冥頑性」。從語言學（結構主義）的角度看，這有把中國和西方區隔開來的二元

對立結構。從系譜學的角度看，這隱含有舊金山中國城中的人所以會跟西方人格調差距甚大，全是繼承於中國文化所致。從心理學的角度看，敘述者的潛意識裡有不喜歡中國人的情節。從倫理學的角度看，敘述者沿襲了西方社會鄙視中國人的價值觀。從現象學的角度看，敘述者意識到了自己和他人的存在差異。從詮釋學的角度看，敘述者帶著自己文化的印記在看中國人，最後仍以「非我族類」定位中國人，並沒有嘗試深入了解中國人或融入中國人生活的意願。從文化學的角度看，這所對比的「有序」和「雜亂」等兩種生活方式，其實背後各有不同的世界觀在促成著，彼此不可共量，也沒有好壞的區別。也就是說，在中國是氣化觀；在西方是創造觀，彼此難以一概看待。前者，讓人不得不比照大氣的「流動」而「和合」著過；後者，既然相信萬物為上帝所造「各別其類」，那麼過「井然有序」或「互不干涉」的生活，也正表示能善體上帝的旨意。如果要相互勉強遷就對方，一定難免人為的殖民災難。這裡對此文本的理解，或許還有其他更多可以關連到的意義層面而未能盡義，但運用科際整合的方式大抵上已經展現了一種基進式的理解模式了。它將不斷地提供給人對文化差異性的「敏感」所需的資源，進而重新思考「和諧相處」或「合理對待」的有效方案。（周慶華，2003：168-170）這所結合多學科方法來搏成一個文本（表中雖未組出，但也不難意會），顯然比只用單一學科方法去理解具有可看性且能反覆或重疊交錯的深透本文的多重蘊意。（周慶華，2004a：305-311）在這種情況下，科際整合就是「文本」式的科際整合（而非「主題」式的統整）。約略如圖 4-3-6 所示：

文本

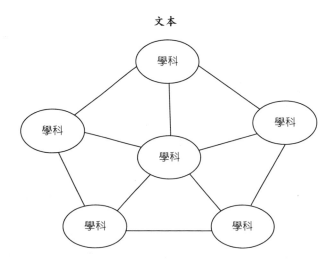

圖 4-3-6　文本式科際整合

　　這是說文本是透過各學科的整合賦義後才成就的。這要根據當代文論而把文本（text）和作品（work）分開看待，也是使得的。換句話說，意義未定的文本經由接受者援引各學科的資源來理解它而使它成為作品；從而讓作品的「讀者參與創作」性這一可能的意涵限定凸顯出來。所謂的科際整合，約略就是依這種「新裁」的模式而試為實踐完成的。（周慶華，2007a：316）因此，創意閱讀透過科際整合必能使閱讀達到其精髓處並且從中獲得更多的知識。而透過科際整合，一個小故事也能有多種的角度去詮釋；這其中引導出來的思考可以是客觀的，也可以是非常主觀的，但總是為閱讀帶出創意的教學與理解。

　　例子二：《聖經‧創世紀》「人類的墮落」：

　　　撒旦在樂園狡計得逞，
　　　他變成蛇，引誘夏娃和她的丈夫吃了那致命傷的禁果，

這件事已被天上得知：

……

啊，天哪！我今天是要面對審判坦白承認自己的罪，

也要承認我的妻子有罪；

她不能遵守律令，不能虔誠忠信，

我為她隱瞞；我沒有對她抱怨，

反而被她引誘去吃那禁果，

我真是罪有應得，應受懲罰。

（楊耐冬譯，1999：491～496）

表 4-3-2　《聖經·創世紀》「人類的墮落」科際整合的跨領域與無中生有／製造差異創新理解

新文本	關連意義	學科	備註
《聖經·創世紀》：「人類的墮落」所「實際」組合的故事。	人背叛神／基督教原罪觀念所從出。	宗教學	一般多從人背叛神而受神的懲罰這個角度來理解（宗教學）。而此處所多出的理解，整飭成一個新文本，就具有前無所承性。
	神造人卻控制不了人，是否非萬能呢！	哲學	
	蛇在挑戰權威／借刀殺人。	社會學	
	創造觀型文化內蘊著人會犯罪墮落，所以彼此互不信任而必須透過法治和民主制度的設計來「防患」。	文化學	
	夏娃敢嘗試新鮮事就是一種美德，亞當順服且不夠坦承兼諉過卸責。	倫理學	
	人的自由意志 VS.神的絕對權威，毋乃是一種悲壯式的演出。	美學	

製造差異　　　跨領域　　無中生有

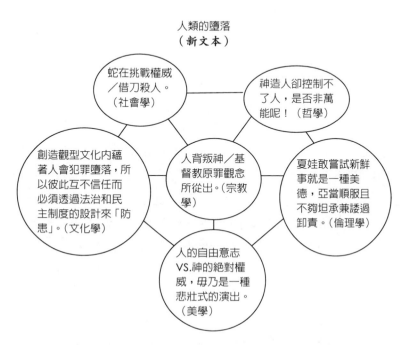

人類的墮落
（**新文本**）

蛇在挑戰權威
／借刀殺人。
（社會學）

神造人卻控制不
了人，是否非萬
能呢！（哲學）

創造觀型文化內蘊
著人會犯罪墮落，所
以彼此互不信任而
必須透過法治和民
主制度的設計來「防
患」。（文化學）

人背叛神／基
督教原罪觀念
所從出。（宗教
學）

夏娃敢嘗試新鮮
事就是一種美
德，亞當順服且
不夠坦承兼諉過
卸責。（倫理學）

人的自由意志
VS.神的絕對權
威，毋乃是一種
悲壯式的演出。
（美學）

圖 4-3-7　《聖經‧創世紀》「人類的墮落」科際整合的跨領域與無中生有／
製造差異創新理解（資料來源：周慶華，2008b：166～167）

　　如果我們姑且不論《聖經》中關於上帝創造萬物這篇報導年代
久遠及其富含神話色彩的敘事方式，而將它視為人類第一個哲學高
峰，那麼就必須準備好感受這個故事中的智慧及其爆炸性的現實意
義。大家都知道當初事情被搞砸了，但某些有趣的細節並沒有好好
被注意；這些細節告訴我們，這樣一個超級老故事到今天都還能給
我們一些啟發。在上帝慎重其事地禁止亞當做出任何批評後，才創
造了夏娃；然後沒多久蛇就出現了，而牠起先至少還有四隻腳！夏
娃為何會中了蛇的詭計？這就是一件幾乎沒有被發現的醜聞了。夏

娃起先是那樣說的：我們可以吃園子裡的樹的果實，但園中央那棵
樹的果子，耶和華說別吃也別碰，你們就不會死。問題就在這裡。
亞當顯然沒有向夏娃傳達清楚耶和華的誡命；他大概只說這果子是
有毒的，卻沒有提到智慧樹。而蛇去找這個資訊不足的夏娃當然就
容易了，牠只是說了實話：如果你們吃了果子，那麼你們就會像上
帝一樣，知道善惡是什麼。對於這個論點，夏娃沒有心理準備。如
果是這樣，她會想：這趟智慧探險倒是可以試試看。而亞當這個主
要被譴責的人，在這則故事中扮演的是個具有高度爭議性的角色。
他並不是主動表現出「叛逆」，他根本沒有叛逆的膽子；更差勁的
是，他在夏娃吃了禁果後才吃。他（先知道禁令的人）看到夏娃吃
禁果後，並沒有當場斃命，甚至連冒自己生命危險都省了。審問時，
他也言行不一；這從他破綻的藉口立即可以看出：你為我創造的女
人讓…… 告發夏娃並且將罪過推給上帝，因為上帝創造了夏娃。
這種可鄙的行為當然和他非常匹配：他沒有好好解釋樹的意義，而
這整起令人非常難堪的故事其實都是他的錯。（許舜閔譯，2003：
196-197）其實，這個故事還不只這樣，它為基督教原罪所從出，
以致西方法制及民主制度都緣於此；而撒旦的邪惡和神的因應不
及，以及西方人的自由意志屢受挑戰等，都分別給了世人各自談論
的機會。

　　因此，上圖中試以科際整合的方式，詮釋得出這個古老且眾人
皆知的故事「全貌」，更能顯出它具備廣度與深度的內涵，而使科
際整合本身成為一創意的表現，相關的文學詮釋無妨以這樣科際整
合的手段來試作，以便提高閱讀客體（材料）的「靈活度」和完成
它相對的「高格化」。（周慶華，2008b：166～167）換句話說，《聖
經·創世紀》這一偷吃禁果的故事的「實際」情況，是要經過上述
整合各學科才成形的（而不是《聖經》文本或米爾頓《失樂園》所

複述的文本）；它雖然沒有在表中組出，但從相關解析中也不難知悉全貌。

四、相關創新理解的檢核

　　關於本節科際整合跨領域認證，如同前兩節，仍採以摒除制式學習單的習寫或閱讀測驗題等限制性題型的答題方式，為要達到創意閱讀認證，可以本節所舉例子及圖表的方式來檢核。

　　至於如何檢核、判斷閱讀者對閱讀材料的理解是否達到科際整合跨領域理解或是完成創新理解部分，相關的檢核方式與流程則可以比照前兩節的模式來操作：

（一）檢核類型：讀者自我檢核、他者檢核。如圖 4-3-8 所示：

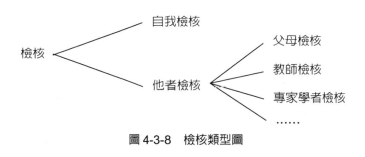

圖 4-3-8　檢核類型圖

（二）檢核者的條件：得具備各種經驗、學科方法、異系統文化和創新知識等。

（三）檢核程序：當閱讀者和檢核者見解不同，也就是理解文本的意思不同時，就會產生在認證時最大的困難，尤其表現在跨學派、跨文化系統兩種無中生有創新的部分。於此，檢核者必須如同本研究一樣，透過理解表（可以看出理解的差異點）及理解圖（看出各學科的整合及產生的新文本）來檢核閱讀

　　　　者是否達到創新理解以為認證。在此要特別說明，檢核者必須要肯定並同意同一學科可以有不同的理解，及對於所創作、詮釋的新文本也需支持，因為學科是龐雜的，個人的理解都可以是多元的；而在不同學科的理解，只要能關照不一樣的理解，就能達到跨領域製造差異。

（四）如何排除非創意的理解：檢核者必須要有創新理解的檢核表及一般理解的檢核表（圖為輔助）；也就是在檢核表上同時標示出跨領域與無中生有／製造差異創新理解和一般理解的備註欄位（如表 4-3-1 所示），可以從表中與既有閱讀理解的部分來比較。倘若能跨領域，就已有製造差異的成分；而比一般既有的閱讀能跨越更多科際整合的跨領域並且完成一新文本，就是無中生有的創新理解。因為一般理解的侷限正可以從跨領域的部分得以解決，而以這樣的理解方式適足以確認創意閱讀認證的高度合理性。

　　從主題／概念的跨領域到學科的跨領域再跨大範圍到科際整合的跨領域，跨領域的範圍與統攝的學科更為豐富、延展，我們可以圖 4-3-9 來表示這三者的關係：

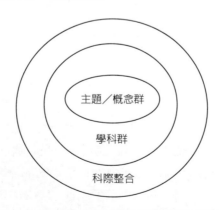

圖 4-3-9　主題／概念群和學科群和科際整合的關係圖

　　主題／概念群包含在學科群裡面，而這二者又在科際整合內。我們可以以本節的「一位到訪美國舊金山旅人所『實際』說出的情景」的理解來做說明：本文本主要的主題或概念有：中西文化、非我族類、潛意識、價值觀、同化等，其中更含括了社會學、心理學、哲學、文化學、語言學等各學科的知識理解，最後歸併、整飭各學科而成一個科際整合後的新文本。這是一個嶄新的模式，透過科際整合模式重新創作一個新文本，而其中更統攝了多學科與主題／概念跨領域的理解在內，成就一個多面向並具備深度與廣度的創新理解，從中完成了創意閱讀認證。

第四節　多媒體運用的跨領域與無中生有／製造差異創新理解的認證

　　無論主題／概念的跨領域或學科跨領域還是科際整合跨領域，都是以平面文字的方式來達到創意理解，然而在資訊快速流通的時代，多媒體扮演將資訊快速傳播的角色，而在閱讀理解上有多媒體的加入更可以帶進文本立體的、動態的詮釋，而讀者或觀眾正可以運用不同的媒體來理解閱讀或觀看的材料的主題或人物特徵、心裡情感、意境氛圍等；而文本可以透過多媒體的方式來展現，理解文本也可以運用不同的媒體來幫助。閱讀一首詩，可以從每一字詞句中來理解，而將這首詩以圖像或影像、照片、電影……等不同媒體呈現時，就可以運用這些媒體來達到理解，這是本節要處理的部分。

一、多媒體運用的界定

　　所謂媒體（Media），簡單的說，就是用來傳遞信息的媒介。例如我們用文字、語言來表達意見及傳遞文化，透過聲音來交換訊息，及使用圖片來表達結果或意念。以上所提到的文字、聲音、圖片都是用來傳遞訊息，而這些都是媒體的一種。而多媒體則是指使用一種以上的媒體來傳遞訊息，例如廣告、報紙、CAI、及電視等。而本節的多媒體運用是指以不同的媒體來幫助閱讀者理解文本，進而達到無中生有／製造差異的部分。甚至是透過多種媒體的聯合運用以為轉化經驗且作為強化權力的媒介。多媒體運用的跨領域模式，可以多媒體運用和多媒體互連運用等。圖示如下：

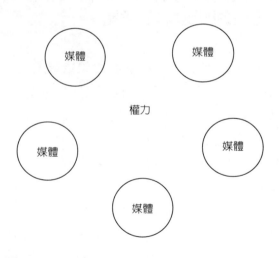

圖 4-4-1　多媒體運用模式

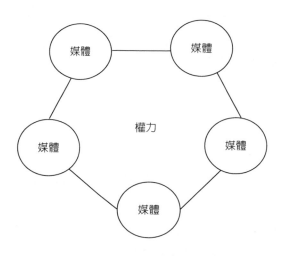

圖 4-4-2　多媒體互連運用模式（資料來源：周慶華，2009b：271）

　　基本上多媒體運用也是一種權力競爭的另一種媒介，使得詮釋成為一種權力競爭的場域。它原有的「分享感受」或「傳遞意義和價值觀」的媒介特性，但其實運用各種媒體來輔助或傳播，可以使「文本」變成了更高能見度或更快速普及的影響力。在這個前提之下，媒介就不再只是 Marshall McLuhan 所說的本身就是信息（鄭明萱譯，2006），它更是權力欲求的象徵；多媒體的傳播及其所傳播的信息本體上的意涵其實就是權力的延伸。所謂「媒體無所不在，媒體出現在每天的日常生活當中，是當代生活經驗的主要領域，我們無法逃脫媒體的呈現和再現。我們必須依賴印刷媒體和電子媒體來獲取娛樂以及資訊，藉此得到舒適、安全感以及跟日常生活經驗的連結，並且我們有時也從媒體得到一些刺激」（陳玉箴譯，2003：2），這所不知的是傳播者如何的操控媒體在進行有關權力的深遠顯揚滲透的計謀。（周慶華，2009b：260）而多媒體所產生的

新穎的詮釋模式，在開拓詮釋的視野上不僅可以自成一格，更無妨於廣被仿效而成為新時代的一種新氣象。這種新氣象，使我們將所要標榜的詮釋效果促進成正面的作用。茲以威爾斯王妃黛安娜的香消玉殞作為一個例子：

　　黛安娜王妃生前有一段自虐的經歷被一位論說者做這樣的討論：「黛安娜王妃在很小的時候，父母就離異了。我們不知道他們經歷多久的激烈爭吵或冷戰才終於離異，也不知道當時的黛安娜是如何面對任何小孩都無法承受的家庭壓力。然而，長大後的黛安娜彷如天真無邪的天使，沒有煩惱，似乎也不知民間疾苦。也是因為這樣的天真，黛安娜征服了世人。當她二十歲嫁給查理王子時，簡直是二十世紀最迷人的童話故事。只是隨著婚禮結束，天使開始要面對瑣碎的現實生活，面對可能會隨時發發悶氣的王子，以及第一次懷孕後不得不面對的更多現實，她發覺自己的生命被困住了。於是這種無法脫身的感覺，再加上王子的外遇，帶給她更大的不安全感。她開始有自我傷害的行為，包括用刮鬍刀割腕、將身體擲向牆壁、甚至撞碎整個玻璃櫥櫃，用檸檬刀割自己的身體、用拆信刀割大腿和胸部等等。她也開始出現嚴重的暴食和厭食症狀……被英國的狗仔隊發現有自我傷害和暴食、厭食問題的黛安娜王妃，也同樣多虧了狗仔隊的報導，人們才知道黛安娜王妃其實接受過很長的治療。有一張偷拍的照片，正好是黛安娜正步出診所後門，而她的女精神分析師站在門口送她出門。幾年以後，大家都看到黛安娜的改變，她不再是天真無邪的天使，而是成熟嫻靜、永遠可以真心微笑的女人，她不再在意查理王子的婚外情，而是跟威廉、哈利兩位小王子有更多親密的互動，也開始參加有關兒童福利和反對地雷等武器的諸多公共事物，甚至也開始追求自己的愛情。（李俊毅譯，2004：王浩威導讀 24～33）這並沒有提到黛安娜王妃的自虐到他

的恢復正常之間的轉折：就是黛安娜王妃為什麼要讓狗仔隊窺探到她的自虐細節？難道那不是為了藉狗仔隊的報導宣傳而迫使英國王室重視她的處境並且挽回從查理王子手上削去的權益嗎？這麼一來，狗仔隊不過是共犯，一起成功的營造了一場奪權大計：取回失去的權益和冀望得到新的權益。此外，這齣宮廷情變的戲碼透過媒體的傳播後，整件事廣為天下知，黛安娜王妃「因禍得福」似的也跟著移情別戀，這正好證明了她的反向操作策略奏效，同時由於傳播媒體的推波助瀾，讓她獲得了舉世普遍的同情，更使得她的影響力無遠弗屆，而對於她和查理王子之間的嫌隙和衝突到底是因何而起，也就沒有人感興趣再去追究了。（周慶華，2007a：319～321）黛安娜王妃似乎刻意透過媒體釋放自己需要被大眾理解的訊息，她運用傳播媒體來爭取並恢復她在王室中該有的地位和尊嚴；而我們反過來從媒體散播的信息來看，不正看出了黛安娜王妃真正的訴求，理解她許多不為人知的一面。

二、多媒體運用的跨領域與無中生有／製造差異創新理解

　　接著要談的是多媒體運用方法與其如何產生跨領域的部分。由於多媒體的「多」樣，永遠在被開發或新創中，而不是已經定格了，所以它的新趨勢性也就起於這一面向未來不斷變異的緣故而加以確定了。所謂多媒體運用，是指語文經驗在傳達上是透過多種媒體聯合運用，而非一種或極少數媒體演現的方式。這種多媒體運用的方式，是一種總綰語文經驗的最末一道程序，冀望能夠達到最完美的表達效率。它在實際上，早就有許多媒體被發現利用了。如圖表、實物、模型、標本、投影片、幻燈片、錄影帶、電影、電視、廣播、CD、VCD、DVD、電子書、網際網路等等，都已經廣被發掘採行；

尤其是新興電子媒體，更是此中的寵兒。（周慶華，2007a：319）
如近幾年流行的電子書，打破傳統紙本書籍的想像，把單純的視覺
感受轉化成聲光效果藉以提高學童學習的意願。在說演故事方面，
從手拿著小本的繪本展示，到利用電腦的簡報器，就可以把繪本裡
的文字和圖片放大，讓讀者同時可以看清故事內容和圖片，這些媒
體對於帶領讀者來理解文本頗有助益。本研究將多媒體運用視為衍
生式的理解。文本的理解除了口說、筆述外，還可以透過肢體的表
演如舞蹈、歌曲、繪畫和其他媒體方式來展現讀者理解的結果，也
就是口說、圖繪、肢體表演、聲音影視和情境互動等多媒體的採擇
運用，會比單一媒體的選用要能夠深入人心而大為提高學習者對文
本的感知程度。而能運用不同的媒體來理解就是達到跨領域的部
分；文字和影像的結合是一種跨領域，文字和聲音的結合也是一種
跨領域，文字和舞蹈、燈光、道具……等各種媒體的運用就是本節
的多媒體運用的跨領域，讀者或觀眾能從愈多的媒體整體來達到理
解與詮釋時，才是完成具創造差異性的創新理解的認證。至於此中
有前無所承的情況，就到了無中生有性的創新理解的認證層次。

三、 多媒體運用的跨領域與無中生有／製造差異創新理解例示

例子一：《老殘遊記》第二回中的「王小玉說書」：

　　王小玉便啟朱脣，發皓齒，唱了幾句話兒。聲音初不甚
大，只覺入耳有說不出來的妙境；五臟六腑裡像熨斗熨過，
無一處不伏貼，三萬六千個毛孔，像吃了人參果，無一個毛
孔不暢快。唱了十數句之後，漸漸的越唱越高，忽然拔了一

個尖兒，像一線鋼絲拋入天際，不禁暗暗叫絕。那知她於那
極高的地方，尚能回環轉折。幾轉之後，又高一層，接連有
三四疊，節節高起。恍如由傲來峰西面攀登泰山的景象，初
看傲來峰削壁幹仞，以為上與天通，及至翻到傲來峰頂，才
見扇子崖更在傲來峰上；及至翻到扇子崖，又見南天門更在
扇子崖上，愈翻愈險，愈險愈奇！那王小玉唱到極高的三四
疊後，陡然一落，又極力騁其千回百折的精神，如一條飛蛇
在黃山三十六峰半中腰裡盤旋穿插，頃刻之間，周匝數遍。
從此以後，愈唱愈低，愈低愈細，那聲音漸漸的就聽不見了。
滿園子的人都屏氣凝神，不敢少動。約有兩三分鐘之久，彷
彿有一點聲音從地底下發出。這一出之後，忽又揚起，像放
那東洋煙火，一個彈子上天，隨化作千百道五色火光，縱橫
散亂。這一聲飛起，即有無限聲音俱來並發。那彈弦子的亦
全用輪指，忽大忽小，同它那聲音相和相合，有如花塢春曉，
好鳥亂鳴。耳朵忙不過來，不曉得聽那一聲的為是。正在撩
亂之際，忽聽霍然一聲，人弦俱寂。這時臺下叫好之聲，轟
然雷動。（劉鶚，1986：20）

　　對於王小玉說書這段文字的理解，除了可採用前幾節提到的以
主題／概念、多學科的跨領域理解外，本節試以多媒體運用跨領域
的方式來試做：例如透過相聲劇、廣播劇或聽或看，在演出者聲音
的抑揚頓挫及舉手投足的肢體語言中，體會那聲音的意思及文字的
意涵。也就是在詮釋時對於該歌唱和相關的姿態表情如果有類似的
聲音和影像相隨，那麼它所帶給人的一定會有如同「身臨其境」和
「意會加深」的效果，這樣該聲音和影像等多媒體的運用，也就會
間接幫助我們在文本詮釋裡善加利用和斟酌可以放進的權力量

度。此外，圖像對文學詮釋的效果也不容忽視，可以發現下圖中的圖像更具體的將文字的迂迴性呈現出來，讓讀者立即清楚文字第一層面的意思。多媒體運用不僅能促成詮釋的豐富精采，更能在介入詮釋的傳達上有更精湛的表現。如同以上的例子，在王小玉說書一段裡，倘若真的加進多媒體的運用來詮釋展演，那麼增加詮釋的「力道」必能加以增補，是不容置疑的。如此讀者能以運用不同媒體來理解文本，就是達到多媒體運用的跨領域領解。

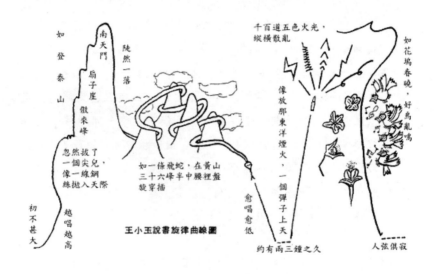

圖 4-4-3　王小玉說書旋律曲線圖（資料來源：許銀珠，1994：76）

表 4-4-1　〈王小玉說書〉多媒體運用的跨領域與無中生有／製造
　　　　　差異創新理解

意義	跨領域	備註
相聲表演藝術將說書那一段，栩栩如生的展現出聲音每一轉折處的抑揚頓挫，彷彿那聲音完全進到了觀眾心裡面。表演者說學逗唱的肢體語言，更是將那聲音化為具體，讓觀眾可以真實感受到聲音的美妙。	相聲	比較複雜的文本，有時會對閱讀者產生閱讀上的困難，倘若文字能以多媒體方式來呈現，不僅能幫助學習者更快理解文章的內容，更能體會文章深度意涵。讀者對加入多媒體的文本的接受度常是遠高於純文字書籍。王小玉說書這一段的內容，在加入多媒體的協助後，就多出了跨領域理解的部分，而這樣的理解與感受就是一種前無所承，達到無中生有的創新理解。
廣播劇是靠聲音來陳述故事、演繹劇情、陳述角色、交代動作、呈現場景、營造氣氛。加上對白、音樂、音響的效果創作聽覺形象，使觀眾如聽其聲如聞其人，而穿插適當的旁白提詞，幫助聽眾了解劇中情節及人物特色，使觀眾如置身其中，隨著聲音忽高忽低。	廣播劇	
透過圖片可以幫助讀者更清楚理解文字的意思。幫助其對文字的理解力和敏感度，把抽象的文字化為具體的圖畫，可以達到一目了然的作用。	圖片	
影片是將靜態文字化為動態影像，可以幫助讀者理解與記憶訊息，並增加閱讀樂趣。透過影像及旁白的解釋，王小玉說書的內容，讓觀眾隨著影像的呈現一一進入眼簾，加上聲音效果，彷彿王小玉就在眼前說書一般。	影像	

製造差異　　　跨領域　　　無中生有

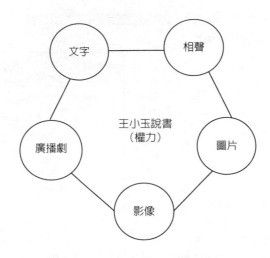

圖 4-4-4　〈王小玉說書〉多媒體運用的跨領域與無中生有／製造差異創新理解

　　例子二：2010 臺北國際花卉博覽會：

　　夢想館是 2010 臺北國際花卉博覽會唯一展現談臺灣尖端科技的數位互動展館，結合尖端科技與藝術創意 3D 立體影像、及時互動、輕薄、撓曲、高靈敏度等特點，強調豐富感官經驗的科技，打造充滿想像力的故事空間，充滿無比驚奇效果的感官旅程。以幾米作品《躲進世界的角落》為文本：「一個叫做小米的綠髮男孩，很單純地只想尋找一個可以跟孤獨以及自己共處的小角落，一個人靜一靜。於是他帶著一盒彩色水果糖，走出現實的世界，意外闖進了一個叫做『世界的角落』的奇想空間……」。如詩如畫的場景表現得淋漓盡致，營造出故事中的奇妙氛圍，更讓觀眾有身歷其境的感受。它運用各種多媒體與動畫影像搭配的表現方式，來詮釋這樣一個抽象的文本概念，營造出一個特有而迷人的敘事空間。影片結束後，當鐵捲門升起時，打開另一個世界門戶，映入眼簾的是一片燦

爛綠意。原本陰暗的房間與功名的世界不再有隔閡，象徵無盡希望、人與自然和諧共生。多媒體運用詮釋的張力在此可以說是無以復加並化抽象為具體，讓讀者將整個故事變成心裡最深刻無以言喻的感受。

表 4-4-2　《躲進世界的角落》多媒體運用的跨領域與無中生有／製造差異創新理解

意義	跨領域	備註
可以讓觀眾第一時間就感受到景深的層次感，彷彿置身在「世界的角落」裡。立體呈現出幾米筆下的圖像。顯示出更真實的影像，3D 活靈活現，帶給觀眾真實且自然的美妙感覺，從孤單到希望；堅持追求自己的夢想，只是一扇門的前後，就立即讓人轉換心境，夢想長物在自己的手裡。	3D 立體動畫／影像	多媒體的感受力是文字所不及的。閱讀文字可以激發讀者的想像，創造新的詮釋內容，但對文本的感受需要透過多媒體的幫助，包括影像、音樂、背景……來強化讀者或觀眾對文本的理解，夢想館以多媒體的方式來詮釋幾米《躲進世界的角落》的故事，而觀眾也運用多媒體的方式來理解這個文本，可以說是前無所承，達到無中生有的創新理解。
置身在這個虛擬的空間裡，觀看影片的時候，會讓觀眾覺得影像就浮出布幕上，到了眼前，好像伸手就可以摸到一樣。觀眾就像幾米筆下的小男孩，「真的」躲進了「世界的角落」裡。從「奇想空間」到「燦爛綠意的世界」再到「藍天白雲」或「奧秘海底世界」，空間的變換，讓觀眾的心境也大大改變。	立體影音空間	
音樂的感人力量，在於能捉住讀者或觀眾的情緒，表達觀眾的喜怒哀樂。音樂給人的感受因人而異，在夢想館裡，只要用心體會、用心感受，你便會發現那男孩的孤單彷彿就是你的孤單；隨後看見希望的欣喜也隨著音樂深深傳入你的心裡。	音樂	
本書剛開始，作者是站在小孩的角度來寫這本書，並寫出小孩認為「大人總是不懂我」、「沒有人了解我」的那種心情。再來是敘述在「世界的角落」裡發生的事，	文字	

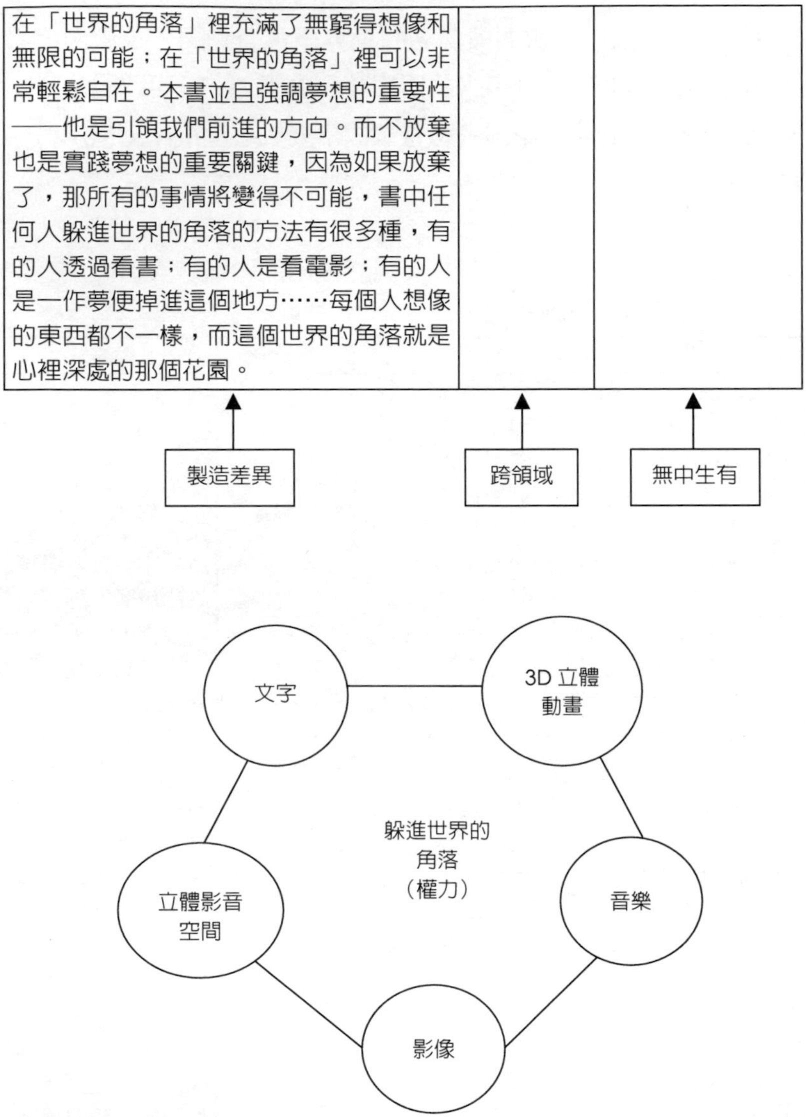
在「世界的角落」裡充滿了無窮得想像和無限的可能；在「世界的角落」裡可以非常輕鬆自在。本書並且強調夢想的重要性——他是引領我們前進的方向。而不放棄也是實踐夢想的重要關鍵，因為如果放棄了，那所有的事情將變得不可能，書中任何人躲進世界的角落的方法有很多種，有的人透過看書；有的人是看電影；有的人是一作夢便掉進這個地方……每個人想像的東西都不一樣，而這個世界的角落就是心裡深處的那個花園。
製造差異
跨領域
無中生有
文字
3D 立體
動畫
躲進世界的
角落
（權力）
立體影音
空間
音樂
影像

圖 4-4-5　《躲進世界的角落》多媒體運用的跨領域與無中生有／製造差異創新理解

例子三：電影《賽德克‧巴萊》霧社事件歷史故事：

從前從前……

在遙遠的臺灣山地裡，有一支信仰彩虹的民族。

有一天他們遇見了來自北方一個信仰太陽的民族，

他們為了彼此的信仰而互相戰爭……

可是他們卻忘了，原來他們信仰的是同一片天空……

　　賽德克，是一個位於臺灣山區、信仰彩虹的民族部落，他們居住在山嵐繚繞的世外桃源，過著與大地共存、生態平衡的生活。好景不長，賽德克族自由自在的生活，就在甲午戰敗、信仰太陽的日軍正式進駐臺灣後而徹底改變。日治時代的來臨，改變了賽德克族原本的生活。莫那魯道，看著多數的族人被迫放棄自己的文化與信仰，過著苦不堪言的日子，而部分族人更搖擺在日本與賽德克族的身分之中，失去了自我。

　　眼看祖先辛苦建立起的家園和獵場，在日方統治下逐漸消失，感到痛心的莫那魯道，內心一直有個聲音提醒著自己，唯有在自己的獵場，透過重重的試煉，在臉上紋上驕傲的印記，成為一位真正的賽德克人，在死後才能走上讓祖靈認同的彩虹橋……

　　長期遭到壓迫的賽德克年輕人，群聚要求戰鬥總頭目莫那魯道帶領他們反擊日本人，忍辱負重的莫那魯道，他清楚知道這場戰役一定會輸，更將賭上滅族的危機，但他明白唯有挺身為民族的尊嚴反擊，他們才能成為「真正的人」。於是他悄悄率領自己的兒子和族內年輕人，循著祖先的訓示，準備血祭祖靈奪回屬於他們的獵場……

　　在族裡青年奔走於各部落並聯繫，各個部落紛紛起義，無預警地殲滅了監視各部落的駐在所，並集合前往正在霧社公學校舉辦一年一度的運動會會場上，當日本國旗伴著國歌緩緩上升時，三百個頭綁白布的起義的族人，從會場的四面八方蜂湧而起，發起為民族尊嚴而戰的公學校大戰……

　　突如其來遭到猛烈攻擊的日軍反應不及，兵敗如山倒的情勢讓日本政府震怒，立刻派出陸軍少將鎌田彌彥帶領幾千名的軍警聯合前往霧社討伐；另以懸賞的方式，半強迫地逼莫那魯道的世仇鐵木瓦力斯出兵，協助日軍進行完全不擅長的山區游擊戰。太陽帝國的憤怒反攻，挾著賽德克族莫那魯道與鐵木瓦力斯之間的新仇舊恨，一場驚心動魄、以信仰之名的戰役，即將在櫻花盛開的漫紅山林裡一觸即發……

　　日軍從其他地方調來約三千人，分為兩路攻進霧社，賽德克族熟悉絕壁地勢，因此導致日軍始終無法攻下，死傷極為慘重，日軍眼看圍剿不力，於是利用飛機投擲毒氣彈，原住民以獵槍、柴刀、木棍等原始武器，對抗飛機大砲的局勢，經廿四天的持續戰事，抗日族人死傷慘重，賽德克婦女為了讓抗日勇士無後顧之憂，於是都上吊自縊。

　　莫那魯道在片中對族人吟唱著：孩子們，在通往祖靈之家的彩虹橋頂端，還有一座肥美的獵場！我們的祖先們可都還在那兒吶！那片只有英勇的靈魂才能進入的獵場，絕對不能失去……族人啊，我的族人啊！獵取敵人的首級吧！霧社高山的獵場我們是守不住了……用鮮血洗淨靈魂，進入彩虹橋，進入祖先永遠的靈魂獵場吧……（賽德克‧巴萊官網，2011a）

表 4-4-3　電影《賽德克・巴萊》出草片段多媒體運用的跨領域與
　　　　　無中生有／製造差異創新理解

意義	跨領域	備註
當《賽德克・巴萊》劇中，賽德克族人出草說：「我不是在殺人，我是在血祭祖靈。」或者是另一個鏡頭，賽德克的學童要拿刀殺害日本婦孺時，他口中所吐露：「可憐的日本人，和我們一起到祖靈的身邊，去當永遠的好朋友吧！」其背後深刻的宗教和文化的含意，並非簡約以殘忍或野蠻暴行得以論定。	旁白文字	一般多僅從電影中運用了大量的戰爭場面與聲光效果，卻只有透過配樂歌詞和些許人物對話，傳遞「出草」意涵，但難以勾勒「出草」背後的深層價值觀念，不容易讓觀眾擺脫對「出草」的刻板印象，自然會有坐立難安的感受，尤其以當代的社會價值重新去認知過去的賽德克族的生活模式，勢必會造成諸多理解的衝突與隔閡。而觀眾運用多媒體的方式來理解出草的意涵，可以說是前無所承，達到無中生有的創新理解。
作戰時由前哨隊偵察敵情，如遇敵則自行作戰；中央突擊隊則埋伏於路的兩側，如發現少數敵人就突襲，先用槍射擊，射中之後，再用刀加以斬首，並將敵首裝入網袋或羊皮袋中。	劇情影像	
每個賽德克青年武勇的精神，為同族復仇的必戰神情；出草為了共同對抗外族群，維護族群的的生命利益，出草象徵著要用鮮血洗盡靈魂，進入彩虹橋。	肢體語言	
賽德克族的服裝，代表族人追尋祖訓和文化。族群自我認同的表現。	服裝道具	
出草是平衡自然力的一種表現，也是對族人內部文化衝突、族親不睦等，解決問題的溝通方式，只要人頭落地，嚴肅的血祭儀式就展開，祖靈回歸平靜，部落社會組織的秩序才得以再次重整。	燈光背景	
死了之後加入祖靈就變成永遠的好朋友。畫面在音樂的襯托下，英勇的賽德克族並非僅僅只是緬懷昔日的英勇時光，陷入激情反射的膚淺，或者是永無止盡的悲情與憤慨之中，而是要去找到自我認同的主體，尋找可行的重建部落與文化之路。	音樂舞蹈	

製造差異　　　　跨領域　　　　無中生有

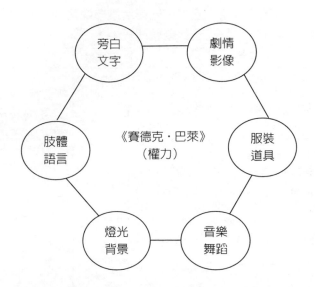

圖 4-4-6　電影《賽德克‧巴萊》出草片段多媒體運用的跨領域與無中生有／
　　　　　製造差異創新理解

　　「彩虹」在本部電影裡面，有很重要的象徵意義。《賽德克‧
巴萊》的下集《彩虹橋》裡面，把彩虹當作是原住民賽德克族通往
「祖靈之家」的途徑，也是一種追求靈魂自由的方式。這群為了尊
嚴而慷慨赴義的原住民，把死亡當成另一種歸途，於是戰場上的壯
烈犧牲也因為信仰而少了恐懼，並且多了更多的平靜，以及更多的
驕傲。賽德克族發動三百多人一起「出草」（獵人頭），把日軍殺光
之後，日軍發動超過四千名軍警人力進行血腥鎮壓，甚至投下毀滅
性彈藥，以及致命毒氣，歷時超過四十天的慘烈圍攻，甚至是報復
性的屠殺，造成賽德克族六個部落的一千二百餘人當中，有一半以
上慘死。除了戰死的原住民勇士之外，更有許多婦人為了斷絕丈夫
的牽掛，不惜上吊自殺而死，這就是當時震驚國際的「霧社抗日血

戰」！在日軍的反撲，以及原住民視死如歸的勇士精神，悲壯慘烈！
《賽德克‧巴萊》，其實是為了我們自己，看這片土地上的人如何
詮釋這片土地上的歷史。《賽德克‧巴萊》像是一臺時光機，帶領
著我們航向臺灣的過去，理解賽德克族。

　　電影改編自小說，電影是否能將原作中細膩處理人物心理和互
動網絡的微妙情感表達出來是因人而異的，但不可否認的，將小說
或電影以影像的方式呈現後電影所多出來的影像化、多感官化刺激
和演員代言的演技可觀摩等特徵，就足以讓讀者或觀眾欣賞不盡裡
頭的詮釋功力和繁衍色彩。（周慶華，2009b：283）運用電影這種
媒體來詮釋文學，正足以說明多媒體的運用與小說文字上最大的區
別是媒體的詮釋力在聲光、背景、音樂、演員表現等的協助下，一
體成型的將整個故事更豐富的刻印在讀者的心裡，也幫助讀者／觀
眾運用這些多媒體來理解整個故事及其深度意涵，時間好像整個回
到霧社歷史事件的現場，讓觀眾有如身臨其境，置身其中的感覺。
這樣的理解方式，可以說是完成多媒體跨領域無中生有／製造差異
的創新理解。

四、相關創新理解的檢核

　　關於本節多媒體運用跨領域認證，勢必跟前幾節一樣要採以摒
除制式學習單的習寫或閱讀測驗題限制性題型的答題方式，但有別
於前幾節跨領域的方式，為要達到創意閱讀認證，可以本節所舉例
子及圖表的方式為例來檢核。

　　至於如何檢核、判斷閱讀者對閱讀材料的理解是否達到多媒體
運用的跨領域理解或是完成創新理解部分，相關的檢核方式與流程
則可以比照前幾節的模式來操作：

（一） 檢核類型：讀者自我檢核、他者檢核。如圖 4-4-7 所示：

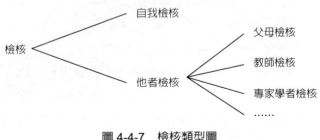

圖 4-4-7　檢核類型圖

（二）檢核者的條件：得具備各種經驗、多媒體知識及運用方法、
異系統文化和創新知識等。

（三）檢核程序：當閱讀者和檢核者見解不同，也就是理解文本的
意思不同時，就會產生在認證時最大的困難，尤其表現在多
媒體運用的解讀、跨文化系統兩種無中生有創新的部分。於
此，檢核者必須如同本研究一樣，透過理解表（可以看出理
解的差異點）及理解圖（可看出多媒體的運用比例多寡）來
檢核閱讀者是否達到創新理解的認證。在此要特別說明，檢
核者必須要肯定、同意同一媒體的運用可以有不同的理解，
以及可採用多樣的媒體來全面理解，因為多媒體的多不勝枚
舉；而在不同媒體運用的理解，只要能關照不一樣的理解，
就能達到跨領域製造差異。

（四）如何排除非創意的理解：檢核者必須要有創新理解的檢核表
及一般理解的檢核表（圖為輔助）；也就是在檢核表上同時
標示出跨領域與無中生有／製造差異創新理解和一般理解
的備註欄位（如表 4-4-1 所示），可以從表中與既有閱讀理
解的部分來比較。倘若能跨領域，就已有製造差異的成分；

　　而比一般既有的閱讀能跨越更多媒體的跨領域，就是無中生有的創新理解。因為一般理解的侷限正可以從跨領域的部分得以解決，而以這樣的理解方式適足以確認創意閱讀認證的高度合理性。

　　多媒體運用可以說是總絡整個語文經驗精采表現的最後一道程序，我們不妨以圖 4-4-8 來表示：

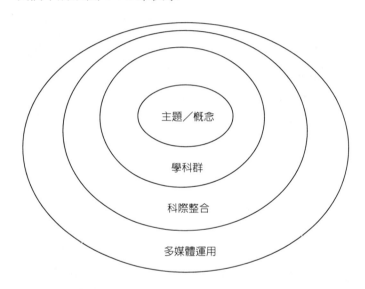

圖 4-4-8　主題／概念群、學科群、科際整合和多媒體運用的關係圖

　　主題／概念群包含在學科群裡面，而這二者又在科際整合內，運用多媒體的方式來完成最後的理解程序。以《賽德克‧巴萊》的電影來做例子：電影中主要的主題或概念有：出草、自我認同、彩虹橋、族群糾紛、中日同化等，其中更含括了社會學、心理學、哲學、文化學、語言學、美學等各學科的知識理解，最後歸併、整飭

各學科而成一個科際整合後的新文本（《賽德克‧巴萊》的彩虹橋）；
而運用多媒體的方式，則有：結合人物對話、旁白、音樂舞蹈、劇
情影像、肢體語言、服裝道具、燈光背景等。讀者能以本章提到的
各種閱讀認證模式來詮釋文本，就表示已經達到高格化的創意閱讀
認證。

第五章　將說話帶入跨領域與創新表出相呼應的閱讀認證

　　本研究冀以採取跨領域的創新理解、說話表出相呼應以及創新書寫轉利用等方式來進行創意閱讀認證論理的演繹、論據的歸納，整體論說主要以透過主題／概念的跨領域、學科的跨領域、科際整合的跨領域和多媒體運用的跨領域等與無中生有／製造差異的創意理解示意。其次則以將說話帶入跨領域與創新表出相呼應和透過寫作完成跨領域與創新書寫轉利用的多元認證方式輔助，再次突破既有閱讀檢證論述狹隘的地方。在第四章已經處理可以直接根據讀者對文本的理解程度來研判是否具有創意閱讀本事，而從一個人的說話內容推測是否具備創意的閱讀理解力則是本章要探討的部分。換句話說，要達到創意閱讀的認證，可以直接從一個人對文本的詮釋是否有創意來研判外，也可以間接透過說話呼應、創新書寫這兩種方式來研判是否具備創意閱讀能耐。而本章的將說話帶入跨領域與創新表出相呼應的閱讀認證，就是以一個人的說話的內容來作為研判的規準，一樣以透過主題／概念的跨領域、學科的跨領域、科際整合的跨領域和多媒體運用的跨領域等理解方式來掌握，並關注其所能無中生有、製造差異的閱讀創意顯出的部分，這可以與第四章的跨領域與創新理解相應和，俾使本研究理論架構更完整。

第一節　將說話帶入主題／概念的跨領域與無中生有／製造差異創新表出相呼應

一、說話與說話文本的界定

　　語言是人與人之間溝通思想、表情達意的工具。每個人每天都在說話，也都能張口說話，但是否能夠達到「精妙高明」的境地，每一個人的表現都不盡相同。「語言」更是人際關係建立的媒介，人們經常用哭、笑等不同表情、手勢或其他肢體語言來彼此溝通，但大多數還是藉由聽、說、讀、寫四種方式進行，而聽、說、讀、寫可以說是語言的四大學習領域。

　　「聽讀」是吸收外界的資訊站，是儲備知識的基礎；「說寫」是表達內心情意的傳播站，是將儲備在心中的知識情意表達出來而使對方了解，所以彼此間的關係極為密切而差別也極大。聽、說是人類語言發展的原始型態，無論是在日常生活中，人們的接觸，或在教室裡進行教學時的溝通，「口頭語言」往往比文字來得更便捷普及。因此，「口頭語言」被使用的次數遠高於「文字語言」。甚至在教學過程中，如數學、社會、自然科學等，儘管參考了許多資料，進行時仍然需仰賴「口頭語言」的溝通說明來彌補文字語言的不足，可見「口頭語言」（就是「說話」）在我們生活及學習中的重要性。說話的藝術，說話的內容都可以顯示一個人的涵養與對訊息吸收、歸納、表達的能力，也就是越能從生活的各樣資訊中充實自己的背景知識的人，越能在說話的內容上給予人言盡其意、言簡意賅、甚至如沐春風的感覺。本章特就說話類文本來探討說者的閱讀理解是否具有創意閱讀認證的條件。

　　說話文本與一般文本的不同，是因為說話文本通常具有下列特徵：

（一）特定受話對象：例如行銷的語言，針對的對象是行銷的顧客；演講針對的對象是聽眾；幽默的語言、廣告的語言也都有其相對的受話者。

（二）作品言簡意深：說話文本的內容文字量有部分較少，篇幅較短，但通常能達到令人莞爾一笑、恍然大悟、感人肺腑的效果。

（三）文本內容平鋪直敘：說話文本不同於一般文本會經過修飾、講究，較少使用艱深的文法修辭來潤飾文句，或特別講究章法結構、題材的鋪陳，而是簡白易讀，讓人一目了然。

　　本章以這三個條件來判斷是否屬於說話類的文本。如下圖所示；其中交集處的模糊地帶屬於二者都可通用的文本，本章將它存而不論。至於本理論的架構是假設：一個在說話上有高明表現的人，可以顯見或推估其閱讀理解能力是強的，也就是一個能把話說的絕妙、精采的人，其說話的能力必是在平時閱讀中累積的，可見其具備創意閱讀經驗。換句話說，一個具備創意閱讀經驗的人，他在說話的表現應該也是高明的；反過來，一個說話平庸的人，可能就是一個不具備創意閱讀理解能力的人。

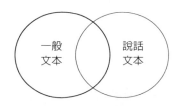

圖 5-1-1　一般文本與說話文本的區別

二、說話帶入主題／概念的跨領域與無中生有／製造差異創新表出相呼應

　　本節的「主題」仍是指美學上所稱貫穿題材的一般概念，僅取美學上所限定的意涵；而概念也僅指表義上最基本的單位或思想最簡單的形式（詳見第四章第一節）。說話帶入主題／概念的跨領域與無中生有／製造差異創新表出相呼應，指的是說話類的文本能將跨領域與無中生有／製造差異的主題或概念融入，以顯創新表現，等於呼應了創意閱讀理解（因為說話者得先有創意閱讀經驗，然後才有可能表現出具創意的說話）。至於跨領域與創新的涵意，則同第四章所述。尤其是創新部分，在簡短談話中特別重要。如：

　　　　法國著名化學家巴斯德有一次去巴黎參加一個學術會議時，住在一家旅店，旅店服務人員見他衣著樸素、行李簡單，以為他只是一位非常普通的客人，就把他安排在一間偏僻陰暗的小房間裡。

　　　　後來服務員無意中知道他就是鼎鼎大名的巴斯德教授時，趕緊跑來要求幫他更換房間，並且向他道歉說：「我以為旅客的闊綽和地位，和他所攜帶的行李是成正比的，所以將您認錯了，實在是很抱歉！」

　　　　巴斯德笑著回答說：「不！我認為一個人的擺闊和他的無知才是成正比的！」（老朋友的窩部落格，2003）

　　這一篇短文我們可以將主題訂為：一個真正有身價有實力的人，是不需要靠擺闊來提升自己地位的！巴斯德不因服務員的失禮與無知發怒，也不覺得應該為自己不合理的待遇爭取權益，反而能

在笑談中說出非常有哲理令人尋思的話語，顯見他飽負才學的內涵。而從巴斯德和服務員的對話中，巴斯德溫和的回應飽含了人生的智慧與洞見，可以說是一個水平式製造差異的說話文本。又如：

> 清朝大官紀曉嵐是個學問很高的人。有一天，他要進宮找皇帝，被一個太監阻擋了下來。太監說：「聽說紀先生才高八斗，可否請您作一首有關四季的詩，讓我瞧瞧您的真才實學。」
>
> 紀曉嵐明知道這是太監無理的要求，但還是依照他的要求，寫下兩句詩句。「三光天地人，四季夏秋冬。」
>
> 太監一看就說：「咦？一年不是有四季嗎？春天怎麼不見了？」
>
> 紀曉嵐笑著說：「太監先生，您還有春天嗎？」（黃秋芳，1996：145）

機智的紀曉嵐將他才高八斗的學問化為高明的說話，在與太監的一席對話中充分表露無遺。本來是處於被刁難的局面，透過簡單的沒有「春天」一個概念，無中生有對方的「缺憾」，反而使自己轉成處於優勢的局面。又如：

> 鋼琴家波奇談吐非常幽默，是個幽默家。有一次他到美國密西根州福林特城演出，當他登上舞臺時，竟失望地發現，劇場的觀眾不夠多，有一半以上的座位都是空的。
>
> 他定了定神，然後幽默地對觀眾說：「福林特城的人一定很有錢，我看到你們每個人都買了兩、三個座位的票。」

　　　　整個劇場頓時一片笑聲，於是演出在歡樂的氣氛中進行下去了，結果獲得了圓滿成功。（天舒、張濱，2007：27～28）

　　波奇發現觀眾席上還有很多空位時，並不去思考為什麼還有那麼多空位的原因，而是轉個念頭，當作觀眾是因為太喜歡他的演出了，所以花更多的錢都買了兩、三個座位的票要專心聆聽他的表演，使整個演出氣氛更歡樂溫馨。這是一個逆向思考式製造差異的說話文本。

　　會說話的人，懂得幽默的人，是智慧、是從容、是具有高度閱讀理解力的人，他們能有敏銳的反應能力，能對語言發揮極致的應用。幽默展現了豁達的胸襟、樂觀的處世方式和睿智的應變能力，但這些應該都不脫離閱讀經驗的累積，可想見這些說話高明的人，在閱讀的廣度與深度都是著墨甚深的，將平時閱讀所理解的資訊都已經內化成一種智慧，在適當的時候表現出來。如：

　　　　有一次，泰戈爾接到一個小姐的來信，信上說：「您是我敬慕的作家，為了表示我對您的敬仰，我打算用您的名字來命名我心愛的哈巴狗。」

　　　　泰戈爾給這位小姐回了一封信，說：「我同意你的打算，不過在命名之前，你最好和哈巴狗商量一下，看牠是否同意。」（天舒、張濱，2007：73～74）

　　泰戈爾是如此的寬容和藹，他的回信又是多麼的精采有趣！其實他只是運用幽默的語言使他能機智地應對困境，擺脫尷尬；況且和緩的言語也不傷害對方，甚至達到提醒了對方失言的效果。這可以當作是一篇水平式製造差異的文本。

　　在與他人的交往中，由於自己的一時不慎，或是某些人對自己別有用心的攻擊，會使自己處於尷尬的、不利的局面中。如果能夠巧妙地運用幽默的語言，我們就能儘快地面對不利的處境。而藉助別人的幽默來擺脫危局，固然是十分幸運的；但如果沒有別人相助，只要自己能機智地運用幽默，也同樣能使自己化險為夷，妥善地控制局面。類似這樣的不利局面往往會突如其來地出現在我們面前，使我們措手不及。如果不運用幽默的手段，而是言辭激烈地為自己辯護，很有可能會吃力不討好，嚴重的甚至會弄巧成拙，使自己變得更加被動。相信那些在人生道路上取得了豐碩成果的成功人士，一定也會遇到一些困難；不過他們應該都會使自己在緊要時刻放鬆幽默起來，才能時時樂觀，以百倍的信心面對生活。這些人在說話上除了態度讓人信服、舒服外，他的言語也充滿鼓勵或提醒，這些應該都是來自於平時閱讀時所養成的能力。

　　不論是為了建立人脈而自我介紹、在商展上和潛在客戶攀談、推銷自己的創作、撰寫文章或網路貼文、構思廣告文案、替事業或產品命名、為你的行銷計畫創造簡單有利的語言、求職面談、或是在競標會議上爭取合約，其致勝關鍵都取決於能否迅速擄獲傳達對象的興趣。對方是否會在一開始的六十秒內就對你的說話產生充分的興趣，想要進一步了解你的說法。也就是你的說話內容有沒有成功的把自己提案的一隻腳塞進對方的心坎裡，是最重要的一件事（李宛蓉譯，2008：8～9）而凡是能創新說話的人，大體上他的閱讀歷程也都已有過創新經歷，所以可以從他的說話間接研判他的創意閱讀能力。

三、說話帶入主題／概念的跨領域與無中生有／製造差異創新表出相呼應的例示

例子一：勸說：

> 有一天，唐太宗退朝回到宮裡，對長孫皇后發誓說：「看我不殺掉這個莊稼漢才怪呢！」長孫皇后忙問：「這個莊稼漢是誰啊？」李世民說：「當然是魏徵，他總是在大庭廣眾下頂撞我，讓我下不了臺。」
>
> 長孫皇后立即穿上皇后宮服，站在庭院之中，向李世民參拜。
>
> 李世民大吃一驚，長孫皇后說：「我聽說，皇上英明則臣下正直，魏徵所以正直，正是由於您的英明，我怎能不祝賀？」李世民聽了皇后的讚揚，不僅消了怒氣，而且反省了自己的過激。不久，就擢升魏徵為宰相。
>
> 後來魏徵病故，唐太宗悲慟不已，不僅親自到昭陵送葬，而且還親筆為其寫了碑文。
>
> 唐太宗後來在臨朝時感嘆的說：「以銅為鏡，可正衣冠；以古為鏡，可知興替；以人為鏡，可明得失。今魏徵逝，亡一鏡矣。（楊敏編，2003：9）

這個文本內含的說話成分，我們可以將其主題訂為：一個人絕不會對鄙視自己的人有好感，但有時有人頂撞你並不是由於鄙視，而是希望你謙虛接受正直諫言。唐太宗是歷史上有名的賢明君王，經過貞觀之治，揭開了大唐盛世的序幕。唐太宗在政治上，建立了良好的決策和諫諍制度；在人事方面，以選拔賢能之士為本。唐太

宗要求自己是個聖君，同時也要求臣下為賢臣。而最難得的是，君臣雙方對於這個偉大的抱負，都能貫徹始終，而且互相鼓勵，唯恐無法達成。作為一國之君，唐太宗很了解他的臣子們並且知人善任。在他當政時期，大臣們能夠各盡所能；對於唐太宗施政的得與失，在太宗廣納建言的氣度下，也提供許多寶貴的意見。「貞觀」一朝人才濟濟，名臣如雲，而其中以「諫諍」聞名的就是魏徵了。魏徵輔佐太宗十七年，史書稱他「有志膽，每犯顏進諫，雖逢帝甚怒，神色不徙，而天子亦為之霽威」，就是形容他對太宗進諫時的模樣。雖然太宗天威震怒，但他還是神色堅定，毫無懼色，而太宗也能漸漸的息怒，聆聽諫言。他們兩人，一個從善如流，一個直言敢諫，君臣之間，在歷史上留下了千古的佳話，有許多的事蹟，一直到今天仍令後人傳誦不已。此外，一個聖賢的君王背後，往往站著一位偉大的女性；唐太宗德治天下，奠定大唐太平盛世基礎，除了依靠他手下的一大批謀臣武將外，也與他賢淑溫良的妻子長孫皇后的輔佐是分不開的。歷史記載長孫皇后的所作所為端直有道，唐太宗也對她十分器重，回到後宮，常與她談起一些軍國大事及賞罰細節；長孫皇后雖然是一個很有見地的女人，但她不願以自己特殊的身分干預國家大事，她有自己的一套處世原則及化衝突為圓融的智慧。此故事中，她聽了唐太宗的一席怨言，必是深思熟慮後，說了如此有見解的話，在讚美中提醒了太宗，為臣者敢於犯顏直諫才是耿介之士啊！

　　魏徵得到長孫皇后的支持和鼓勵，更加盡忠盡力，經常在朝廷上犯顏直諫，絲毫不怕得罪皇帝和重臣。也正因為有他這樣一位赤膽忠心的諫臣，才使唐太宗避免了許多過失，成為一位聖明君王，這中間實際上還有長孫皇后的一份功勞呢！他們三人都深知水平

思考可以成事的奧妙，所以各自表現了可為創新典範的說話形式，可以推測他們平時的閱讀也是多能帶創意性的。而這個內含說話成分的文本被作者一轉用，就成了具創意的說話文本，反映作者的創新能耐，從而呼應了他的創意閱讀能力。整體文本的創新性分析如表 5-1-1、圖 5-1-2：

表 5-1-1　〈勸說〉說話帶入主題的跨領域與無中生有／製造差異創新表出相呼應

角度	主題	學科	備註（一般表出未相呼應）
讀者（旁觀者的角度）	下對上的頂撞不一定是表示鄙視，而是希望你謙虛接受正直之言。	社會學	一般的理解多半集中在「聖君忠臣共創歷史佳話」的特定點上（政治學）。而此處所多出的理解，就可據為知道它的前無所承性。
唐太宗	一個從善如流的皇帝，樂於接受臣下的諫諍，在歷史上留下了千古的佳話，令後人傳誦不已。	政治學	
長孫皇后	不同於傳統女性的角色，強調納諫的重要，太宗深受其益。	倫理學	
魏徵	具膽識和卓見並以諫諍聞名，敢於表達正直的言論，得到上司的賞識。	心理學	
作者	君王要知道自己的過失，國興民戴，必須依靠直言的諫臣的輔佐。	歷史學	

製造差異　　　　　　跨領域　　無中生有

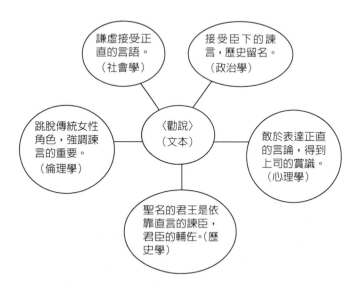

圖 5-1-2 〈勸說〉說話帶入主題的跨領域與無中生有／製造差異創新表出相呼應

例子二：《最後的演講》蘭迪・鮑許演講中的幾句話：

　　阻礙我們前進的磚牆，不會無緣無故擋住在我們前面。這種磚牆的存在目的不是為了把我們排除在外，而是要讓我們有機會證明自己多麼想要一件東西。

　　事情就是這樣了，我們改變不了事實，只能決定要怎麼因應。我們改變不了上天發給我們的牌，只能決定怎麼打這手牌。

　　新創公司通常喜歡雇用曾經有創業失敗經驗的執行長。失敗過的人知道該怎麼避免失敗，只有成功經驗的人，反倒可能看不出陷阱在哪裡？你如果沒有得到你想要的東

　　西，至少得到了經驗，而經驗通常是你能夠提供給別人最珍貴的東西。

　　很多人都想找捷徑，我卻發現最快的捷徑就是繞遠路，歸根究柢就是四個字：認真努力。在我看來，你如果比別人花更多時間工作，那麼你在多做的這些時間裡就會對自己的工作更加精通。這麼一來，你就可能變得更有效率、更有能力，甚至更快樂。付出努力就像銀行的複利，你獲得的獎賞就會累積得很快。(《最後的演講》官網，2009)

　　蘭迪‧鮑許是一位熱情、風趣且教學認真的大學教授，在四十六歲時被診斷出罹患致死率最高的癌症——胰臟癌。2007 年 8 月，醫生說他的癌症已經轉移，可能只剩下三到六個月生命。9 月，他應學校邀請發表了一場演說。這場演說讓現場四百個人笑聲不斷，也讓不少人流下淚來……這場充滿幽默、啟發性及智慧的演講廣獲迴響……鮑許所傳達的訊息所以如此撼動人心，是因為他以誠懇、幽默的態度去分享他獨特的經驗。他談的不是死亡，而是人生中的重要議題，包括克服障礙、實現兒時夢想、幫助別人實現夢想、把握每一個時刻……

　　美國總統布希也親筆致函鮑許：「您與癌症搏鬥的精神讓我深受感動，您的非凡故事振奮了千萬美國人的心靈。您展現出的堅強品格已立下美好的典範，您的勇氣與決心是鼓舞眾人的力量。感謝您為我們國家年輕一代所做出的不可搖撼的貢獻。」(《最後的演講》官網，2009)

　　隔年 5 月，他應邀向該校畢業生致詞時，也鼓勵大家要將生命發揮到極致。當時鮑許說：「我們並不是因活得久而擊敗死神；我們擊敗死神，是因為我們活得有意義。死神終有一天會到來，當他

出現的時候，要做所有的事情就太晚了。」（《最後的演講》官網，2009）

　　很多人躊躇在人生的十字路上總是會問自己：「我幸運嗎？」《最後的演講》道出人生什麼是無奈、什麼是遺憾、在你人生中最需要的是什麼。無奈原因是，鮑許是一位快樂的教授，除了認真在學校教學事務上，還擁有一個幸福又快樂的家庭，只是幸福與快樂竟在一天之內變成人生中的無奈，因為上帝狠狠對他開了一個玩笑——得了胰臟癌。可是蘭迪並沒有放棄生命中存在的正面價值態度，反而勇敢、開朗去面對死亡，讓自己生命不要有遺憾。他鼓勵成千上萬的讀者在面對生命的挑戰與冒險之間，要抱持著不讓自己生命中的無奈在十年後變成遺憾的態度。他以逆向思考的方式，為許多人啟發了夢想的種子，衷心希望每一顆夢想的種子都能夠持續在他自己的小孩以及每個人心中茁壯成長、甚至傳承，面對人生中的每一堵磚牆時都能堅持到底，使生命更豐富精采；生命不在長短，而是精不精采。這是一則激勵人心要勇於追夢的演講內容：即使經歷人生的冒險或困難時也不要怕失敗；就算失敗，站起來用熱情和愛迎接挑戰，創造生命無限的潛能與可能。演講稿的內容是很長的，蘭迪要表達的想法、主題表面看是在「追求夢想」這件事上；其實它可以給不同的讀者相異的主題感受。這種跨領域且能製造差異的說話表現，可以推知說話者本身早已具備創意閱讀的能耐。茲略分析如表 5-1-2、圖 5-1-3：

表 5-1-2　《最後的演講》說話帶入主題的跨領域與無中生有／製
　　　　造差異創新表出相呼應

不同的聽眾對象	主題	學科	備註(一般表出未相呼應)
年輕人	對「人生夢想」的追求都要堅持到底，啓發自己對生命的熱情。	心理學	
躊躇猶豫的人	勇於向命運挑戰，不輕易放棄，把時間浪費在抱怨上是徒勞無功且沒意義的事。	詮釋學	一般的理解多半集中在作者所特別強調的「追求兒時夢想」(心理學)。而此處所多出的理解，就可據為知道它的前無所承性。
正處於「失敗處境」的人	失敗讓你有機會累積經驗，為邁向成功做好準備。	美學	
上班族	最快的捷徑就是繞遠路，真實的付出努力才能獲得真正的獎賞。	現象學	
病患	在面對疾病的威脅時，樂觀積極，坦然面對並放下，好好思考要如何過精彩的人生。	哲學	
一般大眾	人生無常，珍惜當下，鼓舞每位聽者眾對於個人生命瓶頸的突破，努力實現自己的夢想。	宗教學	

製造差異　　　　跨領域　　無中生有

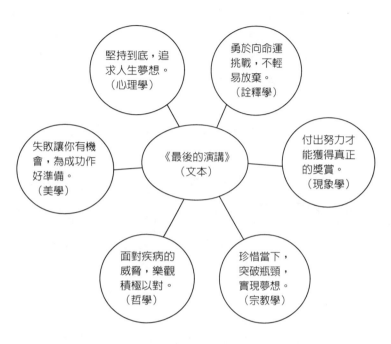

圖 5-1-3　《最後的演講》說話帶入主題的跨領域與無中生有／製造差異創新
　　　　　表出相呼應

四、相關創新表出相呼應的檢核

　　以說話作為創新表出相呼應的檢核，和創新理解的檢核是一樣
的。前面已經提到既有閱讀認證的檢核，在形式上需摒除制式學習
單的習寫或閱讀測驗封閉性題型的答題，在內容上的理解要深入非
語言面的意義發掘外，更要關注本研究所提的跨領域理解等。換句
話說，相應於創意閱讀認證，創新表出相呼應的檢核需要跳脫原來
的檢核模式，不能再使用既有的閱讀認證方式來檢核。所以本章將

說話帶入跨領域與創新表出相呼應的閱讀認證，擬以採用如同前章創新理解的檢核方式來進行。

　　至於如何檢核、判斷一個人的說話的內容是否達到跨領域表現或是完成創新表現部分，相關的檢核的方式與流程則可以依照下列的方式來操作：

（一）　檢核類型：說話者自我檢核、他者檢核。如圖 5-1-4 所示：

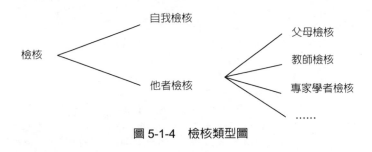

圖 5-1-4　檢核類型圖

（二）檢核者的條件：得具備各種經驗、學科方法、說話常識和創新知識等。

（三）檢核程序：當說話者和檢核者見解不同，也就是理解說話文本的意思不同時，就會產生在認證時最大的困難；尤其表現在跨學派、跨文化系統兩種無中生有創新的部分。於此，檢核者必須如同本研究一樣，透過理解表（可以看出理解的差異點）及理解圖（看出各主題與文本的關係）來檢核說話者是否達到創新表出相呼應的成效。在此要特別說明，檢核者必須要肯定並同意同一學科可以有不同的理解，因為學科是龐雜的；而在不同學科的理解，只要能關照不一樣的理解，就能達到跨領域製造差異的創新理解。

（四）如何排除非創意的理解：檢核者必須要有創新表出相呼應的
　　　檢核表及一般表出未相呼應的檢核表（圖為輔助）；也就是
　　　在檢核表上同時標示出跨領域與無中生有／製造差異創新
　　　表出相呼應和一般表出未相呼應的備註欄位（如表 5-1-1 所
　　　示），可以從表中與既有表出未相呼應的部分來比較。倘若
　　　能做到跨領域的表出相呼應，就已有製造差異的成分；而比
　　　一般既有的表出未相呼應能跨越更多主題／概念的跨領
　　　域，就是無中生有的創新表出相呼應。因為一般表出未相呼
　　　應既有其侷限，所以反過來可以確認創新表出相呼應而完成
　　　創意閱讀認證的高度合理性。

第二節　說話帶入學科的跨領域與無中生有／製造差異創新表出相呼應的認證

　　前一節將說話帶入主題／概念完成跨領域創新表出，可以從說話文本中的不同角色或不同讀者相異的主題感受來詮釋，達到無中生有／製造差異的創新表出相呼應認證，可以說是與創新理解相應和。而說話帶入學科的跨領域，乃從說話類文本中，找出主要意涵（大部分是一般表出未相互呼應所理解的）來進行學科跨領域的詮釋。「統整」各學科的知識，多方整合使成為更具創新表出的理解層次，也從說話中找出各學科間的不同知識，以「互動」的方式，串起每一個能關連到的面向做學科間統整的工作，延伸出文本非語言面其他可以相關連的學科知識，完成一種無中生有／製造差異創新表出相呼應。本節所要處理的，仍是以說話類文本作為說話帶入學科跨領域與無中生有／製造差異創新表出相呼應認證的方式。

一、說話帶入學科的界定

　　說話就是口頭表出，它和書寫最大的不同是說話不強調修飾或特殊文法，且在具體情境下有固定的受話者；而所說的內容對接受者在當下具有支配與影響力。學科是指知識類型的劃分，如哲學、科學、文學等。學科可以依其性質的不同再區分為人文學科、社會學科、自然學科（詳見第四章第一節）。說話帶入學科，是指一個人說話的內容能帶進各種學科的知識，而將各種學科的知識統整運用就是跨領域的表現。一個人的說話帶入學科，顯示說話者的說話內容是有邏輯、組織、內容明確、是有所說的；反過來，倘若一個人的說話讓人覺得不知所云，說話的內容互相矛盾、問答間不相關或循環論證，不能緊密聯繫說話內容，沒有邏輯，像這種無所說就是說話沒有帶入學科，二者是有差別的。

二、說話帶入學科的跨領域與無中生有／製造差異創新表 出相呼應

　　學科的跨領域，指的是兩個或多個學科相互合作，在同一目標下進行學術生產。而說話帶入學科的跨領域與無中生有／製造差異創新表出相呼應，指的是說話類文本能將跨領域與無中生有／製造差異的學科融入，以顯創新表現，等於呼應了創意閱讀理解（因為說話者得先有創意閱讀經驗，然後才有可能表現出具創意的說話）。至於跨領域與創新的涵意，則同第四章所述。尤其是創新部分，在簡短談話中特別重要。如：

　　有一位演技差勁但美色出眾的女伶，自視頗高，平時生活在眾星拱月的環境當中，高傲嬌貴，一點也不將別人放在眼裡。

　　然而，她非常仰慕蕭伯納的才華。

　　某次宴會中，女伶和蕭伯納巧遇，她自信十足，展現出最迷人的笑容和語調，向蕭伯納說：「如果以我的美貌，加上你的才華，生下來的孩子，必定是社會中最優秀的頂尖人物！」

　　這位大文豪立刻還以顏色，毫不遲疑地回答：「如果這個孩子集了我的容貌和你的才能，那將會是什麼樣子？」

　　頓時，這位女伶猶如被當頭潑下一桶冷水，只能楞楞地盯著這位大文豪，張口結舌，說不出第二句話。（興盛東編著，2008：55）

　　文中蕭伯納以高度的機智抑挫了對方的狂妄，運用倒置順序的言語技巧，使對方的高傲發揮不了作用，只能啞口無言，這可以作為水平式思考製造差異的文本。從這篇短文我們可以看到女伶的自視高，不把人放在眼裡的「驕傲」是屬於倫理學的知識範疇；她仰慕蕭伯納欲「攀援」他的才氣是屬於社會學的知識範疇；想要藉由自己的美貌加上蕭伯納的才氣生出資優生，這樣「一加一等於二」的想法是屬於美學（崇高美）的知識範圍；蕭伯納還以顏色的「反問」，令女伶頓失驕傲的姿態也是屬於美學（悲壯美）的知識範圍；最後女伶被潑了冷水，但自知出言不遜能有後設的反省能力是屬於哲學的知識範圍。這文本至少發揮了運用倫理學、社會學、美學、哲學等學科跨領域的創新表出。但一般的理解多限定在女伶驕傲（倫理學）和攀援蕭伯納才氣（社會學）兩面，而對於蕭伯納機智

的回答和反問，以消除對方對他的消遣而提升到美學的部分卻少措意。後者不僅可以作為製造差異而且還是無中生有的創新表出。這就是說話帶入學科的跨領域與無中生有／製造差異創新表出相呼應的好例子。蕭伯納的說話具備創新表出的條件，正可以呼應他本身已具備創意的閱讀理解能力。也就是說，他一定深知水平式思考可以達到令女伶從驕傲的高椅子跌下來，所以表現了如此創新的說話方式，可以推測他平時的閱讀也是帶有創意性的。而這個內含說話成分的文本被作者一轉用，就成了具創意的說話文本，反應作者的創新能力，也從而呼應作者本身的創意閱讀能力。

三、說話帶入學科的跨領域與無中生有／製造差異創新表出相呼應的例示

　　例子一：世界最著名的演講家之一，黑人領袖馬丁・路德・金恩在林肯紀念堂前發表了〈美國人給黑人一張不兌現的期票〉的演說，其高潮部分是這樣的：

　　　　回到密西西比去吧！回到阿拉巴馬去吧！回到南卡羅來納去吧！回到喬治亞去吧！回到路易斯安那去吧！回到我們北方城市中的貧民窟和黑人居住區去吧！要知道，這種情況能夠而且將會改變。我們切不要在絕望的深淵裡沉淪。

　　　　朋友們，今天我要對你們說，儘管眼前困難重重，但我依然懷有一個夢。這個夢深深扎根於美國人夢想中的夢想。我夢想有一天，這個民族將會奮起反抗，並且一直堅持實現它信條的真諦——「我們認為所有的人生來平等是不言自明的真理。」

　　我夢想著，有那麼一天，甚至現在仍為不平等的灼熱和壓迫高溫所炙烤著的密西西比，也能變為自由與和平的綠洲。

　　我夢想著，有那麼一天，我的四個孩子，能夠生活在不以他們膚色，而是以他們的品行來判斷他們的價值的國度裡。

　　我夢想著，有那麼一天，就在邪惡的種族主義者仍然對黑人活動橫加干涉的阿拉巴馬州，就在其統治者抱不取消種族歧視政策的阿拉巴馬州，黑人兒童將能夠與白人兒童如兄弟姊妹一般攜起手來。

　　我夢想著，有那麼一天，溝壑填滿，山嶺削平，崎嶇地帶鏟為平川，坎坷地段夷為平地，上帝的靈光放光彩，芸芸眾生共睹光華！

　　這就是我們的希望！這是我們返回南方時所懷的信念！懷著這個信念，我們能夠把絕望的群山鑿成希望的磐石。懷著這個信念，我們能夠將我國種族不合的喧囂變為一曲友愛的樂章。懷著這個信念，我們能夠一同工作，一同祈禱，一同奮鬥，一同入獄，一同為爭取自由而鬥爭。堅信吧！總有一天我們會自由……（林妲妃，2012：16～17）

　　在這段演講中，馬丁・路德・金恩用四段「我夢想著」的排比式表述，深情地、正面地、具體地表現了對自由的渴望，語氣磅礴，一瀉千里。他熱切地期望種族歧視最嚴重的密西西比變成「自由與和平的綠洲」，希望自己的孩子在有高尚品德和卓越才能的情況下不因膚色不同而得不到公平對待，希望黑人兒童與白人兒童能像兄弟姊妹一起攜起手來，和睦相處，因此甚至希望一切變得公正平直，坦途通天。作為民權運動的領袖，他的這些話完全發自肺腑，道出了千百萬黑人的心聲，使得在場的聽眾有的吶喊，有的喝采，

有的悄然流淚，有的失聲痛哭。話語中的「情」，出自肺腑，方能
入他人肺腑，達到以情動人的效果。（林姮妃，2012：16～18）而
我們可以從這篇演講詞中，以「種族平等」擬做說話帶入學科跨領
域與無中生有／製造差異創新表出相呼應的詮釋。茲略分析如表
5-2-1、圖 5-2-1：

表 5-2-1　「種族平等」說話帶入學科跨領域與無中生有／製造差
　　　　　異創新表出相呼應

關連的向度	關連的意義	學科	備註（一般表出未相呼應）
演說內容	馬丁‧路德‧金恩〈美國人給黑人一張不兌現的期票〉的演說	文學	一般多從演講詞內容裡「希望黑人和白人可以互相尊重而沒有歧視，在民主國家裡落實真正的種族平等」這樣的角度來理解（社會學）。而此處所多出的理解，就可據為知道它的前無所承性。
種族歧視	白人優越主義帶來不平等的種族歧視，破壞一個以民主執政的國家真正的自由與平等。	人類學	
人生而平等	法律之前，無論黑人白人或其他顏色的人種，都享有不可剝奪且公平的生存權、自由權和追求幸福的權力。	法律學	
黑人總統	金恩博士的演說在日後促使美國產生第一位黑人總統——歐巴馬，甚而影響他繼續為種族平等努力及執政的熱情。	傳播學	
實現夢想	只要努力懷抱夢想，即使是少數民族，還是可以挑戰夢想，讓夢想成真。	哲學	
爭取社會正義	用錯誤或犯罪的方式來爭取社會上合法的地位難見成效，不如透過理性訴求來代替流血抗爭。	政治學	

製造差異　　　跨領域　　無中生有

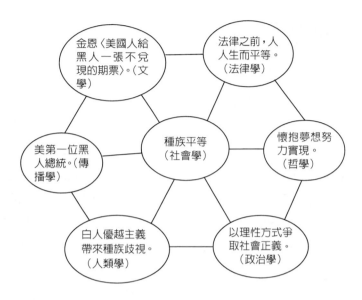

圖 5-2-1　「種族平等」說話帶入學科跨領域與無中生有／製造差異創新表出
　　　　　相呼應

　　在這篇演講詞裡，從某種意義上說，金恩博士帶領為自由爭平
等的黑人來到國家的首都是為了兌現一張支票。美國憲法和獨立宣
言的內容：不論白人還是黑人──都享有不可讓渡的生存權、自由
權和追求幸福權。這可以說是一張每一個美國人都能繼承的期票，
無論你是哪一個顏色的人種，這張期票的承諾是向著所有人的。然
而，在金恩博士發表演說的時候，美國顯然對他的有色公民拖欠著
這張期票。也就是說，美國沒有實現曾經許下的諾言，不肯承兌這
筆神聖的債務，而是開給黑人一張空頭支票──一張蓋著「資金不
足」的印戳被退回的支票。但是金恩博士絕不相信正義的銀行會破
產，絕不相信這個國家巨大的機會寶庫會資金不足。　因此，他帶
領黑人族群一起為兌現這張支票而抗爭、努力，因為這張支票將給

每一個在美國生存的人民寶貴的自由和正義的保障,而非只有美國的白人才享有這樣的權利。

　　白人優越主義是一種種族分子的意識形態,主張白色人種族裔優越於其他族裔。白人優越主義被普遍認為是與反黑人和反猶太主義的種族主義有關連的。其主義用以作為偏見和歧視的合理理由去排斥有深色膚色的人,以及原地民族,如美洲原住民和土著居民。在以前的美國,有些地方很多非白人都沒有選舉權,他們也被禁止參政‧甚至連在大部分政府部門內工作也不能,直至二十世紀的下半葉為止。這其實是一個號稱民主政治的國家裡,最不平等的的地方,社會施以不平等的種族歧視來看待在同一國家生存的其他有色族裔。

　　在演講詞裡,金恩博士甚至呼籲群眾:

　　　　但是我還有一句話要對站在溫暖的門檻上,準備進入正義之宮的同胞們說清楚:在爭取合法地位的進程中,我們不要用錯誤的行動使自己犯罪。我們不要用仇恨的苦酒來緩解熱望自由的乾渴。我們必須永遠站在高處,使我們的鬥爭方式保持尊嚴,堅守紀律。我們一定不能使富有創造性的抗爭淪為使用暴力的低下行動。我們必須努力不懈地站在以靈魂力量來對付肉體力量的神聖高度。已經席捲黑人社會的戰鬥氣氛絕不要導致我們對一切白種人的不信任。因為我們許多白人兄弟今天到這裡來集會,就證明了,他們已經認識到他們的命運和我們的命運緊緊連結在一起,他們的自由和我們的自由完全分不開,我們不能單獨行動。(香港培正中學中國語文科教學資源網頁,2001)

　　在民主國家裡，政府所給人民的保證，最重要的是自由；而相對的，在獨裁政治制度裡，是公然犧牲自由，換取效率，效率成為獨裁者的信念。美國是一個執行民主制度的國家，但生活在這一個民主的時代和社會裡的人，卻不一定或完全能得到真正的自由，所以最後一定會有抗爭。抗爭帶來流血衝突，但仇恨、鬥爭等不當的行為並無法導致真正自由之日的來到。如果我們希望建設一個較好，較公平，較安樂的社會，就必須學習把正義帶進我們的現實生活裡才能為我們帶來豐富的真正自由；社會正義就是在所生存的地方能公正地被分配到社會和自然資源，國家能一視同仁地滿足每一個人的基本需求，並確保每位公民在個人及社會發展上都享有充分的機會。真正的自由，應該是法律之前人人平等，每一個人都可以在整個社會中去交流、溝通、爭取、關懷與被關懷，而成就一個異質的多元社會。金恩博士這樣的想法也深深影響美國民權的進步，美國終於誕生了一個黑人總統。今天歐巴馬能夠成為美國第一位黑人總統，應該是經過上世紀 50 年代開始黑人民權先驅發起抗議不平等運動中，長期持續爭取民眾與政府的支持，而能在 21 世紀的今天取得重大的成果；其中影響最大的就是金恩博士，他可以說是美國民權運動之父，他堅持非暴力不流血的抗爭，更獲得不分種族的支持，在上世紀 60 年代他發表的〈美國人給黑人一張不兌現的期票〉的演說，深深的影響了好幾世代的美國人，也激發了歐巴馬從政的熱情，終至成為美國總統。

　　美國是一個民族大鎔爐，講求種族一律平等，但歷史證明自美國開國以來，因畜養黑奴問題，不但導致內戰，甚至長期普遍隱藏著所謂歧視黑人的問題。社會的不平等待遇與歧視事件仍存在。如今歐巴馬成為美國第一位黑人總統，他當選的原因或許是他的政見或是治國政策以及其個人魅力，很難斷定，但他的當選，還有其特

殊的意義存在：那就是證明了為數眾多的美國白人，選擇接受一位黑白混血的總統候選人（父親是非洲肯亞人、母親是堪薩斯白人）來擔任他們國家最高的領導人。打破法律上假偽的種族平等，真正落實在這次的選舉上，一次真正種族平等與社會正義的結合時刻。這樣的情形對於美國境內的黑人族群，甚至是少數族群而言，應該是一種實質的鼓勵。也就是說，只要自己肯努力，即使是少數民族，只要努力懷抱夢想，堅持不放棄，還是可以挑戰夢想，讓夢想成真的。對於這樣的結果，美國國民可以說是真的落實了所謂真正的民主政治的一種最佳典範。

　　例子二：〈關於二十美元的演講〉：

　　　　一位著名的演講家，手裏高舉著一張二十美元的鈔票，對聽眾們說「這是二十美元，絕不是一張假幣，那麼願意要這二十美元的請舉手。」一隻隻手舉了起來。
　　　　演講家將鈔票揉成一團，然後問「誰還願要？」仍有人舉起手來。
　　　　演講家又把鈔票扔到地上用腳在上面用力踩它。然後他拾起鈔票，鈔票已經變得又髒又皺，他問「現在誰還要？」還是有人舉起手來。
　　　　演講家說：「朋友們，無論我如何對待這張鈔票，你們還是願意要它，因為它並沒有貶值，它依舊值二十美元。人生路上，我們會無數次被逆境擊倒、欺凌甚至折磨得遍體鱗傷，我們覺得自己似乎一文不值，但無論發生什麼事，或將要發生什麼，在上帝心中，我們永遠不會喪失價值，不論骯髒還是潔淨。」臺下響起熱烈掌聲，許多人感動得熱淚盈眶。
　　（歐陽峻山，2004：83）

　　這個文本可以理解為：只是認清自我價值不夠，還要提升自我價值。關於「自我價值」這個概念帶入學科的跨領域與無中生有／製造差異創新表出相呼應，可以做這樣的詮釋：

表 5-2-2　「自我價值」說話帶入學科的跨領域與無中生有／製造差異創新表出相呼應

關連的向度	關連的意義	學科	備註（一般表出未相呼應）
自我價值	價值的加乘在於對他人的貢獻。	倫理學	一般多從自我價值的提升這個角度來理解（倫理學）。而此處所多出的理解，就可據為知道它的前無所承性。
自我概念	從別人互動與回饋中而形成自我概念。	心理學	
人際關係	人與人之間的關係與互動帶來的關係。	社會學	
自我認同／評價	一個人對自我價值的評量。	管理學	
創造自我價值	追求自我價值的創造，提升競爭力	美學	
品牌迷失	品牌是我們在他人眼中的價值，但盲目追求就是使自己迷失在品牌裡。	價值學	
選擇權	自己成為自己的主人而不是敵人。	哲學	

製造差異　　　　　　　　　跨領域　　無中生有

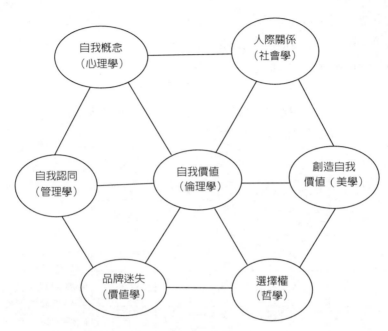

圖 5-2-2 「自我價值」說話帶入學科的跨領域與無中生有／製造差異創新表
　　　　出相呼應

　　自我概念，是指經由與別人的互動學習到自己是怎麼樣的人，
並經由別人的回饋，逐漸地形成了對自己的概念。每個人對自己都
有一些看法，不論這些看法是否正確，是否與別人對他的看法一
致，它將影響個人以後的行為和生活，也影響個人與別人的關係，
這種個人對自己的看法就是「自我概念」。自我概念是學來的，我
們並非天生就有自我概念。自我概念的形成，在生命中以不必他人
的影響為首務。每一個人都有自己的優點與缺點，我們應該努力發
掘自己的長處，珍惜自己所擁有的特質、專長，不需要一味地羨慕
他人所擁有的事物，如此比較能夠建立「我好」的自我概念。

　　自我認同是一個人對自我價值的評量，它通常來自於日常生活中對自己的看法。我們可能在某些事情上覺得自己很聰明或很笨；在某些行為上覺得自己很拙劣或是很卓越；我們也可能很喜歡自己或很討厭自己。類似這些常在我們日常生活中出現的自我印象和經驗，日積月累就成為我們對自己的評價，也就是自我的認同感。

　　從自我認同、自我肯定來看，每一個人都需要創造自我的優點，因為每個人都不是十全十美的。換句話說，我們必須幫助自己及他人培養更多的優點，因為一個人的價值，要看他貢獻什麼，而不是看他取得什麼。如果你喜愛自己的價值，就應該為這個世界創造價值，不是自己愛現就會被別人看見，它通常只會因為雙方良好的互動而存在。而當價值成為一種人生的標準配備時，倘若能擁有越多的價值，就比別人有更多的「競爭力」！

　　所謂「品牌」，是指別人對我們既有的印象，它存在我們生活的每一天，也決定了我們在他人眼中的價值。就像每個人的特性、長相、個性、生長環境都不同。多了解自己，運用自己的優點去掩飾你的缺點，你就能展現出你「個人品牌」。在別人眼中的你，其實就等於是你替自己經營的個人品牌印象；盲目的追求品牌，只是另一種盜版別人的品味或個性（品牌）的行為，並非真正的你。就像現在的人愈來愈講究生活的品質，從高價位到低價位的品牌都有，但不是穿上大品牌就是時尚，或者就代表懂得品味。因為科技和媒體的發達，一旦有名人加持，大家就一窩蜂的學習，導致現在的街頭，大家的造型品味都很雷同，卻穿不出自己的品味。品牌是一種品質保證，但須考量自己的特性。

　　人際關係，是指社會人群中因交往而構成的相互依存和相互聯繫的社會關係，又稱為社交，屬於社會學的範疇。人是社會動物，每個個體均有其獨特的思想、背景、態度、個性、行為模式及價值

觀,然而人際關係對每個人的情緒、生活、工作有很大的影響,甚至對組織氣氛、組織溝通、組織運作、組織效率及個人與組織之關係均有極大的影響。(維基百科網站,2012d)

　　一個人倘若不能擁有令自己滿意的自我評價,他的能力必不能充分發揮;而一個滿意自己的人,對人生一定抱持著正面且積極的態度,能信心十足的接受任何挑戰,並勇於面對自己。低自我認同感的人,自然無法肯定、明白自我的獨特性,老愛與別人比較,就算與別人不相上下,他仍然相信自己不如人。所以明白自己的獨特性,努力去做自己,建立自尊自信,進而開發個人的潛能,提升自我價值,使自己成為自己的主人,而不是阻擋自己前進的絆腳石。

四、相關創新表出相呼應的檢核

　　以說話作為創新表出相呼應的檢核,和創新理解的檢核是一樣的。前面已經提到既有閱讀認證的檢核,在形式上需摒除制式學習單的習寫或閱讀測驗封閉性題型的答題,在內容上的理解要深入非語言面的意義發掘外,更要關注本研究所提的跨領域理解等。換句話說,相應於創意閱讀認證,創新表出相呼應的檢核需要跳脫原來的檢核模式,不能再使用既有的閱讀認證方式來檢核。所以本章將說話帶入跨領域與創新表出相呼應的閱讀認證,擬以採用如同前章創新理解的檢核方式來進行。

　　至於如何檢核、判斷一個人的說話的內容是否達到跨領域表現或是完成創新表現部分,相關的檢核的方式與流程則可以依照下列的方式來操作:

(一) 檢核類型:說話者自我檢核、他者檢核。如圖5-2-3所示:

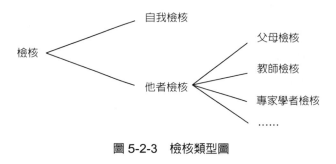

圖 5-2-3　檢核類型圖

（二）檢核者的條件：得具備各種經驗、學科方法、說話常識和創
新知識等。

（三）檢核程序：當說話者和檢核者見解不同，也就是理解說話文
本的意思不同時，就會產生在認證時最大的困難；尤其表現
在跨學派、跨文化系統兩種無中生有創新的部分。因此，檢
核者必須如同本研究一樣，透過理解表（可以看出理解的差
異點）及理解圖（看出各學科的關係）來檢核說話者是否達
到創新表出相呼應的成效。在此要特別說明，檢核者必須要
肯定並同意同一學科可以有不同的理解，因為學科是龐雜
的；而在不同學科的理解，只要能關照不一樣的理解，就能
達到跨領域製造差異的創新理解。

（四）如何排除非創意的理解：檢核者必須要有創新表出相呼應的
檢核表及一般表出未相呼應的檢核表（圖為輔助）；也就是
在檢核表上同時標示出跨領域與無中生有／製造差異創新
表出相呼應和一般表出未相呼應的備註欄位（如表 5-2-1 所
示），可以從表中與既有表出未相呼應的部分來比較。倘若
能做到跨領域的表出相呼應，就已有製造差異的成分；而比
一般既有的表出未相呼應能跨越更多學科的跨領域，就是無

中生有的創新表出相呼應。因為一般表出未相呼應既有其侷
限，所以反過來可以確認創新表出相呼應而完成創意閱讀認
證的高度合理性。

從說話帶入主題／概念的跨領域到說話帶入學科的跨領域，跨
領域的範圍與統攝的學科更為豐富、延展，我們可以圖 5-2-4 來表
示這二者的關係：

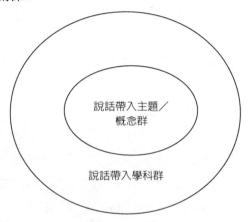

圖 5-2-4　說話帶入主題／概念群和學科群關係圖

說話帶入主題／概念群包含在說話帶入學科群裡面，而這可以
以本節的關於「種族平等」的創新表出相呼應為例來做說明：主要
的主題或概念有：種族平等、人生而平等、實現夢想、種族歧視、
黑人總統、社會正義等，而這些都含括在社會學、法律學、哲學、
傳播學、政治學等學科群內的知識範疇內。其餘的，依此類推。

第三節　說話帶入科際整合的跨領域與無中生有／製造差異創新表出相呼應的認證

　　本節說話帶入科際整合的跨領域和前節說話帶入學科的跨領域，都是指說話類文本能將跨領域與無中生有／製造差異的學科融入，以顯創新的表現而呼應了創意閱讀理解。但學科的跨領域和科際整合的跨領域仍有些許差異：學科的跨領域是兩個或多個學科的相互合作，目的在提高對文本理解的層次，豐富讀者的閱讀深度，完成對閱讀材料的整體詮釋；而科際整合的跨領域，是指學科間的整飭合夥方式，強調不同學科之間的流通和運用，互補不足，以多層次、多樣化的方式呈現文本包羅萬有的面貌，而實際的文本是在科際整合之後才形成的。至於本節說話帶入科際整合的跨領域與無中生有／製造差異創新表出相呼應的例示，可以以第四章第三節「一位到訪美國舊金山的旅人」和《聖經・創世紀》「人類的墮落」的創新理解表來試做一新的說話類文本作為與創新理解相呼應的例子。

一、說話帶入科際整合的界定

　　科際整合是指結合相關學科共同針對同一問題進行研究，避免學科只是單向發揮相關知識，特別強調學科間的整飭與合夥互動，從各種層面使新文本能呈現出「綜合」學科的豐富內容；也就是新文本是藉科際整合後呈現新面貌展現出新意。說話帶入科際整合，是指一個人說話的內容能整合各種學科的知識而說出，能將各種學科的知識整理、合作就是跨領域的表現。一個人的說話能做到科際整合，表示他能深思熟慮，為著某一個目的，以各種角度、有所依據的論點來陳述，已達到使受話者了解、同意或被說服的目的；反

過來說，倘若一個人的說話讓人聽不到重點，雜亂無章，不能明確
的表達自己的想法或是模糊焦點，這樣言不及義的說話就是說話沒
有帶入科際整合。

二、說話帶入科際整合的跨領域與無中生有／製造差異創新表出相呼應

　　全球化時代的來臨，知識生產加速，資訊快速流通，但知識本
身已不再是唯一目的，面對全球化發展與未來環境，跨學科合作與
科際整合的學術研究方式與必要越來越明顯。科際整合的跨領域指
的是兩個或多個學科相互合作，學科間的整飭合夥後完成一個新文
本，而這新文本是歸屬說話類文本。說話帶入科際整合的跨領域與
無中生有／製造差異創新表出相呼應，就是最後形成的說話類文本
是將跨領域與無中生有／製造差異的學科融入，以顯創新表現，等
於呼應了創意閱讀理解（因為說話者得先有創意閱讀經驗，然後才
有可能表現出具創意的說話）。至於跨領域與創新的涵意，則同第
四章所述。尤其創新的部分，在簡短的談話中特別重要。如：

　　　　德國詩人海涅是猶太人，常常遭到無理的攻擊，一次晚
　　會有一位旅行家對他說：

　　　　「我發現一個小島，這個小島竟然沒有猶太人和驢
　　子！」

　　　　這位旅行家知道海涅是猶太人，竟然當面把猶太人與驢
　　子相提並論。

　　　　旅行家說完見海涅默不作聲，幸災樂禍的笑了起來。海
　　涅明白旅行家是在譏諷自己猶太人的身分，於是緩緩的說：

　　「那麼看來，只有你跟我一起去那個島上，才能彌補這個缺陷。」

　　海涅剛說完後，旅行家目瞪口呆的看著他，顯然他被海涅出其不意的回答驚呆了，不一會兒就偷偷溜走了。（興盛東編著，2008：21～22）

　　海涅出其不意的回答讓這位旅行家自蒙羞愧，反被自以為的聰明嘲弄了。這可以作為一個水平式思考的文本。作者設計這個說話類文本，也許要表達的是要解救自己脫離困境時，可以讓對方陷於困境中，可以達到意想不到的效果。往往只是關鍵的一句話，但這一句話所緊緊扣住對方的言行，所以份量之重，常常可以讓對方沒有反擊的餘地。

　　著名的詩人歌德在一條只能通過一個人的小徑上散步，迎面來了個極不友好的人：
　　「我向來沒有給傻瓜讓路的習慣。」
　　歌德聽到對方不友好的喊叫，連忙讓到一旁，笑容可掬的說：
　　「我恰恰相反。」（興盛東編著，2008：10）

　　歌德不但機智且運用了水平式思考的方式，一句話就把「傻瓜」的帽子從自己頭上摘下，戴到對方頭上，可以推測他是一個具有創意閱讀能力的人。

三、說話帶入科際整合的跨領域與無中生有／製造差異創新表出相呼應的例示

　　例子一：〈伊甸園的故事〉：

　　伊甸園是美麗的天堂，那兒有許多美麗的花朵、各式各樣的樹木，上面都結著又香又甜的果子。當中有一棵樹，叫「生命樹」。它長得非常高大，高到樹枝都伸進了雲裡。而離生命樹不遠，還有另外一棵很特別的樹，它長得不算高大，但是所結出的果子卻比任何一棵樹的果子都要漂亮多汁，這棵樹的名字叫做「善惡知識樹」。神帶亞當進了伊甸園，對亞當說：「伊甸園裡的一切都屬於你，你可以吃任何的果子，但是只有一件事不能做，就是不能吃善惡知識樹上的果子，如果你吃了，就必定會死。」

　　神讓亞當管理伊甸園裡的一切，但神漸漸發現，亞當一個人在伊甸園裡生活很孤單，於是決定再造一個人。祂先使亞當睡著，然後從她身體取出一根肋骨，造了一個女人，對她說：「妳就叫做夏娃，是亞當的妻子」。從此，亞當和夏娃每天在伊甸園裡相親相愛，快樂的生活。

　　在伊甸園裡，蛇比任何動物都還要狡猾、卑鄙，不但不服神，而且還一直在找機會給神難堪。有一天蛇看到夏娃一個人坐在樹下，牠對夏娃說：「我聽說神不准你們吃果子。」夏娃回答：「在這園子裡，除了善惡知識樹的果子，其他的果子都可以吃。因為那棵樹上的果子有毒，吃了會沒命。」狡猾的蛇說：「喔！真的這樣嗎？其實這些果子不但沒毒，吃了還會像神一樣聰明。因為神希望只有祂可以擁有智慧，所以不准你們吃。」夏娃聽了非常驚訝，她心裡想：「如果我們偷偷吃了，不告訴神，應該不會怎麼樣吧！」於是夏娃很快找到了亞當，兩人都吃了善惡知識樹果子。從這時候起，他們開始發覺自己赤身露體，感到害羞，於是就用樹葉遮住裸露的身體。當神發現這件事後，又生氣又失望的對他

們說：「因為你們犯了罪，所以必須離開伊甸園。」於是神把亞當和夏娃趕出伊甸園，並對亞當說：「你要每天辛苦耕作，才得溫飽。」又對夏娃說：「你必須忍受生產之苦，才能夠有小孩。從今以後你們和你們的後代，要一直過這樣的生活。」神並派遣一位持火焰劍的天使，守衛著伊甸園的入口。

看來神似乎是勝利了，但祂應該會不斷掛念祂所造的人「為什麼都不聽話」？而人背叛神的這種罪惡，在後世所衍生防患式的法治和民主制度，以及原缺少擔當勇氣的男性，可能的惱羞成怒轉凌駕女性而遭反彈所興起的女權運動，也還沒有消退，歷史仍在延伸中。（研究者構設）

表 5-3-1 〈伊甸園的故事〉說話帶入科際整合的跨領域與無中生有／製造差異創新表出相呼應

新說話文本	關連意義	學科	備註(一般表出未相呼應)
《聖經‧創世紀》：「人類的墮落」所「實際」組合的故事──〈伊甸園的故事〉	人背叛神／基督教原罪觀念所從出。	宗教學	一般會從人背叛神而受神的懲罰這個角度來理解（宗教學）。而此處所多出的理解整飭成一個新文本，就可據為知道它的前無所承性。
	神造人卻控制不了人，是否非萬能呢！	哲學	
	蛇在挑戰權威／借刀殺人。	社會學	
	創造觀型文化內蘊著人會犯罪墮落，所以彼此互不信任而必須透過法治和民主制度的設計來「防患」。	文化學	
	夏娃敢嘗試新鮮事就是一種美德，亞當順服且不夠坦承兼諉過卸責。	倫理學	
	人的自由意志 VS.神的絕對權威，毋乃是一種悲壯式的演出。	美學	

製造差異　　跨領域　　無中生有

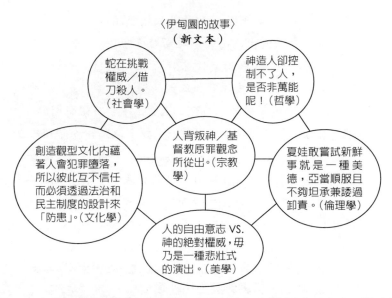

圖 5-3-1　〈伊甸園的故事〉說話帶入科際整合的跨領域與無中生有／製造差異創新表出相呼應

　　〈伊甸園的故事〉這個說話文本是我個人先從「人背叛神是基督教原罪觀念所從出」（宗教學）、「神造人卻控制不了人，神是否非萬能呢！」（哲學）、「蛇在挑戰神的權威，誘使夏娃成為第一個犯罪的人」（社會學）、「創造觀型文化內蘊著人會犯罪墮落，所以彼此互不信任而必須透過法治和民主制度的設計來『防患』」（文化學）、「夏娃敢嘗試新鮮事就是一種美德，亞當順服且不夠坦承兼諉過卸責」（倫理學）和「人的自由意志對抗神的絕對權威，毋乃是一種悲壯式的演出」（美學）等這些可以相關連的意義和學科來建構一個新的文本。而由此可以發現所形成的這個新文本因為是經科際整合的一個創意文本，所以足以作為引導讀者做創意閱讀的說話類基進材料。

例子二：〈舊金山中國城一遊〉：

華人街、中國城，許多人陌生卻又嚮往的世界。

坐上中國城裡的巴士，我開始接受這多元文化的洗禮，試著體驗一下神秘的東方情調。

巴士快速地行經幾里路後，我已經覺得自己差點要把命賭上了；司機超速、開車打電話的行為，讓我心驚膽顫。還好一會就進入了熱鬧的市集，車速緩慢了下來。我問鄰座的乘客：「哪裡是中國城？」鄰客笑著說：「用你的鼻子聞一聞就能找到中國城了。」我實在不懂他的意思，以為他應該是聽不懂我的問題，笑笑轉頭看了窗外擁擠竄動的人潮，於是我下了車，離開驚悚的巴士體驗。

我在街上漫遊著：中國城的商店很多，物美價廉，對外國人有很大的吸引力。商店外，一路都是叫賣的攤販，精品、假貨或是盜版 DVD。忽然，尖銳的哨音從遠處漸漸清楚：「站住，再跑就罰錢了！」警察來捉流動攤販，小販緊張的逃跑了。一旁，一陣濃厚的咳嗽聲，「咳！」竟然有人當街吐痰，這也是東方文化嗎？

城裡還有很多餐館，各種菜色應有盡有。我走進一家「廣式燒臘店」點了一道「三寶飯」，這是我從電視學到的知識。我用國語跟老闆說：「我要三寶飯」。他以為我要三磅飯，竟然將飯秤重。我急忙跟他解釋，但溝通有點困難。最後點了一道不知是什麼菜名的食物，軟軟的薄皮包著很像剁碎後的蝦泥和點綴用的芹菜。這裡的華人如果幾代延續開餐廳的，幾乎未出過中國城，與外界溝通少，英文程度都不是很好。

我在街上的飾品攤看到了一把武士劍，正把玩著，問老闆：「多少錢一把？」老闆殷勤的找了身旁的伙計和我交談：「如果你很喜歡，有意願要買，我可以打折算你便宜一點。」

我不知這把劍是真是假，於是說了我能付的價錢。老闆面有難色看看我，把劍和劍鞘收回。他的伙計說：「我們不賣假貨，貨真價實，因為你是今天的第一個客人，所以才打折。」場面有點尷尬，我點頭致歉離開了。中國人討價還價的功夫，我還是不懂。

街道上，抬頭一看，琳瑯滿目的廣告看板和招牌，我從轉角的小樓梯上了二樓，一股油煙味刺鼻難聞，可能是樓下開餐廳的關係吧！陳舊的傢具和嘎嘎作響的冷氣聲，空氣中隱約蔓延一股霉味。牆上的畫還來不及欣賞，我被這怪異的環境逼下了樓。

中國城一向被視為中國文化的象徵，美國人沒事總是會去遊一遊、逛一逛，尋找新鮮，這次我真的體驗到了。（研究者構設）

表 5-3-2 　〈舊金山中國城一日遊〉說話帶入科際整合的跨領域與無中生有／製造差異創新表出相呼應

新說話文本	關連意義	學科	備註（一般表出未相呼應）
一位到訪美國舊金山的旅人所「實際」說出的情景——〈舊金山中國城一日遊〉	中西二元對立結構。	語言學	一般多從中國人的特有生活模式來理解（社會學）。而此處所多出的理解整飭成一個新的文本，就可據為知道它的前無所承性。
	潛意識裡有不喜歡中國人的情節。	心理學	
	髒亂／流動或和合乃氣化觀然：反觀整潔／井然有序則為創造觀使然。	符號學／系譜學／文化學	
	中國人髒亂無序且難被同化。	現象學	
	鄙視中國人的價值觀。	倫理學	
	以「非我族類」定位中國人。	詮釋學	

製造差異　　　　跨領域　　　　無中生有

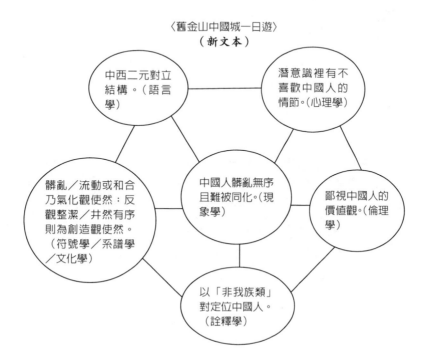

〈舊金山中國城一日遊〉
（**新文本**）

中西二元對立結構。（語言學）

潛意識裡有不喜歡中國人的情節。（心理學）

髒亂／流動或和合乃氣化觀使然：反觀整潔／井然有序則為創造觀使然。（符號學／系譜學／文化學）

中國人髒亂無序且難被同化。(現象學)

鄙視中國人的價值觀。(倫理學)

以「非我族類」對定位中國人。（詮釋學）

圖 5-3-2　〈舊金山中國城一日遊〉說話帶入科際整合的跨領域與無中生有／製造差異創新表出相呼應

　　〈舊金山中國城一日遊〉這個說話文本是我個人先透過表5-3-2 中整理各學科所能關連到的意義，整飭合夥後完成的新文本。這其間所包含的意義已經完成科際整合的跨領域；而能做到科際整合且詮釋了中西相異文化的部分，就是一種無中生有的創新理解。換句話說，它也成了將說話帶入科際整合的無中生有／製造差異創新表出相呼應的認證方式，而這與第四章創意閱讀理解部分是相應和的。

例子三：〈我家的幸福〉：

　　牆上的鐘長針分針站得筆直，正是六點鐘的時刻。一進屋，餐桌上已經瀰漫著幸福的味道。老婆微笑著，冷不防問了一句：「回家就有熱騰騰的飯菜，很幸福吧！我的同事啊～可都是外食族呢！」我和女兒對看了一下，女兒馬上應道：「嗯！幸福，很幸福，老媽送你一百個讚喔！」我則自告奮勇：「今晚，洗碗這件『大事』就交給我囉！」

　　一家人圍坐著，每一口的咀嚼都是在笑談間進行。前一陣子早出晚歸，有時候連和老婆、女兒說話的機會都不多。今天隨口問了一句：「妳們覺得自己很幸福嗎？」

　　老婆還是微笑著：「當然！」

　　女兒說：「是的！」

　　於是我提議大家一起來說說覺得幸福的事是什麼？

　　女兒說：「像現在這樣啊！」

　　我再追問：「還有？」

　　女兒想了想就笑著說：「還有今天晚上沒有英文課、沒有琴課啊！」

　　我又問：「還有？」

　　女兒不耐煩瞪了我一眼說：「老爸！你煩不煩？飯菜都冷了。」

　　我看看老婆，希望換她說一說。

　　老婆說：「幸福就是看著你們鬥來鬥去吵鬧的樣子。」

　　爾後，女兒又講起一些她記憶中，她覺得是幸福的事，而那些事我並不知道發生過。

女兒說:「小時候,夏天很熱,媽媽為了節省能源,她會帶我去圖書館看書吹冷氣,媽媽就開始講故事給我聽,其實那時候我已經認字了,但總覺得媽媽說的特別好聽……」

女兒又想起另一件事情:「冬天很冷時,我特別喜歡窩在你們中間取暖,因為會聞到一股小時候媽媽身上乳香的味道,很香呢!」

就這樣,我們聊了很多快遺忘的小事情,女兒總是記得那些很小的感覺,卻都有幸福的味道。

而我在心裡低喃著:「親愛的老婆、女兒,我不知道我可以為你們帶來多少幸福,我只知道擁有這個家,就是我一生中最大的幸福。」(研究者構設)

表 5-3-3 「我家的幸福」說話帶入科際整合的跨領域與無中生有／製造差異創新表出相呼應

新說話文本	關連意義	學科	備註(一般表出末相呼應)
〈我家的幸福〉	幸福就是在最平凡的生活中尋求滿足。	心理學	一般多從幸福就是在最平凡的生活中尋求滿足這個角度來理解(心理學)。而此處所多出的理解整飭成一個新文本,就可據為知道它的前無所承性。
	幸福就是兒時難忘的回憶。	現象學	
	幸福就是用心去感受生活中的人事物。	社會學	
	幸福是家中無形的資產卻是最寶貴的。	美學	
	幸福常是已身在其中卻不自知。	哲學	
	幸福總在是家人相聚的時刻。	倫理學	

製造差異　跨領域　無中生有

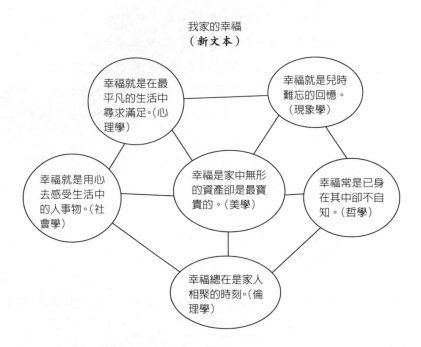

我家的幸福
（**新文本**）

幸福就是在最平凡的生活中尋求滿足。（心理學）

幸福就是兒時難忘的回憶。（現象學）

幸福就是用心去感受生活中的人事物。（社會學）

幸福是家中無形的資產卻是最寶貴的。（美學）

幸福常是已身在其中卻不自知。（哲學）

幸福總在是家人相聚的時刻。（倫理學）

圖 5-3-3 「我家的幸福」說話帶入科際整合的跨領域與無中生有／製造差異
　　　　 創新表出相呼應

　　〈我家的幸福〉是我個人擬想，其中蘊含很多想法要傳達給讀者知道，所以運用科際整合的方式，假設出許多不同人生階段的讀者可以體會到的幸福，然後以說話類的文本作為這個「幸福」意義的表現。反過來說，如果不是運用這種各學科整飭合夥的方式，勢必較難達到科際整合的跨領域，而無法完成創意的成效。幸福常是已身在其中卻不自知；失去，才恍然明白而獨自悵然！幸福是大人的一個小動作或一句話，影響小孩一輩子或讓他們記憶一輩子。小孩要的不多，有時只是要大人們多一點關心而已；小孩是很敏銳的，多用點心，遠勝於給他們物質的享受。這樣的理解已經可以做

到逆向式思考的創意閱讀理解；而能轉為說話材料，就又回過來印證了創意閱讀的本事。

四、相關創新表出相呼應的檢核

　　以說話作為創新表出相呼應的檢核，和創新理解的檢核是一樣的。前面已經提到既有閱讀認證的檢核，在形式上需摒除制式學習單的習寫或閱讀測驗封閉性題型的答題，在內容上的理解要深入非語言面的意義發掘外，更要關注本研究所提的跨領域理解等。換句話說，相應於創意閱讀認證，創新表出相呼應的檢核需要跳脫原來的檢核模式，不能再使用既有的閱讀認證方式來檢核。所以本章將說話帶入科際整合的跨領域與創新表出相呼應的閱讀認證，擬以採用如同前章創新理解的檢核方式來進行。

　　至於如何檢核、判斷一個人的說話的內容是否達到科際整合的跨領域理解或是完成創新理解部分，相關的檢核的方式與流程則可以依照下列的方式來操作：

（一）檢核類型：說話者自我檢核、他者檢核。如圖 5-3-4 所示：

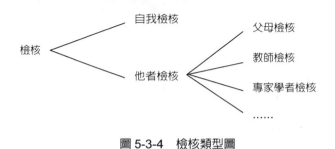

圖 5-3-4　檢核類型圖

（二）檢核者的條件：得具備各種經驗、學科方法、說話常識和創
　　　新知識等。

（三）檢核程序：當說話者和檢核者見解不同，也就是理解說話文
　　　本的意思不同時，就會產生在認證時最大的困難，尤其表現
　　　在跨學派、跨文化系統兩種無中生有創新的部分。因此，檢
　　　核者必須如同本研究一樣，透過理解表（可以看出理解的差
　　　異點）及理解圖（看出各學科的整合及產生的新文本）來檢
　　　核說話者是否達到創新表出相呼應的成效。在此要特別說
　　　明，檢核者必須要肯定並同意同一學科可以有不同的理解，
　　　及對於所創作、詮釋的新文本也需支持，因為學科是龐雜
　　　的，個人的理解都可以是多元的；而在不同學科的理解，
　　　只要能關照不一樣的理解，就能達到跨領域製造差異的創
　　　新理解。

（四）如何排除非創意的理解：檢核者必須要有創新表出相呼應的
　　　檢核表及一般表出未相呼應的檢核表（圖為輔助）；也就是
　　　在檢核表上同時標示出跨領域與無中生有／製造差異創新
　　　表出相呼應和一般表出未相呼應的備註欄位（如表 5-3-1 所
　　　示），可以從表中與既有表出未相呼應的部分來比較。倘若
　　　能做到跨領域的表出相呼應，就已有製造差異的成分；而比
　　　一般既有的表出未相呼應能跨越更多科際整合的跨領域並
　　　且完成一新文本，就是無中生有的創新表出相呼應。因為一
　　　般表出未相呼應既有其侷限，所以反過來可以確認創新表出
　　　相呼應而完成創意閱讀認證的高度合理性。

　　　從說話帶入主題／概念群的跨領域到說話帶入學科群的跨領
域，再擴大範圍到科際整合的跨領域，跨領域的範圍與統攝的學科
更為豐富、延展，我們可以圖 5-3-5 來表示這三者的關係：

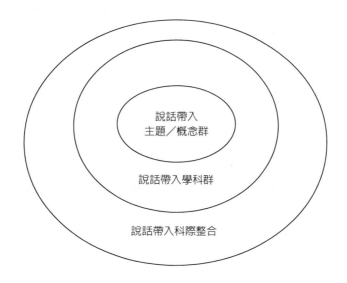

圖 5-3-5 說話帶入主題／概念群和學科群和科際整合的關係圖

　　說話帶入主題／概念群包含在說話帶入學科群裡面，而這二者又在說話帶入科際整合內。我們可以以本節的〈伊甸園的故事〉的創新表出相呼應來做說明：這個說話類文本主要的主題或概念有：蛇挑戰神的權威、神是否萬能、以法治防患犯罪、基督教原罪觀念、美德和推諉卸責、自由意志和絕對權威等，其中更含括了社會學、文化學、宗教學、倫理學、美學等各學科的知識範疇，最後歸併、整飭各學科而成一個科際整合後的新文本。這是一個嶄新的模式，透過科際整合模式重新創作一個新文本，而其中更統攝了多學科與主題／概念跨領域的理解在內，成就一個多面向並具備深度與廣度的創新理解，從中完成了無中生有的創意閱讀認證。

第四節　說話帶入多媒體運用的跨領域與無中生有／製造差異創新表出相呼應的認證

　　人類自古以來就不知不覺、自然而然地常常利用各種媒體和人溝通、傳達消息。例如古代的原始文化裡面，歌唱、音樂、舞蹈經常是結合在一起的；就像我們在電視上看到原住民舞蹈祭祀的情景。人們在面對面時，以聲音、動作、表情等表達意見和情感，這就是以「多媒體」的方式相互交談，它是我們生活中的好幫手，讓我們的生活更有趣。而資訊科技的加入，使得多媒體能結合了文字、圖形、影像、動畫、聲音等電子出版，豐富且刺激人們的感官世界，21 世紀的今日，資訊科技等多媒體的使用，已然成為時勢所趨。無論是透過多媒體來使閱讀經驗得到前所未有的延伸或經由多媒體的方式來表現閱讀理解的成效，都使閱讀認證變得更多元、生動。多媒體的運用可以將靜態的符號系統轉化成動態的符號系統，例如常見的電子繪本能積極呈現繪本的功能，讀者可以透過文字、動畫、聲音、圖像等符號播放的功能，更清楚故事內容，加強故事的感動力，反過來更可以透過多媒體的方式作立即與適當的回饋，說演出關於故事的鋪陳或故事的意涵。本節要處理的就是將說話帶入多媒體的跨領域，發掘各種平面或動態的圖像、影像中，說話部分所呈現出的理解程度，來逆推其是否具有跨領域與無中生有／製造差異創新表出相呼應的認證。

一、說話帶入多媒體的界定

　　所謂媒體（Media），簡單的說，就是用來傳遞信息的媒介。例如我們用文字、語言來表達意見及傳遞文化，透過聲音來交換訊

息，及使用圖片來表達結果或意念。以上所提到的文字、聲音、圖片都是用來傳遞訊息，而這些都是媒體的一種。而多媒體則是指使用一種以上的媒體來傳遞訊息，例如廣告、報紙、CAI、及電視、戲劇等。「多媒體」真正的意義簡單的說，它是一個集合很多傳播媒體的溝通系統和方法；詳細的說，最初它指的是任何一種介紹或發表，使用一個以上的傳播媒體，諸如幻燈片和聲音，或者幻燈片和電影、廣播劇、圖像等。本研究中所謂的「多媒體」包括以下幾種：文字和旁白、圖案和插畫、靜態的照片、動畫和視訊、聲音和音樂、虛擬實境及演說者肢體、動作等。說話帶入多媒體，則指的是說話類文本以多媒體的方式呈現出來，說話者透過多媒體的協助展現其說話的本事，讓觀眾或受話者深覺他的創意所在，從而可以逆推回去證明說話者本身具備創新理解的閱讀能耐。

二、說話帶入多媒體的跨領域與無中生有／製造差異創新表出相呼應

所謂多媒體運用，是指語文經驗在傳達上是透過多種媒體聯合運用，而非一種或極少數媒體演現的方式。這種多媒體運用的方式，是一種總綰語文經驗的最末一道程序，冀望能夠達到最完美的表達效果。多媒體運用，是人的延伸，也是權力／文化的延伸（周慶華，2007a：319），可依需要予以建立跨領域模式。而多媒體的跨領域指的是能運用一種以上的媒體來呈現說話者要表達的說話文本內容與深度意涵，表現出無中生有／製造差異的創新表出；也就是說說話類文本能將跨領域與無中生有／製造差異的多媒體融入，以顯創新表現，等於呼應了創意閱讀理解（因為說話者得先有創意閱讀經驗，然後才有可能表現出具創意的說話）。至於跨領域

與創新的涵意，則同第四章所述。尤其創新的部分，可以下列例子說明：在龜兔賽跑的教學中，我們可以運用各樣的媒體方式（如圖）來展現故事內容，常見的方式有直接朗讀出《龜兔賽跑》的文本、看《龜兔賽跑》電子繪本、看《龜兔賽跑》卡通影片等。倘若以討論的方式，閱讀者透過口頭發表來表達對這個文本的理解或非語言面的意象，或者以角色扮演的方式做戲劇的演出，中間對話經過設計與修飾就可以達到水平式製造差異的創新表現。此外，演戲過程中的肢體動作、聲音表情等與現實生活是不同的，每個小動作或聲調都蘊含文本的寓意在內，所以從多媒體的部分來理解說話的文本可以與一般理解達到製造差異的部分。如圖 5-4-1 所示：

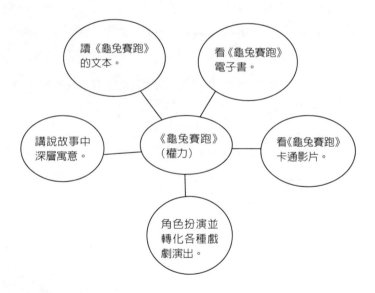

圖 5-4-1　《龜兔賽跑》多媒體運用的跨領域模式

三、說話帶入多媒體的跨領域與無中生有／製造差異創新 表出相呼應的例示

例子一：舞臺劇《暗戀桃花源》：

《暗戀》是一齣很短的戲劇，只有三場；場景分別是上海 1948 年與臺北 1990 年。在這一齣戲劇中描述一位東北流亡的學生江濱柳，在上海邂逅了雲之凡，並產生一段刻骨銘心的戀情。然而，因為當時時局動盪，江濱柳落籍在臺灣，娶妻生子，在臨老病危的時候，卻無法真正忘懷並渴望見到戀戀不忘的情人，因此刊登報紙尋人啟事。經過了五天，雲之凡果然真的前往探望江濱柳。兩個陌生卻又親切，因為大時代悲劇而無緣的愛人，在病房中匆匆見了一面，聊述衷曲之後，便黯然道別離去。

《桃花源》這一齣戲劇是描述住在武陵打魚的老陶，因為妻子春花與賣魚的袁老闆過從甚密，憤而離家出走，立志去河的上游捕「大魚」。結果在陶淵明的《桃花源》念白中，竟誤打誤撞闖進桃花源。源中的白袍仙人竟然與春花、袁老闆相像。老陶本來也其樂融融，然而因為擺脫不了對春花的思念而重回武陵；本來想要攜春花重返仙境，但不料見到春花與袁老闆已經成親生子，生活在尿布與衝突之中，而春花又誤以為他是鬼，結果老陶只好悵然離去。不過沿路標記，再度尋探桃花源舊路，卻不知所終。

表 5-4-1　舞臺劇《暗戀桃花源》說話帶入多媒體的跨領域與無中
生有／製造差異創新表出相呼應

意義	跨領域	備註 （一般表出未相呼應）
根據賴聲川的口述，《暗戀桃花源》主要的創作靈感，是來自於臺灣的混亂環境，這其實是反映了我們這個大環境的混亂無序。	旁白文字（賴聲川導演的說明）	一般多僅從舞臺劇的舞臺上演員的對話或表情來理解《暗戀》愛情的中心主題；一種因無法結合，而在保留美好深刻的回憶與距離中，反而得以固執的情愛。而《桃花源》使人們即使身處於現實種種失望與挫敗中，仍能在虛幻的精神領域裡，保有對「理想國」的無限嚮往。而此處利用其他媒體的表現來關照文本深處的寓意所多出的理解，就可據為知道它的前無所承性。
兩個劇團同時排戲時，彼此受影響，經過特別的設計，在此起彼落的對白中，便呈現出「語意雙關」或「相互銜接」的舞臺趣味，而這正是全劇笑聲最熱鬧的時候。	演員對白	
當老陶試圖重回桃花源，卻找不到出口，這個「回不去」的表情，在對話後，更顯現這個動作是隱喻性行為，為劇中各角色間即將產生的重大衝擊轉變埋下伏筆。	老陶尋找桃花源一幕說話的表情	
「你是晴空的流雲，你是子夜的流星……我要，我要追尋，追尋那無盡的深情，追尋那永遠的光明。」或許永恆不衰的戀情，是要藉由「流動不能握抓」的星雲，才能在幻想與距離中予以實踐固執的。	江濱柳對雲之凡所高歌的那首〈追尋〉	
「桃花源」仙境中，白袍男女的溫雅與和諧的人際關係，使人如沐春風；在片片掉落的桃花林中，人們無猜地戲耍，呈現一種高品質的人情和諧！這樣的一種在真實世界裡得不到的溫柔與真情，只能在虛構的「桃花源」中獲得的主題，即在真實的世界中，人性往往通不過諸多考驗，然而人們依舊對情愛、或對其他種種理想，存在著深刻嚮往，因此只能寄託於「桃花源」般的烏托邦，以獲得替代性的滿足！	背景道具	

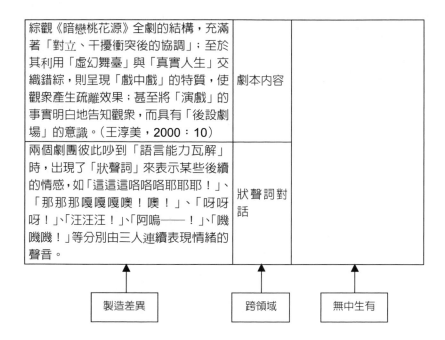

綜觀《暗戀桃花源》全劇的結構，充滿著「對立、干擾衝突後的協調」；至於其利用「虛幻舞臺」與「真實人生」交織錯綜，則呈現「戲中戲」的特質，使觀眾產生疏離效果；甚至將「演戲」的事實明白地告知觀眾，而具有「後設劇場」的意識。（王淳美，2000：10）	劇本內容	
兩個劇團彼此吵到「語言能力瓦解」時，出現了「狀聲詞」來表示某些後續的情感，如「這這這咯咯咯耶耶耶！」、「那那那嘎嘎嘎噢！噢！」、「呀呀呀！」、「汪汪汪！」、「阿嗚──！」「嘰嘰嘰！」等分別由三人連續表現情緒的聲音。	狀聲詞對話	

製造差異	跨領域	無中生有

　　《暗戀》敘述的是一個大時代戰局的人生無奈，一個生前回不去的故鄉，一段被環境、命運所橫割的愛情。至於進入「桃花源」後，雖然還是維持喜劇的格調，但胡鬧的成分減少；且為配合白袍人的仙境氣質，演員的語調與動作都緩和了下來。等老陶重回武陵後，春花與袁老闆為養育孩子的事衝突不已，於是屬於人間塵俗的嘻笑怒罵，又再度開展！在一悲一喜的戲劇效果衝激下，使觀眾一會兒難過地互遞面紙、一會兒又笑得跌落地上。短短一兩個小時內，觀眾的心緒來回於「真實現實世界」與「虛幻戲劇場域」中。如此一來一回，一會兒陷入劇情的時空、一會兒又抽離回到現實，如此奇特的看戲經驗──同時體驗悲劇與喜劇的精神內蘊，的確能使觀眾在複雜的矛盾衝激下，獲得淨化與提升的目的。

　　《暗戀桃花源》的創作過程，符合臺灣一向充滿「雜亂、干擾」的生活經驗；因而賴聲川企圖打破政治與臺灣劇場的禁忌與熟套，藉由戲劇完成人們潛意識的願望。在 1986 年仍屬敏感的兩岸關係中，窺探臺灣與大陸的隔閡與禁忌，並藉由人人「暗戀著的桃花源」，使人們即使身處於現實種種失望與挫敗中，仍能在虛幻的精神領域裡，保有對「理想國」的無限嚮往。（王淳美，2000：55～75）它所運用多媒體說話表出的創意情況，如圖 5-4-2 所示：

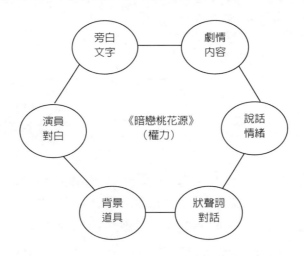

圖 5-4-2　舞臺劇《暗戀桃花源》說話帶入多媒體的跨領域與無中生有／製造差異創新表出相呼應

　　例子二：全國電子廣告「足感心」系列：

　　網路市場競爭激烈，運用憾動人心的品牌故事行銷，將更容易深植人心，讓人印象深刻且耳目一新。故事行銷的傳播感染力強，口碑相傳擴散力量大，運用說故事的行銷方式，往往具有事半功倍

的效果，因為一個好故事，會讓人想聽再聽，想看愛看，甚至心動而行動。

全國電子並非一味追求商業利益，反而是願意放下身段、關懷本土，去傾聽這些弱勢者的聲音。這不僅讓全國電子塑造出感人可親的品牌特質，同時也幫助其品牌形象立體化，建立出與其他競爭對手的差異，是這個系列廣告成功的主因。

全國電子利用情節的互動，刻畫了貧困家庭在物質需求與親情間的壓抑與拉扯，並藉著敘事上的鋪陳，讓品牌化身為生活難題的解決者。透過故事情境的描寫，全國電子讓原本商業氣息濃厚的促銷宣傳，變成了溫暖有情的企業關懷，品牌也搖身一變成為弱勢族群的扶持者，成功的在目標消費者心中建立良好形象。為了讓這樣的故事更具戲劇張力，廣告中形塑角色「勞工階級」的身分設定，呈現其低社經地位、低生活水準的「小人物」特質。此外，故事裡也運用「本土」語言具體打造廣告文本的氛圍、場景與角色，並訴求相關的社會迷思來幫助敘事的進行。這使得「足感心」廣告文本不僅塑造了鮮明的文本風格，在文化方面，也扣合了臺灣社會仍持續發展的本土化運動，博得了更多在地族群的認同。（吳肇倫，2009：80～89）

表 5-4-2　全國電子廣告「足感心」說話帶入多媒體的跨領域與無
中生有／製造差異創新表出相呼應

意義	跨領域	備註（一般表出未相呼應）
全國電子以「有些事，我們不能不替你想」作為標語。情感上的表現十分親切得體，故事中的品牌彷彿化身為良心事業。	旁白文字	一般的理解多從「足感心」這系列廣告，主要傳達的市井小民的家庭親情和企業對他們的公益關懷來分析。劇情最後都會表現出親情的激盪，然後以品牌切入情境中（角色無法解決的生活難題）達到最令觀眾感動的高潮。廣告情節中所欲表現的深層寓意與品牌所要傳達的精神或形象可以互相扣連。而此處利用其他媒體的表現來關照文本其他的寓意所多出的理解，就可據為知道它的前無所承性。
把品牌放在故事的情境裡，利用生動的情節與對話予以緊緊扣連，為行銷的產品加分也為其服務的精神增添更高層的意義，達到藉由多媒體成功運作的效果。	演員對白	
透過廣告中每個角色之間的對話，「本土」社會裡觀眾很自然的聯想到父母對孩子求學的高期待，讀書是功利社會下可以脫離貧困的一種實踐方法，對窮人家的小孩來說，用功求學是必要的，可以使原本的低社經地位藉此提升。	演員的對話	
在廣告中，故事難題出現時，通常都是情境氛圍最具感染力的時候，加上搭配得宜有效的文案，往往能使故事中塑造出來的寓意延續且具體化，藉由演員的肢體語言而烘托出來，進而帶出品牌要傳達的精神，由此開始感動觀眾。	演員表情	
這一系列廣告的背景通常是生活窮困的家庭，其背景所襯托出的不只是單純角色在生活機能的缺乏而已。運用情境的鋪排，將「購買家電」昇華到「關愛家人」的表現，也將「家電的需求」和「孩子的求學」連在一起，解釋了華人社會「唯有讀書高」的價值觀，從中強調了孩子對產品需求的程度。	背景道具	

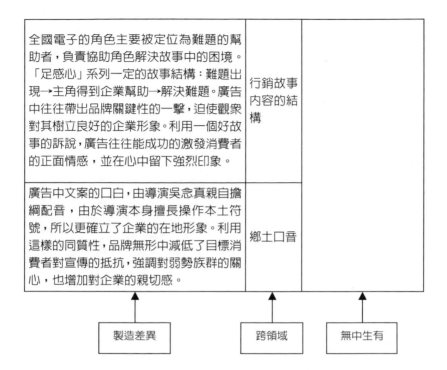

全國電子的角色主要被定位為難題的幫助者，負責協助角色解決故事中的困境。「足感心」系列一定的故事結構：難題出現→主角得到企業幫助→解決難題。廣告中往往帶出品牌關鍵性的一擊，迫使觀眾對其樹立良好的企業形象。利用一個好故事的訴說，廣告往往能成功的激發消費者的正面情感，並在心中留下強烈印象。	行銷故事內容的結構	
廣告中文案的口白，由導演吳念真親自擔綱配音，由於導演本身擅長操作本土符號，所以更確立了企業的在地形象。利用這樣的同質性，品牌無形中減低了目標消費者對宣傳的抵抗，強調對弱勢族群的關心，也增加對企業的親切感。	鄉土口音	

製造差異　　　跨領域　　　無中生有

　　故事最驚人的力量是發生在故事說完後，隨著故事在聽眾心中迴盪、發酵，並在聽眾心中烙下難以抹滅的印記，全國電子推出的「足感心」低收入戶銷售就是很好的行銷故事。全國電子採取故事行銷式的廣告來推銷其品牌及精神，基本上故事感動人之處，都在於劇中的貧困人物在面對物質的需求時，願意體諒家人的辛苦，寧可壓抑自己的慾望，也不讓家人承受更多的經濟負擔。利用這樣的情節互動，廣告展演出緊密的家庭關係與情感，贏得觀眾情感上的認同，全國電子在這樣的情境裡成功的擔任一個「幫助者」的角色，透過種種優惠服務及獎助措施，使得原來經濟弱勢的小人物有了立

即解決困難的能力。它所運用多媒體說話表出的創意情況，如圖
5-4-3 所示：

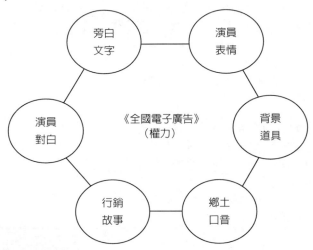

圖 5-4-3　全國電子廣告「足感心」說話帶入多媒體的跨領域與無中生有／製
　　　　　造差異創新表出相呼應

　　例子三：電影《賽德克‧巴萊》：

　　「歷史」到底是誰的歷史，是說的人的歷史，還是寫的人的歷
史，或者是活在這片土地上的人的歷史，歷史很容易扭曲，所以歷
史要多方考證。而臺灣的歷史中，最有名的武裝抗日就是「霧社事
件」，也是電影《賽德克‧巴萊》的主軸，描述日本殖民時，日人
強迫的文明與賽德克的靈魂衝突的事件。

表 5-4-3　電影《賽德克・巴萊》說話帶入多媒體的跨領域與無中生有／製造差異創新表出相呼應

意義	跨領域／內容	備註（一般表出未相呼應）
「賽德克可以失去身體，但不能輸去靈魂！」……族人啊，我的族人啊！獵取敵人的首級吧！霧社高山的獵場我們是守不住了……用鮮血洗淨靈魂，進入彩虹橋，進入祖先永遠的靈魂獵場吧……在這次出草之後，大家都將會死去的命運，但是賽德克族們，選擇了用鮮血洗淨靈魂，最後進入彩虹橋，去守住他們族群的榮耀。	海報文字：1.勇士啊！你們染血的雙手還能捧住獵場的沙土嗎？2.那片只有英勇的靈魂才能進入的獵場，絕對不能失去。	一般多從喚起這個時代臺灣人的歷史感，主動面對，閱讀、了解發生在這塊土地上的歷史事件。
在還沒開打前，就已知道會輸的命運，但究竟是為了什麼，讓賽德克族就算面臨「滅族」，也要起身反抗。在面對強權時，倘若是反抗將招來滅族的命運，究竟是要「延續族群」還是為了「為榮耀反擊」，這讓莫那・魯道陷入兩難。在通往祖靈之家的彩虹橋頂端，還有一座肥美的獵場！我們的祖先們都還在那兒！那片只有英勇的靈魂才能進入的獵場，絕對不能失去，賽德克族最後仍是選擇用鮮血守住族群的榮耀。	演員對白：莫那・魯道：「日本人比森林的樹葉還繁密，比濁水溪的石頭還多，可我反抗的決心比奇萊山還要堅定！」	原住民「出草」這件事情，那是他們信仰中很重要的一環，只有砍下敵人首級的人才配被稱為真正的男人，才能在臉上烙印象徵勇者的紋面，死後才能通過彩虹橋和祖靈相會。而此處利用其他媒體的表現來關照文本其他的寓意所多出的理解就可據為知道它的前無所承性。
這部電影用了與眾不同的「獵人」角度來詮釋《賽德克・巴萊》。而獵人文化的思維，其實就是一種「以歌聲追逐歌聲」的文化，「以生命追逐生命」的文化，這是原住民的歌唱方式，一種很特殊的臺灣高山文化，電影將這種特殊文化性溶入在歷史題材中。而唯有卸下自己的文明價值觀，才能深入去了解這個民族的特殊	肢體動作：當日本人埋葬許多賽德克人砍下的頭顱時，莫那・魯道的反應是如此激動。	

性。		
馬紅已經看出部落裡的男人的決定。賽德克族「出草前不得和女子共寢」的禁忌之外,這夫妻互動的一幕令人窩心又沈重。窩心的是平日默默在家帶孩子的馬紅,如此了解丈夫和父親的心意;沈重的是馬紅從丈夫的舉動中,得知族人即將面對無法避免的悲劇。	臉部表情: 霧社出草前夜,馬紅莫那試探性地從後方摟住丈夫,然而丈夫推開她,拒絕馬紅的溫情,此時馬紅臉色一沈。	
這對話一語道盡「認同之惑」的問題。他們在賽族與日人殊死戰前後,數度感到萬般困惑且痛苦,因為既不想族人受傷,也不甘族人受辱。從人面對事情時所做的決定這個角度來看,世界上的人不是只有好人與壞人這種二分法的判定而已。就像法官不會因為你殺了人,就直接判你死刑,而是要看殺人的動機,是蓄意?或自衛?就會得到有罪與否的不同判決。	聲音表情: 花崗一郎和花崗二郎在這段歷史是個尷尬的存在,莫那‧魯道厲聲質問一郎「你將來要進日本人的神社?還是我們賽德克祖靈的家?」	
當然原住民們居住在山林內,以獵殺為主要技能,但也不敵手榴彈等炸藥的攻擊,高山上的賽德克族們,很快就過著被統治,被強迫文明的生活。「男人必須搬木頭服勞役,不能再馳騁山林追逐獵物;女人必須低身為日本軍警家眷幫傭,不能再編織綵衣。」	劇本內容: 「如果你的文明是叫我們卑躬屈膝,那我就帶著你們的驕傲野蠻到底!」	
一部電影中有關文化性或思考性的內涵,如果只能透過對白呈現出來,就會變得很教條,如果換成吟唱的方式,也許就有了另外的空間,加上賽德克這個族群平常就很習慣以吟唱的方式對談,例如莫那‧魯道的兒子在說服父親出征時,他們父子是以對唱的方式溝通的,那是真正的歷史場面,也是賽德克族的文化特色,可是	音樂歌詞: 這是我們的山阿,這是我們的溪唷,我們是真正的賽德克‧巴萊唷,我們在山裡追獵,我們在部落裡分食,我們在溪流裡取水……溪流啊!不	

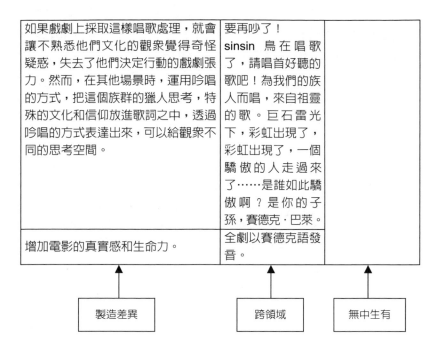

電影中有許多矛盾的片段，主角的一個決定可能會影響生命或族群的延續。然而，反觀我們自己的生活，不也經常面臨這種「做也錯，不做也錯」的決定嗎？我們可以藉此反省自己在做決定時是否考慮到別人的立場。而對於歷史上的仇恨，不能諒解的事或許就可以得到一種化解，特別是對於有著歷史矛盾的臺灣人而言，族群或省籍情結正可以由此消弭對立的關係。文明不好嗎？為什麼賽德克族要抗拒文明？文明真的好嗎？郵局、學校、駐在所，這些文明的象徵，賽德克族卻認為文明只是讓他的族人顯得更為貧乏。他們並沒有因此獲得更多的報酬，而為文明人努力，他們的生活也沒有變得更好。

當雙方立場不一樣，知識水平不同，自然面對的為難也會不一樣。唯有放下自己文明的身段，回到那個時空背景下，身處在世界

只有你的族人和異族人的時候，才會了解為什麼他們會做出那些
事。否則，莫那魯道就只是醜陋、殘暴而不是英雄，在不得不為的
情境下，被迫做出一些決定，讓觀眾不解的「出草」事件。（賽德
克‧巴萊官網，2011b）它所運用多媒體說話表出的創意情況，如
圖 5-4-4 所示：

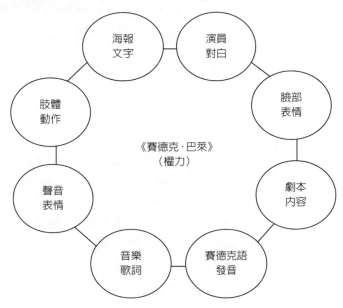

圖 5-4-4　電影《賽德克‧巴萊》說話帶入多媒體的跨領域與無中生有／製造
　　　　　差異創新表出相呼應

　　從電影裡的文字、旁白、對話、肢體、表情等多媒體的展演，
演員（說話者）本身已詮釋出文本深度的意涵；透過這些多媒體的
方式，可以帶領觀眾進入戲劇最深刻、最隱而不見的藝術美感當
中，相應於閱讀理解的創意性。而從本節說話帶入多媒體的分析，
正可以與前章多媒體創新閱讀理解互相印證彼此的關係：創意閱讀

認證可以從跨領域的創新閱讀來檢核，也可以由說話呼應的創新表
出呼應來檢核。

四、相關創新表出相呼應的檢核

以說話作為創新表出相呼應的檢核，和創新理解的檢核是一樣
的。前面已經提到既有閱讀認證的檢核，在形式上需摒除制式學習
單的習寫或閱讀測驗封閉性題型的答題，在內容上的理解要深入非
語言面的意義發掘外，更要關注本章所提的跨領域理解等。換句話
說，相應於創意閱讀認證，創新表出相呼應的檢核需要跳脫原來的
檢核模式，不能再使用既有的閱讀認證方式來檢核。所以本章將說
話帶入跨領域與創新表出相呼應的閱讀認證，擬以採用如同前章創
新理解的檢核方式來進行。

至於如何檢核、判斷一個人的說話的內容是否達到多媒體跨領
域理解或是完成創新理解部分，相關的檢核的方式與流程則可以依
照下列的方式來操作：

（一） 檢核類型：說話者自我檢核、他者檢核。如圖 5-4-5 所示：

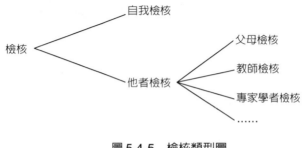

圖 5-4-5 檢核類型圖

（二）檢核者的條件：得具備各種經驗、學科方法、說話常識、多
　　　媒體概念及運用方法和創新知識等。

（三）檢核程序：當說話者和檢核者見解不同，也就是理解說話文
　　　本的意思不同時，就會產生在認證時最大的困難，尤其表現
　　　在多媒體運用的解讀、跨文化系統兩種無中生有創新的部
　　　分。因此，檢核者必須如同本研究一樣，透過理解表（可以
　　　看出理解的差異點）及理解圖（可看出多媒體的運用比例多
　　　寡）來檢核說話者是否達到創新理解認證。在此要特別說
　　　明，檢核者必須要肯定、同意同一媒體的運用可以有不同的
　　　理解，以及可採用多樣的媒體來全面理解，因為多媒體的多
　　　不勝枚舉；而在不同媒體運用的理解，只要能關照不一樣的
　　　理解，就能達到跨領域製造差異。

（四）如何排除非創意的理解：檢核者必須要有創新表出相呼應的
　　　檢核表及一般表出未相呼應的檢核表（圖為輔助）；也就是
　　　在檢核表上同時標示出跨領域與無中生有／製造差異創新
　　　表出相呼應和一般表出未相呼應的備註欄位（如表 5-4-1 所
　　　示），可以從表中與既有表出未相呼應的部分來比較。倘若
　　　能做到跨領域的表出相呼應，就已有製造差異的成分；而比
　　　一般既有的表出未相呼應能跨越更多媒體的跨領域，就是無
　　　中生有的創新表出相呼應。因為一般表出未相呼應既有其偏
　　　限，所以反過來可以確認創新表出相呼應而完成創意閱讀認
　　　證的高度合理性。

　　多媒體運用可以說是總綰整個語文經驗精采表現的最後一道
程序，我們不妨以圖 5-4-6 來表示：

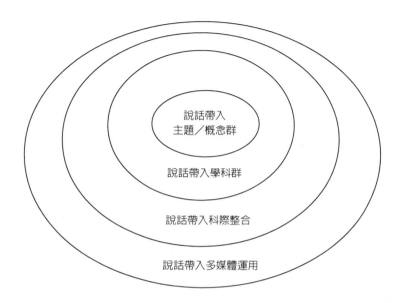

圖 5-4-6　說話帶入主題／概念群、學科群、科際整合和多媒體運用的關係圖

　　說話帶入主題／概念群包含在說話帶入學科群裡面，這二者又在說話帶入科際整合內，而運用多媒體的方式來完成最後的理解程序。以全國電子「足感心」系列的廣告來做例子：廣告中主要的主題或概念有：品牌精神、企業形象、關懷弱勢、讀書脫貧、本土社會價值等，其中更含括了符號學、管理學、倫理學、文化學、社會學、美學等各學科的知識範疇，最後歸併、整飭各學科而成一個科際整合後的新文本──全國電子「足感心」系列廣告；而運用多媒體的方式，則有旁白文字、演員對白、演員的對話、演員表情、背景道具、行銷故事、鄉土口音等。讀者若能以本章提到的各種閱讀認證模式來詮釋文本，就表示已經達到高格化的創意閱讀認證。

第六章　透過寫作完成跨領域與創新書寫轉利用的閱讀認證

　　在完成跨領域創新理解、說話表出相呼應的論述後，本章要以創新書寫轉利用來進行創意閱讀認證論理的演繹、論據的歸納，也就是從寫作的角度來完成創意閱讀認證的檢核，而整體論說仍是透過主題／概念的跨領域、學科的跨領域、科際整合的跨領域等與無中生有／製造差異的有無來進行創意閱讀認證模式的建立（因為這裡的寫作只限定在使用單一媒體部分，所以有關運用多媒體來顯創意的檢核方式就不比照前兩章一起論列）。

　　要達到創意閱讀的認證，可以直接從一個人對文本的詮釋是否有創意來研判外，也可以間接透過說話呼應、創新書寫這兩種方式來研判是否具備創意閱讀能耐。在本研究裡，說話表出相呼應和書寫完成轉利用都是作為創意閱讀認證中「應用」的檢核方式。本來說話者可以立即呼應受話者的回應，直接表出說話者的意見、想法，乃是在閱讀中厚積能力、涵養而能表現出的，一個人能高明說話等於可以獲得創意閱讀認證；而寫作是吸收各樣資料後，經過縝密的思考，然後完成書寫，乃是將閱讀所吸收的訊息轉利用為寫作的材料，一個人能精采寫作也等於可以獲得創意閱讀認證，彼此都是在轉利用創意理解經驗，但卻一個用「表出相呼應」而一個用「書寫轉利用」，是什麼緣故？這是因為說話常在臨場中即興演出，為

無意呼應了創意理解而非刻意表現；而寫作乃屬較長時段的考量，轉創意理解經驗的痕跡明顯，所以彼此的註記用詞就有所不同。

　　本章透過寫作完成跨領域與創新書寫轉利用，就是從一個人的寫作來推測是否具備創意的閱讀理解；而以一個人所書寫完成的內容是否能將閱讀轉利用在有創意的寫作上來作為檢核時研判的規準，一樣以透過主題／概念的跨領域、學科的跨領域、科際整合的跨領域等理解模式來進行，並關注其所能無中生有、製造差異的閱讀創意顯出的部分，至於多媒體運用跨領域部分，正如上所述因為涉及更多科技資訊方面的技術能力，已經不包含在寫作的範圍，所以在本章就不予以討論。

　　一個人能具備高明的說話或精采的寫作，都代表已具備創意閱讀的能力。換句話說，無論是說話表出相呼應或書寫完成轉利用都是和創新閱讀理解相應和，也可以成為創意閱讀認證檢核的依據。在寫作的部分要特別強調「創意」的重要（符應圖 4-1-5），創意可以表現在跨領域外，更可以表現在跨文化系統和跨學派的無中生有或製造差異的部分；寫作能突破這二者，做到跨學派或跨文化系統，就是使創意極大化。一個人的說話鮮少有機會能表出這樣的差異，所以在第五章並不做「跨系統創意」的論述；至於第四章的創意理解和本章的書寫轉利用都可以藉由跨文化系統、跨學派的加入而製造創意的差異，然而為避免「重出」而繁為論說，所以特別放在本章詳加說明並舉例辨析。「跨系統創意」論述是寫作轉利用所強調別為創意的部分，本章特就各類文本來推測書寫者的閱讀理解是否具有創意閱讀認證的條件，這樣的討論可以與第五章同樣作為突破既有閱讀檢證論述狹隘的補救，並與第四章的跨領域與創新理解相應和，而使本研究理論架構更完整。

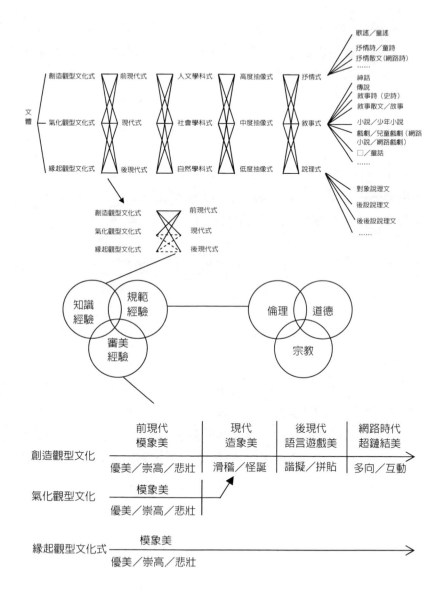

圖 6-0-1　經驗細分圖（整理自周慶華，2007a：198、283）

　　跨領域的創意形式，前面的章節已經提到可以分成知識經驗、規範經驗和審美經驗。以上圖的經驗細分現象來看，它在知識經驗方面，可以跨文體（抒情式／敘事式／說理式）、跨抽象程度（高度抽象式／中度抽象式／低度抽象式）、跨學科（人文學科式／社會學科式／自然學科式）、跨學派（前現代式／現代式／後現代式）和跨文化系統（創造觀型文化式／氣化觀型文化式／緣起觀型文化式）等；而在規範經驗方面，可以跨倫理、跨道德和跨宗教等；而在審美經驗方面，可以跨模象美（優美／崇高／悲壯）、跨造象美（滑稽／怪誕）、跨語言遊戲美（諧擬／拼貼）和超鏈結美（多向／互動）等。

　　從圖示中可見，人類的寫作已經發展出前現代、現代、後現代和網路時代等不同型態的差異（網路時代的多媒體運用，僅列圖而不論述。這除了體例限制，還因為它涉及高難度的電腦技術的運用和開發，不易普遍化，多談無益），而前現代也有西方和非西方等文化類型的不同。上述圖示中，很明顯的另外兩種文化是無法連到現代派／後現代派、甚至社會學科／自然學科（因為這些學派都是在創造觀型文化內部醞釀發展出來的），但為了顧及「反向」相對時還有一些文體類型和抽象類型要「過渡」過來，所以僅以輔助圖變換二者的部分連線為虛線表示。從這三種世界現存的三大文化系統就各自發展出互不統屬的文學類型：

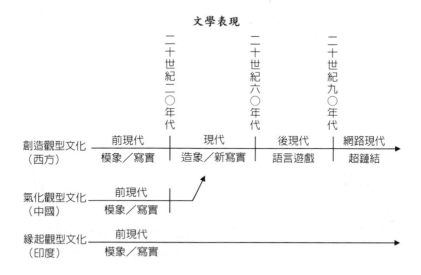

圖 6-0-2 世界現存三大文化系統寫作類型圖（資料來源：周慶華，2007a：175）

　　這些類型原來都著重在模擬或仿效各自的信仰對象的風采或作為：如西方人所信守的創造觀（上帝創造宇宙萬物觀），就是在模擬或仿效上帝造物的本事；而中國人所信守的氣化觀（自然氣化宇宙萬物觀）和印度佛教所信守的緣起觀（因緣和合宇宙萬物觀），就是在模擬或仿效相應的「氣化」和「緣起」觀念，而致力於「綰結人情／諧和自然」和「生死與共／淡化欲求 」的人間網絡的經營和拆解。這種情況至今仍斷斷續續的持續著；只是當中已經有了新的素質介入而開始產生某種程度的量變和質變。先是二十世紀出現了「造象」這種現代派的寫作觀念。它先起源於西方，然後才擴及到非西方國家。原因是創造觀型文化所預設的上帝為一無限可能的存在，西方人一旦發現自己的能耐可以跟上帝並比時，不免就會不自覺「媲美」起上帝而有種種新的發明和創造（這從近代以來西

方的科學技術的快速發展以及各學科理論的極力構設等,可以得到
充分的印證)。後是二十世紀中出現了「語言遊戲」這種後現代派
的寫作觀念。它也起源於西方社會,然後才擴及到非西方社會。原
因是創造觀型文化所預設的上帝為一無限可能的存在性遭到西方
人自我質疑而引發的一種分裂效應(透過玩弄肢解語言來達到「自
由解放」的目的)。當中創造觀型文化內的寫作表現從二十世紀末
以來又有新的發展(也就是網路超鏈結化;為後現代語言遊戲觀念
的徹底實踐,可以歸在大後現代範圍內);而氣化觀型文化內的寫
作表現從二十世紀初以來就轉向西方取經,逐漸要失去原來的模
式;至於緣起觀型文化內的寫作表現本來就大不積極,又無心他
顧,所以雖然略顯「樸素」或「板滯」卻也還能維持一貫的格調。
(周慶華,2004a:191~192)世界現存三大文化系統所影響的中
西文學差異,整理如表 6-0-1:

表 6-0-1　世界現存三大文化系統與文學寫作表現差異(整理自周
　　　　　慶華,2007a:163~199)

文化系統	東		西
	氣化觀型文化(中國)	緣起觀型文化(印度)	創造觀型文化
形成因素	中國:自然氣化宇宙萬物觀——宇宙萬物為陰陽精氣所化生(道/理)	古印度:因緣和合宇宙萬物觀。	西方:神創造宇宙萬物觀。
文化特色	中國:宇宙萬物的起源演變在「自然」中進行,人不可做出違反自然之理的事情。為使自然和人性、個人和社會以及人與人之間達到和	印度:宇宙萬物的出現和消失都是因緣和合所致,衍生出人生是一大苦集,要以去執滅苦進入絕對寂靜或不生不滅的涅槃(佛)境界為終	西方:肯定一個造物主(神/上帝),揣摩該造物主的旨意而預設世界所持向的某一特殊目的:歷史是由秩序邁向混亂的不斷交替。而原

	諧通融，相互依存的行為和道德觀。	極目標。	罪學說徹底排除人類改善生活命運的可能性→尋求上帝的救贖。
終極信仰	道（自然氣化過程）	佛／涅槃（絕對寂靜境界）	神／上帝
觀念系統	道德形上學：重人倫、崇自然	緣起／性空觀	（一）哲學：如形上學、認識論、邏輯學、倫理學等。（二）科學：如基礎學科、技術學科、應用學科等。
規範系統	強調親疏遠近	自求解脫／慈悲救渡	以互不侵犯為原則
行動系統	勞心勞力分職／諧和自然	去治戒殺	講究均權、制衡／役使萬物
表現系統	以抒情／寫實為主	不棄文學藝術（以解離／寫實為主）但僅為筌蹄功能	以敘事／寫實為主，擴及新寫實、語言遊戲、網路超鏈結等
世界分化為三大陣營，也影響到各自文學的表現而展演出彼此殊異的色彩			
文學表現主題	模寫諧和自然／縮結人情的現實。中國文學最高境界，往往是人和自然的默契，常見的是人與人之間的主題。	模寫自證涅槃／解脫痛苦的事實。模擬那一逆緣起樣態，致使一個以追求涅槃為旨趣的文學傳統得以成形。	模寫挑戰自然／媲美上帝的現實。西方文學最高境界，往往是宗教的或是神話的，主題往往是人和神的衝突。
文學表現	抒情寫實／內感外應	解離寫實／逆緣起解脫	敘事寫實／馳騁想像力
寫作形式	敏於觀察、富於感情：沒有造物主信仰，往現實倫常著眼。	精於描摩修行解脫樣態。	馳騁想像、運用思想：媲美上帝造物使然（馳騁想像才能創新事物）。
文學例子	如實際的寫出近於優美的相愛現象。	如敘述釋迦牟尼的前世今生。	如聯想翩翩創造近於崇高的女子美。

前現代模象／寫實	寫出內感外應實態。	模擬逆緣起解脫現象。	緬懷過去，留戀上帝所造物的美好（保守：包括寫實主義、浪漫主義、後寫實主義）。
現代造象／新寫實	（仿效西方不計）	（無）	嚮往未來（基進：包括象徵主義、表現主義、未來主義、存在主義、超現實主義、魔幻寫實主義）。
後現代語言遊戲	（仿效西方不計）	（無）	以解構為創新（基進：包括解構主義、後解構主義）。
網路時代超鏈結	（仿效西方不計）	（無）	多媒體、多向文本、及時性、互動性；文本永遠在建構中（基進：包括網路主義、後網路主義）。

仿作的例子如：

龜山島
在遠方
的海上
有一隻
靜靜趴著
靜靜以姿勢
千百年來
沒換過頭
從這望去
都
有時明
有時黯淡
畫一條不直
那善變
奇妙翹
和愛的尾巴

（周慶華，1998b：102）

新民主頌	⑦	⑥ 連萊勢	⑤ 呂毋忘	④ 陳角杏	③ 李高固	② 蔣大頭	① 孫小毛

（周慶華，2007a:179）

（周慶華，2001b：120）

（周慶華，2007b：116～117）

　　關於前現代、現代、後現代和網路時代的文學表現，我們可以上引四首詩來一窺其差異：第一首詩很明顯是在「模象」，為具圖像性的「寫實」詩，說明所看到的龜山島的景致；而第二首則進階到了「造象」，近於表現主義的「新寫實」詩，既含譏諷又帶造象的效果（指出「等值參與」的民主新道路）；至於第三首則又跨向

「語言遊戲」的領域，兼有解構意味的更新的圖像詩，試圖徹底解構觀念定見（左右正向或反向跳讀，都可以瓦解一棵樹給人有「完整」性的刻板印象），雖是後現代的表式，表面看似要模擬樹狀，實際則充滿著「內爆」的張力，直把一種可能的「以解構為創新」的模式形塑出來，而跟前二者有特定的情意要反映或有特定的觀念要傳達明顯不同。第四首網路詩的「數位作品」性只能在網路上存而無法在紙本上重現，為了容易看出它跟讀者互動以及結合文字、聲音、圖形、影像、動畫等「一體表意」的特性，姑且以第四首來模擬。（周慶華，2007a：178～180）從以上四首詩可以看出各學派類型的文學特徵，雖然都有「畫」的特徵，但「詩藝」的表現卻迥然有別。此外，從前現代、現代、後現代到網路時代的文學語言光譜「線性」的發展性，所有前一代所實踐過的風格並不會在新學派表現流行的時候銷聲匿跡，仍舊有其原貌的表現，並形成跟新學派並時對峙的局面，而新學派的表現相對應前一學派的表現就是一種基進，一種創新的趨勢。（同上，178～180）至於跨文化系統的文學表現，則在後面討論。

第一節　寫作完成主題／概念的跨領域與無中生有／製造差異創新書寫轉利用的認證

　　閱讀是立足於 21 世紀，面對資訊爆炸的多元社會所必須具備的基礎能力。而閱讀與詮釋能力更是提升自我價值的武器；如何利用有限的時間獲取有益的資訊，並將它詮釋內化是自我學習與提升競爭能力的關鍵。此外，論述與表達能力的高低，更是決定競爭力的強弱；而語言系統的掌握與運用能力，則影響個人的表述能力。

文章是作者情志、思想與觀念的外顯，深刻的思考與獨到的見解，是決定文章優劣的關鍵。這不是憑空而生，也無法空想而獲得，主要是奠基在大量而有效的閱讀上。唯有透過閱讀才能厚積詞彙、語法與文化內涵，透過對生命與生活有深刻的觀察與感悟，才能寫出真摯、動人的文章。所以閱讀與寫作的關係可以這樣比喻；閱讀是一個海納百川的過程，是大量的吸收和汲取的經過；而寫作是一個厚積薄發的經歷，是小量釋放和展示的活動，二者相輔相成。閱讀活動的素材正好為寫作提供了現成的材料，也讓寫作有了練筆的機會。（張芳、賈麗娟，2010：116）一個能做到精采寫作的人，絕不是天賦使然，乃是在閱讀中汲取養分，化為寫作的肥料，必是一個具有創意閱讀的人。本章透過寫作完成跨領域與創新書寫轉利用的閱讀認證，就是希冀藉由寫作的方式來完成創意閱讀認證的檢核，並與第五章說話創新表出相呼應同樣與第四章的創新理解相應和。

　　在當今全球商業化的時代，溝通能力特別重要，而書面文字又比口語更顯重要，因為口語一出口，聲音很快就消失了；但是文章不一樣，它可以被反覆推敲，被傳閱而不變質。換句話說，一篇寫下來的文章，即使全世界都不知道它的來歷，只要它存在，魅力就存在，所以中外歷史都有無名氏的著述，顯示文字的力量是不可輕忽的。一個人寫作的能力，寫作的內容都可以顯示他對知識的吸收與表達是否具備組織能力、邏輯能力與表達能力。寫作是思想的具體呈現，從一個人寫作的內容可以檢視書寫者思辨、整理、歸納的能力，寫作力強的人代表他的思路清晰、溝通力強；寫不出通暢的文章，代表邏輯思考力有問題。寫作也是平日閱讀的結晶，從文筆就可看出內在涵養。寫作更是表情達意的工具，文字的力量往往超越時空的限制，所以越能從閱讀中充實自己的背景知識，進而透過文字傳達精確意思的書寫者，就是達

到精采寫作，具備創意閱讀認證的能力；反過來說一個思考跳躍、
缺乏邏輯，文章談不上「言之有序、言之有物」，用字遣詞無法精
確的人，就不具備創意閱讀的能力。

一、寫作完成主題／概念的界定

　　閱讀與寫作的關係息息相關，閱讀是由外到內的吸收，寫作則
是由內到外的表達，而能做到理解性的吸收，才能有理解性的表
達；提升閱讀的層次，才能為寫作扎根，有深度的表達。寫作原料
的取得無論是從親身經歷的、聽聞的、看來的、想像的或是推理得
來的都離不開「閱讀」這個途徑，唯有透過閱讀的方式才能再現、
重組、添補、新創，並以加以描述、詮釋、評價完成各類文章的「寫
作」，所以從閱讀到寫作是需要時間的磨練，這個過程是日積月累
的。這二者之間的關係，我們可以用圖 6-1-1 來表示：

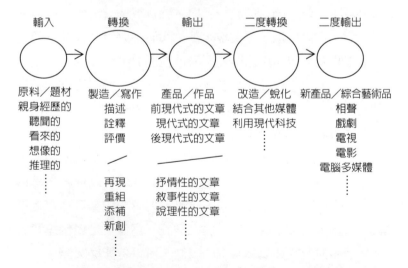

圖 6-1-1　寫作比擬工廠的系統化生產圖（資料來源：周慶華，2007a:96）

　　跨領域的讀寫取向，是指以讀寫文本（包括文章、書、電視、電影等）和類文本（包括自然物和繪畫、音樂、建築、雕塑、舞蹈、服飾、姿態表情、擺設、庭園設計等人造物）中的跨領域經驗，且知所「無中生有」或「製造差異」的創意表現，以便能達到影響或支配他人並有助於語文世界的推移變遷或修飾改造的目的。圖示如圖 6-1-2：

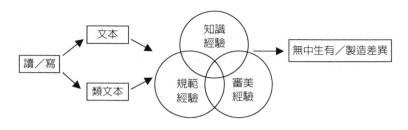

圖 6-1-2　讀寫跨領域關係圖

　　寫作完成主題／概念，是指書寫者所完成或構設的文本隱含特定的一個主題或概念要傳達給讀者知道，也可以說書寫者針對一個特定的主題或概念來書寫成一文本，讓讀者從文本中明白作者所要表達的主題或概念。

二、寫作完成主題／概念的跨領域與無中生有／製造差異創新書寫轉利用

　　本節的「主題」仍是指美學上所稱貫穿題材的一般概念，僅取美學上所限定的意涵；而概念也僅指表義上最基本的單位或思想最簡單的形式（詳見第四章第一節）。寫作完成主題／概念的跨領域與無中生有／製造差異創新表出相呼應，指的是書寫者所完成或構設的文本能將跨領域與無中生有／製造差異的主題或概念融入，以

顯創新表現，等於轉運用了創意閱讀理解的經驗（因為書寫者得先有創意閱讀經驗，然後才有可能表現出具創意的寫作）。至於跨領域與創新的涵意，則同第四章所述。而在創新部分，我們可以從書寫者的創作文本來判析。如〈最好的裁縫〉：

> 在英國倫敦的一條街上有三家漂亮的裁縫店，裁縫個個手藝高超，不相上下。
>
> 有一天，為了招徠更多的生意，三家裁縫店先後在自己的店鋪前立起一塊精緻的廣告牌。
>
> 其中一家最先掛出一塊醒目的廣告牌，上面寫著：「本店有倫敦最好的裁縫。」
>
> 另一家見了深怕落後，馬上掛出：「本店有英國最好的裁縫。」大家以為第三家裁縫店會掛出「本店有世界上最好的裁縫」的廣告牌。然而，第三家裁縫店老闆並沒有再往大處吹，而是出人意料地把筆鋒一轉，掛出了一塊極為普遍又非常絕妙的廣告牌。「本店有這條街上最好的裁縫。」
>
> 此牌一掛出，立即受到大家交口稱讚。（楊敏編，2003：115～116）

　　作者要表達的主題是亮出你自己，並不需要誇張其詞。夸夸其談、胡亂吹噓只會讓你在別人的眼中變得淺薄，反而是平淡中透著真誠更容易感動人。書寫者並不是直接以教條式的說理文章大談「自我吹噓」的反效果，反而是透過三個裁縫不同的廣告詞和大家的稱讚中所蘊含的認同感，表達出這個文本最終的含意，讓讀者一讀便心領神會，贊同他的想法，達到作者書寫的目的，這可以算是一篇逆向式思考製造差異的文本。可以推測這個書寫者已經具備創

新閱讀的經驗，能在閱讀中整理相關訊息，累積一定寫作的材料，才能寫出這樣一篇富含寓意的文章。又如〈生意場上的運氣〉：

> 在十九世紀五〇年代，美國西部曾出現過一次淘金熱。年輕的猶太人列瓦伊‧斯特勞斯聽了這件事趕去美西的時候，為時已晚，淘金熱已到了尾聲。他隨身帶了一大捲斜紋布，本想賣給製作帳篷的商人，賺點錢作為立足的資本，誰知到了那裡才發現，人們不需要帳篷，卻需要結實耐穿的褲子，因為人們整天和水泥打交道，褲子磨損的特別快。於是在列瓦伊‧斯特勞斯的創意巧思下，世界上的第一條牛仔褲誕生了。
>
> 後來，列瓦伊‧斯特勞斯又在褲子的口袋旁裝上銅鈕釦，以增強褲子口袋的強度。於是列瓦伊‧斯特勞斯開始大批量產這種新穎的褲子，銷路極好，使得其他廠商競相模仿，但是列瓦伊‧斯特勞斯的企業一直獨占鰲頭，每年大約能售出 100 萬條這樣的褲子，營業額達 5000 萬美元。（彌賽亞編譯，2006：101）

有不少成功的商人，在別人問到他什麼是成功的秘訣時，會說一句話：我運氣好。生意場上果真有運氣嗎？如果有的話，這運氣是從哪裡來的？是命中註定的，還是偶然碰上的？生意場上的確有運氣存在，列瓦伊‧斯特勞斯用那斜紋布做褲子的時候，不可能會想到這種用斜紋布做成的褲子會被人叫做「牛仔褲」，也不會想到這種牛仔褲或促成服裝界的一次大革命，更不會想到 20 世紀 60 年代大為流行，成為最能表現那個反叛時代精神潮流的服裝。這是

什麼？這就是運氣。生意場上有運氣，但不是任何人都能遇上。那麼哪些人能遇上運氣？或者說運氣屬於哪些人？

根據自己所處的環境、自己所具備的條件和優勢，對自己人生的理智設計及運作，這就是「運」的含義。如果你選擇正確、把握及時、設計和運作得當，你就會獲得成功；如果這種選擇、設計和把握恰好跟上了時代潮流，跟上了市場發展，那就是運氣來了。作者透過這個構設的文本來說明在我們一生中，機會像流星一樣極易逝去。它燃燒的時間雖然很短，卻往往能帶來巨大的能量。尤其是在追求財富的過程中，也許只有那麼一次小小的機會，就能讓我們大發其財，成為巨富。這樣以一個成功商人的真實例子來書寫保握時機的概念的寫作方式，可以說是水平式思考的製造差異文本。猶太人總是這樣相互鼓勵說：「試著去作一件自己早就想做卻始終沒有勇氣去做的事，你將會擁有煥然一新的人生。」（彌賽亞編譯，2006：102）就是這樣的意思吧！書寫者將要表達的主題／概念融入到自己所構設的文本，並以無中生有／製造差異的創新書寫轉利用的方式來完成，足見本來就具有創新閱讀的能力。

三、寫作完成主題／概念的跨領域與無中生有／製造差異創新書寫轉利用的例示

例子一：〈生命銀行〉：

> 有四個二十歲的青年去銀行貸款。銀行答應借給他們每人一筆鉅款，條件是他們必須在五十年內還清本利。看到鉅款即將到手，這四個青年都非常爽快地接受了銀行的條件。

　　第一個青年想先玩二十五年，用生命的最後二十五年努力工作償還。

　　結果，這傢伙活到七十歲還一事無成，死去時仍負債累累。他的名字叫「懶惰」。

　　第二個青年用前二十五年拚命工作，五十歲的時候，他還清了所有的欠款，但是他卻在那一天累倒了。不久，這個人就一命嗚呼。他的骨灰盒上掛著一個小牌，上面寫著他的名字：「狂熱」。

　　第三個青年任勞任怨，七十歲的時候，他還清了債務，但沒過幾天，他也就不省人事。他的死亡通知書上寫著他的名字：「執著」。

　　第四個青年工作了四十年，六十歲時他還清了所有債務。在生命的最後十年裡，他成了一個旅行家，地球上的多數國家他都「到此一遊」過。七十歲時，他面帶微笑的死了。人們至今都記得他的名字叫做「從容」。

　　當年貸款給這四個青年的那家銀行是「生命銀行」。（歐陽峻山，2004：44～45）

表 6-1-1　〈生命銀行〉寫作完成主題的跨領域與無中生有／製造差異創新書寫轉利用

角度	主題	學科	備註（一般書寫未轉利用）
讀者（旁觀者的角度）	人生的豐富與精采與否掌握在自己手裡。	哲學	一般的理解多半是「人生的豐富與精采與否掌握在自己手裡」（哲學）。而此處所多出的理解，就可據為知道它的前無所承性。
第一個青年	懶惰的人帶來一事無成，負債累累的人生。	社會學	
第二個青年	狂熱的代價是喪失生命，來不及享受人生。	心理學	
第三個青年	任勞任怨的執著，擇善固執立意雖美，但不知變通人生還是無法精采。	心理學	
第四個青年	從容的享受人生，認真工作、即時享樂。	倫理學	
書寫者（作者）	行到水窮處，坐看雲起時，人生該以從容應萬變！	美學	

製造差異　　　跨領域　無中生有

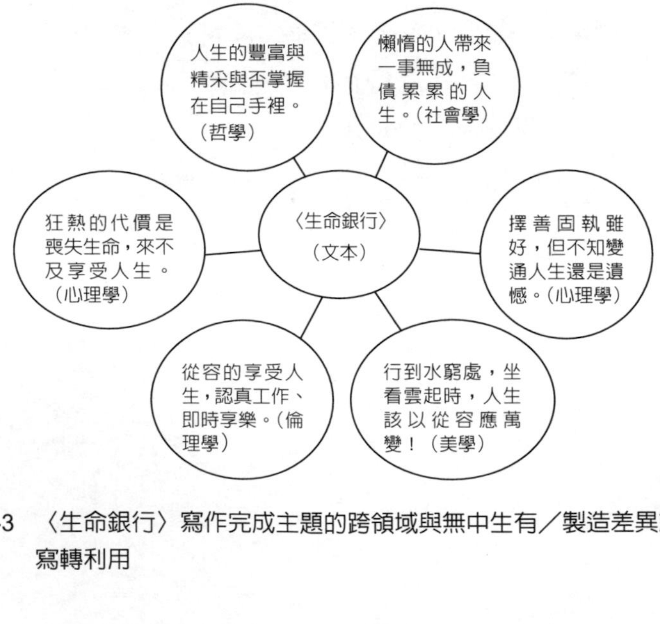

圖 6-1-3　〈生命銀行〉寫作完成主題的跨領域與無中生有／製造差異創新書寫轉利用

　　生命就像在經營一家銀行，各方面的存款都必須努力，才能富足，才是真正全能的強者；幫自己辦一本「生命銀行」的存款簿，隨時記得去存款，存進健康、存進知識、存進美好的回憶、存進正確的人生態度，存進每一筆豐富人生的存款就是高尚又有智慧的行為。更多彩、更美好、更逍遙自在的人生是需要靠自己經營的，「生命銀行」的一生追求幸福美滿，如何衡量成功與否，其實不一定要等到蓋棺論定，端視每個人在「生命銀行」的存摺裡有多少積蓄。

　　例子二：「囚犯解脫」故事：

　　　　一個囚犯在自己囚室的牢牆上繪出一幅景象：畫中有一列迷你火車進入一條隧道。當獄卒們前來帶走他時，他客氣地要求他們「多等一會兒，讓我進去我畫的小火車裡面，檢查一些東西。就像平常一樣，他們開始訕笑，因為他們認為我神智不清了。我把自己縮小，然後進入我的畫裡，攀上開始啟動的火車，隨即消失在隧道的幽暗裡。就這樣幾秒鐘之後，一縷輕煙從這個圓孔裡飄出。輕煙和畫一起消散，而畫和我這個人也一起消散……」（龔卓君等譯，2003：241～242引 Hermann Hesse 小說）

　　「對迷你世界的想像是自然的想像，它出現在天賦異稟的夢者每個年紀所做的白日夢裡。更明確的說當中的娛樂性質要素，在我們發覺到裡面作用的心理根源後，就必須脫鉤……有多少次，詩人畫家藉著一條隧道，在自己的囚室裡破壁而出！有多少次，當他們繪出自己的夢，他們就穿過牆上的縫隙逃脫了！為了逃獄，所有的方法都是好的。如果有必要，純然的荒謬就可以帶來自由。」（龔

卓君等譯，2003：241～242）這一篇小說屬於新寫實的寫作方式，
一種基進創新的解脫模式，可以做為「超脫生死」主題製造差異的
文本例子。

　　這個文本的主題和所跨的領域可以條理如下：

（一）獄卒無法理解主角的想法，覺得他的腦筋有問題。（倫理學）

（二）人同畫和輕煙一起消散，超脫生命的束縛。（哲學）

（三）藉助「畫」這個媒體想像來超脫生死，以體現創意。（美學）

　　此外，它所內蘊的馳騁想像力的超脫方式，相較其他文化系統
中的文學表現「不思此圖」或「無緣及此」，又有自我跨文化的創
意在：

表 6-1-2　Hermann Hess 小說寫作完成主題的跨領域與無中生有
　　　　　／製造差異創新書寫轉利用

角度	主題	學科	備註（一般書寫未轉利用）
獄卒	無法理解主角的想法，覺得他的腦筋有問題。	倫理學	一般的理解多半是順著獄卒和主角的觀點（倫理學／哲學）。而此處所多出的理解，就可據為知道它的前無所承性。
主角	人同畫和輕煙一起消散，超脫生命的束縛。	哲學	
書寫者	藉助「畫」這個媒體想像來超脫生死，以體現創意。	美學	

製造差異

跨領域　　無中生有

文化系統＼超脫方式	創造觀型文化	氣化觀型文化	緣起觀型文化
藉想像解脫	馳騁想像力（有）	內感外應（無）	逆緣起解脫（無）

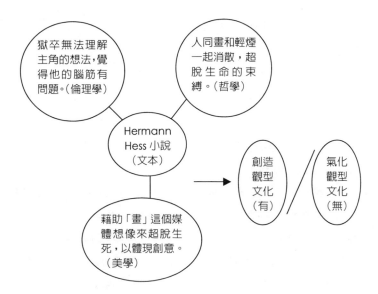

圖 6-1-4　Hermann Hess 小說寫作完成主題的跨領域與無中生有／製造差異創新書寫轉利用

　　為了證明這有跨文化製造差異的特徵，不妨舉張愛玲〈一個死囚犯的最後告白〉為例：

　　……

　　法庭上我依然沒有掩飾內心對曹峰的憎惡，但是我承認我有罪。我說憎惡一個壞人，並不一定就有權力去殺死他。我超脫了我的權力範圍，不適當地履行一個不該履行的責任。這本身就是一種罪惡。就我本人而言，我沒有上訴的念頭，我打算接受法院作出的任何判決。唯一使我感到放心不下的，就是關於蘇敏的問題，我希望她能夠儘快從交通肇事案和我的被捕的雙重陰影中走出來，順利的完成妊娠和分娩，因為那是我最大的心願所在。

　　法庭上我說我不後悔，有點虛張聲勢的意思。其實，自從殺死曹峰之後，在我的心底莫名其妙地彌散著巨大的隱痛，靈魂經常如琴絃一樣被反復地拉扯，發出「吱吱嗷嗷」的怪叫，而這個聲音很少能夠被別人聽到。但在這種廣泛的隱痛之上，我依然有著獨我的幸福。一些我認識與不認識的人，他們以一些細小的行為感動著我。這使幸福離我如此之近，又如此之遠。

　　我相信，所有的人都曾有過自己的善行，但錯誤與罪惡也同樣屬於我們每一個人。縱使，我們的善行比我們的惡行更不容易被別人所發現，但上帝會感知人們的心靈，記住我們的好。而員警們也同樣在觀察我的表現，也許會給我減刑，但我知道我必須以死才能償還我的罪孽。這世間沒有比殺人更大的罪惡了，無論那個人曾經有過怎樣的惡行，我們都沒有理由去終結他的生命，因為奪取一個人的生命與締造一個生命一樣，只能是上帝的特權……

　　「人之將死，其言也善」。在生命的終了，我發覺我能夠進行一些深邃的思考，我對生命產生深切的悲憫之心。我無比感謝父母給予我生命。在我短暫的人生中，我無疑擁有太多遺憾與欠缺。三十多年，對我也足以構成一個豐富的人生。我依然要感謝這個社會讓我經受的一切。另外，如果我曾經說過，對於殺死曹峰我一直沒有後悔，那一定是一句謊話，請你一定不要相信，就像不要相信人不會有恐懼，不會犯錯一樣。爭雄鬥狠也只是圖一時快意。其實，每個的人的內心感受都是錯綜複雜的，心隨境遷，境隨心生，時而無畏，時而恐懼，時而興奮得意，時而頹廢沮喪，愛與恨也常相互交織。生命就是那樣渺小，又是那樣偉大。對我這樣一個將死的人來說，從來沒有比現在更惜生的了。

現在，讓我感到最恐怖的是時間，我知道它不可挽回，也不可以延續。我在奔赴我的刑場。其實，這世間的每個人都在奔赴自己的刑場，因為上帝將以種種溫和或者不溫和的方式終結每一個人的生命，只是我的生命將交到了員警的手裡。無論在天堂還是地獄，我都在那裡等待著你們魂靈。……（天涯微博網站，1999）

很多人自認為不怕死，從來不覺得生命有什麼可貴，但倘若即刻要面對即將來臨的死亡；相信都會打從內心生出莫名的恐懼，轉而油然發出一股對生命強烈的渴求和熱愛，如果能再多活一會兒，就是拖個幾分鐘，說什麼都願意去做的！人的一生犯罪在所難免，但無論是出於何種動機殺人，一輩子的陰影也揮之不去，儘管再多善行也無法解除心裡的罣礙。在奔赴刑場的路上，細數來日的「後悔」，終究無法超脫生命的束縛，只能服在「死」的腳下。

這個文本的主題和所跨的領域一樣可以條理如下：

（一）殺人就是犯罪，需要付出代價。（法律學）

（二）以死償還罪孽，心裡無形的恐懼，無法超越。（心理學）

（三）面對死亡還有許多遺憾和欠缺。（倫理學）

（四）上帝有特權，人無法擁有。（宗教學）

顯然上面這篇關於「生命超脫」的主題，跟前篇類似的主題有強烈的對比。不同文化系統下，文學的表現是如此的不同。創造觀型文化中人善於馳騁想像力，以幻想的火車畫解脫了生死的束縛，乃是應用隧道、火車的想像來超脫生命，一種自力超脫的方式。但反觀氣化觀型文化中人，總是不甘願結束生命，在懊悔中不願投胎轉世，終究無法超脫生死，然而為減低臨場的恐懼有時會以皈依宗教（帶有西方色彩），是一種依靠他力超脫生死的方式。這兩個文

本都是寫作完成主題的跨領域與無中生有／製造差異創新書寫轉利用的例子（後例圖表略），足以證明書寫者具有創意閱讀的本事，才能完成這樣有創意的文本。其中更可以發掘文化對寫作的影響力。

　　例子三：Václav Havel〈訃文〉：

　　　　　我們完全冷淡的宣布
　　　　　我們大家都恨的父親　　丈夫　　弟弟　　祖父　　叔叔
　　　　　因為一輩子太腐化
　　　　　死了

　　　　　他一輩子很自私　　很愛自己
　　　　　所有的親戚朋友都恨他
　　　　　因為他一輩子都恐嚇他們
　　　　　欺負他們　　偷他們的東西

　　　　　請你們不要來
　　　　　參加他的安葬儀式
　　　　　請大家跟我們一樣地儘快忘掉他（貝嶺等譯，2002：95）

　　〈訃文〉詩的「激將」點子（故意戲謔死者而不要來參加他的葬禮，不啻是在藉玩笑話淡化大家可能的悲傷情緒，以及更鼓勵他人一定得來看看以免後悔）（周慶華，2011b：70），以「逆向操作」式的奇情主題，試圖贏得他人的矚目，這是現代派文學華麗鋪張的寫法，創作一種訃文的新寫法；相對於前現代派是一種「創新」的寫作方式。前現代派的寫作重點主要是模象／寫實，它的寫實性運用在訃文的寫作方式，一般主要表現在實質悼念的深情；而現代派

的作用，乃是在引導大家走向未來的企圖心（在此詩的示範，則是為了創新一種哀悼死者的方式），因為未來深具吸引力。

這個文本的主題和所跨的領域可以條理如下：

（一）以想念做為愛已逝世親人的表達方式。（倫理學）

（二）運用反話的方式來達到使大家好奇的效果。（心理學）

（三）表面上不需要大家參加死者的葬禮，心裡卻是希望大家都能來告別。（美學）

這首詩表現了寫作完成主題的跨領域與無中生有／製造差異創新書寫轉利用的範例，並採現代派滑稽的寫作風格，達到一種令人渴望到不得不想去的意念作用，一種完全創新寫作的訃文書寫方式，極致發揮新穎書寫的能力，並表現出與前現代派不同的寫作風格：

表 6-1-3　〈訃文〉小說寫作完成主題的跨領域與無中生有／製造差異創新書寫轉利用

角度	主題	學科	備註（一般書寫未轉利用）
其他角色	以想念做為愛已逝世親人的表達方式。	倫理學	一般的理解多半是順著其他角色和旁觀者的觀點（倫理學／心理學）。而此處所多出的理解，就可據為知道它的前無所承性。
旁觀者	運用反話的方式來達到使大家好奇的效果。	心理學	
書寫者	表面上不需要大家參加死者的葬禮，心裡卻是希望大家都能來告別。	美學	

製造差異　　　跨領域　　無中生有

學派／告別方式	前現代	現代
勸親友別來告別	模象／寫實（不可能）	造象／新寫實（可能）

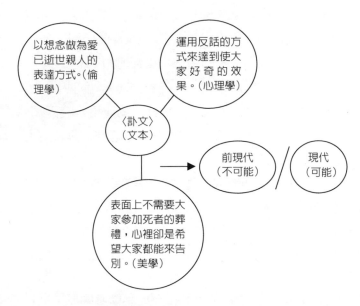

圖 6-1-5　〈訃文〉小說寫作完成主題的跨領域與無中生有／製造差異創新書
　　　　　寫轉利用

四、相關創新書寫轉利用的檢核

　　以寫作作為創新書寫轉利用的檢核，和創新理解的檢核是一樣
的。前面已經提到既有閱讀認證的檢核，在形式上需摒除制式學習
單的習寫或閱讀測驗封閉性題型的答題，在內容上的理解要深入非
語言面的意義發掘外，更要關注本研究所提的跨領域理解等。換句
話說，相應於創意閱讀認證，創新書寫轉利用的檢核需要跳脫原來
的檢核模式，不能再使用既有的閱讀認證方式來檢核。所以本章寫
作完成跨領域與創新書寫轉利用的閱讀認證，擬以採用如同第四章
創新理解的檢核方式來進行。

　　至於如何檢核、判斷一個人的寫作的內容是否達到跨領域表現或是完成創新表現部分，相關的檢核的方式與流程則可以依照下列的方式來操作：

（一）檢核類型：書寫者自我檢核、他者檢核。如圖 6-1-6 所示：

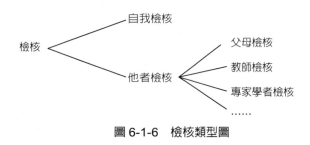

圖 6-1-6　檢核類型圖

（二）檢核者的條件：得具備各種經驗、學科方法、異系統文化、文學學派和創新知識等。

（三）檢核程序：當書寫者和檢核者見解不同，也就是理解書寫文本的意思不同時，就會產生在認證時最大的困難；尤其表現在跨學派、跨文化系統兩種無中生有創新的部分。於此，檢核者必須如同本研究一樣，透過理解表（可以看出理解的差異點）及理解圖（看出各主題與文本的關係）來檢核書寫者是否達到創新書寫轉利用的成效。在此要特別說明，檢核者必須要肯定並同意同一學科可以有不同的理解，因為學科是龐雜的；而在不同學科的理解，只要能關照不一樣的理解，就能達到跨領域製造差異的創新理解。

（四）如何排除非創意的理解：檢核者必須要有創新書寫轉利用的檢核表及一般書寫未轉利用的檢核表（圖為輔助）；也就是在檢核表上同時標示出跨領域與無中生有／製造差異創新

書寫轉利用和一般書寫未轉利用的備註欄位（如表 6-1-1 所示），可以從表中與既有一般書寫未轉利用的部分來比較。倘若能做到跨領域的書寫轉利用，就已有製造差異的成分；而比一般既有的書寫未轉利用能跨越更多主題／概念的跨領域，就是無中生有的創新書寫轉利用。因為一般書寫未轉利用既有其侷限，所以反過來可以確認創新書寫轉利用而完成創意閱讀認證的高度合理性。

第二節　寫作完成學科的跨領域與無中生有／製造差異創新書寫轉利用的認證

　　寫作完成主題／概念的跨領域創新書寫，可以從書寫者的文章看到作者的精心設計，能將要表達的主題／概念融入文本中，運用不同的寫作風格來鋪陳或表現，甚而影響讀者原來的想法，而有行使教化的功用。書寫者以創新的寫作方式詮釋主題／概念，達到無中生有／製造差異的創新書寫轉利用，可以說是與創新理解相應和。而寫作完成學科的跨領域是指書寫者所完成的文本中能進行學科跨領域的詮釋。先「統整」各學科的知識，再多方整合使成為更具創新轉利用的表達層次，也從文本找出各學科間的不同知識，以「互動」的方式，串起每一個能關連到的面向做學科間統整的工作，延伸出與一般文本（通常指未能書寫轉利用）在非語言面可以相關連到的各學科知識，完成一種無中生有／製造差異創新書寫轉利用。在本節仍要特別強調不同文化系統下文學的表現差異和跨學派創新的寫作風格，來顯現寫作完成學科的創新書寫轉利用中「創意」的部分。

一、寫作完成學科的界定

　　本節的學科仍是指知識類型的劃分，如哲學、科學、文學等。學科可以依其性質的不同再區分為人文學科、社會學科、自然學科。人文學科是在「探討人類存在的意義、價值及其創作表現的學問」（周慶華，1999b：127 ）；社會學科是在「探討人類的社群組織的原理原則和人際關係的運作方式的學問」（同上，179）；自然學科則是在「探討生物和物質的產生及其運作規律的學問」。（同上，212）而這三大分項都可以再依其不同性質分為次次學科等發展下去，如第四章第一節（圖 4-1-6 學科分類圖）所詳述的部分。跨學科理解就是跨領域理解，跨領域理解指的是對所閱讀的材料在理解的過程中，可以藉使兩個或兩個以上的學科知識來與閱讀材料產生關連的作用或關係，寫作完成學科是指書寫者所構設的文本，透過兩個以上的學科知識融入文本中，具有跨領域的創新書寫。換句話說，書寫者能運用從閱讀中所累積的創意閱讀能力，轉利用在書寫中顯現創意，所以書寫者本身的閱讀力與寫作力應該是相輔相成的。

二、寫作完成學科的跨領域與無中生有／製造差異創新書寫轉利用

　　寫作過程中運用多學科的各項知識來完成構設的文本，將不同的學科放在一起，探索某一個特定的主題或議題完成書寫。而被並置在一起的學科通常都是較相關的學科，因為相近的學科可以互相補充與協作。而寫作完成學科的跨領域與無中生有／製造差異創新書寫轉利用，指的是書寫者所構設完成的文本能將兩個以上的學科

知識融入其中，達到跨領域與無中生有／製造差異的學科融入，以顯創新表現，等於轉利用了創意閱讀理解（因為書寫者得先有創意閱讀經驗，然後才有可能書寫出具創意的文本）。至於跨領域與創新的涵意，則同第四章所述。而「創意」的部分除了能表現在學科的跨領域外，跨文化系統和跨學派都是本節特別要強調創意的部分。

三、寫作完成學科的跨領域與無中生有／製造差異創新書寫轉利用的例示

例子一：〈一隻耳聾的青蛙〉：

這是一個關於小青蛙的故事。有一天，一群小青蛙決定來場跑步比賽，比賽最終目標就是到達一座很高很高的塔。一大群人圍繞著高塔觀看並為所有的參賽者歡呼，比賽開始了！然而，群眾中根本沒有人相信這群小青蛙能夠到達高塔頂端。

此時，周遭群眾開始鼓譟著：「喔！這路太難走了！他們絕對辦不到的！」或是，他們連一點勝算都沒有，這高塔實在太高了！小青蛙們聽到後，一個接著一個放棄了！但還是有些小青蛙踏著輕快的節奏爬得更高，群眾還是繼續鼓譟：「這太難了！沒有人能夠成功！」於是，又有一批小青蛙因疲倦而放棄了，最後只剩一隻小青蛙繼續愈爬愈高。最後，除了這隻小青蛙，其他的都放棄了。

在經過千辛萬苦的努力後，這隻小青蛙最後到達了終點！所有的小青蛙都想知道他是如何辦到的？於是，一個參賽者忍不住問了那隻小青蛙：你是如何堅持跑到終點的？

答案揭曉：這個贏家是一隻耳聾的青蛙。（臺灣數位有聲書推展學會網站，2001）

這個智慧的故事是說：絕對不要聽從人們負面的批評或悲觀的看法，因為他們剝奪了你的美夢和期許，而這些美好曾存在你的心中，因為你所「聽」和所「看」的都會影響你。我們應當要期許當一個最棒的、最正面的自己。永遠不要聽信那些習慣消極、悲觀看問題的人，因為他們只會粉碎我們內心最美好的夢想和希望。做一件大家都不看好的事情，卻仍堅持往前時，一定會聽到很多負面的聲音，試著學學那隻青蛙，摀起耳朵，照著自己心裡嚮往的目標努力，點亮生命的色彩，人生一定能更加不平凡。

表 6-2-1　〈一隻耳聾的青蛙〉寫作完成學科的跨領域與無中生有／製造差異創新書寫轉利用

關連的向度	關連的意義	學科	備註（一般書寫未轉利用）
文本內容	不要聆聽別人負面的想法	心理學	一般多從文本內容裡「不要聆聽別人負面的想法」這樣的角度來理解（心理學）。而此處所多出的理解，就可據為知道它的前無所承性。
身體缺陷	一隻耳聾的青蛙，身體上的缺陷。	生物學	
負面思維	旁觀者悲觀的想法，負面的批評，帶給聽者負面的能量。	心理學	
追求夢想	人們心中美好的夢想和期望，因為堅持而美麗。	美學	
堅持目標	堅持自己的目標繼續往前，不達目標不放棄。	哲學	
樂觀處事	事情總有正反兩面，只看正面的；凡事往好處想。	詮釋學	

製造差異　　　跨領域　　　無中生有

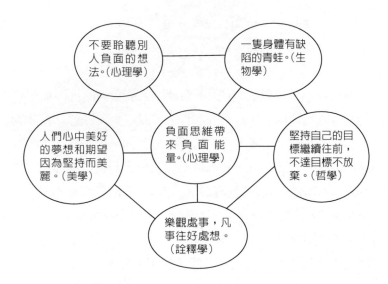

圖 6-2-1　〈一隻耳聾的青蛙〉寫作完成學科的跨領域與無中生有／製造差異
　　　　　創新書寫轉利用

　　〈一隻耳聾的青蛙〉，藉由青蛙比賽的寓言故事，將「堅持理
想，勇往直前」的人生觀寓含在其中。一般說理性文章重在啟發讀
者的思想，而本篇文本以故事來說理可以說是水平式思考的創意文
本，並且能整合其他學科的知識，可以說是完成學科跨領域與無中
生有／製造差異創新書寫轉利用的文本，顯然地作者已經具備創意
閱讀的能力。

　　例子二：〈選擇愈多愈不快樂〉：

　　　　一位大陸朋友說：他很嚮往臺灣的美食，一下飛機便去
　　永康街報到，看到第一家就想進去吃。同伴說「怎麼沒有多

比一家就決定了？太草率點了吧！」於是他又往前走，走了半天，比較了十幾家的菜單後，竟然不想吃了。他問：「為什麼選擇愈多，愈沒有食慾了？」

這是一個很有趣的心理問題。朋友的孩子在申請美國大學的入學許可上，一帆風順，幾乎所有申請的學校都給了他入學許可證。這本是高興的事，但是全家反而陷在煩惱中，因為這些長春藤的名校各有千秋，很難取捨。

所謂「選擇」，就是有 A 就不能有 B，不能兩者兼顧。假如 A、B 各有長處，那麼選了 A，所放棄 B 的長處就變成了遺憾。遺憾的感覺會影響得到的快樂。因此，選項愈多，所累積的遺憾就愈高，當遺憾超越得到的幸福時，消費者就會決定不買，以去除這不愉快的感覺……

另一個理由是：人怕負責任，選擇愈多，愈沒有藉口。選項少時，我們說：「總共就只有這些，我別無選擇。」但是選擇多時，藉口就沒了，責任就是自己的了。當無法取捨時，我們會傾向於不買，因為不買就沒有「買錯」這個責任。

佛洛伊德說：「大部分人不是真正想要自由，因為自由伴隨著責任，而多數人害怕責任」……（洪蘭，2012：174～177）

表 6-2-2　〈選擇愈多愈不快樂〉寫作完成學科的跨領域與無中生有／製造差異創新書寫轉利用

關連的向度	關連的意義	學科	備註（一般表出未相呼應）
文本內容	選擇愈多愈不快樂。	文學	一般多從文本內容裡「提供愈多的選項，人們就愈難選擇，於是就覺得
選項多造成更多的遺憾	提供愈多的選項，人們就愈難選擇，於是累積的遺憾就愈多。	心理學	
刪除不重要	冷靜思考，放慢作決策的速度，	管理學	

的選項	刪掉不能影響結果的選項。		不快樂」這樣的角度來理解（心理學）。而此處所多出的理解，就可據為知道它的前無所承性。
冷靜做決策	選擇太多，矇著眼睛做選擇反而讓我們不知珍惜，減少反悔的機會。	詮釋學	
喪失自由	選擇帶來責任，責任會無形中喪失自由。	社會學	
生活簡單	讓出決定權能降低生活中緊張和憂慮的情緒，以及「忙、盲、茫」的現象。	美學	
決定→接受→完成	一旦做成決定後就接受自己的選擇，然後圓滿完成它。	哲學	

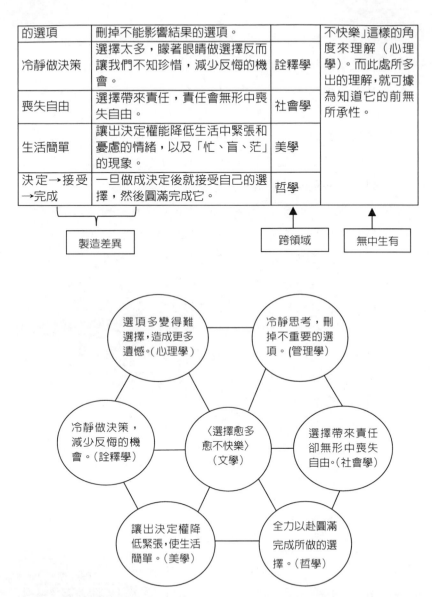

圖 6-2-2　〈選擇愈多愈不快樂〉寫作完成學科的跨領域與無中生有／製造差異創新書寫轉利用

　　生活中，有很多時候都要面臨選擇的難題，大量的選擇卻迫使我們因此眼花撩亂，淹沒了我們疲憊不堪的大腦，最後我們因為無從選擇，於是被限制了。正如同多數人總是搞不清楚，Windows系統中，關機、登出、休眠、或者切換使用者到底有什麼差別的情況是一樣的。也許原來設計電腦程式的人所構想的出發點是好的，但結果卻總是造成更多的困擾，如果我們只有開機、關機，也許生活就簡單多了，而不是被電腦限制，在分辨操作的過程（決定作何種選擇時）浪費太多的時間。如同 Apple 的理念，Keep it Simple，越簡單越能致勝，太多選擇造成用戶不會使用，太多選擇導致主要的焦點被模糊；何況有很多的選擇功能，其實似乎大同小異，他們忽略了選擇越多越頭痛，於是有時只能輕率的做抉擇，就像拋一個硬幣，讓硬幣的正反面來決定一樣。

　　當面臨要快速作選擇的關鍵時刻時，太多的選項只會帶來坐立難安；而太快的速度導致了選擇上的困難，因為無法冷靜的思考。也因為思緒太過於發散不集中，所以所做的決定可能都是短視的。也許是眼前相對好的選擇，但如果放到長期來看，這根本就是一個本來就應該先淘汰的選項；也就是真正的選項其實比實際少很多，靜下心來，冷靜從事情可能發展的情況中找出最合適的選擇，心裡最想要的選項。

　　所謂急事緩辦正是此理，不如慢下來回首檢討過去，也展望未來，想什麼該做，什麼該放棄，就更為清楚了。所以很多時候，雖然有很多的選擇擺在我們的面前，但其中大多數也許不應該是我們要考慮的選項。

　　人生也是如此，能為自己的人生做決定是件美事，但並不意味著選擇愈多愈好。過多的選擇反而讓人付出代價，得不償失。我們常迷戀自由權、自主決定等觀念，也不情願放棄決定每件事的權

利。然而，如果你頑固而不知變通地抉擇生命中的每個可供選擇的
機會，有可能會做出糟糕的決定，進而導致更多的問題。反過來，聽
取別人的意見，讓出決定權也是一種使生活簡單，獲得快樂的方法。

　　現代人選擇的自由愈來愈多，卻愈來愈不滿意、不快樂。我們
有太多選擇，要做太多決定，真正重要的事情反而沒有足夠時間去
做。選擇愈多，真的讓人愈不快樂。此外，與其堅持自己的選擇，
有時候放棄選擇對我們會更好，因為我們以為能自由選擇，卻常常
只是在別人訂好的答案中圈選。跳脫僵化的思維，重新審視，選擇
最合適的選項，然後圓滿的、全力以赴的完成它。這篇文本以悖離
常理的方式來說理可以說是逆向思考的創意文本，並且能整合其他
學科的知識，可以說是完成學科跨領域與無中生有／製造差異創新
書寫轉利用的文本，顯然地作者也已經具備創意閱讀的能力。

　　例子三：〈黃鶴樓〉：

　　　昔人已乘黃鶴去，
　　　此地空餘黃鶴樓。
　　　黃鶴一去不復返，
　　　白雲千載空悠悠。
　　　晴川歷歷漢陽樹，
　　　芳草萋萋鸚鵡洲。
　　　日暮鄉關何處是，
　　　煙波江上使人愁。（清聖祖敕編，1974：1329）

　　〈黃鶴樓〉被譽為唐代七言律詩壓卷之作，但也僅止於描景寫
情、寓事寄意。此詩主要抒寫登臨訪古、懷念鄉關之情。首聯點題，

由仙人乘鶴的美麗傳說，帶出黃鶴樓得名由來；頷聯承繼，從傳說中生發開來，登臨望遠，仙人、黃鶴杳無蹤跡，徒留白雲悠悠，引人遐思；頸聯筆鋒一轉，逕入寫實，就眼前風物取景，為尾聯的抒情蓄勢；尾聯由景入情，直抒感慨，詩人的思鄉情懷，正如江上煙波，瀰漫天地，餘韻裊裊。詩人首二聯由虛處下筆，以仙人的不可復見，白雲的千載飄遊，開拓出蒼茫失落的詩境；後二聯從實處著墨，將時間由遠古拉回當下，挹注個人感懷於眼前的景象，營造欲依無托的寂寞，加深渺茫無垠的蒼茫境界。全詩虛實相生，虛中有實，實中含虛，而緊扣「空」字，自然而一氣呵成，呈現清奇飄逸的神韻。（楠梓國中國文網站，2009）

　　這首詩所關涉的學科跨領域可以條理如下：
（一）這是一首七言律詩的詩作。（文學）
（二）登高訪古，懷念故鄉之情。（心理學）
（三）藉古思今，感懷惆悵。（歷史學）
（四）依景託情，蒼茫寂寞。（哲學）
　　為了證明在「抒情」的寫作上有跨文化創新書寫製造差異的特徵，不妨舉 William Shakespeare〈十四行詩（二）〉為例：

　　　四十個冬天將圍攻你的額角，
　　　將在你美的田地裡挖淺溝深渠，
　　　你青春的錦袍，如今教多少人傾倒，
　　　將變成一堆破爛，值一片空虛。
　　　那時候有人會問：「你的差質──
　　　你少壯時代的寶貝，如今在何方？」
　　　回答是：在你那雙深陷的眼睛裡，
　　　只有貪欲的恥辱，浪費的讚賞。

要是你回答說：「我這可愛的小孩
將會完成我，我老了可交賬——」
從而讓後代把美麗繼承下來，
那你就活用了美，該大受頌揚！
你老了，你的美應當恢復青春，
你的血一度冷了，該再度沸騰。
（方平等譯，2000：216）

　　莎士比亞的十四行詩在抒情的寫作上顯得聯想翩翩，前四句就遍採隱喻、換喻、借喻和諷喻等譬喻技巧，儼然一副奔放自如且「主導權在我」的樣子。（周慶華，2011b：243）西方創造觀型文化在單一神信仰的影響下，為了媲美上帝造物而馳騁想像創作新事物，所表現出想像、譬喻的寫作風格是中國文學較難企及的。中國氣化觀型文化，沒有造物主信仰，理所當然往現實倫常去描寫，寫懷鄉、寄友、記景抒情，模寫的成分居多。二者文化系統不同，文學傳統也不同，各有積累，而促成了不同的文學寫作風格。此外，雖然氣化觀型文化的文學表現已經過渡到當代而頗受外來文化的浸染了，但整體的美感特徵或表達與抒發情感的方式，還是尚未跨越創作觀型文化想像、聯想的能力，二者立場相左。本研究並無優劣的評斷，只是在寫作轉利用這一章特別強調跨文化系統的寫作，乃是為顯現創意的表現而論。

　　這首詩所關涉的學科跨領域可以條理如下：
（一）一首抒情的詩作，運用許多想像與譬喻。（文學）
（二）畫面的跳躍與更替，音樂的飄蕩與讚嘆。（美學）
（三）歌頌人生，讚美生命，熱情活著。（哲學）

表 6-2-3　〈十四行詩（二）〉寫作完成學科的跨領域與無中生有／
　　　　　製造差異創新書寫轉利用

關連的向度	關連的意義	學科	備註(一般書寫未轉利用)
修辭學的運用	一首抒情的詩作，運用許多想像與譬喻。	文學	一般的理解多半是順著詩歌的內容。而此處所多出的理解，就可據為知道它的前無所承性。
詩歌節奏韻律	畫面的跳躍與更替，音樂的飄蕩與讚嘆。	美學	
歌頌人生	歌頌人生，讚美生命，熱情活著。	哲學	

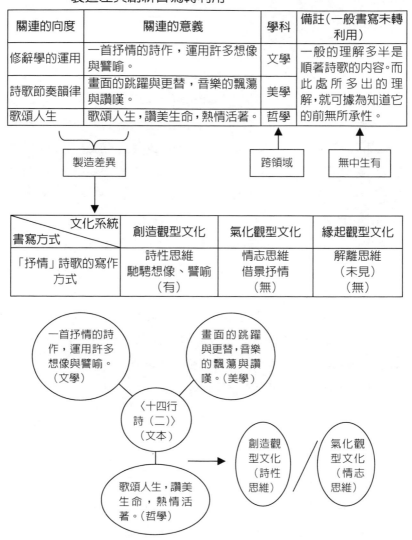

文化系統　書寫方式	創造觀型文化	氣化觀型文化	緣起觀型文化
「抒情」詩歌的寫作方式	詩性思維馳騁想像、譬喻（有）	情志思維借景抒情（無）	解離思維（未見）（無）

圖 6-2-3　〈十四行詩（二）〉寫作完成學科的跨領域與無中生有／製造差異
　　　　　創新書寫轉利用

　　這兩首詩都是抒情式的詩作，但抒情的方式卻有極大的差異，在這裡要以文學文化學的方式來說明。從東西方文學傳統所顯現的差別來勘查可以知道：西方人所信守的創造觀型文化，預設著天國和塵世兩個世界，不只提供了他們可以遙想或揣測的廣大空間，以致發展出極盡想像力式的文學傳統；而東方的中國人所信守的自然氣化觀型文化和印度人所信守的緣起觀型文化，則分別預設著精氣化生流轉的單一世界和另有超脫驅入的絕對寂靜的佛境界，這都截然不同於創造觀型文化的天國，少了遙想或揣測的廣大空間，以致僅往內感外應和逆緣起解脫的途徑去形塑各自的文學傳統。在西方傳統為詩性思維（非邏輯的思維，以隱喻、換喻、借喻和諷喻等手段來創新事物）所制約，而在中國傳統則為情志思維（純為抒發情志的思維，目的不在馳騁想像力而儘可能的感物應事）所制約，彼此一傾向「外衍」一傾向「內煥」；馴至外衍的恣肆宏闊而有氣勢磅礴的史詩及其流亞戲劇和小說的賡續發皇，而內煥的精巧洗鍊而有抒情味濃厚的詩歌及其派典詞曲和平話等的另現風華。（周慶華，2011b：243～244）這兩個文本都是作為寫作完成學科的跨領域與無中生有／製造差異創新書寫轉利用的例子（前例圖表略），一樣可以發掘文化對寫作的影響力。

　　例子四：Filippo T.Marinetti〈戰鬥〉：

重量＋氣味
正午3／4笛子呻吟暑天咚咚警報咳嗽破裂
辟叭前進叮零零背包槍枝馬蹄釘子大炮馬鬃
輪子輻重猶太人煎餅麵包──油歌謠小商店臭氣
光輝膿惡臭肉桂霉漲潮退潮胡椒格鬥污垢

　　旋風桔樹——花印花貧困骰子象棋牌茉莉+蔻仁+
玫瑰阿拉伯花紋鑲嵌獸屍螫刺惡劣

　　機關槍＝石子+浪+
群蛙叮叮背包機槍大炮鐵屑空氣＝彈丸+熔岩
+300 惡臭+50 香氣
……（焦桐，1998：69 引）

　　這首詩主要在歌頌科技文明是如此充滿緊張刺激，以各種物品、味道混雜、交替的方式來描寫。

　　這首詩所關涉的學科跨領域可以條理如下：
（一）現代派未來主義流派的寫作方式。（文學）
（二）科技文明會遇到的事，運用味道、食物來敘述。（食品學）
（三）氣味、動植物。（生物學）
（四）槍、子彈。（軍事學）

　　現代派的未來主義流派對未來充滿希望，而前現代派的寫實風格並不會有這樣的作品，因為前現代只反映現實而緬懷過去。這是一首可以歸在未來主義的範圍，且具怪誕感興，也是「標準」型的歌頌科技文明的代表作，讓人感覺到活著跟科技的產生物或衍生物戰鬥，實在是一件充滿刺激且希望無窮的事。而它的「未來感」，就在於啟導人們對科技文明的「深為倚待」，自然引發另一種反面式的「哀悼科技文明」的未來主義。如 Francessco Cangiullo 的一齣只有一句話的戲劇「舞臺上只有一條狗慢慢地走過去，閉幕」（姚一葦，1994：1 引），這暗示人類未來會向「舞臺上那條狗」那樣的孤單寂寞，不啻是在敲響科技文明的喪鐘。

　　　　早上，戈勒各爾・薩摩札從朦朧的夢中醒來，發現自己
躺在床上，變成了大毒蟲。堅硬得像鐵甲般的背朝下，仰臥
在那裡。抬起頭來一看，褐色的肚皮，被分作好幾段弓形的
肌肉，硬繃繃地鼓著。棉被拖在那鼓著的肚皮上，快要滑下
去了。比起偌大的身軀來，細小的可憐兮兮的許多腳，顯得
脆弱無力。（金溟若譯，2006：19）

　　這從自己已經是一條蟲的處境來思考怎樣過活（屬存在主
義）。它藉小說來探討「存在」的問題：以變成大毒蟲創造出一種
人生可能面臨的情境。此種怪誕的風格，描寫未來可能發生的事
情，屬於現代派。而前現代派寫實的風格，一樣找不出類似的例子。
　　這首詩所關涉的學科跨領域可以條理如下：
（一）討論存在主義的小說文本。（哲學）
（二）早上醒來，從一個人變成甲蟲。（生物學）
（三）魔幻的想像方式來比擬。（宗教學）

表 6-2-4　〈Franz Kafka 小說節錄〉寫作完成學科的跨領域與無中生有／製造差異創新書寫轉利用

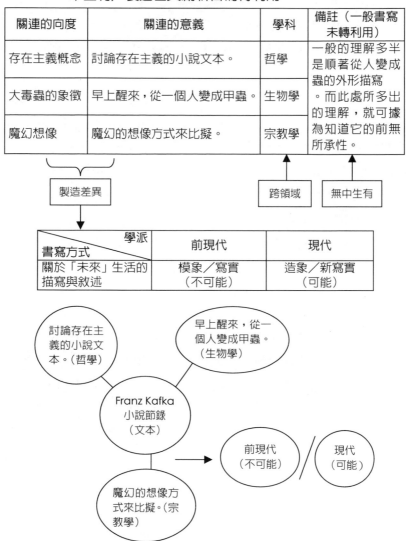

關連的向度	關連的意義	學科	備註（一般書寫未轉利用）
存在主義概念	討論存在主義的小說文本。	哲學	一般的理解多半是順著從人變成蟲的外形描寫。而此處所多出的理解，就可據為知道它的前無所承性。
大毒蟲的象徵	早上醒來，從一個人變成甲蟲。	生物學	
魔幻想像	魔幻的想像方式來比擬。	宗教學	

製造差異

跨領域　無中生有

書寫方式 ＼ 學派	前現代	現代
關於「未來」生活的描寫與敘述	模象／寫實（不可能）	造象／新寫實（可能）

討論存在主義的小說文本。（哲學）

早上醒來，從一個人變成甲蟲。（生物學）

Franz Kafka 小說節錄（文本）

前現代（不可能）　／　現代（可能）

魔幻的想像方式來比擬。（宗教學）

圖 6-2-4　「Franz Kafka 小說節錄」寫作完成學科的跨領域與無中生有／製造差異創新書寫轉利用

　　這兩個文本都是寫作完成學科的跨領域與無中生有／製造差異創新書寫轉利用的例子（前例圖表略），其中可以發掘不同學派對「未來」的關注與寫作方式。現代派在「討論未來，建構未來藍圖」的創新寫作方式，怪誕的表現可以做為與前現代學派顯現創意的部分。

　　西方現代派文學有別於前現代文學的地方，就在於前現代文學的模象／寫實性，無非是以「緬懷過去（留戀上帝所造物的美好）來標誌的；而現代文學的造象／新寫實性，則是以「嚮往未來」為能事的，二者都離不開終極實體的信仰卻又劃分基進／保守為兩橛。現代文學所以不滿前現代文學而亟於加以超越，是源於前現代文學所強調的反映現實，已因現實不再美好（20 世紀初的西方社會，因工業文明發展到一個高峰，機械大為取代人力，使得許多失業人口滯留在城市而造成盲流充斥，犯罪率升高和社會運動頻繁等後遺症，所以文學人才要轉向而不在耽戀那已經變得醜惡不堪的社會）和現實變動太快速（難以捉摸，也無由予以檢證）等，而開始放棄前現代派，創造現代派，極力於開啟「引導未來」的文學新紀元。

　　雖然如此，西方前現代文學的想像創新特性，縱使表面給予人的感覺是「緬懷過去」，仍然延續到現代主義文學（只是現代文學「未來」才寄望它發生，跟前現代文學的好像「已經」發生有所不同罷了），而且還開啟了更多的面向（也就是有象徵主意、表現主義、未來主義、存在主義、超現實屬意和魔幻寫實主義等多重互競迭出的流派）。（周慶華，2011b：136～137）

四、相關創新書寫轉利用的檢核

　　以寫作作為創新書寫轉利用的檢核，和創新理解的檢核是一樣的。前面已經提到既有閱讀認證的檢核，在形式上需摒除制式學習單的習寫或閱讀測驗封閉性題型的答題，在內容上的理解要深入非語言面的意義發掘外，更要關注本研究所提的跨領域理解等。換句話說，相應於創意閱讀認證，創新書寫轉利用的檢核需要跳脫原來的檢核模式，不能再使用既有的閱讀認證方式來檢核。所以本章寫作完成跨領域與創新書寫轉利用的閱讀認證，擬以採用如同第四章創新理解的檢核方式來進行。

　　至於如何檢核、判斷一個人的寫作的內容是否達到跨領域表現或是完成創新表現部分，相關的檢核的方式與流程則可以依照下列的方式來操作：

（一）檢核類型：書寫者自我檢核、他者檢核。如圖 6-2-5 所示：

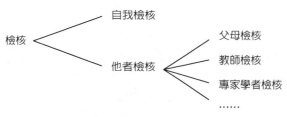

圖 6-2-5　檢核類型圖

（二）檢核者的條件：得具備各種經驗、學科方法、異系統文化、文學學派和創新知識等。

（三）檢核程序：當書寫者和檢核者見解不同，也就是理解書寫文本的意思不同時，就會產生在認證時最大的困難；尤其表現在跨學派、跨文化系統兩種無中生有創新的部分。於此，檢核者必須如同本研究一樣，透過理解表（可以看出理解的差

異點）及理解圖（看出各學科的關係）來檢核書寫者是否達
到創新書寫轉利用的成效。在此要特別說明，檢核者必須要
肯定並同意同一學科可以有不同的理解，因為學科是龐雜
的；而在不同學科的理解，只要能關照不一樣的理解，就能
達到跨領域製造差異的創新理解。

（四）如何排除非創意的理解：檢核者必須要有創新書寫轉利用的
檢核表及一般書寫未轉利用的檢核表（圖為輔助）；也就是
在檢核表上同時標示出跨領域與無中生有／製造差異創新
書寫轉利用和一般書寫未轉利用的備註欄位（如表 6-2-1 所
示），可以從表中與既有一般書寫未轉利用的部分來比較。
倘若能做到跨領域的書寫轉利用，就已有製造差異的成分；
而比一般既有的書寫未轉利用能跨越更多學科的跨領域，就
是無中生有的創新書寫轉利用。因為一般書寫未轉利用既有
其侷限，所以反過來可以確認創新書寫轉利用而完成創意閱
讀認證的高度合理性。

　　從寫作完成主題／概念的跨領域到寫作完成學科的跨領域，跨
領域的範圍與統攝的學科更為豐富、延展，我們可以圖 6-2-6 來表
示這二者的關係：

圖 6-2-6　寫作完成主題／概念群和學科群關係圖

　　寫作完成主題／概念群包含在寫作完成學科群裡面，而這可以以本節的關於「選擇」的創新書寫轉利用為例來做說明：主要的主題或概念有：選項多造成遺憾、刪除不重要的選項、冷靜作決策、喪失自由、簡單生活、圓滿完成等，而這些都含括在文學、心理學、管理學、詮釋學、社會學、美學、哲學等學科群內的知識範疇內。其餘的，依此類推。

第三節　寫作完成科際整合的跨領域與無中生有／製造差異創新書寫轉利用的認證

　　「閱讀」與「寫作」是培養語文能力的兩大利器，也是個人吸收知識、表達思想和感情的憑藉，甚至可以說每個學習階段，應該都需要以提升閱讀與寫作能力作為語文教育的核心。透過大量的閱讀，進而加大閱讀量、提高閱讀效果，一旦累積的素材多了，才可能形成寫作材料，有了寫作材料，那麼寫作就會變得有所本，而不是東拼西湊，缺乏條理和依據。此外，倘若能提升閱讀的層次，才能為寫作紮下深厚的根基。本節寫作完成科際整合的跨領域和前節寫作完成學科的跨領域，都是指書寫者所完成的文本能將跨領域與無中生有／製造差異的學科融入，以顯創新的表現，乃是轉利用了從閱讀中所汲取的素材，成為寫作的內容，可以說是相應和個人的創意閱讀能力。但學科的跨領域和科際整合的跨領域仍有些許差異：學科的跨領域是兩個或多個學科的相互合作，目的在提高文本書寫的層次，使文本豐富並具有深度，完成對閱讀材料的整體轉利用形成一篇精采的文本；科際整合的跨領域，是指學科間的整飭合夥方式，強調不同學科之間的流通和運用，互補不足，以多層次、

多樣化的方式呈現文本包羅萬有的面貌，而實際的文本是在科際整合後才寫成的。在本節一樣要特別強調不同文化系統下文學的表現差異，和跨學派創新的寫作風格，來顯現寫作完成科際整合的創新書寫轉利用的部分。

一、寫作完成科際整合的界定

　　閱讀理解不只是文本內容表面的理解：透過閱讀層次的提升，能增進讀者的知識和思考模式，加深對人生境界的體會；還可擺脫僵化、傳統的寫作方式；更可使自我與作者的經驗融合為一體，悠遊文學作品中，自然提高文學欣賞的角度和寫作的精采、豐富。科際整合是指結合相關學科共同針對同一問題進行研究，避免學科只是單向發揮相關知識，特別強調學科間的整飭與合夥互動，從各種層面促使新文本能呈現出「綜合」學科的豐富內容；也就是新文本是藉科際整合後呈現新面貌展現出新意。寫作完成科際整合，是指書寫者能寫出整合各種學科的知識的文本，而書寫過程中能將各種學科的知識整理、合作就是跨領域的表現。一個人的寫作能力能做到科際整合，表示他能深思熟慮，為著某一個目的，以各種角度、有所依據的論點來論述，以達到使閱讀者了解、同意或被感動的目的。也就是寫作能完成科際整合意指更需要有創意閱讀作為背景知識來構設新的文本，所以可以逆推書寫者的閱讀層次必是達到創意閱讀理解的認證，才能完成這樣的精采寫作。

二、寫作完成科際整合的跨領域與無中生有／製造差異創新書寫轉利用

寫作完成科際整合的跨領域指的是兩個或多個學科相互合作，學科間的整飭合夥後完成一個新文本，而這新文本是透過閱讀中「綜合」了各學科的知識，轉利用成為寫作的材料而完成。寫作完成科際整合的跨領域與無中生有／製造差異創新書寫轉利用，就是指書寫者最後形成的文本是將跨領域與無中生有／製造差異的學科融入，以顯創新表現，等於呼應了創意閱讀理解（因為書寫者得先有創意閱讀經驗，然後才有可能完成具創意的寫作文本）。至於跨領域與創新的涵意，則同第四章所述。而創新的部分，除了學科整飭合夥的科際整合本來就是一種創新表現外，東西文化異系統的差異表現和跨學派的創新部分都是本節所關注的。

三、寫作完成科際整合的跨領域與無中生有／製造差異創新書寫轉利用的例示

例子一：〈在職進修〉：

現在的生活，就如同在高速公路上的車子，因為引擎不夠強，所以必須超乎負荷的奔馳著，深怕一慢下來，後方一堆高性能的車子就呼嘯而過。象徵著每一種職業已面臨進修獲得學歷然後穩固飯碗的社會化現象，當然還有更多個人因素，不知不覺「學歷」這光環，悄悄佔據我的生活重心。

我是否安逸太久了？我是否要換個跑道？我是否要繼續進修往前邁進？這些想法，無疑的就是想累積自己的實

力，想讓自己身體的細胞再次活絡起來，想要趁年輕完成自己的夢，想讓家人有著更好的生活。一成不變的生活，其實有很多想要挑戰的事情想去試試看。是繼續累積更好的職場競爭力？還是要滿足現狀？是要繼續我喜歡的教育工作？還是到企業發揮所學？有時候沒辦法猶豫這麼多，因為有些機會是不等人的。沒有考慮太久，我向「安逸」道別。

　　距離求學的階段有一段時間了，進入職場後，對這一段空白卻還算充實的人生，頗多感受。其實算是人生經驗裡的擴充：畢業證書無法陪你一輩子工作與生活，陪伴的是學習的精神和動力、態度、期望、應許。而每段瑣碎的人生階段，即使有著不美好，仍值得珍惜。

　　在職進修的這些年，生活是由和時間賽跑的片段拼湊成的。因為上課，週休二日成為我痛苦的時候，整整兩天的「學術研究」，在西方文論與中國詩詞間搏鬥，我到底是贏或輸。我沒有修過中文課，更沒有接觸過哲學、心理學及教育學這方面的領域。我的同學們幾乎都對某個文學領域有濃厚的興趣或文學底子，在教學相長中繼續進修的「文學愛好者」。這裡研究生上課的方法是每天把教授規定要讀的東西消化成自己的解釋，上課時再大家互相發表或辯論自己的想法。我永遠是最安靜的那個，一句話都說不出來的我，只能拚命的抄筆記，然後死背那些自己也不懂的文字，勉強消化成報告時一篇篇的文稿。我開始猶豫當初的決定，是否符合自己在職進修的期許或最衷的想法。還好，生活裡讓情緒變化起伏的事情很多：與作者跨越時空的交流，同學熱情贊助的報告內容，教授博學多聞的知識傳授，當然還有家人親情的圍繞，尤其結識那些喜歡美好生活和文字的朋友，一起用不同

的眼睛看世界和生命的人，這些都成為我在職進修生活額外的「禮物」。重新享受生活的每個時刻，一個轉念，消極的想法就消失殆盡。

　　「在職進修」──我們人生中重要的命題，試著在這一階段，檢視自己的生活態度，聆聽自己內心的聲音，誠實的面對自己，重新評估自己在職場上競爭力。此外，這裡頭也許還有宿命的原因，前輩子我已經歷了類似的進修機會，這輩子重複經驗且試圖精進，不然難以解釋此中的智能動力。（研究者構設）

表 6-3-1　〈在職進修〉寫作完成科際整合的跨領域與無中生有／製造差異創新書寫轉利用

新書寫文本	關連意義	學科	備註（一般書寫未轉利用）
〈在職進修〉	化解生命的匱乏，追求人生經驗的擴充。	哲學	一般會從進修是為了獲取高附加價值的角度來理解（文化學）。而此處所多出的理解，就可據為知道它的前無所承性。
	高學歷社會化的無形壓力，被迫累積職場生活的競爭力。	社會學	
	高學歷附加價值的誘惑，帶來更多物質享受或無形資產。	文化學	
	取得學歷晉級加薪，滿足生活需要。	心理學	
	逃離家庭生活，享受生活的每一時刻，獲取更多額外的「禮物」。	美學	
	累世經驗再現。	宗教學	

製造差異　　跨領域　無中生有

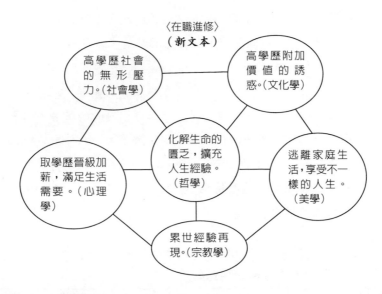

圖 6-3-1　〈在職進修〉寫作完成科際整合的跨領域與無中生有／製造差異創新書寫轉利用

　　〈在職進修〉這個書寫轉利用的文本是我個人先從「化解生命的匱乏，追求人生經驗的擴充」（哲學）、「高學歷社會化的無形壓力，被迫累積職場生活的競爭力」（社會學）、「高學歷附加價值的誘惑，帶來更多物質享受或無形資產」（文化學）、「取得學歷晉級加薪，滿足生活需要」（社會學、心理學）、「逃離家庭生活，享受生活的每一時刻」（心理學）、「累世經驗再現」（宗教學）等這些可以相關連的意義和學科來建構成的一個新的文本。而由此可以發現所形成的這個新文本因為是經科際整合的一個創意文本，所以可以作為引導書寫者做為創意書寫轉利用的基進材料。

例子二：〈人生的三堂課〉：

第一個故事：人生片段的串連

因為興趣的關係，所有我基於好奇與直覺去接觸的一切事物，後來都變成了無價之寶。大學畢業前夕，我開始思考是否放棄大學苦修四年的「財務管理」，轉而報考教職的進修考試，而當時我已經握有人人嚮往的上市公司的新進人員錄取名單，也通過了某家國際航空線的空服人員面試，然而，一晚的考慮就毅然的決定拋下這些同學稱羨的工作，換了新跑道。我發現在教學的過程中，我可以從孩子燦爛的眼神換得許久快樂；從天真的臉龐找到我童年失去的笑臉，從朗朗的笑聲留下生活點滴裡的美好回憶。如果我沒有「中途轉性」，可能一輩子都不會知道孩子的童真是我生活快樂的泉源，我當年為興趣而放棄美好的「錢程」時，當然不可能預先知道這些改變，但事後回想起來，這些東西似乎都變得理所當然了。只是因為我隨從心裡的感覺，決定我的在職人生。

你不可能預先知道人生的片段會用什麼形式串連，你只能在事後回想的時候才恍然大悟。所以你必須相信，這些片段總會在你未來的人生中用某種方法串連起來。你也必須相信某些事情，無論他們是命運、宿命、緣分，或是其他任何你相信的東西，這些事會讓生命變得完全不同。

第二個故事：關於愛自己的選擇

良藥苦口，但我想病人是需要它的，有的時候人生的際遇就像有人拿磚塊敲你的頭也別喪氣。我深信推動我前進的動力，就是我深深愛著我做的事情，你也必須找到你深愛的

事物，就好像必須找到深愛的人一樣。你的工作將會佔據你大部分的生命，而唯一可以讓你心甘情願持續下去的方法，就是相信你正在做的是有意義的事情，而唯一讓你覺得有意義的方式就是愛你所做的工作。如果你還沒有找到，請持續找，別停歇，全心全力去找。如同那些偉大的事業一般，事情會隨著時間的發展而越來越好，因此持續的找，別停歇。

第三個故事：關於生命的哲學課

有一句格言：「如果你把每一天都當作生命的最後一天，有一天你就會得到答案。」做重大的決策時，想想自己快死了是個重大的工具。幾乎所有的事情，包括外界的期待、名聲、對失敗的恐懼等等，這些東西在面對死亡時都會全部消失，只有真正重要的事情才會留下來。人都會害怕失去，但想想自己快死了，這是我所知道能夠克服這種患得患失的最好方式。因為你快死了，一無所有，這時候你有絕對的理由讓自己隨心所欲。

因為罹癌，我有了一些美好的生命經驗：我接受手術，持續化療中。切除手術是我離死亡最近的一刻，當然我也希望接下來十幾年之內不要再有這種經驗。在這件事情之前，死亡對我來說只是一個名詞，現在經過了這些事，我可以更肯定的告訴大家：沒人想死，但死亡是我們共通的終點，沒人能例外，這是注定的。人生的時間有限，所以不要浪費時間活在別人的陰影裡，不要被教條限制，不要活在別人的價值觀裡，也不要讓別人的意見遮蔽了自己的心聲。最重要的是，有勇氣追隨自己的心聲與直覺，它們早就知道什麼是你真正想要的，而其他的都不是那麼重要了。（研究者構設）

表 6-3-2　〈人生的三堂課〉寫作完成科際整合的跨領域與無中生有／製造差異創新書寫轉利用

新書寫文本	關連意義	學科	備註（一般書寫未轉利用）
〈人生的三堂課〉	人生的每一片段，捨與得之間沒有絕對的對與錯。	哲學	一般會從「人生掌握在自己手裡」來理解（哲學）。而此處所多出的理解，就可據為知道它的前無所承性。
	隨從內心的感覺，堅持自己的興趣，決定自己想要的職場生涯。	心理學	
	愛自己的選擇，是推動生命前進的動力。	美學	
	找到自己深愛的事物，一切都會變得有意義。	倫理學	
	有時彷彿是走到生命的盡頭，卻是柳暗花明又一村。	宗教學	
	不要浪費生命，活在別人的價值觀裡。	社會學	

製造差異　　　　跨領域　　無中生有

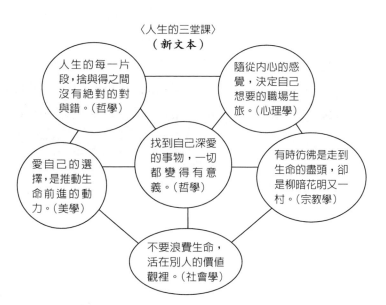

〈人生的三堂課〉
（新文本）

圖 6-3-2　〈人生的三堂課〉寫作完成科際整合的跨領域與無中生有／製造差異創新書寫轉利用

　　〈人生的三堂課〉這個書寫轉利用的文本是我個人先透過表 6-3-2 中整理各學科所能關連到的意義，整飭合夥後完成的新文本。這其間所包含的意義已經完成科際整合的跨領域；而能做到科際整合且詮釋了我所看見的人生哲學，就是一種無中生有的創新理解。換句話說，書寫文本也成了寫作完成科際整合的無中生有／製造差異創新書寫轉利用的認證方式，而這與第四章創意閱讀理解部分是相應和的，在我自己的閱讀和寫作經驗裡，二者不僅息息相關而且相輔相成。

　　人類的文明可以進步得這麼快，完全因為我們有文字，人腦記憶的容量有限，冗長的會議內容或重要事件，很難在腦中作全部的沙盤演練而沒有遺漏，有了文字的記載就可以彌補人腦的不足，所以文字的重要性可見一斑。而閱讀與寫作的關係，可以這樣做比喻：閱讀是蓋房子的地基，寫作是地基上所架構的建築物，有厚實的地基才能構築堅固、美觀的大樓。如何銜接閱讀與寫作之間的橋樑，讀與寫都不能少；讓閱讀與寫作接軌，以閱讀幫助寫作，以寫作檢視閱讀。所以本研究特別強調閱讀的檢證方式除了創新閱讀理解外，說話相呼應與書寫轉利用都是符應創新理解的創意閱讀認證方式。

　　例子三：Václav Havel〈我的自傳〉：

　　　1936
　　　1937
　　　1938
　　　1939
　　　1940

1941

……

1963

1964（貝嶺等譯，2002：22）

　　這一首詩從 1936～1964 年共二十九年，重覆二十九次，按出生順序、年份來建構，暗示每年都要過得不一樣，卻以數字來代替，可以做為一種創新的寫法，相對於前現代主義模象／寫實的方式，表達了創意的精神。這一首造象／非寫實的詩引導讀者趨向未來，讓人有一種仿效的作用且具滑稽感興的風格，可以歸在表現主義的範圍，。因為一般的傳記是用文字構設，而此詩則是以數字堆疊，彼此判若兩回事；但這樣「反其道而行」的用意，卻透露了詩人在暗示讀者：生命要顯得精采，必需要每年都過得「不一樣」（一般人可能是「1936」重複了二十九次，年年沒有差別）。而它的深具啟示的「未來感」，就寓含在那一不斷變換「前進」的數字中。（周慶華，2011b：139）

　　為了證明在「人的一生表現方式」在寫作上有跨學派創新書寫製造差異的特徵，不妨舉于堅〈0 檔案〉為例：

檔案室
建築物的五樓　　鎖和鎖後面　　密室裡　　他的那一份
裝在文件袋裡　　它作為一個人的證據　　隔著他本人兩層樓
他在二樓上班　　那一袋　　距離他 50 米過道 30 臺階

卷一　　出生史
他的起源和書寫無關　　他來自一位婦女在 28 歲的陣痛

老牌醫院 三樓 炎症 藥物 醫生和停屍房的載體
……

卷二 成長史
他的聽也開始了 他的看也開始了 他的動也開始了
大人把聽見給他……

卷三 戀愛史（青春期）
在那懸浮於陽光中的一日 世界的溫度正適於一切活動
四月的正午 一種騷動的溫度 ……

卷三 正文（戀愛期）
決定的年紀 18歲可以談論結婚 談出戀愛 再把證件領取
戀與愛 個人問題 這是一個談的過程 一個一群人遞減
為幾人……

卷四 日常生活
　　1 住址
　　2 睡眠情況
　　3 起床
　　……
卷五 表格
　　1 履歷表 登記表 會員表
　　2 物品清單
　　……
卷末 （此頁無正文）

　　付一　檔案　製作與存放
　　書寫　謄抄　打印　編撰……（于堅，1999：119〜132）

　　這首詩在形式上諧擬了一般檔案的「存重要事件」觀念（這首詩盡涉及雞毛蒜皮的小事）；而在技巧上則拼貼了無數異質性的事物（這首詩可以不斷增添而無疑）。這固然反諷了共產主義社會對人全面性監控的恐怖，但就詩作來說有諧擬和拼貼的雙重運用，已達十足解構的功效。所以這首詩在形式和技巧上都顯現出徹底解構的態勢。關於人生，運用諧擬拼湊的方式呈現出人一生的情況，這是一首仿後現代風格而完成的詩作，以解構作為相應現代主義造象／新寫實風格的創新。人生的修行應該是理性，像檔案一樣有秩有序的排列整齊，但這首詩卻顯得雜七雜八、堆疊無章：後現代雜亂，非寫實性的寫作方式成為一種解構現代馳騁想像的創新方式，一種新的創新的寫法，一種撕裂式而不是塑造式的自傳寫法。

　　這首詩所整飭合夥的科際整合跨領域可以條理如下：

（一）出生史、成長史、戀愛史。（歷史學）

（二）羅列一些已經發生的事。（社會學）

（三）戀愛。（倫理學）

（四）檔案的管理方式。（政治學）

表 6-3-3　〈0 檔案〉寫作完成學科的跨領域與無中生有／製造差
異創新書寫轉利用

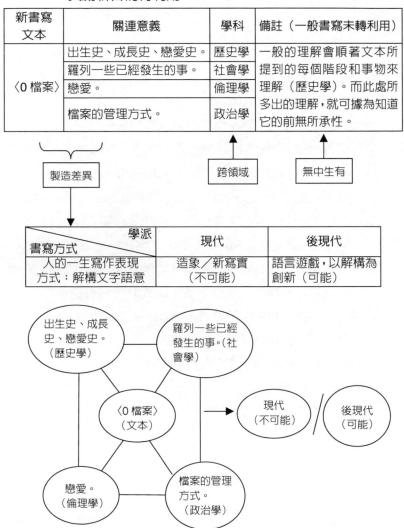

圖 6-3-3　〈0 檔案〉寫作完成學科的跨領域與無中生有／製造差異創新書寫
轉利用

　　這兩個文本都是寫作完成科際整合的跨領域與無中生有／製造差異創新書寫轉利用的例子（前例圖表略），其中可以發掘不同學派對「人的一生」的關注與寫作方式的殊異。後現代派在討論人生檔案，反檔案有秩序的解構作為創新的寫作方式，諧擬拼貼的表現可以做為與現代學派顯現創意的地方。

　　後現代文學的特色在於「以解構為創新」，它所要抗衡的是由前現代到現代對語言功能的信賴。以現代詩為例，它所內蘊對語言功能的信賴的「一體性」（包括象徵主義、表現主義、未來主義、存在主義、超現實主義和魔幻寫實主義等同屬現代派的各種流派的文學表現），體現了「真」與「美」的追求。「真」是指作品所烘托的世界，而不是現實世界：現代派不同於前現代派的重點所在，也就是文學觀念從「模象」轉向「造象」的關鍵。現代派作家服膺的不是寫實主義或模仿理論，而是語言能造象的功能。他們相信寫作是藉著語言去創造一個想像的世界，這個世界的真實感是由作品的形構要素所構成，而不依附於外在世界所產生。而所謂「美」說明了一種超越論的寫作觀。他們認為現實世界的感知現象瞬息萬變，只有文學作品上的美可以超越塵世的變幻無常。換句話說，美的事物在塵世間隨時都會凋零，只有透過文學才能保存它們，將它們「凝固」在作品裡，不致像在塵世裡的生命那樣朝生暮死。這顯示了他們極度相信語言的堆砌就會構成意義：作家只要找到精確的語言符號，就可以教它們裝載滿盈的意義。（蔡源煌，1988：75～78）而這些理論一併被後現代派的作家覷出了罅漏（語言中的「意符」和「意指」搭連不上），後現代派從此不再信賴語言具有描述事物和建構圖像的功能，而當寫作不過是在玩語言遊戲罷了。（周慶華等，2009：174）

四、相關創新書寫轉利用的檢核

　　以寫作作為創新書寫轉利用的檢核，和創新理解的檢核是一樣的。前面已經提到既有閱讀認證的檢核，在形式上需摒除制式學習單的習寫或閱讀測驗封閉性題型的答題，在內容上的理解要深入非語言面的意義發掘外，更要關注本研究所提的跨領域理解等。換句話說，相應於創意閱讀認證，創新書寫轉利用的檢核需要跳脫原來的檢核模式，不能再使用既有的閱讀認證方式來檢核。所以本章寫作完成跨領域與創新書寫轉利用的閱讀認證，擬以採用如同第四章創新理解的檢核方式來進行。

　　至於如何檢核、判斷一個人的寫作的內容是否達到跨領域理解或是完成創新表現部分，相關的檢核的方式與流程則可以依照下列的方式來操作：

（一）檢核類型：書寫者自我檢核、他者檢核。如圖 6-3-4 所示：

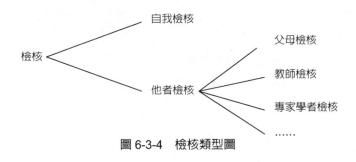

圖 6-3-4　檢核類型圖

（二）檢核者的條件：得具備各種經驗、學科方法、異系統文化、文學學派、和創新知識等。

（三）檢核程序：當書寫者和檢核者見解不同，也就是理解書寫文本的意思不同時，就會產生在認證時最大的困難，尤其表現

在跨學派、跨文化系統兩種無中生有創新的部分。於此，檢核者必須如同本研究一樣，透過理解表（可以看出理解的差異點）及理解圖（看出各學科的整合及產生的新文本）來檢核書寫者是否達到創新書寫轉利用的成效。在此要特別說明，檢核者必須要肯定並同意同一學科可以有不同的理解，及對於所創作、詮釋的新文本也需支持，因為學科是龐雜的，個人的理解都可以是多元的；而在不同學科的理解，只要能關照不一樣的理解，就能達到跨領域製造差異的創新理解。

（四）如何排除非創意的理解：檢核者必須要有創新書寫轉利用的檢核表及一般書寫未轉利用的檢核表（圖為輔助）；也就是在檢核表上同時標示出跨領域與無中生有／製造差異創新書寫轉利用和一般書寫未轉利用的備註欄位（如表 6-3-1 所示），可以從表中與既有書寫未轉利用的部分來比較。倘若能做到跨領域的書寫轉利用，就已有製造差異的成分；而比一般既有的書寫未轉利用能跨越更多科際整合的跨領域並且完成一新文本，就是無中生有的創新書寫轉利用。因為一般書寫未轉利用既有其侷限，所以反過來可以確認創新書寫轉利用而完成創意閱讀認證的高度合理性。

　　從寫作完成主題／概念群的跨領域到寫作完成學科群的跨領域，再擴大範圍到寫作完成科際整合的跨領域，跨領域的範圍與統攝的學科更為豐富、延展，我們可以圖 6-3-5 來表示這三者的關係：

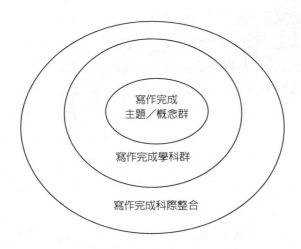

圖 6-3-5　寫作完成主題／概念群和學科群和科際整合的關係圖

　　寫作完成主題／概念群包含在寫作完成學科群裡面，而這二者又在寫作完成科際整合內。我們可以以本節的〈在職進修〉的理解來做說明：這個書寫轉利用的文本主要的主題或概念有：「化解生命的匱乏，追求人生經驗的擴充」、「高學歷社會化的無形壓力，被迫累積職場生活的競爭力」、「高學歷附加價值的誘惑，帶來更多物質享受或無形資產」、「取得學歷晉級加薪，滿足生活需要」、「逃離家庭生活，享受生活的每一時刻」、「累世經驗再現」，其中更含括了哲學、社會學、文化學、心理學、宗教學等各學科的知識理解，最後歸併、整飭各學科而成一個科際整合後的新文本。這是一個嶄新的模式，透過科際整合模式重新創作一個〈在職進修〉的新文本，而其中更統攝了多學科與主題／概念跨領域的理解在內，成就一個多面向並具備深度與廣度的創新創新理解，從中完成了無中生有的創意閱讀認證。讀者若能以本章提到的各種閱讀認證模式來詮釋文本，就表示已經達到高格化的創意閱讀認證。

　　寫作完成多媒體跨領域的部分指的是數位文學的出現，以突破傳統文字為主要媒材的創作型態文本。網路時代的來臨，西方文學在網路的出現後無異展現了後現代解構文字與語言遊戲的風格，新的媒介與資訊科技的加入更提供多項表達的形式，創造了新型式的文學。數位科技不斷的進步，文學書寫形式也不斷展現出新的風貌，無論是以電腦繪圖、動畫、超文本等型態的數位文學或是透過行動通訊技術的方式，推出的手機小說或是簡訊詩，都在 2000 年以後的文學界，引發新的話題。而這些數位作品也反映出以往文學創作所缺乏的特質，也就是多媒體、多向文本、互動性：一方面正因為網路多媒體的藉使，網路「書寫」便形成一種新的語言，傳統的語碼在此被顛覆，實驗者透過電腦科技揉合各種文學技法，創造並重新建構新的語彙與語言。二方面網路最吸引人的閱讀模式，莫如多向文本的跳躍與返復。三方面，互動詩則讓作者與讀者共同完成作品，作者引退，提供基本素材，讀者利用自己的生活經驗及想像，協力創造出一個藝術品。（周慶華等，2009：220～221）

　　數位文學必須運用多媒體、網路和讀者互動、超連結，而本章寫作的部分強調的是寫作的創新表現，平面文字的「寫藝」能力。至於寫作完成多媒體運用的跨領域部分因為多媒體的創作需要資訊技術整體的處理，在本章暫不討論，但可以做為未來展望的部分。

第七章　相關論說成果的運用途徑

　　在一個「google」一下就可以搜尋到所有「標準答案」的年代，我們勢必要具備廣泛閱讀、正確解讀、完整表述的能力，才能迎戰這個知識爆炸的資訊化社會。而廣泛閱讀指的是能搜尋、綜合資料；正確解讀指的是判斷、思考訊息；完整表述指的是能以說話或寫作闡述觀點或意見。閱讀、說話、寫作三者互為相關，環環相扣，是我們的生活與職場上增進競爭力缺一不可的能力。本研究的範圍主要朝向藉由「創意」的方式來進行，分別以跨領域理解、說話相呼應、書寫轉利用等途徑來確立認證的模式，相應於一般閱讀認證，可以發現在「創意」的顯現與認證方式的多元是本研究「基進」理論整體發揮的地方。冀以運用創新閱讀理解的檢證方式，增進閱讀的理解層次，促進讀者閱讀理解的昇華；而以「說話相呼應」和「書寫轉利用」多元的閱讀檢證模式，一則可以提供各場域閱讀教學活動設計與檢核成效的參考資源，一則可以作為語文教育政策擬訂的借鏡。這裡就為本研究成果此三方面的運用途徑略作說明。

第一節　促成閱讀理解的昇華

　　一般的閱讀測驗籠統的以能讀懂內容，回答問題等方式來測驗讀者對文本的理解程度，造成讀者對文本的理解層次維持在語言面意義的

理解。電腦線上測驗乃是藉由電腦的輔助及時回饋評量結果，然而施測者的便利性與節省時間不能代表受試者已具備正確、深度理解文本的質性分析，所以關於一般閱讀理解的評量方式不僅是狹隘並有其侷限。此外，一般坊間談閱讀的理論專書或研究報告，多探討理論的建構、理解歷程的分析、閱讀策略的實施和閱讀課堂活動的進行等研究，論及質性評量的方式鮮少，而能加上說話相呼應或書寫轉利用的方式來檢核閱讀理解力的研究或論著更是少見。從第二章研究者所整理出的資料可發現：一般的閱讀理論或與閱讀相關的教材教法，羅列出的方法論，評量的目標不明，檢測方式闕如。而教學與評量是課程設計的一體兩面，二者缺一不可，評量結果與學習成效息息相關，閱讀理解能力的檢測實在是閱讀教學極重要的一環。

　　從國際閱讀素養評比來看，PISA 所評量的閱讀歷程有三個評估面向，包括擷取資訊、解讀資訊以及反思和評鑑三個部分；PIRLS則將閱讀歷程分為「直解理解歷程」（分為直接提取和直接推論）以及「解釋理解歷程」（分為詮釋、整合觀點和訊息，檢驗、評估內容、語言和文章的元素）（表 1-4-1 PIRLS 2006 報告），這二者都透過不同題型和文章類型來檢測學生的閱讀能力，並根據學生的作答層次給予評分。如果更仔細的分析國際閱讀素養檢證能力的評估，大致可分為：（一）字彙辨識：字音分析、字形辨識、字義抽取、組字規則、上下文分析的解碼。（二）閱讀理解：字義理解、訊息推論理解、綜合解釋篇章、理解監控等，分層次理解文本內容。

　　評比的主要目的在檢測受試者是否能搜尋重要訊息、正確解讀、流暢表達的能力。而從國際閱讀評比施測的題目來看，儘管題目的設計提供我們在閱讀教學方向的改變與策略的加強，但測驗形式仍屬單一，可能是受限於施測時間有限與紙筆測驗的方便性，僅

以選擇題或簡答題來檢證閱讀理解的層次，說話相呼應和書寫轉利用的部分仍不普遍。所以本研究所形塑的創意閱讀認證理論希望能更有意義的檢測受試者的閱讀理解力，解決既有檢測方式不深入，只維持在文本與語言面理解的問題，從改變施測模式來促成閱讀理解的昇華。以 2006 年 PIRLS 的一篇文本及測驗題為例：

小陶土　Diana Engel

　　在一個古塔高處，有一個工場，是一個陶藝工場，放滿了一桶一桶彩色的釉料、轆轤和窯，當然還有陶土。窗邊放著一個大木桶，有一個重重的蓋子，陶土就放在裡面。深深的藏在桶子的底部，有一團最老的陶土壓在角落。他已經不記得上一次是什麼時候被觸摸，因為那是很久以前的事了。每天，重重的蓋子都會被掀開，許多手會伸進來，快速的挖走一袋或一球陶土。小陶土會聽到人們忙碌工作時愉快的聲音。

　　「什麼時候才輪到我？」他想知道。日子一天天的過去，小陶土在木桶的黑暗中，失去了希望。

　　有一天，一群小孩子跟著他們的老師來到了工場。許許多多小手伸進桶子裡。小陶土是最後一塊被選中的，他總算出來了！

　　「這是我的大好機會！」他在光線中瞇著眼睛想。

　　有個男孩把他放在轆轤上，用最快的速度轉動。「好好玩啊！」小陶土想。轆轤一邊轉，男孩一邊試著把陶土拉起來。小陶土覺得很興奮，因為自己將要變成一樣東西！男孩試著做一個碗，可是後來放棄了，把陶土拍打成一個圓圓的球。

「清潔時間到了。」老師說。工場裡充滿孩子擦拭清洗的聲音，到處都濕答答的。男孩把陶土丟在窗邊，急忙跑去跟朋友一起。過了一會兒，工場空蕩蕩的，房間既安靜又黑暗。小陶土非常恐懼，他不只想念濕潤的木桶，他也知道自己有危險了。「完了！完了！」他想。「我只能待在這裡乾掉，直到變得像石頭一樣硬。」

小陶土他坐在窗邊，窗子開著，他不能動彈，覺得身上的水分一點一點流失。既是陽光曝曬，又是晚風吹拂，他快要變得像石頭一樣硬了。他硬到幾乎沒辦法思考，只知道自己滿是絕望。然而，在小陶土的深處，還剩下一小滴水分，小陶土不願讓它流失。

「下雨吧。」他想。

「來點水吧。」他嘆息。

「求求你。」乾渴絕望的他最後擠出了這句話。

一片浮雲同情小陶土的遭遇，奇妙的事就發生了：豆大的雨點，打進開著的窗子，落在小陶土身上。雨下了一整夜，到了早上，小陶土已經變得像以前一樣柔軟了。

有聲音傳進工場裡。「糟糕！不好了。」有個女人說。她是常常來這個工場的陶匠。「有人把窗子開了整個週末！我們要好好清理爛攤子了。我去找抹布，你先拿些陶土做做。」她對女兒說。

小女孩看到窗邊的小陶土。「看起來這小陶土最合適不過了。」她說。很快的，她就把陶土搓揉成各種好看的形狀。對小陶土來說，小女孩手指頭帶來的感覺舒服極了。

小女孩一邊做一邊想，有目標的動手搓揉。小陶土感覺被揉成一個圓圓、中空的形狀。又捏了幾下，他就有了手把。

「媽媽，媽媽！」女孩喊：「我做了一個杯子！」「太棒了！」她的媽媽說：「把他放在架子上，他會被放進窯裡燒。然後，妳可以上妳喜歡顏色的釉料。」沒多久，小杯子就可以去新家了。現在，他住在廚房的架子上，在其他杯子、碟子和馬克杯旁邊。他們都很不一樣，有些真的很漂亮。

「吃早餐啦！」媽媽叫道，同時把新杯子放在桌上，倒滿熱巧克力。小女孩輕輕的拿著他，他多麼喜歡自己圓潤線條的新造型。他是多麼稱職呀！

小杯子得意的坐起來，他說：「終於──我成為一樣東西了。」

測驗問題
1. 按照事情在故事中發生的順序，排列下面的句子。第 1 項已經幫你填好。
　　_____雨水使陶土濕潤和柔軟
　　_____男孩試著用陶土做成一個碗
　　_____女孩將陶土做成一個杯子
　　_____陶土乾掉了
　　_____陶土在木桶子裡
2. 為什麼小陶土在木桶裡待那麼久
　　_____
3. 故事開始時，小陶土有什麼願望
　　_____
4. 為什麼小陶土後來能從木桶裡出來？
　　①其他陶土全被用光了
　　②他在其他的陶土上面
　　③男孩特別喜歡小陶土，所以選了他
　　④老師叫男孩使用那一團陶土
5. 男孩做了什麼粗心大意的事？
　　①他把陶土留在轆轤上
　　②他用最快的速度轉動轆轤
　　③他把陶土放在窗邊
　　④他拍打陶土

6. 男孩帶給小陶土危險。是什麼樣的危險呢

_____

7. 男孩離開陶藝工場後，小陶土的心情如何？
　①滿意
　②害怕
　③生氣
　④得意

8. 小陶土在窗邊躺了很久以後，發生了什麼奇妙的事情？為什麼對小陶土來
　 說，這件事情那麼的奇妙？

_____

9. 以下哪一句話告訴你，小女孩知道她想做出什麼？
　①「女孩的手指頭帶來的感覺舒服極了」
　②「小女孩看到窗邊的小陶土」
　③「小女孩輕輕的拿著他」
　④「她有目標的動手搓揉」

10. 描述小陶土在故事的開始和結束時不同心情，並解釋他的心情，為什麼
　　會有轉變。

_____

11. 在這個故事中，小女孩是一個重要的人物。請解釋為什麼她對故事的發
　　展很重要？

_____

12. 故事的作者把小陶土比喻成一個人物。作者這樣做，是要讓你想像什麼？
　　①雨中的感覺
　　②小陶土的感覺
　　③捏陶土的感覺
　　④製造一樣東西的感覺

13. 你認為這個故事的主旨是什麼？
　　①人像陶土一樣，很容易搓揉及塑造
　　②世界上有很多不愉快的事情
　　③找到目標是最快樂的事情
　　④陶藝是世界上做善事最好的方法

（促進國際閱讀素養研究（PIRLS）網站，2006）

　　從檢測報告書來看，臺灣在 PISA 和 PIRLS 的檢測結果均不佳，從排名的數字可以發現：國內閱讀教育現狀與國際閱讀評比的檢測方式與目的形成極大的差異（不同方向的思維與作法）。以 PIRLS 為例，測驗的文本分為故事體（文學賞析）和說明文（獲得資訊），並包括圖表，每篇文章約 1200 字。測驗文本強調高層次的閱讀，代表的是能不能深入文本內容來理解，是否具備閱讀的基本能力，邁向吸收知識的發展階段；是否能透過閱讀掌握知識與訊息，學會終身學習。臺灣在這兩項的評比的排名結果不理想，表示學習者在閱讀理解、統整、分析文本的能力不足。然而，反映在教學現場上，臺灣所面臨或未改變的閱讀困境：學生閱讀偏食的現象：閱讀被簡化為讀繪本，也被簡化為寫學習單，過度重視形式與產出，使學生失去吸收的胃口。閱讀活動常像嘉年華般的熱鬧，但活動是否有效提升學生的閱讀興趣和閱讀能力？是閱讀教育要停下來思考的時刻了。此外，老師明顯缺少把閱讀能力教到學生手裡的策略，致使閱讀理解能力常滯留在字詞義鑽研或形式的深究，學生統整文本資訊，評價與反思的能力仍未被建立。

　　說話、寫作和閱讀的關係如一個鼎的三支柱子，是撐起個人知識建構網絡的點線面。換句換說，高明說話或精采寫作都沒辦法脫離閱讀經驗。閱讀是一種輸入的過程，說話和寫作則是輸出的結果。唯有廣泛閱讀所累積的知識，才能在臨場透過語言表達出來；而寫作的材料無論是從親身經歷的、聽聞的、看來的或是想像、推理得來，經過再現、重組、添補、新創的步驟完成各式文本，或是二度改造結合其他媒體、現代科技，再以相聲、戲劇、電視、電影、或電腦多媒體等二度轉換成另類文本，都來自個人閱讀經驗的結果。說話、寫作的「所本」都是來自閱讀的材料，而閱讀是累積的經驗，能全面蓄積「閱讀」的電力，才能發為「說話」、「寫作」的

強力輸出。本研究強調從閱讀理解的經驗奠基，作為說話相呼應與書寫轉利用創意的表現，可參考在第四到第六章所做的例示，乃希望從既有現況及一般閱讀理解的侷限出發，帶進本套研究理論，達到閱讀理解昇華。此外，更藉由多元檢測模式可以清楚的逆推一個人有高明說話或精采寫作都代表已經具備創意閱讀能力；而有創意閱讀的能力，表示能深入文本語言面和非語言面的理解，已能完成跨領域的創意閱讀認證。所以本研究系統化的創意閱讀認證除了強調做到創新的理解外，說話相呼應與書寫轉利用都是作為與一般閱讀檢證相比所多出的創意認證模式，能提供給所有的讀者與閱讀教學者自我檢核閱讀理解與閱讀教學的成效。

　　語文教學中關係閱讀理解能力的閱讀、說話、寫作三部分，本研究所完成的理論，這三者的關係如一循環圖，各有相關並互為影響學習成果。而一般閱讀教學或評量，這三者的關係是獨立存在的，也就是閱讀課、說話課、寫作課是三種獨立運作的課程設計。另外從檢測的途徑，箭號所指的部分也可發現，本研究可以透過逆推的方式證明是否已達到檢測目標。但一般閱讀教學單向或獨立的檢測，無法逆推三者的學習成效關係。如圖 7-1-1、圖 7-1-2 所示：

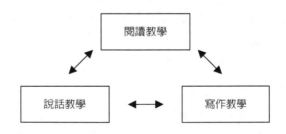

圖 7-1-1　創意閱讀檢證閱讀、說話、寫作關係圖

圖 7-1-2　一般閱讀檢證閱讀、說話、寫作關係圖

　　在報告書上也提到一些建議，諸如閱讀策略是能力提升的關鍵，而在實行上，可以有一些方法做為參考：

（一）第一線老師應學會閱讀的策略：教師需具備賞析文學（童話、散文、小說）的能力，舉辦讀書會、摘要重點、引導討論的能力，甚至是閱讀社群的成立，使閱讀教學精緻化。

（二）課外閱讀課內化：閱讀需要融入人文、社會、自然等各科教學，好的文本就是老師的教科書，讓學生廣泛閱讀各類型文本，各種基進教材拓展學生的視野。閱讀和語言是學會學習的重要工具，教育不只是培養「看得懂的能力」，還要培養「思考能力」，能從「閱讀中學習」，包括理解、表達、創造思考才是真正「帶得走」的能力。

（三）從學生的表現來檢核教師教學成效，可以發現因為課內教材無法徹底發揮創意，所以達不到深度理解的教學目標，可採課外文章作補充教材。但其中至為關鍵的點，還在於教學者如何引導學生引發出創意的閱讀。創意文本的選取可以幫助學生做創意閱讀與教學者問題的引導。從中可建議教育當局對教材的編輯，宜顧及各類教材的選編。

　　本研究架構的理論在於以跨領域的創新理解、說話相呼應、書寫轉利用等途徑來確立認證的模式，正可符應報告書所提到的：閱讀教學乃要幫助學生從「閱讀中學習」，包括理解、表達、創造思考才是真正「帶得走」的能力。藉使主題／概念、學科、科際整合、

多媒體運用等跨領域模式來達到深度理解的層次，正可以完備的達
到上述建議。

　　從一般閱讀檢測的侷限、學校所面臨的困境與亟須突破的閱讀
現況、國際閱讀評比施測的目的與方式到評比結果的報告書，我試
著以本創意閱讀讀認證的創新理解、說話相呼應、書寫轉利用來為
上述狀態解套，期望以創意理論所建立閱讀認證的檢證模式，可以
幫助讀者促成閱讀理解的昇華。

第二節　提供各場域閱讀教學的參考資源

　　林璧玉（2009：6）的研究中提到，在不同場域的閱讀教學，
老師能運用的教學方法相對不同，無論是哪一種學習場域的閱讀教
學，學習者（受教者）都需要接受創意閱讀教學；而在實施創意閱
讀教學中，學生是否有創意的理解與表現，最重要的因素就是教學
者。黃紹恩（2011）提出的學校場域、故事屋場域、教養院場域以
及志工培訓這四種場域建構出創意的閱讀教學策略，可以輔以本研
究的創意閱讀認證作為檢測教學者閱讀教學成效及學習者的閱讀
理解能力的檢證證模式。

（一）學校場域：九年一貫新課程的推動，主張以兒童生活經驗及
　　　生活應用能力作為課程教材、教法與評量的主要目標，發展
　　　符應學生生活經驗、認知結構與身心潛能脈絡，設計符合個
　　　別化、適性化的課程實現為預期理想（陳木金，2001：1），
　　　所以學校以偏知識性的課程設計架構為主。學校場域普遍實
　　　施的閱讀課程設計：班級共讀、圖書館利用教育、習寫閱讀
　　　學習單或閱讀存摺等。

（二）故事屋場域：由於政府閱讀政策的提倡加以視聽媒體的興盛，使得聽故事變成一種流行，故事屋因應而生。故事屋場域，包括家庭中的說故事活動、學校的說故事活動、民間協會說故事活動、公共圖書館說故事活動、地方產業（收費故事屋）的說故事活動以及其他如廣播、電視、網路等。故事屋場域的閱讀教學主要是以說故事活動為主要的特徵，以時下流行的品格教育為故事主題。

（三）教養院場域：院童的孩童年齡約在十二歲以下，大都來自家庭結構不健全或功能失調的家庭，加上先天條件不足，以致學業、成就及學習動機低落，但值國小、國中義務教育階段，為基礎學歷建立最重要的時期，因此在推廣閱讀上是有其必要的。該場域因孩童背景知識缺乏加上環境因素不利，實施閱讀教學時，就必須以更有趣的手法來吸引受教者。主要為說故事活動、以布偶劇、廣播劇作為創意閱讀教學等來培養院童的說話能力和想像力，主要是透過聆聽的方式幫助院童學習。

（四）志工培訓：閱讀研究志工的培訓，課程重點放在說故事志工或是閱讀志工的培訓，說演故事為閱讀教學能力建立的重點，並提出多種說演故事方法提供給教學者參考。志工培訓場域的創意閱讀教學以說演故事為主。

　　無論哪一種場域的閱讀教學都需要檢證閱讀成效，所以本研究可作為實施檢測的參考。作為教學者自我檢核教學成效，與檢核學習者學習成效的模式。相應學校與各場域在閱讀教學的現況和困境，本研究的檢測模式可作為對照並提供方法以作為閱讀應用、檢測的方式。將閱讀的內容內化成創新思考，達到主題／概念、學科、科際整合、多媒體運用跨領域的創意理解，並能透過說話、寫作的

表現做為本身閱讀能力的具體檢證。學習者可以達到閱讀理解能力的提升，閱讀技巧的精熟，並發展出適合個人的閱讀策略，擴展自己的知識範圍。

　　至於各場域如何運用與實作本理論架構，試以〈龜兔賽跑〉文本，就閱讀教學設計與閱讀理解檢測來試作如表 7-2-1：

表 7-2-1　創意閱讀教學活動與閱讀理解檢核設計

單元名稱	堅持到底	教學對象	高年級學生
設計者	周靖麗	學生人數	20 人（分成 4 組）
時間	200 分鐘（五節課）	場地	教室
教材來源		教材：〈龜兔賽跑〉故事書 延伸閱讀：《龜兔大賽》	
教學資源	CD、DVD、圖畫書、故事 PPT、電腦、單槍投影機		

基本能力指標	教學目標
★說話： 3-3-1-1 能和他人交換意見，口述見聞，或當眾作簡要演說。 3-3-3-2 能從言論中判斷是非，並合理應對。 3-3-4-2 能在討論或會議中說出重點，充分溝通。 ★閱讀： 5-3-4-4 能將閱讀材料與實際生活經驗相結合。 5-3-5-2 能用心精讀，記取細節，深究內容，開展思路。 5-3-7-1 能配合語言情境，欣賞不同語言情境中詞句與語態在溝通和表達上的效果。 5-3-8 能共同討論閱讀的內容，並分享心得。 5-3-8-2 能在閱讀過程中，培養參與團體的精神，增進人際互動。	★認知： 一、能了解故事中作者的想法與文本內容。 二、學會理解寓言故事深層寓意的方法。 三、學會藉使各樣跨領域模式，達到創新閱讀理解。 四、能察覺創作的文本中創意的部分。 五、理解中西文化的不同，及在文本中的表現。 ★技能： 一、運用不同的方式展現閱讀材料的內容與重新創作新文本。 二、運用故事中不同角色的觀點完成主題／概念跨領域的創新理解。 三、運用學科知識，完成學科跨領域的創新理解。 四、將說話帶入多媒體跨領域，完成

5-3-8-3 能主動記下個人感想及心得，並對作品內容摘要整理。 5-3-9-1 能利用電腦和其他科技產品，提升語文認知和應用能力。 5-3-10-1 能夠思考和批判文章的內容。 ★寫作： 6-3-2-1 能知道寫作的步驟，如：從蒐集材料到審題、立意、選材及安排段落、組織成篇。 6-3-2-2 能練習利用不同的途徑和方式，蒐集各類寫作的材料。 6-3-4-4 能配合閱讀教學，練習撰寫心得、摘要等。	戲劇表演。 五、完成科際整合的書寫轉利用。 六、藉由討論、表演、創作加深對文本的理解並發揮想像力與思考力。 ★情意： 尊重中西多元文化特色與價值。 團隊合作中，發揮熱情參與的積極態度。

教學活動名稱	教學活動內容	時間	教學具體目標	教學評量
	一、準備活動 （一）教師 　　準備有關〈龜兔賽跑〉CD 和影片，故事 PPT 及提問單。 （二）學生 　　事前料蒐集相關題材資料。 二、發展活動 （一）引起動機 　1.龜兔玩偶出場。 　2.播放故事。（聽／看故事都可） （二）故事討論 　1.文本意思（語言面意義）： 　　烏龜和兔子賽跑，兔子因為貪睡，而輸給了烏龜。 　　主旨：烏龜能堅持到底，最後獲勝；兔子太驕傲，輸了比賽。 　2.深層寓意（非語言面意義）： 　★教師提問： 　　這是一個大家耳熟能詳的故	 5 5 25	理解故事內容，讀出故事主旨。	運用口頭發表（討論、發表、分析、歸納）。

| 你問我答 | | 事，但寓言故事重要的寓意通常不在於故事情節，如果不能掌握非語言面的意義，對這個故事的理解層次就很有限。我們要一起來探討這個故事其他的含意：請試著從問題單的題目來思考：
①為什麼這個故事要用烏龜和兔子做為主角？
②一個跑得快，一個走得慢，為什麼還要賽跑，比誰最快到終點？
③敢於與眾不同，「創意」是什麼？
（以創意是……來接寫句子） | | | |
| | | ★教師揭示「故事詮釋基模」，進行教學活動。
透過問題的提問來帶領討論分享，探討故事裡非語言面的意義，達到深層理解。
※意圖：試圖影響別人來認同強者可能被弱者威脅的觀點。
※情感：不滿強者的自大自傲。
※世界觀：沒有強者恆強，弱者恆弱的問題。
※存在處境：強／弱者相互威脅。
※個別潛意識：強者的危機感。
※集體潛意識：種族焦慮（白兔象徵白人，烏龜象徵有色人種）。 | 40 | 激發學生思考能力，在討論中激盪出各種想法。 | 可以了解一個故事非語言面的深層意義，透過討論、分享完成。 |

腦力激盪	★完成主題跨領域的創新理解（全班共同實作）：教師先說明主題的概念與操作的方式。 ※讀者：一個不對等的比賽，意外的由弱者獲勝。（社會學） ※作者：從強者的角度看到許多強者太過自大，試圖影響別人：強者也有被威脅的危機。（心理學） ※烏龜：世界沒有一定的優勢，努力才可以脫穎而出。（哲學） ※兔子：自以為是的心態，容易在競爭的社會逐漸被淘汰。（社會學）	20	利用學科知識，從故事的各種角度來發揮主題、學科跨領域的創新理解。	參與討論、踴躍發言，表達自己想法。
	★完成學科跨領域的創新理解（全班共同實作）：教師先說明學科的概念與操作的方式。 ※白人和黑人間的種族歧視問題。（種族學） ※面對挑戰，勝不驕、敗不餒。（哲學） ※社會競爭，強者面對弱者的危機感。（社會學） ※不齊等的比賽，社會不公的現象。（現象學）	20		
天才演員	（三）戲劇演出（各種形式都可以） 1.學生全組設計劇情、角色分配、道具準備、背景布置。 2.教師說明：強調劇本的創新內容，角色對話與肢體語言的表	40	能運用各種媒材做創意演出。	可以投入相應於多媒體運用的說演戲劇演出。

		現。（音樂播放、背景影像設計） ★完成說話帶入多媒體運用的跨領域與創新表出相呼應理解（小組實作）： 教師先說明多媒體運用的概念與操作的方式。 ※ 旁白文字：劇情設計。 ※ 角色對話：烏龜、兔子、其他角色。 ※ 角色聲音聲調、臉部表情、肢體語言的展現。 ※ 道具設計、背景布置。 3.各組表演：（其他組在表演後，需給予讚美、批評、建議）。 　老師設計評分單，協助評分的項度。		檢視各組戲劇演出成效。	會利用相關知識評斷演出內容。
小作家		（四）創意寫作 1.創意改寫：學生先試想可能發展的情節與結果。 2.教師說明：創意是製造差異（水平思考、逆向思考）與無中生有。自編或改寫都必須符合創意才能達到精采寫作，令人驚艷的目的。 ★完成寫作的科際整合跨領域與創新書寫轉利用的理解（小組實作）： 教師先說明科際整合的概念與操作的方式及中西不同文化觀的跨系統創意（簡單概說）。 ※ 例：龜兔相約再比一次賽跑，環遊世界一週看誰先回到起點。結果遊遍了整	40	能將課堂上所吸收的資訊加上自己的創意完成一新文本。	透過合作方式，完成科際整合的創意書寫。

| | | 個地球，沿途看到許多令人驚奇的事物，從中體會許多人生課題，最後變成好朋友，回到起點變成哲學家，成為第二個柏拉圖和第二個蘇格拉底，一起推動愛世界的宣言。
3.各組作品分享：
　形式不拘：海報呈現、朗讀故事、戲劇表演、相聲…… | | 了解同學作品所展現的創意。 | 看出各組的設計中創意的展現點。 |
| 星光大道 | 三、綜合活動
1.老師針對整個單元課程中學生所能思考到的理解程度與未能達到教學設計者預期目標做整體說明。
2.頒獎典禮：天才演員獎、小作家獎、創意劇本獎、最有默契獎…… | 5 | | |

　　本教案設計結合教學活動與檢核方式，擬就第三章提到的〈龜兔賽跑〉這個寓言故事示範如何落實於教學，並兼顧檢核的教學目標，使閱讀教學能達到創新理解。設計的主要流程或概念說明如下：

（一）引導學生了解創意閱讀、創意說話、創意寫作的定義與目的，並強調三者的關係。

（二）經由實際操作的方式，教師可以透過學生表現，檢核教學設計是否可以使學習者達到創新理解。學生在實作的過程中，也可以自我檢核和檢核他人學習成效。

（三）活動式的教學流程，讓學生主動學習；老師提問，學生思考回答；學生實作，老師總結。老師的功能主要是引導學生做廣泛的思考，給予方向，在學生未能達到創意閱讀理解時再

給予提示。老師需預先預備多重性的答案，預期學生未能想到的，所以老師要具備賞析文章的能力，試擬創意閱讀認證模式各種可能的答案。

（四）教學活動的流暢與預期效果，在於教學者的提問引導能力，問題的精準度是引導學習者對問題的思考的關鍵。適切的題目與說明可以用來補充學習者經驗不足的部分，開啟學習者智慧不足的部分，達到創意閱讀的展現。

（五）此教案的設計，創意閱讀的經驗可以相呼應於說話的表出，可以轉利用到創新書寫；因為說話、寫作的素材都來自於閱讀的材料。教學者在第一活動中創意理解的引導非常關鍵，作為往後說話和寫作教學課程的先備流程。反過來說，老師可以從學生在說話與寫作的表現，逆推回去是否具備創意閱讀的能力，並用來檢核教學者教學的成效，與學習者的學習效果。

　　教案的設計可以結合教學活動與檢核方式，教與學的過程都不斷在訓練學習者加深對文本創新理解的能力，教學者也從中檢核自己的閱讀理解。教學與評量是一體成型的，無論是哪一場域的閱讀教學，希望都能藉由本研究所提供的檢證模式，作為教學者的參考資源。

第三節　作為語文教育政策擬訂的借鏡

　　引領孩子走入閱讀的世界，等於為他開啟了一座寶庫，因為閱讀視野變開闊，生命變豐富。閱讀能力不僅關係著個人的學習與生活，也關係著整個國家國民的素養、文化的品質與國家競爭力。語

文的學習中，閱讀為整個教學的核心環節，而針對教育部政策的執行或教師課程實際規畫與設計，無論是閱讀運動的推展，語文課程的改革，都在於促成閱讀質與量共同的提升。只是從教學現場實況與國際閱讀素養評比研究，卻可以發現在閱讀品質的部分，還有許多待開展的空間。老師們面對時間不足的壓力與國語文領域教學目標模糊的困擾，清晰的國語文閱讀教學體系，可以讓老師們知所適從，有目標、有計畫、有效能的指導學童們從學習中出發：學習閱讀的技巧、方法，提升閱讀的效能，增進閱讀的樂趣，享受閱讀討論分享的喜悅，最後建構出意義及自主學習的能力。

　　檢視教育部所頒訂的九年一貫課程綱要，實施要點已明確指出：

> 語文教學以閱讀為核心，兼顧聆聽、說話、作文、寫字等各項教學活動的密切聯繫。第一、二階段教材之單元設計，以閱讀教材為核心，兼顧聆聽、說話、作文、識字與寫字等教材的聯絡教學，以符合混合教學的需要，並應在教材中，提示聆聽、說話、作文、識字、寫字聯絡教學及統整教學之活動要點。第三階段，宜採讀寫結合及聽說結合，雙向發展。（教育部，2008）

　　國民中小學九年一貫課程綱要語文學習領域的基本理念：

（一）培養學生正確理解和靈活應用本國語言文字的能力。以使學生具備良好的聽、說、讀、寫、作等基本能力，並能使用語文，充分表情達意，陶冶性情，啟發心智，解決問題。

（二）培養學生有效應用國語文，從事思考、理解、推理、協調、討論、欣賞、創作，以融入生活經驗，擴展多元視野，面對國際思潮。

（三）激發學生廣泛閱讀的興趣，提升欣賞文學作品的能力，以體
　　　認本國文化精髓。

（四）引導學生學習利用工具書，結合資訊網路，藉以增進語文學
　　　習的廣度和深度，培養學生自學的能力。

　　從課綱的基本理念與分段能力指標內容來探究，推知：國語文
的學習，閱讀教學是語文領域內統整學習的核心，是必須著力深思
的環節。九年一貫國語文課程的能力養成目標中，第一階段強調期
望能理解在閱讀過程中所觀察到的訊息，提綱挈領，概略了解課文
的內容與大意，培養分析歸納的能力。第二階段強調掌握文章要
點，了解文章的主旨及取材結構，進而應用組織結構的知識學習，
並能資料剪輯、摘要和整理。紮穩了這些根基，方能達到第三階段
所強調的在閱讀過程中，利用語文理解，發展系統思考；蒐集、整
理及分析資料；欣賞作品的內涵及文章結構，活用不同閱讀策略，
提升學習效果。可以說是依學生的學習認知歷程，分階段訂定了學
習目標，使教師教學設計有所依據規畫課程。有了學習的能力指標
後，如何檢核？檢核的重點應著眼何處，是教學者在診斷學生學習
成效時亟須知道的。

　　在此整理九年一貫國語文領域課程綱要中關於閱讀、說話、寫
作分項能力的檢核重點，可以表列如表 7-3-1：

表 7-3-1　九年一貫國語文能力指標關於閱讀、說話、寫作的評量
　　　　　重點（整理自教育部，2008）

分項能力　　年級	閱讀	說話	寫作
一年級	📖用學過的生字組成詞語。	🎙️當眾說話口齒清楚、聲量適中。	✎用學過的部分詞語寫完整句子。

	📖 根據語言環境正確理解生字。 📖 運用常用詞語仿課文造句。 📖 寫出完整句子，詞語搭配得當。 📖 了解句號、逗號、問號、嘆號，清楚朗讀課文。	➡ 用完整語句回答問題。 ➡ 看圖說幾句完整的話。	✍ 觀察簡單圖畫或事物寫完整句子。 ✍ 會用句號、逗號、問號、嘆號。
二年級	📖 根據上下文理解生字、詞語。 📖 根據句子的語氣理解句子。 📖 運用基本常用單句。 📖 修改句子中明顯的用詞錯誤。 📖 會說課文大意。 📖 了解引號、頓號，清楚朗讀課文。	➡ 當眾說話有禮貌、語句完整。 ➡ 就所聽所讀用完整語句說明或回答。 ➡ 看圖說幾句完整連貫的話。	✍ 用學過的部分詞語寫通順句子。 ✍ 理順次序錯亂的句子。 ✍ 按順序觀察簡單圖畫或事物寫幾句完整的話。 ✍ 會用引號、頓號。 ✍ 會寫便條、日記。
三年級	📖 根據句子和上下文理解詞語、句子。 📖 認識陳述、疑問、祈使、感嘆基本句。 📖 寫出段落大意。 📖 認識基本文體。 📖 了解刪節號，有感情朗讀課文。 📖 按順序說出課文主要內容。	➡ 當眾說話自然、語句完整流暢。 ➡ 說一件事和一段話意思完整的話。 ➡ 說話有順序有條理。	✍ 用學過的詞語寫通順句子，詞語搭配得當。 ✍ 修改有明顯錯誤的句子。 ✍ 理順段落錯亂的短文。 ✍ 按順序比較觀察圖畫或人事景物，寫出內容具體的片段。 ✍ 會用刪節號。 ✍ 仿照例文寫幾段話把事物寫清楚。

			✍ 寫簡單的記敘文。
四年級	📖 運用字辭典選擇詞義,辨別多義字詞。 📖 理解句子運用修辭的技巧。 📖 按組織結構給課文分段,歸納段意和全文大意。 📖 分辨各種基本文體。 📖 了解分號、破折號,有感情、停頓得當朗讀課文。 📖 養成預習習慣。	➥ 討論問題說清楚自己的意思。 ➥ 說話簡要抓住重點。 ➥ 清楚複述課文。	✍ 用學過的關連詞語寫句子,前後句聯繫得當。 ✍ 從詞語、標點、內容等修改自己或別人作文。 ✍ 選用適當的句子,把意思表達清楚。 ✍ 留心觀察事物,寫出有順序有重點的內容。 ✍ 會用分號、破折號。 ✍ 用擴寫、擴寫使內容意思具體生動。 ✍ 寫出內容具體、條理清晰的記敘文(寫景、敘事、狀物、記人)、書信等。
五年級	📖 運用字辭典獨立識字。 📖 理解含義深刻結構複雜句子。 📖 根據重點段段理解 📖 全文內容。 📖 按組織結構歸納段意和中心主旨。 📖 了解各種標點符號,有感情有節奏朗讀課文。	➥ 當眾講述見聞,並能提出自己的問題。 ➥ 針對問題提出自己的看法。 ➥ 簡要複述課文。	✍ 用正確的語句表達想法。 ✍ 修改語句,運用修辭手法,把意思表達具體生動。 ✍ 把握特點觀察事物,展開想像寫出內容。 ✍ 用改寫、續寫使內容意思具體生動。

			✍ 會用各種標點符號。 ✍ 編寫作文綱要。 ✍ 根據要求，選取材料，寫出有條理的記敘文、說明文、讀書感想、摘要、會議記錄等。
六年級	📖 分辨文言語體的差異。 📖 根據關鍵詞句理解全文內容。 📖 理解不同情境的詞語句子意義。 📖 根據不同文體閱讀課文。 📖 運用語氣、語調、停頓、速度，有感情有節奏朗讀課文。	● 當眾發表自己的意見和感想。 ● 有重點有條理口述所見所聞。 ● 創造性複述課文。	✍ 用學過的語句造生動形象或含義深刻的句子。 ✍ 用補充句子、調整語序、改換語序等，使句子意思具體生動。 ✍ 從用詞不當、語序混亂、語意不足等，修改文章。 ✍ 修改自己或評改別人作文，對缺失提出建議。 ✍ 恰當運用各種標點符號。 ✍ 根據要求，選取材料，寫出有中心、有條理的文章。 ✍ 根據要求，選取材料，寫記敘文、說明文、議論文、應用文、讀書筆記。

七年級	📖 用工具書理解詞語在上下文的含義與作用。 📖 熟習並應用語體、文言的詞語。 📖 根據文章內容理解作者的觀點。 📖 應用工具書、電腦網路，蒐集資訊、組織資料，廣泛閱讀。	➥ 考慮說話的重點和要求，表達清楚不偏離主題。 ➥ 運用語句、音量、速度等清楚完整連貫的表達想法。 ➥ 講述見聞內容具體語言生動。 ➥ 複述把握重點，完整具體。 ➥ 說出一篇記敘性短文的優缺點。	✎ 詞語句型，標點符號，應用精確靈活，恰當表達見解。 ✎ 觀察、分析事物，精確敘寫出自己的見聞。 ✎ 配合各領域寫完整讀書報告。 ✎ 養成寫日記的習慣。
八年級	📖 運用方法理解詞句在上下文的含義與作用。 📖 辨析文章的結構和寫作方法。 📖 比較閱讀欣賞各種不同體裁的作品。 📖 根據文章內容、語言、寫法提出自己的想法或疑問。	➥ 組合聽到的內容後，完整具體而有要點的轉述。 ➥ 不同場合、對象得體表達自己的意思。 ➥ 運用表情、語氣、動作等使內容具有說服力和感染力。 ➥ 說出一篇說明性短文的優缺點。	✎ 根據目的、場合、選擇準確恰當詞句，運用修辭豐富表達的內容。 ✎ 按主題蒐集相關材料，有條理的寫出自己的想法。 ✎ 配合各項學習活動發表詳略得宜的作品。 ✎ 運用縮寫、擴寫、改寫、續寫等方法，增進寫作效能。
九年級	📖 體會文章中深刻詞句的意義和作用。 📖 根據文章內容推測和下結論。 📖 比較閱讀欣賞各種不同表達方式	➥ 討論發表有條理、有重點、有根據。 ➥ 根據需要與情境，適切的應對。 ➥ 當眾即席演講或	✎ 有根據、有條理的應用各種句型，充分發表自己的看法。 ✎ 根據需要，確定表達的內容、中心和文體。

		有準備的主題演 講，有說服力的 表達自己的觀 點。 ● 說出一篇議論性 短文的優缺點。	✍ 配合學習擬定各 項計畫。 ✍ 養成修改文章的 習慣。
	的作品。 📖 應用精讀、略 讀、泛讀等方法 提高閱讀效能。		

從《九年一貫的課程綱要》的說明看來，閱讀教學內容有三層面：

（一）第一層：認讀——認讀語言文字材料。

1.能熟習常用生字語詞的形音義。

2.能讀懂課文內容，了解文章的大意。

3.能分辨語體文及文言文中詞語的差別。

　主要是認知字形、讀準字音、理解字義。

（二）第二層：理解——理解文本訊息

1.能分辨基本的文體。

2.能掌握要點，並熟悉字詞句型。

3.能了解文章的主旨及取材結構。

4.能概略理解文法及修辭技巧。

5.能應用組織結構的知識閱讀。

　其中理解字詞句型、不同情境中句子意思、理解文法修辭及技巧等是理解詞語及句子。除理解詞句外，還要理解篇章表達的方法，如：主旨、取材、結構、不同文體寫作方式等。

（三）第三層：鑑賞——只對文章的思想內容、表現形式、文體特點等進行評價品味。

1.能流暢朗讀文章表達的情感。

2.能從閱讀過程中，了解中國語文的美。

3. 能配合語言情境，欣賞詞語在不同語言情境中溝通和表達效果。

4. 能夠思考和批判文章的內容。

5. 能欣賞作品的內涵及篇章結構。（馮永敏，2001）

　　這三層的關係是：前一層面對後一層面呈現層遞性，後一層面對前一層面呈現包容性。

　　目前我國中小學的閱讀教學，主要以教育部公布的九年一貫國語文能力指標為依據，但此能力指標還是在規範學生基本語文能力的學習目標（包括注音、聆聽、說話、識字寫字、閱讀、寫作）。從上表可以發現：能力指標是教學目標也是檢核重點，每一分項（本研究只列出閱讀、說話、寫作）都詳列出各個階段要達到的學習目標，但檢核的方式與判定的規準仍讓人無法掌握，以致教學現場老師各展能力，各種多元評量方式，如實作、檔案評量、紙筆測驗、口頭發表、小書創作……等，琳瑯滿目的作品看似大豐收的學習成效卻仍是在國際評比裡宣告失敗。換句話說，教育部所頒訂的課綱沒有針對各項能力指標設定評量的規準或方式。教師在閱讀課堂上完善的課程設計與教學目標，可以透過什麼方式有意義且真實評量學生是否已達到教學目標，在能力指標裡卻全部闕如，學習的結果難以判斷，教學成效也令人質疑。

　　課堂上，教師普遍實施紙筆評量（形成性評量、總結性評量）可以簡單測驗學生是否達到語文基本能力，但關於閱讀、說話與寫作並沒有發展適用的基模來供教學者使用。本研究以「建立深度閱讀與創新理解」作為前提，設計一套閱讀檢證的模式，讓教學者可以透過創新閱讀、說話相呼應、書寫轉利用三種方式來檢測學習者的閱讀能力。此檢證模式仍是符應指標內容設計，更能帶領學生做深度的理解、協助評量者跳脫直接提取文本內容的傳統命題思維，

加上說話相呼應與書寫轉利用的多元的檢證方式，使學生達到質性創意閱讀的理解。這樣的檢證方式可以提供教學者課程設計的參考資源與評量學生閱讀理解能力的多方應用，更可以作為未來語文教育政策擬訂的借鏡。

第八章　結論

第一節　理論建構成果及其運用途徑的要點回顧

　　近十年來整個教育環境對語文閱讀教學的重視，有目共睹。各種閱讀教學的論述與實驗至今仍方興未艾，閱讀活動的策畫與閱讀教學策略的實施，隨著閱讀國際評比的落後而急起改造，但閱讀教學倘若無創意的方向與檢證機制，教學者雖以建構系統性的教學，成效也難與華語地區並駕齊驅，致使閱讀課程的規畫難免有見樹不見林的遺憾。因此，就自己職務需要及興趣所致，研讀及蒐集各方面理論專著與資訊，根據前人研究成果利弊得失，研發建構一套創意閱讀認證。一方面檢討目前一般閱讀侷限與缺失的地方；一方面則提供讀者與教學者閱讀理解昇華與教學的參考資源，以便後續的相關教學或政策擬訂可以得以改進提升成效的機會。而整體理論的建構：前面兩章（第一、二章）是創意閱讀認證研究的開端；接著第三章是創新閱讀認證的必要性確認；而後三章（第四、五、六章）則是創意閱讀認證模式的具體開展；再後一章（第七章）是本研究成果運用途徑的提示；最後一章則是總結兼展望未來。這樣前後各章加以連結，相關的理論建構成果則可以簡單條陳為諸項要點：

　　首先，從國際閱讀素養調查結果與課堂閱讀教學困境來判定目前一般閱讀檢證有其侷限及闕如處，有必要施加反省及批評，從而

建立一套有理論基礎的創意閱讀認證，提供閱讀教學新思維與改變的方向，再加強創意的概念予以裨補閱讀教學可改進的空間。

其次，從而關連創意閱讀認證可以「創新閱讀理解」、「說話帶入創新表出相呼應」、「寫作完成創新書寫轉利用」等方式作為認證的模式。藉使知識經驗、規範經驗、審美經驗跨領域理解與無中生有／製造差異的創意的概念作為理論執行的方式，並以主題／概念跨領域、學科跨領域、科際整合跨領域和多媒體運用的跨領域來達到跨領域的創新理解。其中創新理解為跨領域模式，帶入知識取向、規範取向、審美取向的語文經驗，作為本研究所據以論說跨領域閱讀認證的範圍。說話表出以一個人說話的內容是否反映閱讀的知識來研判，書寫轉利用以一個人的寫作是否將閱讀的素材轉利用為寫作的材料來推測是否具有創意閱讀的能耐，仍分別採以主題／概念、學科統整、科際整合和多媒體運用的操作模式來處理方法的運作。

再次，以理論的架構所建立的檢證基模提出可以做為三方面運用的途徑，分別是可以促成閱讀理解的昇華、各場域閱讀教學的參考資源、語文教育政策擬訂的借鏡。

最後，作為未來展望，提出研究限制所未能顧及的點，希望日後有機會再予以補正。

以創意的概念來取代傳統的作法，本研究朝「跨領域」、「創意」的方式來與一般閱讀互為對照，對於整體論述與重點回顧，逐章說明如下：

第一章緒論：學生閱讀能力的低落，閱讀的質與量都隱藏極大的問題；教育當局的閱讀政策缺乏整體規畫，教師課堂活動多方謀設，成效卻有限；一般閱讀檢證或線上測驗都只侷限文本表面意義的理解，不能拓展學生的思維。於此，冀以突破既有規範且著重在

創造的基進理論來構設研究認證模式，完成一套完整的創意閱讀認
證理論，提升並分享自己的閱讀教學與研究成果。在研究方法上，
以現象主義檢討相關的成果；以詮釋學方法論述創意閱讀認證的新
需求；以基進閱讀理論研究創新閱讀、說話相呼應、書寫轉利用的
認證模式；以社會學方法建立研究成果的運用途徑。研究的範圍主
要是藉由「創意」的方式來進行，而創意是指無中生有與製造差異，
透過創意的整體運作，讓檢證學生閱讀理解的模式脫離一般表淺語
言面的理解，創造一種新理論的驗證模式，更能發揮質性評量、有
意義檢核的方式，賦予閱讀理解檢證方法的新風貌。

　　第二章文獻探討：關於閱讀的研究整理：閱讀是理解的歷程
——讀者需要利用自身的先備知識及經驗，理解文本內容，主動建
構文章脈絡，賦予文章意義。閱讀是與群體互動的歷程——閱讀並
不僅僅只是鑑賞行為，而是以個人觀點和他者的群體角度一併投入
參與理解文本意義的一種經驗。閱讀是在創造的歷程——閱讀過程
是指讀者和作者相互溝通、接受、衝突的歷程，作品境界的再完成
或再創造，甚至讀者自我的再創造。閱讀是追求意義的歷程——閱
讀不僅只是被動的將訊息輸入記憶，更是主動嘗試理解文章內容，
主動搜尋意義內涵的過程。本研究所定義的閱讀，乃指閱讀是一種
整體統合的過程；讀者一方面將自身的意義帶進書裡，一方面從書
中獲取意義，最後統整為閱讀理解的內容，其中涵蓋情意、知覺、
認知三個領域。關於線上閱讀檢測的整理，主要是藉由科技與網路
的便利性，加速閱讀評量的施測，但缺乏訊息互動與討論，難以判
斷真實的閱讀理解程度，無法激發讀者的思考力，更應以新閱讀認
證來重新著力，始為有意義的檢測方式。

　　第三章創意閱讀認證的新需求：一般閱讀評量題型目的多為語
文能力的擴充，詮釋解讀侷限於文本表面意義；電腦線上測驗不僅

節省時間又能及時回饋，卻無法提供讀者真實質性的分析。於此，可以看出既有的閱讀認證太狹隘，因此可以故事詮釋基模代替，作為文本語言面和非語言面意義的分析，方能顯出與其他讀者更具創意的詮釋內容。新閱讀認證的帶入可以關連多元的閱讀能力，包括跨領域創新理解和以說話相呼應、書寫轉利用的模式來完成閱讀認證。跨領域是指一種經驗的連結和統合，包括知識、規範、審美經驗，可以促成創意極大化並符應創意認證探討文本的基模。文學詮釋以「基進」理論為主要途徑來發揮更大的效用，而以主題／概念、學科統整、科際整合、多媒體運用提供詮釋的鷹架達到無中生有／製造差異的顯現。所以對於文本的整體理解乃是利用創意閱讀認證的方式來解決一般閱讀的侷限處，並帶進創意的詮釋來表現出讀者深度的閱讀力。

　　第四章跨領域與創新理解的閱讀認證：跨領域的創新理解分別採以主題／概念、學科統整、科際整合、多媒體運用等方式來藉使，以顯示跨領域與創新理解實際可能的向度。主題是指美學上所貫穿題材的一般概念，概念則指表義上最基本的單位或思想最簡單的形式；學科跨領域是指「統整」各學科的知識，多方整合各學科間的不同知識，以互動的方式，串起每一個能關連到的面向做學科間統整的工作；科際整合的跨領域是指學科間的整飭合夥方式，強調不同學科之間的流通和運用，互補不足，以多層次、多樣化的方式詮釋文本包羅萬有的面貌，而實際的文本是在科際整合後才形成的；多媒體運用的跨領域則是指使用一種以上的媒體來傳遞訊息，是指語文經驗在傳達上是透過多種媒體聯合運用，而非一種或極少數媒體演現的方式，而多媒體運用的方式，是一種總綰語文經驗的最末一道程序，冀望能夠達到最完美的表達效果。第四章、第五章、第六章都是以分層連說的方法來論述，展示以上各種方式的藉使與無

中生有／製造差異的顯出：主題／概念的跨領域與無中生有／製造差異創新理解的認證、學科的跨領域與無中生有／製造差異創新理解的認證、科際整合的跨領域與無中生有／製造差異創新理解的認證、多媒體運用的跨領域與無中生有／製造差異創新理解的認證。而每一分項運作方式則先作名詞定義的界定；接著解釋各分項方式與創意的理解意義並舉例分析；再次列舉數例實作並研判以為例示和操作方式的說明（對文本作深度理解，並且以圖表顯示出與一般閱讀理解差異的地方）；最後輔以相關創新理解的檢核來證明是否完成創意閱讀的認證。分層論說與具體實作，每一分項都以層層互連來開展，最後形成一個大的集合：由大到小分別是多媒體運用、科際整合、學科統整、主題／概念的跨領域運作途徑，可以說是確認創意閱讀認證的高度合理性。

　　第五章將說話帶入跨領域與創新表出相呼應的閱讀認證：說話表出相呼應的閱讀認證可以突破既有閱讀檢核狹隘的部分。乃以一個人的說話內容來作為研判的規準，因為凡是能創新說話的人，他的閱讀歷程應帶著創新經歷，因為說話者可以立即呼應受話者的回應，直接表出意見或想法，乃是在閱讀中厚積能力而達成的。一樣以透過主題／概念的跨領域、學科的跨領域、科際整合的跨領域和多媒體運用的跨領域等理解方式來掌握，並關注其所能無中生有、製造差異的閱讀創意顯出的部分，與第四章創新理解相應和。論說與運作的方式同第四章一樣，分層連說，層層相關，最後改以創新表出相呼應為檢核方式。

　　第六章透過寫作完成跨領域與創新書寫轉利用的閱讀認證：創新書寫轉利用一樣可以突破既有閱讀檢核狹隘的部分。以一個人所書寫完成的內容是否能將閱讀的材料或從中建立的閱讀理解能力轉利用在有創意的寫作上來作為檢核時研判的規準。能精采寫作表

示能吸收各樣資料後，經過縝密的思考，然後完成書寫，乃是將閱讀所吸收的訊息轉利用為寫作的材料，是一種轉創意理解的經驗。也是透過主題／概念的跨領域、學科的跨領域、科際整合的跨領域等理解方式來掌握，並關注其所能無中生有、製造差異的閱讀創意顯出的部分，同樣與第四章創新理解相應和。論說與運作的方式同第四章一樣，分層連說，層層相關，改以創新書寫轉利用為檢核方式。至於多媒體運用跨領域部分，因涉及更多科技資訊方面的技術能力，已經不包含在寫作的範圍，所以在本章就不予以討論。而「跨系統創意」論述是寫作轉利用所強調別為創意的部分，主要表現在跨學派寫作風格和異文化系統文學表現。

　　第七章相關成果的運用途徑：本研究的整體架構既以藉由「創意」的方式來進行，分別以跨領域理解、說話相呼應、書寫轉利用等途徑來確立認證的模式，相應於一般閱讀認證，可以確定在「創意」的顯現與認證方式的多元是本研究「基進」理論整體發揮處。希望運用創新閱讀理解的檢證方式，可以有具體運用的價值，分別為促成閱讀理解昇華、提供各場域閱讀教學的參考資源、作為語文教育政策擬訂的借鏡三方面。

　　第八章結論：成果與運用途徑的回顧外，作為未來研究展望的部分是持續研究所建構的閱讀認證理論，隨著當前現況的需要及時修正與調整，使教學者於教學現場或讀者於自我閱讀的過程更便利於檢核，提升對文本理解與詮釋的能力。

　　總結上述，本研究的理論建構成果，可以圖示如圖 8-1-1：

創意閱讀認證理論建構成果

緒論
- 談論創意閱讀認證的緣起
- 建立創意閱讀認證理論可以設定的目的與方法
- 創意閱讀認證理論與涵蓋的範圍
- 相關用詞的界定

既有探討類似課題成果的檢討
- 關於閱讀的論說
- 關於閱讀認證的論說

創意閱讀認證的新需求
- 既有的閱讀認證太狹隘
- 新閱讀認證可以關連多元的閱讀能力
- 特別強調以創意領航的閱讀認證

跨領域與創新理解的閱讀認證
- 主題／概念的跨領域與無中生有／製造差異創新理解的認證
- 學科的跨領域與無中生有／製造差異創新理解的認證
- 科際整合的跨領域與無中生有／製造差異創新理解的認證
- 多媒體運用的跨領域與無中生有／製造差異創新理解的認證

將說話帶入跨領域與創新表出相呼應的閱讀認證
- 說話帶入主題／概念的跨領域與無中生有／製造差異創新表出相呼應的認證
- 說話帶入學科的跨領域與無中生有／製造差異創新表出相呼應的認證
- 說話帶入科際整合的跨領域與無中生有／製造差異創新表出相呼應的認證
- 說話帶入多媒體運用的跨領域與無中生有／製造差異創新表出相呼應的認證

透過寫作完成跨領域與創新書寫轉利用的閱讀認證
- 寫作完成主題／概念的跨領域與無中生有／製造差異創新書寫轉利用的認證
- 寫作完成學科的跨領域與無中生有／製造差異創新書寫轉利用的認證
- 寫作完成科際整合的跨領域與無中生有／製造差異創新書寫轉利用的認證

相關研究成果的運用途徑
- 促成閱讀理解的昇華
- 提供各場域閱讀教學的參考資源
- 作為語文教育政策擬訂的借鏡

結論
- 理論建構成果及其運用途徑的要點回顧
- 未來再行論說的展望

圖 8-1-1　創意閱讀認證建構成果

第二節　未來再行論說的展望

　　本研究所提出的創意閱讀認證，因時間、能力的限制，個人的見解也可能還有尚未穿透的層面，因此在最後一節中再行抒論以展望未來。大致上提出三個可以優先展望的層面：

　　第一，對於實務檢證上所未能關注與涉及的部分，舉例部分有範圍限制與例示說明過於主觀或因個人能力所未及無中生有的研判失準等都可以再予改進。此外，閱讀理解的檢核方式除了本研究提及的創新理解、說話相呼應、書寫轉利用方式外，還有其他客觀途徑可以實驗，例如一個人處世的態度、學養知識、顯現的氣質修養等……也都關係著閱讀能力，如何以此來檢核或有其他途徑可具體作為檢測的方式，都是可以再行思考與努力的。

　　第二，關於閱讀理解模式，無論是以主題／概念的跨領域、學科的跨領域、科際整合的跨領域或是多媒體運用的跨領域等理解方式的運用，考驗著教學者或讀者相關的學養知識是否足備，才能層層深透文本，豐富文本的內涵。例如運用各種學科來描述、詮釋、評價文本意義時，各種學科的知識概念如果不清楚就很難達到跨領域的理解。此外，有關其中能否有無中生有、製造差異的閱讀創意顯出，所牽涉研判的能力，則不免有主觀認定而恐遭致為難的疑慮，也得多加留意。至於有些文本具有文學文化特徵的部分，則需倚靠更高的世界觀類型來理解，如何從創造觀型文化、氣化觀型文化、緣起觀型文化等三大文化系統去理解文本中的知識經驗；又如以倫理、道德、宗教知識去理解文本中的規範經驗；以模象觀、造象觀、語言遊戲、超鏈結來理解審美經驗等，三大世界文化系統間的差異以及前現代、現代、後現代、網路時代不同學派寫作風格等，要達到有創意的理解認證，各方面的知識都需要再加以深入探究，

作為一個研究者或是教學者抑或讀者都需努力充實，期待有志於此論者共同繼續來探究。

　　第三，網路時代的多媒體數位文學蓄勢待發，結合文字、圖像、聲音和動畫等的文學作品數位化後藉由網路來傳播，雖牽涉許多複雜的資訊技術，但這股文學進入網路世界的趨勢已無法遏止，在閱讀理解的研究領域也理當是不容缺席的，因為無論利用網路與讀者群做多向、互動、超鏈結，或是完成書寫或再創造新文本等都可歸屬創意的閱讀理解。而本研究範圍期能再擴展到網路世界，而電腦科技的高度發展所亟須的技術問題都待日後再一一學習增進。

　　以上所列出無法一一解決的部分，都希望日後予以藉機補正。

　　閱讀能力評量的概念一直都存在，只是評量者不知如何設計有意義的評量方式，對於評量結果所代表的意義也無從思考改善。如何從國際閱讀素養的結果來改進教學策略與檢測方式，提升學生學習效能，實在是目前教育當局積極推動閱讀活動時關鍵的一役。知識的建構取決於吸收知識的能力，身為一個現場教學的老師，就教學專業而言，本應充實相關的專業理念，雖對於學習者因生活經驗或心智發展不足不能理解的部分，不必加以解釋，但補足學生經驗不足的部分卻得仰賴教師豐富的學識。期望自己維持廣泛閱讀的習慣外，對於理解文本的能力在建構此認證模式後，於詮釋或解讀文本能更有創新的理解，並藉此發展出自己專業的教學能力，潛移默化於學習者。

參考文獻

大紀元文化網（2000），《伊索寓言》網址：http://www.epochtimes.com/b5/
　　cf499_1.htm，點閱日期：2011.09.19。
于堅（1999），《大陸先鋒詩叢 7：一枚穿過天空的釘子》，臺北：唐山。
中時電子報網（2001），〈九一一浩劫，驚報全球〉網址： http://forums.c
　　hinatimes.com/special/america/913main2.htm，點閱日期：2012.01.05。
方鵬程（2007），《金色俄羅斯》，臺北：商務。
方平等譯（2000），Shakespeare 著，《新莎士比亞全集第十二卷‧詩歌》，
　　臺北：貓頭鷹。
王秀非、黃淑華、楊昆霖（2009），《利用 Moodle 進行閱讀教學之行動研
　　究》，網址：http://www.sces.chc.edu.tw/teaproduct/read.htm，點閱日期：
　　2011.09.22。
王淳美（2000），〈《暗戀桃花源》的劇場藝術〉，《中國文化月刊》，240，5
　　5-75。
王清河譯（1988），米羅諾夫著，《歷史學家和社會學》，北京：華夏。
王順興（2001），《網路上目標設定環境的建置 以閱讀網站為例》，國立中
　　央大學資訊工程研究所碩士論文，未出版，桃園。
王溢嘉（2005），《褲襪‧天花與愛因斯坦創異啟示錄》，臺北：野鵝。
王溢嘉（2009），《解放思維：挖掘你創造性潛能的 80 種方法》，北京：
　　新華。
王萬清（1997），《國語科教學理論與實際》，臺北：師大書苑。
王榕榆（2006），《以答題信心度為基礎之線上評量系統》，國立中央大學
　　資訊工程學系碩士在職專班論文，未出版，桃園。
王榕榆、黃國禎、珠惠君等（2006），〈以答題信心度為基礎支線上評量系
　　統〉，《師大學報》，53（1），1-24。

王瓊珠編著（2005），《故事結構教學與分享閱讀》，臺北：心理。

天涯微博網站（1999），〈張愛玲好文推薦：一個死囚犯的故事〉網址：
　　http://groups.tianya.cn/tribe/showArticle.jsp？groupId=121&articleId=34
　　1976&fm=0，點閱日期：2012.01.31。

天舒、張濱（2007），《大師級的幽默》，臺北：創意時代。

孔穎達（1982），《毛詩正義》，十三經注疏本，臺北：藝文。

田耐青（1999），《多元智慧理論》，臺北：世紀領袖教育。

古禮權（2003），《基於目標設定理論之班級兒童閱讀學習環境建置與評
　　量》，國立暨南國際大學資訊管理研究所碩士論文，未出版，南投。

朱堅章等（1987），《社會科學概論（上冊）》，臺北：空大。

江亮演等（1997），《社會科學概論》，臺北：商鼎。

老朋友的窩部落格（2003），〈好文章分享〉網址：
　　http://ssl821.pixnet.net/blog/category/1225806，點閱日期：2011.11.30。

何三本（2002），《九年一貫語文教育理論與實務》，臺北：五南。

何維德（2010），《張鳳翼《紅拂記》研究》，國立高雄師範大學國文學系
　　研究所碩士論文，未出版，高雄。

杜文傳（1994），《小學語文教學的理論與實踐》，廣州：廣東高等教育。

余阿勳譯（1987），Edward de Bono 著，《水平思考法》，臺北：水牛。

余香青（2007），《創造力融入作文教學之行動研究》，彰化師範大學教育
　　研究所碩士班論文，未出版，彰化。

吳芝儀等譯（2001），Anselam Strausss. Juliet Corbin 著，《扎根理論研究
　　方法》，嘉義：濤石。

吳肇倫 （2009），《廣告如何說故事？──從符號觀點分析全國電子「足
　　感心」系列廣告》，國立政治大學廣告學系研究所碩士論文，未出版，
　　臺北。

呂今燮譯（2000），Marjorie J. Wynn 著，《創意教學策略》，臺北：洪葉。

呂正惠主編（1991），《文學的後設思考：當代文學理論家》，臺北：正中。

呂輝程（2011），《國小四年級學童閱讀理解能力與臺中市國民小學推動校
　　園閱讀線上認證系統之相關性研究》，國立臺東大學語文教育研究所
　　碩士論文，未出版，臺東。

李弘善譯（2001），Robert J. Sternberg & Louise Spear- Swerling 著，《思
　　考教學》，臺北：遠流。

李坤崇（2006），《教學評量》，臺北：心理。

李宛蓉譯（2008），San Horn 著，《行銷的語言》，臺北：商周。

李宜真（2002），《國小高年級學童閱讀課外讀物之研究》，國立臺東師範學院兒童文學研究所碩士論文，未出版，臺東。

李家同（2011），《大腦閱讀的重要性》，臺北：博雅。

李俊毅譯（2004），Steven Levenkron 著，《割腕的誘惑：停止自我傷害》，臺北：心靈工坊。

李淑珺譯（2001），Sheldon Cashdan 著，《巫婆一定得死──童話如何形塑我們的性格》，臺北：張老師。

李連珠（1999），《全語言教育》，臺北：心理。

李惠絨（2007），《〈白雪公主〉、〈灰姑娘〉、〈人魚公主〉之顛覆研究──以90年代台灣女童話作家改寫作品為例》，國立臺東大學兒童文學研究所碩士論文，未出版，臺東。

李漢偉（1996），《國小語文科教學探索》，高雄：麗文。

貝嶺等譯（2002），Václav Havel 著，《反符碼──哈維爾圖像詩》，臺北：唐山。

沈沂穎（2005），《唐人小說中之妓女故事研究》，國立臺灣大學中國文學研究所碩士論文，未出版，臺北。

沈清松編（1995），《詮釋與創造》，臺北：聯經。

沈麗文譯（2006），Martin Gardner 著，《看看這個不科學的宇宙》，臺北：遠流。

周陽山等（1995），《社會科學概論》，臺北：三民。

周逸婷（2010），《以符號學論析《暗戀桃花源》》，國立臺灣藝術大學在職碩士班戲劇與劇場應用系研究所論文，未出版，臺北。

周華山（1993），《意義──詮釋學的啟迪》，臺北：商務。

周慶華（1998a），《兒童文學新論》，臺北：生智。

周慶華（1998b），《蕪情》，臺北：詩之華。

周慶華（1999a），《語言文化學》，臺北：生智。

周慶華（1999b），《思維與寫作》，臺北：五南。

周慶華（2001a），《作文指導》，臺北：五南。

周慶華（2001b），《七行詩》，臺北：文史哲。

周慶華（2002），《故事學》，臺北：五南。

周慶華（2003），《閱讀社會學》，臺北：揚智。

周慶華（2004a），《語文研究法》，臺北：洪葉。

周慶華（2004b），《創造性寫作教學》，臺北：萬卷樓。

周慶華（2004c），《文學理論》，臺北：五南。

周慶華等（2004），《閱讀文學經典》，臺北：五南。

周慶華（2006），《語用符號學》，臺北：唐山。

周慶華（2007a），《語文教學方法》，臺北：里仁。

周慶華（2007 b），《我沒有話要說──給成人看的童詩》，臺北：秀威。

周慶華（2008a），《轉傳統為開新──另眼看待漢文化》，臺北：秀威。

周慶華（2008b），《從通識教育到語文教育》，臺北：秀威。

周慶華（2009a.06.30），〈為他人閱讀〉，《國語日報》第 5 版，臺北。

周慶華（2009b），《文學詮釋學》，臺北：里仁。

周慶華等（2009），《新詩寫作》，臺北：秀威。

周慶華（2011a），《華語文教學方法論》，臺北：新學林。

周慶華（2011b），《文學概論》，新北市：揚智文化。

周耀烈（2000），《創造理論與應用》，杭州：浙江大學。

促進國際閱讀素養研究（PIRLS）網站（2006），網址：http://140.115.78.
　　41/PIRLS_home.htm，點閱日期：2012. 01.27。

金溟若譯（2006），Frank Kafka 著，《蛻變》，臺北：志文。

孟天恩等（1998），《社會科學概論》，臺北：全威。

孟爾熹等編（1989），《自然科學概論》，臺北：新學識。

林文寶等（1998），《認識童話》，臺北：天衛。

林正弘(1991)，〈科際整合的一個面向──各學科間方法的互相借用〉，《科
　　學月刊》，22（9，702-706）。

林玫伶（2008），《深耕閱讀的下一步》，臺北：臺北市政府教育局。

林孟春（2005），《社會階層化與數位學習──以「網路閱讀認證」為例》，
　　私立元智大學資訊社會學研究所碩士論文，未出版，桃園。

林姮妃（2012），《麻煩請你講重點》，臺北：讀品。

林美琴（2001），《青少年讀書會 DIY：營造青少年讀書會的學習魅力》，
　　臺北：天衛。

林壁玉（2009），《創造性的場域寫作教學》，臺北：秀威。

姚一葦（1985），《藝術的奧秘》，臺北：開明。

姚一葦（1994），《戲劇原理》，臺北：書林。

柯華葳（1994），〈從心理學觀點談兒童閱讀能力的培養〉，《華文世界》，7
　　4，63-97。

柯華葳（1999），〈閱讀能力的發展〉，《語言病理學基礎第三卷》，81-120，臺北：心理。

柯華葳主編（2004），《華語文能力測驗編製——研究與實務》，臺北：遠流。

柯華葳（2007），〈促進國際閱讀素養研究最新發現-臺灣需要更多「閱讀教學」策略〉，《天下雜誌》2007 親子天下專刊，152-158。

柯華葳（2008），〈PIRLS 二〇〇六說了什麼——尋找未來臺灣閱讀新方向〉，《閱讀，動起來》（洪閔慧整理），臺北：天下雜誌。

柯華葳（2009a），〈讓閱讀回歸閱讀〉，《親子天下 0-15 歲閱讀實戰關鍵》特刊 27 號，127-128，臺北：天下雜誌。

柯華葳（2009b），《親子天下 0-15 閱讀力實戰關鍵》，臺北：天下。

洪月女譯（1998），Kennth Goodman 著，《談閱讀》，臺北：心理。

洪汎濤（1989），《童話學》，臺北：富春。

洪材章等主編（1992），《閱讀學》，廣州：廣東教育。

洪文東（1999），《科學的創造發明與發現》，臺北：臺灣書店。

洪蘭（2012），《請問洪蘭老師》，臺北：天下。

洪特等（1990），（李錦旭等譯）《社會科學概論》，臺北：五南。

香港培正中學中國語文科教學資源網頁（2001），〈馬丁路德金：《我有一個夢》〉，網址：http://www.puiching.edu.hk/～chinese/eduworld/speech/goodspeech/mluther/，點閱日期：2011.11.27。

韋葦（1995），《世界童話史》，臺北：天衛。

夏潔編著（2009），《關於創意的 100 個故事》，臺北：宇河。

徐珞等譯（2001），Jacob Grimm & Wilhelm Grimm 著，《格林童話故事全集》，臺北：遠流。

徐斌（2010），《創新也有技巧：腦力激盪的方法、工具、案例與訓練》，臺北：博誌。

徐炎章等（1998），《數學美學思想史》，臺北：曉園。

高敏麗（2004），《從九年一貫課程綱要國語文能力指標探討國小國語文閱讀教學》，國立新竹教育大學臺灣語文與語文教育研究所碩士論文，未出版，新竹。

高誘（1978），《淮南子注》，新編諸子集成本，臺北：世界。

馬景賢譯（1992），Randall Jarrell 著，《白雪公主與七矮人》，臺北：遠流。

殷海光（1989），思想與方法》，臺北：水牛。

國際閱讀素養評比（PIRLS）資料庫（2006a），〈國內報告書〉，網址：htt
　　p://140.115.78.41/PIRLS_home.htm，點閱日期：2011.10.27。
國際閱讀素養評比（PIRLS）資料庫（2006b），〈範文例題〉，網址：http:
　　//140.115.78.41/PIRLS_Tests.htm，點閱日期：2012.03.27。
國際閱讀素養評比（PIRLS）資料庫（2006c），〈臺灣PIRLS2006〉，網址：
　　web.ed.ntnu.edu.tw/～minfei/.../curriculumcontent/20100114-4.pdf，點閱
　　日期：2011.10.25。
張玉燕（1996），《教學媒體》，臺北：五南。
張君玫譯（2002），John Storey 著，《文化消費與日常生活》，臺北：巨流。
張郁雯（2009），《華語評量》，臺北：正中。
張芳、賈麗娟 （2010），《淺析如何通過閱讀教學提升學生寫作能力》，《吉
　　林省教育學院學報》，1，116-117。
張新仁（1992），《寫作教學研究》，高雄：復文。
張逸君（2009），《以心智圖建構經典童話的讀寫〈灰姑娘〉、〈拇指姑娘〉、
　　〈小美人魚〉為例》，國立臺東大學兒童文學研究所碩士論文，未出
　　版，臺東。
張銘娟（2011），《創意論說文寫作教學》，臺北：秀威。
教育部（2008），《國民中小學九年一貫課程綱要：語文學習領域》，臺北：
　　教育部。
梁仲容（1995），《國小學童注意力、認知風格、閱讀策略覺識與其國語文
　　閱讀成就關係之研究》，國立臺南師範學院初等教育研究所碩士論
　　文，未出版，臺南。
梁瑞祥（2001），《網際網路與傳播理路》，臺北：揚智。
郭一帆（2007），《思路決定財路》，臺北：大利。
郭彥銘譯（2008），Rich Gold 著，《夠了！創意》，臺北：馬可字羅。
郭奉元編著（2007），《說故事行銷效果大成功行銷 120 招》，臺北：三
　　思堂。
陳之華（2010），《成就每一個孩子》，臺北：天下。
陳木金指導(2001)，《學校本位的課程統整與主題學習：臺北市中興國小、
　　福星國小教師行動研究的成長記錄》，臺北：揚智。
陳正治（2008），《國語文教材教法》，臺北：五南。
陳玉箴譯（2003），Roger Silverstone 著，《媒介概念十六講》，臺北：
　　韋伯。

陳佳慧（2008），《教室中的閱讀樂章──以六年級閱讀策略教學為例》，
　　國立新竹教育大學語文研究所碩士論文，未出版，新竹。
陳宛非等編（2009），《國語四上》，臺北：翰林。
陳信宏譯（2008），Amartya Sen 著，《好思辯的印度人》，臺北：先覺。
陳清義等（2009），《 臺北市國民小學 97 學年度基本學歷檢測計畫成果報
　　告書》，臺北：臺北市政府教育局。
陳龍安（1994），〈創意人的十二把金鑰（上）〉，《創造思考教育》，6，
　　35-52。
陳龍安（1988），《創造思考教學的理論與實際》，臺北：心理。
陳鵬翔主編（1983），《主題學研究論文集》，臺北：東大。
陳伯璋、單文經等（1995），《教育概論》，臺北：國立空中大學。
許舜閔譯（2003），Frieder Lauxmann 著，《漫步哲學花園的 33 條小徑》，
　　臺北：究竟。
許銀珠（1994），《高中國文教學設計活路》，臺北：復文。
清聖祖敕編（1974），《全唐詩》，臺南：平平。
陸祖昆譯（1998），恩田彰等著，《創造性心裡學》，臺北：五洲。
傅大為（1994），《基進筆記》，臺北：桂冠。
單文經等譯（2000），James. A. Beane 著，《課程統整》，臺北：學富。
彭震球（1991），《創造性教學之實踐》，臺北：五南。
曾天山（2005），《國小學童閱讀討論教學及其主題詮釋探討》，網址：htt
　　p://acad.cnki.net/Kns55/brief/result.aspx？dbPrefix=CJFQ，點閱日期：2
　　011.09.01。
曾照成（2002），《國小學童閱讀討論教學及其主題詮釋探討》，國立臺南
　　師範學院國民教育研究所碩士論文，未出版，臺南。
項退結編譯（1989），Walter Munchen Brugger 編著，《西洋哲學辭典》，
　　臺北：華香園。
湯建民（2007），《學術論文的創造性閱讀》，杭州：浙江大學。
馮永敏（2001），〈試論九年一貫《本國語文課程綱要》內涵與特色〉，《市
　　立師院應用語文學報》，3，167-186。
馮永敏（2004），〈如何提升閱讀能力，語文之鑰—提升語文能力的途徑與
　　方法〉，《臺北市立師範學院學生輔導中心》，p83-95。
黃秋芳（1996），《看笑話學作文》，臺北：國語日報。

黃淑津（2003），《電腦化動態評量對國小五年級學生閱讀理解效能之研究》，國立嘉義大學國民教育研究所碩士論文，未出版，嘉義。

黃淑津（2004），〈電腦化動態評量對國小五年級學生閱讀理解效能的研究〉，《國民教育研究學報》，12，167-201。

黃紹恩（2011），《場域創意閱讀教學》，臺北：秀威。

黃朝恭（2000），《國民小學國語科多媒體線上測驗系統建置之相關研究》，國立臺中師範學院教育測驗統計研究所碩士論文，臺中。

黃譯瑩（1998），〈九年一貫社會科課程統整之意義探究〉，《教育研究月刊》，62，4-11。

黃嬿瑜（2007），《從經典愛情童話中覺醒——以《格林童話》中〈灰姑娘〉、〈睡美人〉、〈白雪公主〉為例》，國立臺東大學兒童文學研究所碩士論文，未出版，臺東。

焦桐（1998），《臺灣文學的街頭運動（1977～世紀末）》，臺北：時報。

《最後的演講》（官網 2009），〈感動全球〉，網址：http://www.booklife.com.tw/last-lecture/puch1.asp，點閱日期：2012.01.19。

楊芷芳（1994），《國小不同後設認知能力兒童的閱讀理解能力與閱讀理解策略之研究》，國立臺中師範學院初等教育研究所碩士論文，未出版，臺中。

楊耐冬譯（1999），John Milton 著，《失樂園》，臺北：志文。

楊淑智譯（2003），Catherine Orenstein 著，《百變小紅帽——則童話的性、道德與演變》，臺北：張老師。

楊楨婷（2008），《國小高年級友誼主題兒童小說閱讀教學之研究》，國立臺北教育大學語文與創作學系語文教育碩士班碩士論文，未出版，臺北。

楊敏編（2003），《上帝的考驗》，香港：三聯。

楊義（1997），《中國敘事學》，北京：人民。

鄒景平（2003），《數位學習概論》，臺北：資策會教育處。

楠梓國中國文網站（2009），〈崔顥〈黃鶴樓〉賞析〉，網址：http://ntjhchineseteacher.blogspot.com/2009/02/blog-post_16.html，點閱日期：2012.03.09。

葉淑燕譯（1990），Robert Escarpit 著，《文學社會學》，臺北：遠流。

葉玉珠（2006），《創造力教學—過去、現在與未來》，臺北：心理。

董宜俐（2003），《國小六年級學童中文閱讀理解測驗編製研究》，國立臺中師範學院教育測驗統計研究所碩士論文，未出版，臺中。

詹宏志（1998），《創意人：創意思考的自我訓練》，臺北：臉譜。

廖卓成（2002），《童話析論》，臺北：大安。

臺灣學生學習成就評量（TASA）資料庫　（2009）〈關於我們〉，網址：http://tasa.naer.edu.tw/1about-1.asp？id=1，點閱日期：2011.10.9。

臺灣數位有聲書推展學會網站（2001），〈小青蛙的故事〉，網址：http://www.tdtb.org/heart/captions/tiny%20frog%20cn.html，點閱日期：
2012.01.09。

維基百科網站（2012a），〈自由〉，網址：http://zh.wikipedia.org/wiki/%E8%87%AA%E7%94%B1，點閱日期：2011.12.15。

維基百科網站（2012b），〈汶川大地震〉，網址：http://zh.wikipedia.org/wiki/512%E5%A4%A7%E5%9C%B0%E9%9C%87，點閱日期：2012.01.05。

維基百科網站（2012c），〈全球暖化〉，網址：http://zh.wikipedia.org/wiki/%E5%85%A8%E7%90%83%E6%9A%96%E5%8C%96，點閱日期：2012.01.08。

維基百科網站（2012d），〈人際關係〉，網址：　http://zh.wikipedia.org/wiki/%E7%A4%BE%E4%BA%A4，點閱日期：　2012.01.15。

趙雅博（1979），《知識論》，臺北：幼獅。

趙毅衡（1998），《當說者被說的時候──比較敘述學導論》，北京：中國人民大學。

齊若蘭（2002），《閱讀：新一代的知識革命》臺北：天下。

榮泰生（1994），《管理學》，臺北：五南。

閱讀測驗網（2011），《閱讀測驗》，網址：http://www.ymes.tcc.edu.tw/liter/read.htm，點閱日期：2011.11.10。

蔡源煌（1988），《從浪漫主義到後現代主義》，臺北：雅典。

劉遐齡譯（1986），Mortimer Jerome Adler 著，《六大觀念》，臺北：國立編譯館。

劉守華（1995），《比較故事學》，上海：上海文藝。

劉昌元（1987），《西方美學導論》，臺北：聯經。

劉介民（1990），《比較文學方法論》，臺北：時報。

劉鶚（1986），《老殘遊記》，臺北：三民。

蔣勳（2005），《天地有大美》，臺北：遠流。

潘永祥等編（1994），《自然科學概論》，臺北：五南。

蔡守湘（2002），《唐人小說選注》，臺北：里仁。

鄭凡等譯（1991），Stith Thompson 著，《世界民間故事分類學》，上海：
　　上海文藝。

鄭明萱譯（2006），Marshall McLuhan 著，《媒介即訊息》，臺北：貓頭鷹。

鄭壽華（2000），《西方寫作理論教學與實踐》，上海：上海外語教育。

鄭麗玉（2000），《認知與教學》，臺北：五南。

歐陽鍾仁等（1980），《自然科學概論》，臺北：正中。

歐陽竣山（2004），《一定要感動你的小故事》，臺北：海鴿。

翰林（2009），《翰林學後測驗・學習單》，臺北：翰林。

興盛東編著（2008），《請你講重點──完美的說話技巧》，臺北：讀品。

蕭容慧（2009），《幽默一定強：胡自強的閃亮幽默學》，臺北：天下。

賴苑玲、呂佳勳、唐洪正（2009），《以 SQ3R 為基礎之閱讀教學策略的開
　　發與實驗──以臺灣中部地區國小中高年級為對象》，網址：http://1
　　40.115.107.17：8080/RST/menu/index.php？account=admin&logo=1，
　　點閱日期：2011.10.10。

賴麗珍譯（2007），Stephen Bowkett 著，《思考技能教學的 100 個點子》，
　　臺北：心理。

賽德克・巴萊官網（2011a），〈劇情介紹〉，網址：http://www.wdful.com.tw/C
　　ontrol/MovieViewer.aspx？ID=MV2012010006，點閱日期：2012.01.10。

賽德克・巴萊官網（2011b），〈藍色電影夢〉，網址： http://4bluestones.bi
　　z/mtblog/2011/09/post-2326.html，點閱日期：2012.01.19。

謝君白譯（1995），Edward de Bono 著，《水平思考法》，臺北：桂冠。

彌賽亞編譯（2006），《猶太人商學院》，臺北：易富文化。

韓雪屏（2000），《中國當代閱讀理論與閱讀教學》，成都：四川教育。

羅秋昭（2003），《國小語文科教材教法》，臺北：五南。

羅婷以（2002），《巫婆的前世今生──童話裡的女巫現象》，臺北：遠流。

嚴長壽（2011），《教育應該不一樣》，臺北：天下。

龔卓軍等譯（2003），Gaston Bachelard 著，《空間詩學》，臺北：張老師。

Enrico 部落格（2012），〈生命誠可貴 愛情價更高 （裴多菲・山多爾）〉，
　　網址：http://tw.myblog.yahoo.com/enrico-enrico/article？mid=17586&n
　　ext=11383&l=f&fid=41，點閱日期：2011.11.10。

Carte V. Good （Ed.）.（1973）. Dictionary of education. NY： McGra
　　w-Hill.

Viewpoint 21　PF0125

閱讀評量之創意閱讀認證

作　　者 / 周靖麗
責任編輯 / 陳佳怡
圖文排版 / 郭雅雯、連婕妘
封面設計 / 秦禎翊

發 行 人 / 宋政坤
法律顧問 / 毛國樑　律師
出版發行 / 秀威資訊科技股份有限公司
　　　　　114 台北市內湖區瑞光路 76 巷 65 號 1 樓
　　　　　電話：+886-2-2796-3638　傳真：+886-2-2796-1377
　　　　　http://www.showwe.com.tw
劃撥帳號 / 19563868　戶名：秀威資訊科技股份有限公司
　　　　　讀者服務信箱：service@showwe.com.tw
展售門市 / 國家書店（松江門市）
　　　　　104 台北市中山區松江路 209 號 1 樓
　　　　　電話：+886-2-2518-0207　傳真：+886-2-2518-0778
網路訂購 / 秀威網路書店：http://www.bodbooks.com.tw
　　　　　國家網路書店：http://www.govbooks.com.tw

2013 年 9 月 BOD 一版
定價：450 元
版權所有　翻印必究
本書如有缺頁、破損或裝訂錯誤，請寄回更換

Copyright©2013 by Showwe Information Co., Ltd.
Printed in Taiwan
All Rights Reserved

國家圖書館出版品預行編目

閱讀評量之創意閱讀認證 / 周靖麗著.-- 一版. --臺北
市：秀威資訊科技, 2013.09
    面 ； 公分
BOD 版
ISBN 978-986-326-153-7 (平裝)

1. 漢語教學 2. 閱讀指導

802.03   102014290

讀 者 回 函 卡

感謝您購買本書，為提升服務品質，請填妥以下資料，將讀者回函卡直接寄回或傳真本公司，收到您的寶貴意見後，我們會收藏記錄及檢討，謝謝！
如您需要了解本公司最新出版書目、購書優惠或企劃活動，歡迎您上網查詢或下載相關資料：http:// www.showwe.com.tw

您購買的書名：_____

出生日期：_____年_____月_____日

學歷：□高中 (含) 以下　　□大專　　□研究所 (含) 以上

職業：□製造業　□金融業　□資訊業　□軍警　□傳播業　□自由業
　　　□服務業　□公務員　□教職　　□學生　□家管　□其它_____

購書地點：□網路書店　□實體書店　□書展　□郵購　□贈閱　□其他

您從何得知本書的消息？

　　□網路書店　□實體書店　□網路搜尋　□電子報　□書訊　□雜誌

　　□傳播媒體　□親友推薦　□網站推薦　□部落格　□其他_____

您對本書的評價：(請填代號　1.非常滿意　2.滿意　3.尚可　4.再改進)

　　封面設計____　版面編排____　內容____　文／譯筆____　價格____

讀完書後您覺得：

　　□很有收穫　□有收穫　□收穫不多　□沒收穫

對我們的建議：_____

_____

_____

_____

請貼
郵票

11466
台北市內湖區瑞光路 76 巷 65 號 1 樓

秀威資訊科技股份有限公司　　　收

BOD 數位出版事業部

....

（請沿線對折寄回，謝謝！）

姓　　名：＿＿＿＿＿＿＿＿＿　　年齡：＿＿＿＿　　性別：□女　□男

郵遞區號：□□□□□

地　　址：＿＿＿＿＿＿＿＿＿＿＿＿＿＿＿＿＿＿＿＿＿＿＿

聯絡電話：(日) ＿＿＿＿＿＿＿＿＿＿　(夜) ＿＿＿＿＿＿＿＿＿＿

E-mail：＿＿＿＿＿＿＿＿＿＿＿＿＿＿＿＿＿＿＿＿＿